ИРОНИЧЕСКИЙ
ДЕТЕКТИВ

Дарья Донцова

Игра в жмурики

Москва

ЭКСМО-ПРЕСС

2 0 0 0

ИРОНИЧЕСКИЙ ДЕТЕКТИВ

УДК 882
ББК 84(2Рос-Рус)6
Д 67

Серийное оформление художника *В. Щербакова*

Ранее повесть «Игра в жмурики» выходила под названием
«Крутые наследнички»

Д 67
Донцова Д. А.
Игра в жмурики. За всеми зайцами: Повести. — М.:
Изд-во ЭКСМО-Пресс, 2000. — 432 с. (Серия «Иронический
детектив»).

ISBN 5-04-006097-1

Бывают же на свете чудеса! Наташа — бывшая скромная лаборантка,
оказывается хозяйкой богатейшего имения под Парижем. Ее муж, погиб-
ший в автокатастрофе, оставил после себя колоссальное наследство. И ра-
зумеется, над лакомой добычей начинают кружить хищники. Тут и
подозрительный дамский угодник Аллан, и не менее подозрительная некая
Андре, и Жаклин — бесшабашная дочь разбогатевшей русской эмигрант-
ки. Трудно уцелеть в стае этих акул. Но Наташа не намерена сдаваться, тем
более ее лучшая подруга Даша готова разделить с ней все опасности этой
нешуточной схватки...

УДК 882
ББК 84(2Рос-Рус)6

Игра в жмурики

_____ повесть

ИРОНИЧЕСКИЙ ДЕТЕКТИВ

Глава 1

Я много раз выходила замуж. И каждый раз неудачно. Но, очевидно, раз начав, трудно остановиться. Мой первый муж был художник. После развода он получил однокомнатную квартиру, а мне оставил своего сына от первого брака Аркадия. Мой второй супруг оказался дипломатом. Ему после развода досталась машина, а мне маленькая собачка дворянских кровей по кличке «Снапик». К третьему мужу отошла дача, я же приобрела кошку Клеопатру с тремя котятами. Четвертое замужество принесло мне девочку Машу. Четырнадцатилетний Аркадий был страшно недоволен:

— Ну, ладно бы хоть приличную собаку подсунули, а то годовалого младенца, да еще девчонку.

Больше замуж я пока не выходила. Собиралась еще раза три, но экс-супруги и их нынешние семьи были против. Представленные им кандидаты не пришлись к нашему двору. А «двор» у нас большой — все мои мужья, их жены, дети от разных браков, бывшие мужья жен... Когда-то мы никак не могли объяснить нашим разновозрастным детям, почему Аркашин папа женат на маме Наташи и кем же им приходится Гоша — сын бывшего мужа Наташиной мамы... Поэтому в один прекрасный день, посоветовавшись, мы пресекли вопросы, объявив им, что мы все дяди и тети, а они — племянники. Все друг другу племянники, и точка. С тех пор недоразумений больше не было. Изредка появляются новые племянники, и это уже никого не удивляет.

Живем мы с Аркашей, его женой Олей, Машей, кошкой Клеопатрой, белой крысой Фимой в большой пятикомнатной квартире с необъятными коридорами. Получили мы эти царские апартаменты, объединив мою двухкомнатную и доставшуюся Оле от родителей трехкомнатную квартиры. Как мы обменивались, переезжали, делали ремонт — отдельная сага, мое перо не способно воспеть этот процесс.

Жить бы нам да радоваться в отремонтированных наконец комнатах, но тут-то и приключилась эта невероятная поездка в Париж. Оглядываясь назад, я понимаю, что вся эта история началась семь лет тому назад.

Как раз накануне Нового года я задержалась на работе. Многие студенты бегут сдавать зачеты в канун праздника, рассчитывая на благодушие преподавателя. Я оправдала их ожидания и, поставив пяток незаслуженных зачетов, быстро засобиралась домой. Мои родные уже трижды звонили на кафедру. Первый раз Аркадий мрачно сообщил, что продуктов нет и он открыл на ужин единственную банку шпрот. Второй раз он еще более мрачным голосом возвестил, что, пока отрывал Машку от телевизора, вечно голодная Клеопатра съела всю банку подчистую. Третий звонок был уже от Маши.

— Мамочка, — звенела она в трубку, — Клепочке очень плохо, она все время сидит в туалете, а Аркадий говорит, что это шпроты ищут выход. Мамочка, она не умрет?

Успокоив ее и пообещав купить лекарство, я стала лихорадочно искать сумочку. Уже собравшись, заметила, что наша лаборантка Наташа спокойно сидит за своим столом.

— Наташа, — спросила я ее, — а почему ты не идешь домой?

Наташа замялась, а потом вдруг неожиданно разрыдалась. В промежутках между всхлипываниями она сообщила, что развелась с мужем и бывшая свекровь выставила ее на улицу Поэтому спит она пока на раскладушке на кафедре, а что будет дальше, не знает. Жить на кафедре ей ужасно надоело, да и страшно по ночам — в темных аудиториях все время что-то ворочается...

— Ну ладно, — прервала я ее, — собирайся, поедешь ко мне.

Наташка быстро схватила пальто — она явно боялась, что я передумаю. По дороге мы купили немного еды и лекарство для Клепы и поэтому домой ввалились уже в начале десятого. Встретили нас злой Аркадий и зареванная Маня.

— Мамочка, — кричала Маруся, — она умирает!

— Не реви, — сказала ей Наташка, — кошки от обжорства не мрут. Ей надо попу в ванне вымыть и лекарство дать.

С этими словами она сунула свое пальто Аркадию и схватила Клеопатру.

— Иди в ванну, — приказала она Мане, — и давай полотенце.

Маруся понеслась по коридору, Наташка за ней. Раздался плеск воды, кошачий вой, радостный детский визг. Повеселевший Аркадий побежал в кухню ставить чайник, а я пошла спокойно переодеться. Когда через двадцать минут, удивленная тишиной, я появилась на кухне, вся моя семья восседала за столом.

— Она умеет делать предсмертные блинчики, — завопила Маня, — очень вкусные!

— Господи, почему же предсмертные? — испугалась я.

— А это такой быстрый рецепт, — усмехнулась Наталья, — вот уже умирать собралась, десять минут до смерти, так успеешь их сделать...

Блинчики были вкусные, собака, кошка, очередные котята и Фима толпились около плиты. Масло ворчало, чайник шипел. Казалось, Наташка всегда была здесь.

И мы стали жить все вместе. Уже через три дня мы не могли понять, как можно было существовать без Наташки. В холодильнике завелась еда с диковинными названиями: «Каша рататуй», «Пирог утопленник», «Мышиное счастье». Спала Наташка на раскладушке в холле, и наша живность, изменив мне, перебралась к ней. Иногда ночью, идя на кухню попить воды, я видела Клеопатру у нее на груди, а Фиму на подушке.

Примерно раз в месяц нас посещали Наташкины женихи, каждый раз новые. А раз в полгода она исчезала на сутки, потом бледная приходила домой.

— Если бы ты со своих кавалеров деньги брала, — ворчал Аркадий, — мы бы давно дачу построили и машину купили. Ну, какая тебе разница, все равно у тебя каждый месяц новый мужик.

— Как же я буду деньги брать, — слабо возражала ему обессиленная Наташка, — для этих целей должен быть сутенер, а где я его возьму?

— А я на что? — возмущался Аркадий. — Буду вести твои финансовые дела.

Привыкнув к бесконечной череде Наташкиных хахалей, мы не очень удивились, когда один раз нашли у себя на кухне француза Гаспара. Я была даже рада его появлению. Одно дело с утра до ночи преподавать студентам французский, совсем другое дело говорить с настоящим французом. Первые дни я просто наслаждалась звуками волшебной французской речи и была в восторге оттого, что мне не надо без конца поправлять его произношение.

Проходили дни, недели, а Гаспар неизменно сидел у нас вечерами, познакомился со всеми моими мужьями и помогал Аркадию писать контрольные по французскому. Правда, очень скоро выяснилось, что пишет он абсолютно безграмотно.

— Я всего лишь инженер на заводе «Ситроен», — робко оправдывался Гаспар. — У меня всегда были отличные баллы по математике, но вот в правописании я не силен.

Через несколько месяцев стало ясно — дело идет к свадьбе. Так и вышло: не прошло и полугода, как Наташка укатила в Париж. Мы осиротели. Изредка раздавались телефонные звонки — писать письма Наташка была не мастак. Потом вдруг она замолчала, и связь оборвалась. Мы жили по-прежнему — росла Маня, рожала бесконечную череду котят Клепа, женился Аркадий, мы сделали ремонт в новой квартире, расставили мебель. И вот через семь лет...

— Не желаете ли предсмертные блинчики на ужин? — поинтересовалась я у своих домашних.

В этот момент зазвонил телефон.

— Первый звонок в новой квартире! — завопила Маня. — Кто бы это?

Это была Наташка.

— Мне дали твой номер на старой квартире. Я развелась с Гаспаром! — кричала она через города и страны. — Теперь я снова замужем, теперь я баронесса Макмайер!

— Погоди! — заорала я в ответ. — Он что, англичанин?

— Нет, шотландец, — верещала Наташка, — но живет в Париже, я теперь страшно, умопомрачительно богата!

Вот так мы все получили приглашение приехать в Париж!

— Не думай о деньгах, — радовалась Наташка, — все за мой счет! Займи на билеты. Вези всех, котят тоже. Жан обожает животных.

Ранним июньским утром я с Клепой и котятами в перевозке, Аркадий, Оля и Маня с Фимой-5 в коробочке стояли в Шереметьево. У нас была одна дорожная сумка. Поэтому в багаж сдавать было нечего. Летели мы спокойно. Звери и Оля мирно дремали, Аркадий читал, я вязала очередной шарфик. Переполох возник только один раз, когда не в меру самостоятельная Маша сама пошла к стюардессам за водой. Через несколько секунд после ее ухода раздались ужасные вопли. Мирно спавшие пассажиры разом проснулись. Одна и та же мысли пронзила все головы: «Падаем!» Но не успели мы как следует испугаться, как к моему креслу подскочила встрепанная стюардесса:

— Вы знаете, что у вашей девочки крыса?

— Конечно, — ответила я, — это Фима Пятая.

— По-почему пятая? — только и смогла вымолвить ошеломленная девушка.

— Видите ли, — спокойно протянул Аркадий, — крысы долго не живут... Два-три года, и все. А мы каждую новую крысу называем Фимой. Эта уже пятая. Первые четыре почили в бозе.

— Где почили? — продолжала растерянная стюардесса.

— В бозе, — ответил Аркадий и откинулся в кресле.

— Это безобразие! — закричала стюардесса. — Я обязана сообщить командиру корабля! Крысы разносчики чумы!

— Сама вы чума! — ринулась в бой Маша.

Стюардесса понеслась в носовой отсек. Вспотевшая Маруся залезла на свое место.

— Ну чего тут такой шум поднимать? — заныла она. — Я только сказала, что Фима хочет пить, а эти идиотки меня спросили, кто такая Фима, а я ее показала! Мама, они не высадят нас?

— Не высадят, — тихо вздохнула рассудительная Оля, — высаживать-то некуда, только на облака.

Тут как раз начали разносить обед. Успокоившаяся Маруся стала кормить Фиму листьями салата.

— Ну что, ест? — раздался чей-то голос.

Мы подняли головы. Полный молодой мужчина в форменной одежде Аэрофлота приятно улыбался нам.

— Ест, — ответила Оля.

— Это и есть ваша Фима Пятая? А я — командир корабля Александр Иванович Крылов, — представился летчик.

Маруся побагровела от злости:

— Моя Фима не разносит чуму. Эта ваша стюардесса психопатка. Она, наверное, считает, что у всех кошек лишай, а все собаки бешеные.

— А у тебя есть еще животные? — продолжая улыбаться, спросил Александр Иванович.

— Да вот они, — обрадовался бесхитростный ребенок.

— Ну и ну, — покачал головой командир корабля, — а у нас дома один хомяк, да и то скучный какой-то. Жена хочет ему девочку купить в пару.

— Ой! — обрадовалась Маруся. — Мама уже такую глупость один раз сделала! У нас был хомяк, и ему купили девочку. Так они все время занимались сексом и все время рожали хомячат. Мама не могла их топить и все время таскалась в зоомагазин. Вы лучше купите своему хомяку мальчика, они могут и с мальчиками сексом заниматься, а хомячат не будет. У «голубых» ведь детей не бывает.

Летчик крякнул:

— Ну, спасибо тебе, все отлично растолковала. Тебе сколько лет?

— Ей двенадцать, — объяснила Оля.

— Ну ладно, — улыбнулся Александр Иванович, — счастливого полета!

Дальнейшее путешествие было безоблачным, а Париж встретил нас солнечной безветренной погодой. Потолкавшись по коридорам аэропорта Шарля де Голля, мы добрались до таможни.

— Так, — сказала Оля, — ты, Маруся, прячь Фиму в карман и молчи, пока не пройдем контроль.

Возле стойки мы вытащили ветеринарные сертификаты и отдали их таможеннику.

— Все чудесно, господа, а где документы на это животное? — сказал он.

Наши головы разом повернулись в сторону Маши. Фима преспокойно сидела у нее на плече.

— Ты почему ее не спрятала? — спросила Оля. — Я же тебе сказала!

— Ну не услышала! — завопила Маруся.

— Господа, господа, где документы? — настаивал таможенник. — Где документы на эту мышь?

— Это не мышь! — опять завопила Маша. — Мышь — мелкий грызун, а это чистая, здоровая, абсолютно безвредная крыса!

— Я всегда считал, — вздохнул Аркадий, — что не надо было учить ее так рано французскому. Вот сейчас она этому таможеннику все объяснит!

— Документы, господа, — настаивал француз, — иначе я буду вынужден арестовать эту... крысу!

— Фимочка моя бедная! — зарыдала моя дочь. — Сокровище, бриллиант ненаглядный, ты так и не увидишь Парижа, этой всемирно известной столицы, самого прекрасного города на Земле!

Француз расплылся в улыбке:

— Кто научил тебя так отлично говорить по-французски?

— Мама, — воскликнула Маша, — она учит студентов французскому!

Таможенник повернулся.

— О, мадам, разрешите выразить вам мое восхищение. Я счастлив познакомиться с вашей очаровательной дочерью. Добро пожаловать в Париж. Только, пожалуйста, временно на территории аэропорта спрячьте вашу милую крысу!

— И все-таки я был не прав, — вздохнул Аркадий, — Машкин французский оказался кстати.

Довольные, мы вышли из здания аэропорта на площадь и стали оглядываться по сторонам. Наташки не было видно.

«Вот ведь негодяйка, — подумала я. — Даже здесь опоздала».

В это время красивая высокая рыжеволосая девушка с визгом кинулась на шею Аркадию.

— Наташа! — ахнула я. — Это ты?

— Я! — кричала возбужденная Наташка.

— Тебя невозможно узнать, — еле вымолвил Аркадий. — Половина осталась!

— Это я похудела, — затарахтела Наталья. — Толстый человек — больной человек!

— И прическа у тебя другая... — протянула Маша.

— Волосы я покрасила, а все остальное осталось прежним. А люблю вас всех даже больше, чем раньше, кошечка моя, Клепочка ненаглядная, любименькая, а это кто? — выпалила Наташа на одном дыхании.

— А это моя жена Оля, — сказал Аркадий.

— Ну и ладненько, — тряхнула рыжими кудрями наша парижанка. — У меня здесь две машины. В одну сядем я, Аркадий, Оля и Маша. А ты с животными поедешь в другой. Давай сюда! — замахала она руками.

С противоположной стороны площади подкатила темно-синяя машина. Ее вел светловолосый красавец чуть старше Аркадия.

— Ну, мы пошли, — сказала Наташа, — а ты устраивайся.

Шофер, улыбаясь, открыл мне дверь.

— Какая красивая у вас кошка. Может, она хочет пить? — любезно предложил он.

— Да нет, спасибо, — отказалась я.

Дорога заняла у нас минут тридцать. По дороге шофер любезно рассказывал обо всех достопримечательностях, и, когда мы вкатили во двор большого дома, я была совершенно им очарована. Возле большого крыльца машина остановилась, и водитель, открыв дверцу, помог мне выйти. Я наклонилась к перевозке с кошками и замерла от ужаса. По высоким ступеням крыльца бежали — нет, летели — две огромные собаки: питбультерьер и ротвейлер. Я захлопнула дверцу.

— Не стоит пугаться, — заулыбался мой спутник. — Несмотря на свой свирепый вид, они очень дружелюбны.

— Но моя кошка... — только и смогла промямлить я.

— О, Банди и Снапунуэль очень любят кошек. Да вы посмотрите сами! — С моих глаз спала пелена ужаса, и я увидела на спине пит буля белую пушистую кошку.

— Знакомьтесь, это Фифина, — сказал шофер. — Она настолько разленилась, что ездит теперь только у Банди на спине. Иногда мне кажется, что она управляет им, как конем.

Успокоенная увиденным, я медленно приоткрыла дверцу. Собаки тут же всунули морды внутрь.

— Ну, ну, — принялся их успокаивать шофер, — потом познакомимся!

Послышался визг тормозов.

— Как, вы уже здесь? — закричала у меня за спиной Наташка. — Я же просила не гнать с такой скоростью.

— Но мы ехали не так уж и быстро, — принялся оправдываться шофер.

— Все ты врешь, — напустилась на него Наташка. — Я сама быстро ехала и то только приехала, а он, нате, уже тут.

— Ну прости, больше не буду, — ныл шофер.

«Какие странные взаимоотношения с прислугой», — подумала я, глядя на разозленную Наташку. Судя по лицам моих домашних, им пришла в голову та же мысль.

— Не будешь меня слушаться — продолжала кипеть Наташка, — так и знай, брошу тебя и найду другого, более молодого и красивого!

— Постой-ка, — прервал ее крик Аркадий, — это что, твой муж?

— Ну да, — сказала Наташка. — Знакомьтесь, барон Макмайер, Жан Макмайер!

Жан ласково заулыбался и протянул Маше руку:

— С приездом, маленькая русская красавица.

— Спасибо, — вежливо ответила та.

— А сколько тебе лет? — не успокаивался барон.

— Мне двенадцать, а тебе? — ринулась в атаку Маня.

— А мне двадцать три, — улыбнулся Жан.

Повисла неловкая пауза.

— Значит, ты младше Аркадия на два года и

младше Наташи на четырнадцать лет, — бесцеремонно подвела итог Маруся. — Тогда я буду звать тебя просто Жан. А это правда, что ты неприлично богат?

Жан расхохотался.

— Завтра пойдем покупать тебе подарки, и, надеюсь, ты изменишь свое мнение о неприличии богатства, — сказал он.

Глава 2

Я проснулась от тишины и, открыв глаза, долго не могла понять, где нахожусь, — меня окружала полнейшая темнота. Пошарив рукой около изголовья, я обнаружила какую-то кнопку и нажала ее. С легким шорохом распахнулись жалюзи, и серый свет проник в комнату. Будильник на прикроватной тумбочке показывал ровно восемь. Восемь чего? Утра или вечера?

Прежде чем встать с кровати, я осмотрела комнату. Большая, метров тридцать, не меньше, она была до отказа забита мебелью. У одной стены располагались два шкафа для одежды, письменный стол, полки с книгами. Вторая была занята камином и картинами. Полка над камином ломилась от безделушек — керамические свинки и мышки, фарфоровые собачки и куколки. Чтобы вытереть с них пыль, понадобится целый день, не меньше. Два больших окна с бархатными розовыми шторами делали спальню похожей на домик Барби. А кровать, кровать, на которой я лежала, представляла собой настоящее произведение искусства.

— Стиль вампир, — говаривал мой второй муж, глядя на этакую красоту.

Резные ножки, ангелочки у изголовья, узор

из виноградных листьев по бокам... Розовое постельное белье и штук десять подушек и подушечек с кружевами. Интересно, кто живет в этой комнате? И вообще странно, в просторном доме, наверное, апартаментов двадцать, а меня селят в чью-то спальню.

Я подошла к окну: все-таки было восемь вечера — за окном смеркалось. Значит, сразу по приезде я шлепнулась на это ложе куртизанки и заснула мертвым сном. Впрочем, кровать мне не очень понравилась: матрас был слишком мягким, а одеяло слишком теплым. И еще страшно хотелось есть. Последний раз нас кормили в самолете. Я поискала нашу дорожную сумку, где лежал мой запасной свитер: тот, в котором я приехала, был безнадежно измят. Если не найдется сумка, то как попросить утюг? Кажется, в таких домах зовут горничную. Нажимают на кнопку, и она появляется перед вами...

Панель с кнопками обнаружилась у изголовья кровати. Нажала одну — заработал кондиционер, нажала другую — зажегся ночник, третья оживила шкаф. Его дверцы медленно разошлись, и я остолбенела. Шкаф был набит вещами, о которых бедная преподавательница могла только мечтать. Костюмы всех цветов, разнообразнейшие юбки, блузки, пар сорок туфель, роскошное, совсем новое белье. Добили меня нераспечатанные пачки колготок, стопкой лежащие на одной из полок.

Я от души позавидовала таинственной обладательнице этой роскоши. Утром она просыпается и, не вставая с кровати, открывает шкаф, выбирая, что надеть. Потом зовет горничную... О, черт, как же позвать эту горничную!

Натянув на себя мятые свитер и джинсы, я вышла из комнаты. Передо мной лежал длинный коридор, в конце которого виднелась лестница.

Я двинулась вдаль. Вдруг одна из дверей с треском распахнулась, и из нее выскочила девочка, буквально вбитая в очень тесные и короткие розовые джинсы. «С этакой толстой попкой не носят узкие штаны», — невольно подумала я. Девочка развернулась и издала вопль:

— Мамочка проснулась!

Это была абсолютно счастливая Маша. Новости выливались из нее рекой. Они обедали, потом Жан повез Машу в магазины.

— Он купил мне все, что я хотела, — задыхалась Маруся. — Абсолютно все! Гляди!

Она толкнула дверь и буквально втащила меня в комнату.

Посреди фиолетового ковра возвышался трехэтажный дом для Барби. Вожделенный дом, покупка которого в Москве подорвала бы наш семейный бюджет на полгода. Вокруг были разбросаны пакеты с одеждой.

— Да, — промычала я, — надо бы все это убрать в шкаф, а джинсы тебе эти, наверное, жмут.

— Жмут! — радостно подтвердила Маня. — Но здесь сейчас так носят — коротко и тесно. А вот гляди, это платье для вечера.

И в мгновение ока она стянула с себя брюки, футболку и облачилась в голубое платье, обильно украшенное блестками и бантами.

— Ну, как тебе? — подпрыгивала она от полноты чувств.

— Великолепно, ты неотразима, но давай уберем все это в шкаф.

— А Жан сказал, что это наряд начинающей путаны, — обиженно протянула Маша. — А убирать не надо, надо позвать Софи, она все уложит.

— А как позвать Софи? — поинтересовалась я.

— Да очень просто, — сказала Маша.

Она дернула за шнурок около двери.

— Сейчас прибежит.

Не прошло и пяти минут, как в дверь постучали.

— Входи! — крикнула девочка.

На пороге возникла женщина лет сорока с суровым выражением лица.

— Софи, — приказала Машка, — это все надо убрать в шкафы!

Я сжалась от ужаса: сейчас эта мегера объяснит нам, кто здесь хозяин. Но лицо Софи расплылось в сладкой улыбке.

— Сладенькая ты моя, — закудахтала она радостно, — ты доверяешь мне разложить все твои новые вещи? Ах ты, ягодка, белочка сладенькая! Иди, иди покушай вкусненько. Иди, моя радость, а я все уберу, кроватку тебе разложу, пижамку погрею...

— Ну пошли скорей, — запрыгала Машка, — видишь, там вкусный ужин!

Захлопывая дверь, я увидела, как Софи аккуратно раскладывает белье.

По бесконечному коридору мы дошли до лестницы и спустились на первый этаж. По дороге я чуть не сломала шею, пытаясь рассмотреть картины, обильно развешанные по стенам. Репродукции импрессионистов были просто великолепны, а вот абстрактные композиции на первом этаже понравились мне куда меньше. Двери в столовую были раскрыты, и, когда я вошла в зал, мне на минуту показалось, что я нахожусь на съемках фильма, сцена: «Ужин в семье аристократа». Яркие лампы, сверкающая посуда, голые плечи женщин и черные костюмы мужчин, беззвучно двигающиеся слуги... Я в моем мятом свитере и грязных джинсах была тут как нельзя к месту.

— О, дорогая, — проговорил Жан, вставая из-за стола, — мы не хотели вас будить!

Я с облегчением заметила, что он был в джинсах и рубашке без галстука. Да и другие женщины тоже были одеты просто, голыми плечами щеголяла только одна дама. Зато что это были за плечи! Белые, полные, покатые — совершенно роскошные. Такие плечи просто грех прятать под платьем! К плечам прикреплялась массивная шея, украшенная ухоженным лицом средних лет.

— Давайте я вас познакомлю, — улыбнулся Жан. — Это Жаклин. — Плечи милостиво повернулись в мою сторону. — Жаклин — моя кузина.

— Двоюродная, — поправили плечи неожиданно тонким голосом.

— Дорогая, не будьте столь педантичны, — засмеялся ее сосед. — Я, например, до сих не могу понять, какие родственные узы связывают нас с Натали! Вообще-то я брат первой жены Жана.

Жан захохотал:

— Не надо сразу пугать наших гостей, Яцек.

— Да мы не из пугливых, — сказал Аркадий.

— Моя первая жена, — уточнил Жан, — вышла замуж за брата Яцека. Они познакомились случайно на одной вечеринке и поженились.

— Да, — протянула Маша, — мамины бывшие мужья тоже дружат с мужьями своих бывших жен...

Воцарилась тишина.

— Я всегда говорил, — процедил Аркадий сквозь зубы по-русски, — не надо было учить ее иностранным языкам.

Жаклин ласково улыбнулась мне:

— Ну, со мной и Яцеком вы уже познакомились. А это Андре, наша дочь.

— Не совсем наша, — уточнил Яцек, — Андре моя дочь.

Я почувствовала себя как дома. В столовой уютно и светло, еда потрясающая, вино вкусное. Я расслабилась и улыбнулась соседу справа.

— Меня зовут Аллан, — шепнул он мне. — А как ваше имя?

— Дарья, — пробормотала я с полным ртом, — меня зовут Дарья, или Даша.

Сосед согласно закивал головой:

— Прекрасное имя, необыкновенно вам подходит!

Тихая беседа за столом текла своим чередом. После седла барашка подали блюдо с сырами. Запивали все это великолепным, совершенно потрясающим вином, название которого я не знала, а этикетку не увидела. Официант держал бутылки, обернув их салфеткой. Разговор перекинулся на искусство. Сначала обсудили достоинства и недостатки Лувра, потом Британского музея, добрались до галереи Уффици.

— А ваш любимый художник? — обратился ко мне Алан.

— Люблю всех импрессионистов, — призналась я, — а вот Пикассо, Малевич не для меня.

— О, — засмеялся Жан, — тогда вам надо ходить только по второму этажу. Не зря Натали настаивала, чтобы ваша комната была именно там, можно не спускаться на первый этаж. Он у нас весь посвящен современному искусству.

— Да, — восторженно закивала я, — на втором этаже такие чудные репродукции.

Повисла тишина, потом все опять разом заговорили — на этом раз о китайском фарфоре эпохи Мин.

Кофе подали в соседней комнате, скорее всего это была библиотека: стены плотно заставлены томами разных форматов, кожаные и бумажные корешки, подарочные и карманные издания — все стояли вперемешку.

Неся в руках две маленькие чашечки с кофе, Наталья подошла ко мне.

— Ну что, нравится? — спросила она.

— Очень, но вот только...

— Что-то не так? — озабоченно спросила Наташка.

— Да нет, все в порядке. Но не могла бы ты поселить меня в другую комнату?

— Не нравится? А я так старалась все сделать для тебя как можно лучше...

— Да все прекрасно, вот только меня смущают чужие вещи в шкафу. Я кого-то выселила из комнаты?

Наташка захохотала во весь голос:

— Ну, ты даешь! Это все твои вещи.

— Мои?

— Твои, твои. У тебя что, памяти нет? Помнишь, как мы с тобой под Новый год мечтали? Ты говорила, что хотела бы шкаф, который можно открыть, не вставая с кровати, и там должны лежать куча нового белья и нераспечатанные пачки с колготками, и по паре разных туфель к каждому костюму. Можешь быть уверена, я все сделала точь-в-точь, как ты хотела. Знаешь, этот чертов шкаф отказались делать три фирмы.

— Прости, — в полном ошеломлении пробормотала я.

— Да ладно, чего уж там, — снисходительно бросила Наташка. — Я-то знаю, как съезжает крыша, когда мечты вдруг воплощаются в жизнь.

Я лишилась дара речи.

— Натали, — позвал Жан.

— Иду, — заулыбалась Наташка, — да, вот еще

что, имей в виду — так, на всякий случай, на стенах у нас нет репродукций, все только подлинники...

Хорошо, что я не могла увидеть себя в эту минуту со стороны — отвисшая челюсть не красит. Подлинники! Все эти прекрасные картины, густо развешанные по стенам, подлинники. Значит, и этот Гальс, украшающий библиотеку, тоже. А рядом маленький этюд — о нет! Это набросок Да Винчи.

— Не завидуйте, — раздался голос позади меня. — Жизнь так изменчива... Вдруг вы станете богаче своей сестры!

— Ну, это маловероятно, — ответила я, поворачиваясь. — Не думала, что на моем лице написана откровенная зависть!

Мой бывший сосед по столу расхохотался.

— Я хорошо знаю женщин — вы завидуете даже новой шляпке. А при виде такой коллекции, да еще у сестры, да еще если вы бедны...

— Кто вам сказал, что Натали моя сестра? — перебила я Аллана.

— Она сама. Вы, русские, так цените родственные связи, так держитесь друг за друга...

Я посмотрела на Аллана и вздохнула. Объяснить этому самовлюбленному болвану ничего невозможно. Неужели он не понимает, что русские такие же разные, как и французы, а большое число родственников одинаково угнетающе действует на людей любой национальности. Интересно другое: с чего это Наташа выдает меня за свою сестру?

Но вслух я произнесла совсем другое:

— Богатому человеку трудно понять бедного.

— Боже, да вы философ! — восхищенно проговорил Аллан. — Но вот в отношении меня вы ошиблись. Я долго, слишком долго был беден. Затем удачно женился. Мартина была богата. Злые языки судачили, что наш брак держится на голом расчете. Не спорю, сначала так и было, но потом я искренне полюбил ее. И сейчас я вдовец, и мне ее не хватает. Она была не красива, но умна, и в этом вы чем-то на нее похожи!

Наш разговор прервала Маша.

— Мамочка, мамочка, мне нужно сказать тебе что-то по секрету, — театрально зашептала она.

— Дитя мое, — сказал Аллан, — смело говори по-русски. Ничего, кроме слов «Ельцин» и «Горбачев», я не пойму!

— Мамулечка, — затараторила Маша, — поди скажи Аркадию, он не разрешает взять мне десерт, скажи ему — это нечестно.

— Ябеда-корябеда, — отреагировал Аркадий. — Мать, она выдала тебе только часть информации. Я не разрешил ей в четвертый раз взять взбитые сливки. И не подумай, что я забочусь о ее фигуре, здесь уже ничего не поделать. Но ведь ее прошибет поносус вульгарис. Будет стонать и охать.

— О, как приятно видеть столь трогательную заботу брата о младшей сестре, — произнес тонкий голос.

— Они ухитрялись спорить даже тогда, когда Машка еще не умела говорить, — вздохнула я и вдруг поняла, что что-то здесь не так.

— Как вы здорово говорите по-русски! — заорала, как всегда, во весь голос Маша. — Мамулечка, она говорит по-русски ну прямо как мы!

— Что же здесь удивительного? — сказала Жаклин. Я ведь русская, девичья фамилия моей матери Коновалова. Сейчас все эмигранты прикидываются князьями, а я признаюсь честно — моя мама была простой девчонкой из деревни, просто Галька Коновалова.

— А как же вы оказались в Париже? — заинтересованно спросила Маша.

— Во время войны моя мать попала в оккупацию, — охотно ответила Жаклин, — а после побоялась вернуться в Россию. Скиталась сначала без денег, жилья и работы, потом устроилась судомойкой в один богатый дом. Ну а дальше все пошло, как в сказке. Богатый хозяин увидел бедную служанку, полюбил ее и взял в жены. Так что я — дитя любви!

— Вы великолепно владеете русским языком, — сказала я, — практически без акцента.

— Мать настояла на том, чтобы в доме было два языка, — пояснила Жаклин. — Она говорит, что, чем больше знаешь, тем лучше.

— Ваша мать жива? — спросил Аркадий.

— Да, слава Богу. Может быть, вы выберите день и придете к нам в гости? Она будет очень рада поговорить с русскими. Ностальгия, знаете ли, типично русская инфекция. Мать усердно смотрит вашу первую программу телевидения и обожает все русское. А может быть, вы одолжите нам на пару дней ваших молодых? Мы бы устроили неделю русско-французской дружбы: наша дочь и ваши дети. Это было бы чудесно. Не правда ли, Яцек?

Муж Жаклин оторвался от бокала с коньяком:

— Да, да, дорогая, все, что хочешь!

— Правда, он прелесть? — умилилась Жаклин, — Все, что ни скажу, — на все один ответ: «Да, да, дорогая!» А что ему отвечать, когда он нищий поляк, а все деньги у меня? Да нет, не волнуйтесь, польский, конечно, походит на русский, но Яцек не понимает ни слова, потому что он идиот. — И она громко засмеялась.

Тут только я поняла, что Жаклин совершенно пьяна. Яцек подошел к ней.

— Пойдем, дорогая, нам пора выпить по чашечке крепкого и сладкого кофе.

— Да, — неожиданно покорно закивала Жаклин, — кофе — это прекрасно.

За окнами совершенно стемнело, слуга зажег торшеры. Мягкий полумрак смягчил краски, сделал лица присутствующих моложе. Легкий хмель кружил мне голову — вкусный джин, прекрасное вино... Все вокруг показались мне необыкновенно приятными людьми, слегка резкими на язык, но милыми и приветливыми. Стены библиотеки уютно поблескивали корешками книг. Аркадий, Оля и Маша разглядывали альбом Босха, Наташка и Жаклин щебетали о чем-то на диване. Яцек угощал Аллана сигаретой. Андре тихо вязала в кресле. Андре!.. Андре подняла глаза от вязания и с нескрываемой ненавистью и злобой поглядела на Жана. Взгляд этот, явно не предназначенный для посторонних, поразил меня какой-то детской яростью. В мирной комнате повеяло грозой. Мимо моего лица большой черной птицей пролетела ненависть. Если бы взглядом можно было убивать, Жан свалился бы замертво около бара с коньяками. Увидев, что я смотрю на нее, Андре моментально улыбнулась.

— Ненавижу запах коньяка. Каждый раз, когда Жан открывает этот бар, готова всех убить. Правда, смешно?

Я засмеялась вместе с ней. Засмеялась, но не поверила ей ни на минуту. Коньяк нельзя ненавидеть, как человека. А взгляд Андре был более чем красноречив. И зачем только она стала оправдываться? Чудесный вечер полностью потерял для меня свое очарование.

Глава 3

На следующее утро меня разбудила Наташка.

— Хватит дрыхнуть, — сказала она и раздвинула занавески. — Ты чего, спать сюда приехала?

Я зажмурилась от яркого солнца и потянулась к джинсам.

— Ну уж нет! — воскликнула Наташка. — Хватит лохмотьев, давай, сделай мне приятное. Надень что-нибудь поприличнее. Вот хотя бы это. — И она вытащила из необъятного шкафа легкое голубое платье в белую полоску и белые туфли. Я оделась, и мы спустились в столовую. Там царила пустота. На столе был накрыт кофе с круассанами.

— А где все? — поинтересовалась я.

— Ты бы еще больше почивала, — засмеялась Наташка. — Проглядела детей, так тебе и надо. Пока ты дрыхла без задних ног, дети-то уехали!

— Куда уехали?

— Аркадия с Олей забрала Жаклин, она же прихватила с собой и двух твоих котят. Говорит, что это лучший подарок для ее матери — котята из России. А Машка с Жаном отправились на экскурсию в Париж — сначала «Самаритэн», потом «Галери Лафайет». Поедят они в городе, а мы с тобой прямо сейчас — по музеям. С чего начнем: Лувр, Дворец Инвалидов?

— Подожди, подожди, — попробовала я охладить Наташкин пыл. — Может, поедем туда же, куда и Маша с Жаном. Что там выставлено?

— Шмотки, — захохотала Наташка, — там выставлены шмотки! Ты что, в своем институте совсем одичала? Это же крупнейшие парижские универмаги. Жан повел Машку делать покупки.

Мне стала неудобно.

— Они и так уже накупили целую комнату вещей. Чтобы все это увезти, потребуется грузовой самолет.

— Ничего, ничего, — успокоила Наташка, — пусть покупает, а насчет отъезда мы еще подумаем: кто, куда и когда поедет. Знаешь, Машка напоминает Жану его сестру.

— У Жана есть сестра? — спросила я.

— Была. Нужно тебе все равно рассказать, но только по дороге, хватит тратить время на кофе.

Мы прошли сквозь большой холл и вышли во двор. На ступеньках дома лежали страшные собаки Жана. Из-за их спин вылезла кошка, а за ней... моя Клеопатра. Единственный оставшийся котенок самозабвенно играл с хвостом питбуля.

— Эти идиоты обожают кошек, — расхохоталась Наташка. — Их купили для охраны, но они оказались совершенно ни на что не годными. Зубы используют только для еды, лижутся со всеми. Да и как им быть другими? Слуги вечно суют им в пасть сдобное печенье. Софи поит их кофе со сгущенкой. Даже почтальон приносит халву. И вот результат! А кошки, мышки, птички — просто любимые друзья! Самый смех был, когда Яцек привез своего попугая. Он их заклевал, и мои грозные охранники боялись выйти из кухни.

Продолжая рассказывать, Наташка распахнула дверь гаража, и я увидела три машины.

— Вот это моя, — ткнула Наташка пальцем в «Ситроен». — Простовата, конечно, но чего выпендриваться? Французы, знаешь, не любят тех, кто высовывается. Предпочитают скромность. Платье попроще, совсем не красятся... Здесь быть богатой вроде как бы вульгарно.

С этими словами мы сели в машину.

— Пристегнись обязательно, тут тебе не Москва. Могут содрать штраф, даже если, не пристегнувшись, просто сидишь в машине с включенным двигателем.

Мы выехали на автостраду. Наташка подняла окно и вдавила педаль газа.

— Может, не надо так быстро? — робко попросила я.

— А разве это быстро? — удивился мой шофер, входя в поворот на третьей скорости. — Мы же еле ползем! Ну слушай. Теперь о Жане. Конечно, об этой истории известно всем, но вслух мы никогда о ней не говорим. Отец Жана англичанин, а мать француженка. Оба состоятельные люди и после брака объединили свои состояния. Эдуард коллекционировал картины, а Сьюзен — старинные куклы. У них родилось двое детей: Жан и Элизабет. Дочь Лиза была младше на два года. Как-то раз в Лондоне предполагалась большая выставка кукол, и Сьюзен повезла туда свою коллекцию. У них был небольшой самолет, Эдуард пилотировал сам. И вот уже в момент отлета Жану стало плохо: тошнота, рвота... Срочно вызвали врача, тот определил отравление. И Жана отправили домой. А его отец, мать и сестра полетели в Лондон. Но туда они не прилетели. Исчезли, скорее всего упали в Ла Манш. История эта произошла шесть лет назад и наделала много шума. Коллекция кукол Сьюзен была застрахована на очень крупную сумму, и страховая компания не хотела платить, пока им не предъявят точные доказательства гибели коллекции. В общем, целое дело. Жану тогда было семнадцать лет, его сестре пятнадцать. От тоски он женился в восемнадцать лет на Катрин. Но что-то там у них не заладилось, и уже через год они разошлись. Катрин быстро снова вышла замуж и теперь живет в Америке. А Жан и я встретились на дне рождения у Бернара, друга Гаспара. Помнишь Гаспара, моего первого мужа?

Я кивнула.

— Ну вот, встретились, и через некоторое время Жан сделал мне предложение. Я развелась с Гаспаром и вышла замуж за Жана.

— А кто такие Яцек и Жаклин?

Наташка еще сильнее нажала на газ.

— О Господи, сейчас я тебе все объясню. Слушай внимательно. Жан был женат на Катрин. У Катрин есть новый муж. У мужа есть брат. Это Яцек. Яцек женат на Жаклин. Андре — дочь Яцека от первого брака. Общих детей у них нет. Жаклин еще та штучка. Ее мать и правда была бедной деревенской девушкой. А вот отец — совсем другое дело. Что уж он такого нашел в Галине — матери Жаклин, — никто не понимал. Сейчас она вполне благообразная старушка, а в молодости, поговаривают, красотой не блистала, да и не очень умна была. Может, это-то его и привлекло. Короче, чтобы там ни было, но отец Жаклин женился на Галине, обеспечил ей райскую жизнь и более чем безбедную старость. А на Жаклин мужики слетаются, как мухи на мед. И дело не в ее богатстве. Что-то есть в ней такое... В общем, куда ни придет, все вокруг нее вьются.

— А чем она занимается? — глупо поинтересовалась я.

— Замуж выходит. Правда, последние годы живет с Яцеком. Но до него уже трижды разводилась. А с Яцеком просто невозможно поругаться. Он удовлетворяет любые ее капризы. Знаешь, как они познакомились? Жаклин сбила его в предместье Парижа. Думала все — труп на дороге, а она в Сантэ. Она рассказывала, что выскочила из машины и заглянула под колеса. А Яцек лежит и хохочет. «Вы,

мадам, очень неосторожны, — проговорил он, — в другой раз будьте внимательнее на повороте». Представляешь? Жаклин отвезла его к себе — был ноябрь, и Яцек весь измазался. А наутро они пошли оформлять брак. Галину чуть удар не хватил — поляк, почти нищий, да еще с кучей бедных родственников. У него сестры, братья, несколько теток — все бедны, как церковные мыши... И вот, представляешь, зовет Жаклин гостей на свадебный обед. И уж конечно, в первых рядах Жан: их отцы сводные братья. И Катрин позвали. А она не растерялась и зацапала брата Яцека. Денег-то у нее после развода — тьма. То-то была потеха! Жаль, меня при этом не было. Приехали, вылезаем.

Наташка резко затормозила, и мы выбрались из машины.

— Где это мы? — спросила я, оглядывая небольшую площадь.

— Что, любительница детективов, не узнаешь? Посмотри: впереди Сена, набережная, большой дом...

Я посмотрела по сторонам: «Площадь Дофин» — стояло на табличке у входа в кафе. Не может быть! Неужели это кафе, где любил сидеть комиссар Мегрэ!

Наташка обрадованно закивала головой:

— Вот именно. Впереди перед тобой набережная Орфевр. Вот этот большой дом, это комиссариат, где работал Мегрэ. Вот только кафе по-другому называется. Дофин — это вся небольшая площадь. То ли Сименон выдумал это кафе, то ли переводчик когда-то ошибся, и с тех пор пошло, что «Дофин» — это кафе. Ну, отсюда двинем пешком. В центре полно машин, лучше погуляем на своих двоих.

Наверное, это был самый счастливый день в

моей жизни. Мы проходили весь день по музеям, а в перерывах заглядывали в кафе, ели мороженое, пили вино и были всем абсолютно довольны. Толпы парижан текли мимо нас, витрины магазинов и маленьких кафе манили зайти. Все были веселы, никто никого не толкал, не ругался. «Даже дети у них не капризничают», — подумала я с завистью. Над толпой витал запах хорошей косметики, аромат вкусной еды. Можно только удивляться, как, поедая столько печеного, сладкого, жареного и жирного, французы в массе своей остаются тощими.

Рано или поздно все заканчивается, завершился и этот волшебный день. На улице уже окончательно стемнело, когда мы с Наташкой помчались домой. Устав от беготни, я тихо дремала на заднем сиденье, Наташка напевала какую-то песенку:

— Зизи, зизи...

«Надо будет спросить у нее, что такое «зизи», — вяло отреагировал мой мозг на незнакомое слово. И на этом я заснула.

Разбудил меня резкий толчок машины. Оказывается, мы уже доехали. Я открыла глаза и зажмурилась от яркого света. Во дворе было полно машин: две простые «Скорые помощи» и одна реанимация, несколько полицейских, два красных «Рено», грузовик, на котором громоздились останки темно-синей машины.

Наташка выскочила из машины. Невысокий лысый толстячок поспешил ей навстречу:

— Мадам, позвольте представиться, я комиссар Перье. Глубоко сожалею, но должен сообщить вам ужасную новость. Мадам, мужайтесь: ваш муж попал в автомобильную катастрофу и...

Не дослушав его, Наташка рухнула на землю. Комиссар засуетился вокруг нее:

— Сюда, скорей, врача, ей плохо!

К Наташе подбежал бородатый мужчина в белом комбинезоне.

— Разве можно так, господин комиссар, — сразу, как обухом по голове. Вы бы сначала дали ей сесть. Ну и методы у вас... — укорил он комиссара.

— Я еще не успел ничего произнести, — начал оправдываться толстячок. — Я только намекнул, что произошла катастрофа.

— Да, конечно, глядя на то, что осталось от машины, она должна была подумать, что ее муж задавил кошку, — продолжал доктор, делая укол. — Хорошо, хоть ребенок не сильно пострадал.

При этих словах я почувствовала, что теряю сознание.

— Господа, с бароном Макмайером в машине была девочка. Что с ней?

— Ребенок в полном порядке, несколько легких ушибов, и все. А вы кто, мадам? — поинтересовался комиссар.

Я замялась: Наташка всем представляла меня как свою сестру — жаль, не успела спросить у нее, почему.

— Я сестра баронессы Макмайер и мать девочки, которая ехала с Жаном!

— О, простите мадам, — комиссар поклонился. — Ваша девочка в гостиной вместе с врачом, медсестрой и няней. Но мы будем вынуждены допросить ее, так как она единственный свидетель. Скажите, мадам, сколько лет ребенку? По нашим законам мы обязаны вызвать адвоката, если...

— Хорошо, хорошо, — перебила я комиссара, — скажите, что с Жаном?

— Он мертв, мадам, — сухо ответил комиссар. — И сделайте так, чтобы ваша сестра не настаивала на осмотре тела. Его уже опознали слуги.

— Но почему, комиссар?

— Он сильно изуродован, зрелище это — не для жены, мадам, — еще раз вежливо поклонился полицейский.

Я пошла в дом, за мной брели очнувшаяся Наташка в грязном костюме, комиссар, врач и два ажана.

В гостиной горели все лампы. На диване в горе подушек, укрытая пледом, сидела Маша. Перед ней на коленях я увидела Софи с чашкой, по ее лицу текли слезы.

— Я педиатр, мадам, — обратился ко мне мужчина, стоявший возле Софи. — Ребенок пережил страшный шок, девочку следует поместить на несколько дней в клинику, потом вам, вероятно, потребуется психотерапевт. Ни о каком полицейском допросе не может быть и речи. Детскому организму не под силу такие перегрузки...

— Глупости все это! — фыркнула Маша, выбираясь из пледа. — Может, это ваши французские дети такие нежные, а мы, дети из России, абсолютно нормальные и здоровые люди. Допросить меня нужно сейчас, а то завтра я могу забыть какие-то детали. Мой долг — помочь правосудию. И уберите от меня эту чашку с бульоном. Терпеть не могу воду с жиром!

Комиссар почесал переносицу. Врач снял очки.

— Знаете, мадам, — пробормотал он, протирая стекла, — я много слышал о русских женщинах. Позвольте мне выразить вам свое искреннее восхищение!

— Ладненько, ладненько, мой ангел, расскажи-ка нам все с самого начала, прямо с той минуты, как ты сегодня проснулась, — проговорил комиссар.

Все расселись по креслам, ажаны встали у двери. Софи, вытирая слезы, вновь укутала Машу пледом.

— Утром меня разбудил Жан, — начала Машка. От всеобщего внимания она раскраснелась, и на ее щеках выступили грязные подтеки.

«Значит, она все-таки плакала», — отметила я машинально.

— Он вошел рано, было около восьми. Я оделась, мы позавтракали и составили план разорения.

— План чего, моя белочка? — поинтересовался комиссар.

— Вы можете со мной не сюсюкать, — отрезала Машка. — Составили план разорения. Это Жан придумал. Он сказал, что мы идем разорять магазины. Сначала разорим один, потом другой, а когда товары кончатся во всех магазинах, мы полетим в Нью-Йорк и продолжим там. Но это была шутка.

Машка рассказывала долго, смакуя подробности, описывала покупки... Я поняла, что в районе часа они проголодались и решили перекусить. Машка попросилась в «Макдональдс». Но Жан сказал ей, что это salte и что Макмайеры в «Макдональдс» не ходят. Поэтому они зарулили в китайский ресторан, где от души попробовали все блюда. Жан не пил ни капли, даже пива, только «Виши». Потом они ели мороженое — ванильное с шоколадом и орехами. А затем снова кинулись в магазины. Завершилась эта оргия на Блошином рынке покупкой фарфоровых собачек...

Все их приобретения не влезли в багажник. Поэтому хорошенькое голубое одеяло в розовых белочках, набор подушечек «Белоснежка», теплые попонки для собак, подстилочки в бантиках для кошек, пуфики в виде оленей, большого розового зайца, большую голубую собаку и сумку с подарками для меня и Наташки они положили на заднее сиденье. Машка же, несмотря на протесты Жана, тоже уселась на заднее сиденье — ей не терпелось еще раз все посмотреть. Уже в дороге она натянула на себя маскарадный костюм тигра, сделанный из бархата, — ей захотелось, когда они приедут домой, выскочить из машины и зарычать на Софи... Все это и спасло девочке жизнь.

Всю дорогу они весело болтали, потом Жан замолчал и сказал ей неожиданно строгим голосом:

— Быстро сбрось все с сиденья на пол и сверху ляг сама!

Машка выполнила его приказ, и через несколько секунд раздался ужасный скрежет и визг, пол и потолок машины несколько раз менялся местами, они кувыркались, падали, опять кувыркались... В конце концов, эта адская карусель затихла. Зная, что машина может загореться, Машка вылезла через разбитое стекло наружу. Но, увидев, что Жан не движется, кинулась к нему. Он был без сознания. Девочка выбежала на шоссе и остановила первую попавшуюся машину. Не знаю, что подумал водитель, увидев на дороге заплаканного ребенка в маскарадном костюме, но он сразу вызвал полицию и «Скорую помощь»...

Выслушав Машку, комиссар покачал головой:

— Очевидно, что-то произошло с машиной. Барон понял это и велел ребенку лечь в груду мягких вещей. Более подробно о причинах аварии мы узнаем только после специальной экспертизы.

— Я думаю, что всем надо немного отдохнуть, — сказал педиатр.

Полицейские откланялись и уехали, сделав Наташке еще один укол. Ушел и врач. Мы остались в гостиной вчетвером — Машка, Наташка, я и Софи.

— Пойду принесу вам перекусить, — засуетилась Софи и поспешила на кухню.

Наташка оглядела свой измазанный костюм:

— Где это я так вымазалась? Ах, да!

Я чувствовала себя совершенно измученной, и меня удивляло Наташкино спокойствие. Хотя, может, это просто шок? Бедный Жан! Куда они увезли его останки? Когда мы будем его хоронить? И что теперь будет с Наташкой?

— Ничего не будет, — словно подслушав мои мысли, сказала Наташа. — По завещанию я единственная наследница. Никаких родственников, прямых или кривых, у Жана не было. Кое-какие суммы оставлены слугам и приятелям, а остальное все мое!

Дверь растворилась, и появилась Софи с гигантским подносом.

— Это хорошо, что деньги будут твоими, — подала голос Машка. — Но ты должна поклясться страшной клятвой, что накажешь тех, кто убил Жана!

— Милая моя, — сказала я, — сейчас, конечно, трудно сказать точно, но, кажется, в машине произошла какая-то поломка. Может быть, отказали тормоза... Роковая, ужасная случайность! Жан был таким милым, таким молодым... Навряд ли кто-нибудь хотел его убить!

— Но он сам мне об этом сказал, — настаивала Машка.

— Кто сказал? — воскликнули мы с Наташкой одновременно.

— Жан, — ответила Машка. — Видите ли, я немного соврала комиссару. Когда я выбралась из машины, то увидела, что Жан не двигается. Я подбежала к нему. Он был в полном сознании, яснее не бывает, только говорить ему было больно и трудно.

— Поклянись, что отомстишь за меня... меня убила Андре... — вот что он успел сказать перед смертью.

Страшный грохот заставил нас вздрогнуть. Мы оглянулись. У буфета Софи уронила поднос с чаем.

— Ты ничего не слышала, — моментально отреагировала Наташка. — Понимаешь? У барона, наверно, помутился рассудок.

— Да, мадам, — покорно согласилась Софи, — барон, очевидно, очень испугался.

— Да нет же, — затопала ногами Машка. — Говорю вам, он был абсолютно спокоен и совершенно в своем уме. Он хотел еще что-то сказать, но тут у него из горла пошла кровь, черная такая, как чернила, и он умер.

— Успокойся, маленькая, — ласково проговорила Наташа, — бывает, что перед смертью человеку чудится всякая чертовщина. Может, он вспомнил, как какой-то Андре его когда-то обидел.

— А вот и нет, — возразила Маша, — не какой-то, а какая-то. Я разве вам не сказала? Он прошептал: «Поклянись, что отомстишь за меня, меня убила Андре Ярузельская». Я слышала, как вчера Андре объясняла Аркадию, что ее фамилия Ярузельская, а Жаклин теперь мадам Ярузельская. Это Андре, Андре убила Жана... Я только не знаю, как она это сделала!

В наступившей тишине мы услышали, как в кабинете пробили часы.

Глава 4

Этой ночью я так и не прилегла. До четырех утра сидела рядом с Машей, держала ее за руку и напевала песенки. Когда же она наконец заснула, встала с ее кровати и побрела в свою комнату. Страшные мысли теснились у меня в голове. Какой злой рок преследует Макмайеров! Сначала в авиационной катастрофе погибает почти вся семья. Потом в автомобильной аварии погибает Жан. Что за отношения связывали Жана и Андре? Мне припомнился ее полный ненависти взгляд, брошенный на Жана... Что-то там явно было не так. Я ворочалась в своей чересчур мягкой кровати с боку на бок. Может, уехать домой? Навряд ли мы будем сейчас нужны Наташке, не до гостей и развлечений ей. Нет, точно не смогу заснуть.

Я вылезла из кровати и посмотрела на часы. Семь утра. Интересно, есть ли кто-нибудь на кухне? Я бы с большим удовольствием выпила чашечку горячего кофе и съела бутерброд. Вчера никто из нас так и не смог проглотить ни крошки.

Я тихо вышла в коридор. Кажется, кухня на первом этаже, во всяком случае, слуги входили с едой в столовую через боковую дверь. Я вошла в столовую. Незнакомый мужчина резал на гигантском столе черную ткань. Увидев мой взгляд, он пояснил:

— Мадам, баронесса велела одеть дом в траур. Могу я вам чем-то помочь?

— Да, — обрадовалась я. — Мне бы чашечку горячего кофе.

Слуга замялся:

— Завтрак, к сожалению, еще не готов, его подадут только в девять. Но, если вы согласитесь пройти на кухню, Луи сварит вам кофе и сделает тосты.

Я милостиво согласилась пройти с ним на кухню.

В кухне было тепло и ослепительно чисто. Любой стол можно было смело использовать для операции аппендицита. От начищенной утвари резало глаза. Возле окна сидел в кресле пожилой человек и читал вчерашнюю «Монд». Увидев меня, он ласково улыбнулся:

— Чем могу служить?

— Мадам желает чашечку кофе и завтрак, Луи, — сказал слуга.

— Прекрасно, — обрадовался Луи, — сейчас все будет готово!

Он раскрыл шкафчик:

— Мадам предпочитает какой кофе?

Передо мной рябили банки, я ткнула пальцем в первую попавшуюся. Луи внимательно посмотрел на меня.

— Если мадам разрешит, я сварю кофе по-турецки и сделаю скандинавские тосты.

Я важно кивнула головой. Ни за что не признаюсь, что не знаю, что такое скандинавские тосты.

— Вы давно работаете у барона? — спросила я повара.

Луи улыбнулся:

— Меня приняли на службу за неделю до свадьбы родителей месье барона. Я готовил им свадебный обед. А Софи пришла через год после меня, когда родился господин Жан.

— Сколько же ей лет? — невольно вырвалось у меня. — Я думала ей лет сорок!

— О, мадам, спасибо за комплимент, — сказал Луи. — Софи на самом деле прекрасно выглядит, но ей скоро будет шестьдесят.

— Очевидно, ей известно средство Макрополоса, — пошутила я.

— О, мадам тоже любит Гашека? — обрадовался Луи. — Мы с Софи часто читаем его по вечерам. Мы уже много лет муж и жена. Готово, мадам.

Скандинавскими тостами оказались кусочки поджаренного белого хлеба, вымоченного в смеси молока и яиц. Луи открыл кофейник — запах чудного кофе разнесся по кухне. Из-под большого стола, накрытого скатертью, вылезли, потягиваясь, Снап и Банди.

— Это они почуяли запах кофе, — объяснил Луи.

— Очень они любят сладкий кофе с молоком. Идите сюда, малышки!

— А где кошки? — поинтересовалась я.

— Посмотрите, мадам. — Луи поманил меня рукой.

В самом дальнем углу кухни стоял дворец — настоящее наслаждение для кошки: обитые темным мехом домики на столбиках, а между ними на разной высоте подвешены гамаки. В одном из них самозабвенно спали две кошки.

— А котенок?

— Уж очень он полюбил Банди, мадам, — покачал головой Луи.

И правда, возле страшной треугольной пасти питбуля лежал на спине серый комочек.

— Если мадам угостит собак печеньем, они будут очень благодарны.

Я запустила руку в большую жестянку, стоявшую на столе. Пальцы нашли там что-то явно не похожее на печенье. Я заглянула внутрь. Между маленькими сдобными кусочками лежала надбитая ампула.

— О, — испугался Луи, — это вчера к собакам приходил ветеринар делать прививки. Как использованная ампула могла попасть в коробку, ума не приложу! Дайте, пожалуйста, мадам.

С этими словами он буквально выхватил у меня жестянку с печеньем и вытряхнул ее в помойное ведро.

— Лучше выбросить все печенье, — пояснил он, — вдруг там осколки...

— Вчера все были очень расстроены, — пробормотала я.

— И не говорите, мадам, такой ужас, — покачал головой Луи. — Месье Жан, упокой Господи его душу, вечно гонял как ненормальный. Бывало, во-

рвется на всей скорости во двор и как затормозит...
У меня от визга колес буквально кровь останавливалась. Честно говоря, мы с Софи надеялись, что женитьба на вашей сестре его остепенит. Их свадьба была, можно сказать, нашей последней надеждой. Ведь после того как погибли барон и баронесса, мы старались заменить ему родителей! Да куда там. Никого не слушал. Сначала привел Катрин, потом этот его ненормальный дружок Пьер! Вот уж у кого в голове тараканы. Представляете, мадам, вечером перед свадьбой месье Жана и мадам Натали он пришел сюда и перебил почти все стекла на первом этаже. Будь моя воля, я посадил бы его в каталажку. Но хозяин запретил вызывать полицию...

— Луи, — прервал его откровения женский голос, — что ты кормишь мадам Дашá разговорами на кухне?

В дверях стояла Софи. Сейчас, когда яркое утреннее солнце било ей прямо в лицо, я заметила, что экономке много больше сорока. Сеточка мелких морщин покрывала шею и щеки. Но в темных волосах не было ни единого седого волоса, а фигура была как у двадцатилетней девушки.

— Луи, — повторила она, качая головой, — на кухне так неприятно пахнет газом. Мадам, — обратилась она ко мне, — разрешите я перенесу тарелку с тостами и чашку. Луи, ты даже не предложил джема и сыра. О, мадам, вы должны извинить его за нерадивость. Но мы все так расстроены.

Не переставая ругать Луи, Софи теснила меня к двери столовой и буквально вытолкнула из кухни.

В столовой было пусто и темно.

— Я включу вам телевизор, — заботливо проговорила Софи.

Она щелкнула кнопками. На экране возникло изображение диктора.

«Погода на севере Франции», — понеслось из динамика.

— Приятного аппетита, мадам, — пожелала Софи и ушла в кухню.

Как только она скрылась, я тихо подошла к двери и приложила ухо к замочной скважине.

— Ты — старый никчемный болван, — донеслось до меня.

Ах, Софи, Софи... И дверь закрыла, и телевизор включила погромче, а вот не рассчитала силу своего темперамента.

— Ты зачем, идиот, все ей выбалтывал?

— Но, милая, она ведь сестра мадам, — робко оправдывался Луи.

— Да хоть бы сам Папа Римский! — кипела Софи. — Если надо, Натали все расскажет сама! Ты кто? Повар! Вот и готовь бульон, нечего лезть, куда не просили. Видишь, как все закрутилось? Кто бы мог подумать, что эта скотина перед смертью наболтает ребенку Бог знает что?

Приближающиеся шаги заставили меня одним прыжком оказаться за столом. В столовую вошла Наташка. Темно-серый костюм делал ее еще стройней и красиво оттенял рыжие волосы.

«Рыжие люди либо преступники, либо гении», — неожиданно вспомнилось мне.

— Как спалось? — спросила Наташка.

— Глаз не сомкнула, провертелась всю ночь.

— Я тоже. Софи, кофе!

В столовую с подносом вошла Софи.

— Сейчас приедут служащие из похоронного бюро, — проговорила Наташка. — Проследите, чтобы они убрали парадный вход, застелили холл и сняли картины в зале на первом этаже. Гроб привезут в двенадцать, и я хочу, чтобы все желающие могли сегодня часов с трех начать прощаться. Вызовите пару лишних лакеев и двух уборщиц. Еще нужен служка из церкви. Пусть ночью читает над гробом молитвы, или поет псалмы, или... Не знаю что. Что там надо... пусть и делает. Да выключите вы телевизор!

Софи закивала головой:

— Все будет сделано, мадам. Из похоронного бюро уже пришли и ждут в кабинете.

Наташка встала, резко отодвинув стул.

— Хорошо, я сейчас пройду к ним, а ты, — обратилась она ко мне, — помоги собраться Маше.

— Куда собраться? — удивилась я.

— Доктор Жанвиль вчера был прав, — проговорила Наташка, — девочка явно пережила страшный стресс. Сейчас вся эта суета, похороны будут ей явно не под силу. Доктор был так любезен, что пригласил Машу к себе на некоторое время. У него дом в Ницце, прямо на берегу. Дети доктора с его женой сейчас там. Море, солнце, развлечения — вот что ей надо. Так что собирай красавицу. Доктор придет за ней в одиннадцать.

Наташка вышла из столовой, не дожидаясь моего ответа, Софи стала убирать со стола. Я направилась в свою комнату. Что-то слишком много тайн в добропорядочном семействе! Машку явно стремятся запрятать подальше, опасаясь ее длинного языка. И еще мне не давала покоя ампула, найденная в коробке с печеньем. Не знаю, как во Франции, но в России не принято колоть собаку наркотиком. Луи моментально выхватил у меня из рук жестянку, но я все-таки успела разглядеть, что на ампуле было написано: «Промедол».

Глава 5

Следующие дни пронеслись как в кошмарном сне. Десятки знакомых Жана и Наташки, вереницы служащих Жана... Тяжелый, сладкий аромат роз и лилий, смешивающийся со специфическим запахом духов и лекарств, сами похороны — все производило тяжелое, гнетущее впечатление.

Поэтому, когда во вторник утром меня пригласили в кабинет для вскрытия завещания, я пошла с большой неохотой и явилась, когда все уже были в сборе. Вокруг стола, как на совещании, сидели все приглашенные: Аркадий, Оля, Жаклин, Яцек, Андре, Наташка, Аллан и еще несколько незнакомых мне мужчин и женщин. Нотариус внимательно оглядел собравшихся:

— Прежде чем приступить к делу, мне хотелось бы выразить вам свое глубокое сочувствие. Горе, постигшее вас, безмерно. Ну что ж, начнем!

Состояние Жана выражалось в запредельной для меня сумме в десятках миллионов франков.

Приличный годовой доход был завещан Луи и Софи. Жаклин и Яцек получали в наследство по картине. «На добрую память обо мне», — именно так и было сказано в завещании. Аллан стал владельцем нескольких книжных раритетов. Андре был подарен гарнитур из сапфиров. Две незнакомые мне женщины, названные мадам и мадемуазель Прудон, получили серьги с изумрудами и бриллиантами. Нотариус, оказавшийся месье Прудоном, — коллекцию бабочек. Все остальное отходило Наташке. Наконец-то сбылась ее мечта, высказанная когда-то на московской кухне: она стала необыкновенно, потрясающе богата.

— Я думаю, что это все, — подытожил незнакомый мне мужчина, не упоминавшийся в завещании. — Мне он не оставил ничего, даже на память. Редкая забывчивость. Мадам, — обратился он к Наташке, — что же вы не представите меня вашей семье? Я ведь вам не посторонний человек. Как-никак я столько лет прожил с Жаном душа в душу, пока вы не разрушили наш, так сказать, брак!

— Вы пьяны, Пьер, — с отвращением проговорила Наташка. — Вам бы следовало лечь и выспаться. Если хотите, я могу устроить вас в комнате для гостей.

— Ах, какие мы ласковые, ах, какие заботливые, так трогательно, я сейчас зарыдаю! Нет уж. Меня позвали, и я буду сидеть здесь до конца.

— Кто позвал Пьера? — спросила Наташка.

Нотариус закашлялся:

— Видите ли, мадам, завещание должно быть прочитано в присутствии всех заинтересованных лиц. Для господина Фалю есть конверт, который необходимо передать ему лично.

— Давай сюда, судейская крыса. — Пьер выхватил конверт из рук нотариуса и вскрыл его.

На пол посыпались фотографии. Пьер захохотал:

— Как мило, глядите все! — И он начал совать фотографии нам в руки. — Глядите, наслаждайтесь. Вот все, что я получил!

Я взглянула на снимки. Глаз выхватил изображение Жана и Пьера в весьма откровенных позах. Женщины семейства Прудон тихо попытались покинуть место побоища.

— Ну уж нет, — разъярился еще больше Пьер, — я еще не закончил. Вы куда, корабельные крысы?

— По-моему, этого зоолога пора остановить, — шепнул мне Аллан и взял Пьера за плечо. — Успокойся, ты пьян, тебе надо лечь и проспаться.

Пьер дернулся.

— И ты здесь? Думаешь, я не знаю, чего ты ждал? Только и мечтал, когда приберешь к рукам его денежки, ты...

Коротким и точным ударом Аллан отправил Пьера на пол. Из носа Пьера потекла кровь.

— Не бейте его! — закричала Андре. — Разве вы не видите? Он болен и не отвечает за свои слова.

— Успокойся, детка, — проговорил Аллан, — небольшая зуботычина прочистит ему мозги.

— Он без сознания, — сообщила склонившаяся над Пьером Оля. — Надо позвать врача.

— Он просто пьян, душа моя, — констатировал Аллан. — Хорошо бы унести его в спальню. Яцек, давай, ты за ноги, я за руки, оттащим этого скандалиста наверх, — распорядился он.

— Я помогу, — вызвался Аркадий.

Мужчины втроем потащили Пьера на второй этаж. Оставшиеся женщины и господин Прудон молчали. Когда молчание стало гнетущим, Оля робко спросила:

— Может, выпьем кофе? У меня во рту пересохло.

— Сейчас распоряжусь, — благодарно посмотрела на нее Наташка и вышла из комнаты.

Я стала подбирать фотографии. Семья Прудон тихо ушла.

— Что ж теперь, когда остались все свои, можно и отдохнуть, — засмеялась Жаклин и взяла одну из фотографий. — Ну и вид у этих мужиков! Вы знали, что Жан — педик? — обратилась она к Андре.

— По-моему, нам не следует рассматривать эти фото, — отозвалась та. — Сексуальная жизнь Жана нас нисколько не касается.

— Кофе подан, — объявила Софи, и мы перешли в столовую.

Наташка, очень бледная, сидела на диване.

— Прошу простить за то, что вам пришлось вытерпеть эту ужасную сцену. Впрочем, я даже рада, что она произошла. Наконец-то можно объясниться. Я, конечно, знала, что Жан гомосексуалист. Именно по этой причине распался его брак с Катрин. Когда мы встретились, Жан очень хотел, как он говорил, «измениться», но женщины не привлекали его. Его неудержимо влекло к мужчинам, но, с другой стороны, он мечтал о ребенке, наследнике состояния. Когда стало ясно, что детей у нас не будет, я предложила Жану вызвать мою сестру из Москвы.

Наташка повернулась ко мне.

— Я сказала, что у моей сестры двое детей, моих племянников, и что он может сделать наследниками их. Состояние все-таки не уйдет государству. Как вы знаете, я намного старше Жана, и никто не предполагал, что он умрет раньше меня. Жан согласился познакомиться с детьми, и его совершенно очаровала Маша. Накануне смерти он говорил мне, что с радостью займется ее образованием, а потом выдаст замуж, и, может быть, она родит мальчика... Часть денег он хотел доверить Аркадию с условием, что тот получит во Франции юридическое образование. А чтобы имя барона Макмайера не исчезло, я должна была усыновить Аркадия. Это возможно, если ты, — Наташка повернулась ко мне, — откажешься от него. Эта процедура называется не усыновлением, а как-то по-другому... Ну, да это теперь не важно.

Я посмотрела на Аркадия. У него буквально отвисла челюсть. Конечно, так сразу из бедного московского служащего превратиться в барона Макмайера... Теперь понятно, почему всем присутствующим говорилось, что я ее сестра. Ай да Наташка! Вот это план. А мне побоялась сразу сказать, ожидая, что я вспылю и крикну что-нибудь типа: «Детьми не торгую». Может, и крикнула бы этакое лет двадцать тому назад. Но годы дикого российского капитализма сделали свое дело. Если Машка с Аркадием получат состояние, так пусть их хоть питбультерьер Банди детьми называет. Мне все равно.

— Позволь выразить мне свое восхищение твоим умом, дорогая Натали, — проговорила Жаклин. — План великолепен. Не знаю, как с титулом — думаю, сделать из этого милого молодого человека барона Макмайера будет трудно, — но состояние эти дети точно получат. Ведь деньги теперь твои, и ты можешь их завещать кому угодно.

— Я бы хотел... — начал Аркадий.

— Молчите, мой друг, — прервал его вернувшийся Яцек. — Мы все здесь, кроме покойного Жана и Жаклин, были когда-то очень бедны и знаем, что богатство лучше, чем нищета.

— А что, если у Жана есть родственники? — спросила Андре. — Что тогда?

— У Жана никого не осталось, — вмешался Аллан. — Его родители и сестра погибли, а других родственников у него не было. Впрочем, даже если и объявится какой-нибудь троюродный племянник, ему все равно ничего не оставлено. Все переходит к Натали.

— У отца Жана был младший брат, — проговорила Наташка. — Он погиб во время войны. Кажется, у него остались жена и дочь. Но они никогда не поддерживали никаких отношений с Жаном. Я даже не знаю их имен.

Яцек вздохнул:

— Ну, хватит обо всем этом. Мне бы хотелось выбрать себе картину на память. Натали, если ты разрешишь, я бы взял Утрилло. Люблю его серые краски, а ты, Жаклин?

— Не знаю даже, — протянула та. — Честно говоря, мне бы больше хотелось получить дорожный набор Жана, тот, в серебряном сундучке!

— Жаклин, я с удовольствием подарю вам и набор! — засмеялась Наташка. — Но Жан хотел, чтобы у вас дома висели две картины от него.

Вошла Софи.

— Мадам, пришел комиссар из полиции.

— Раз пришел, пусть проходит.

Темпераментный лысый толстячок колобком вкатился в столовую.

— Мадам, месье, прошу простить, но стали известны результаты экспертизы. Мне хотелось бы задать баронессе несколько вопросов.

— А что случилось? — поинтересовался Яцек. — В машине обнаружилось что-то не то?

— Видите ли, господа, — замялся комиссар, — мне хотелось бы поговорить с баронессой наедине.

— Да будет вам, комиссар, — сказал Аллан. — Мы все здесь близкие друзья и родственники — можно сказать, одна семья, а какие в семье тайны?

— О, я мог бы рассказать вам много интересного о семейных тайнах, — засмеялся комиссар. — Ну ладно, так и быть. Состояние тормозов внушает нам опасение, что эта авария была подстроена, — вытекла почти вся тормозная жидкость. По мнению нашего эксперта, убийца надеялся, что тормоза откажут и автомобиль станет неуправляем. Что, к несчастью, и случилось. Дьявольский план, если учесть, что тормозная жидкость... Безусловно, того, кто это сделал, будет трудно найти...

— Но возможно, — раздался ликующий голос в дверях.

Все обернулись. На пороге хохотал окровавленный Пьер.

— Рано, рано вы поделили денежки. Как там в

законе сказано, господин комиссар, может ли убийца быть наследником, а?

Раздался громкий хруст. Андре и Мари вскрикнули. Это Аркадий раздавил в руках пузатый коньячный бокал, и по его ладоням потекли тоненькие струйки крови.

Глава 6

Следующую неделю я провела в каком-то полусонном состоянии, выслушивая бесконечные Наташкины уговоры. В конце концов ее аргументы подействовали. Тихая, безбедная жизнь во Франции начинала казаться мне все привлекательней. Аркадий и Оля дипломатично не высказывали своего мнения по этому поводу, но я понимала: даже в случае моего отказа их вряд ли можно заставить вернуться назад. Они спешно засобирались и уехали в Москву, чтобы завершить там все свои дела перед окончательным переездом во Францию. Наконец, в субботу вечером Наташка объявила радостную новость: она нашла для меня работу.

— У нас есть такой Дом наук о человеке. Там существуют курсы русского языка для тех, кто собирается ехать в Россию, — щебетала она.

О зарплате речь не шла. Приятно быть богатой, подумалось мне. Итак, все бытовые проблемы решались разом — я должна была выйти на работу 15 августа. После возвращения из Москвы Аркадий пойдет учиться в Парижский университет, а Машка отправится в колледж для девочек. Оле же предстояло выбирать — отправиться ли в Школу изящных искусств на факультет славистики, или же изучать право вместе с Аркадием. Вот почему в конце июля я вновь летела из Москвы в Париж.

Дела были улажены окончательно: московская квартира сдана, на работе взят годичный отпуск без сохранения содержания. Но самое главное — я везла из Москвы документ, подтверждавший наши с Наташкой родственные связи. Метрику о рождении Наташки, превращавшую ее в мою сестру, мне выписала одна из старых Наташкиных знакомых. Не сказала ни слова, только бросила быстрый взгляд внутрь бархатной коробочки, прибывшей из Парижа. Сапфиры в бриллиантах хоть кого сделают сговорчивым. На обратном пути в самолете я еще раз прочитала документ. Нет, все-таки здорово быть богатой...

В аэропорту Шарля де Голля меня не встречали. Спускаясь по длинному эскалатору в зал прилета, я тщетно искала глазами кого-нибудь из своих. Не было никого и на стоянке машин. Что там произошло? Могли бы прислать кого-нибудь из слуг, раздраженно подумала я, ловя такси. Подумала и засмеялась — быстро же я вошла в роль богатой дамы.

У парадной двери лежал Банди. Увидев меня, он радостно забил хвостом.

— Мальчик мой, — проговорила я, — а где же все?

— Ох, мадам, это вы? — Софи распахнула двери. — А мы и забыли, что вы сегодня приезжаете!

Я вошла в холл.

— А где все, Софи?

Женщина не отвечала.

— Где все? — тупо продолжала настаивать я.

Странный, знакомый запах витал в доме: цветы, лекарства, духи... Страшное подозрение схватило меня за горло.

— Софи, — заорала я не своим голосом, — отвечай сейчас же, что здесь происходит? Уволю!

Не дождавшись ответа, я понеслась в гостиную,

распахнула двери и замерла: словно кучка черных ворон, на диване восседала семейка Прудон.

— Мамочка, — всхлипнула Маня и, как в детстве, попыталась спрятать голову у меня на груди. — Мамочка, Наташка умерла, завтра похороны.

Перебивая друг друга, мои домашние выкладывали мне страшные новости. В один из вечеров у Наташки разыгралась мигрень. Она выпила лекарство и пошла спать. Очевидно, как предположил комиссар, ночью ей стало хуже. Она приняла таблетки еще раз и запила их для лучшего действия коньяком. Во всяком случае, полупустую бутылку коньяку нашли на тумбочке, около кровати, а в крови было обнаружено значительное содержание алкоголя. Потом ей стало душно, она распахнула окно своей комнаты на третьем этаже, но, потеряв сознание, рухнула вниз. И, к несчастью, ударилась головой о крышку канализационного люка. Смерть, как утверждают врачи, была мгновенной.

В день похорон я последний раз погладила Наташку по рыжим кудрям. «Оказывается, она не красила волосы, — подумалось мне некстати, — у корней не пробивался другой оттенок». И вообще, хорошо зная друг друга, мы многого не замечали. Откуда, например, у Наташки на шее этот небольшой шрам, прикрытый бусами? Может быть, она делала операцию на щитовидной железе? Бусы эти надела на нее Машка. Несмотря ни на что, держалась она спокойно, но вот в день похорон потребовала надеть на умершую бусы.

— Наташка говорила мне, — настаивала Машка, — что хочет быть похороненной с этими бусами. Мы говорили с ней о похоронах, и она хотела, чтобы ее похоронили в них.

Пришлось пойти ей навстречу и обмотать шею покойницы агатами.

Процедура вскрытия завещания была мне уже знакома. Все те же лица — Андре, Яцек, Жаклин, Аллан, Прудоны и мы. Нотариус развел руками:

— Мне трудно подобрать приличествующие случаю слова, мадам: за такой короткий срок вы потеряли зятя и сестру. Какой рок преследует вас!

Я кивнула, хотя никогда не верила в судьбу и роковые совпадения.

Распоряжения Наташки были короткими: кое-что на память друзьям, а основной капитал делился между Аркадием и Машей. Я назначалась опекуном с обязательным годовым отчетом о тратах. Чтобы владеть деньгами, мои дети должны были выполнить ряд условий. Во-первых, получить образование, во-вторых, обеспечить жизнь своей матери, то есть мне. Были и совсем странные условия: Аркадий должен был дать клятву, что никогда не будет ездить на автомашине со скоростью, превышающей восемьдесят километров в час. Маше же запрещалось выходить замуж раньше двадцати пяти лет. Особо оговаривалась пожизненная служба в доме Софи и Луи. Сам дом и коллекцию картин мы не могли продавать в течение десяти лет и обязаны были жить именно здесь и нигде в другом месте. Тело Наташки должно было быть кремировано.

После официальной части Софи подала кофе.

Наливая себе сливки, Аллан тихо сказал мне:

— Вот ваша жизнь и изменилась, не правда ли?

Я ничего не ответила. Честно говоря, меня удивляло спокойствие французской полиции. Сначала в результате катастрофы погибает Жан, потом Наташа... Кто же будет следующим? А может, это и правда цепь случайностей?

Проводив гостей, я вышла в сад побродить. Рядом со мной тихо рысили Банди и Снапи. Собаки затеяли веселую возню, а я подняла голову вверх.

Занавешенное шторами окно второго этажа — моя комната. Дальше влево слабо светятся два окна, за которыми горит ночник. Это Машка, несмотря на строгий запрет, читает в кровати. Окна третьего этажа были темны. Вот через три проема окно, из которого упала Наташка. Где-то здесь должен быть люк, о который она ударилась головой с такой силой, что ее лицо в гробу было прикрыто маской. Даже руки опытных гримеров не сумели ничего с ним сделать. Около меня тихо заскулил Банди.

— Что ты, мальчик? — ласково спросила я его. — Я теперь твоя мама, не бойся, дружок.

Питбуль прижался ко мне лоснящимся боком, и я увидела — он держал что-то в пасти.

— Банди, фу, — сказала я.

Воспитанный пес моментально выплюнул добычу. На земле лежали часы. Маленькие, без браслета. Я взяла их в руки. Интересно, кто бы мог их здесь потерять? У Наташки были «Картье», подаренные Жаном на свадьбу. Навряд ли кто-нибудь из гостей носил на руке эту дешевую электронную игрушку. Скорее всего, кто-нибудь из слуг или молочник, а может быть, почтальон.

На следующий день я показала часы всем, но никто не признал их своими. Самая лучшая версия принадлежала Маше:

— Мамочка, в саду было полно полицейских и врачей. Может, потерял кто-нибудь из них?

И я сочла своим долгом передать часы комиссару Перье.

Полицейский внимательно осмотрел циферблат, а потом рассыпался в благодарностях.

— Очевидно, мои сотрудники были недостаточно внимательны, — сказал он. — Могу я вам чем-нибудь помочь, мадам?

— Я хотела бы прочитать акт осмотра тела моей сестры.

Комиссар замялся:

— Видите ли, мадам, это не очень приятное чтение. Навряд ли оно доставит вам удовольствие, но если вы настаиваете...

Он достал из ящика стола тоненькую папку. Итак, число, день, год, в присутствии... врач... перелом шейных позвонков, открытая черепно-мозговая травма, сломанные ребра, правая нога, разрыв печени — травмы, не совместимые с жизнью. Из-за изуродованного лица тело не подлежит идентификации... Требуется консультация стоматолога. Я перевернула несколько страниц. Акт опознания тела. Тело идентифицировали после осмотра его... Марией, двенадцатилетней племянницей покойной.

— Бог мой, вы показали труп ребенку!

Комиссар совсем смутился:

— Мадам, вы должны постараться нас понять. Лицо баронессы было очень сильно изуродовано. Нам пришлось искать кого-то, кто знал ее, так сказать, обнаженной. Господин барон мертв, вы были в Москве, ваш сын и невестка не могли нам помочь... Но вот ваша дочь — удивительный ребенок, мадам. Она заявила, что часто мылась в ванной вместе со своей тетей и хорошо знает ее тело. Она же безошибочно описала шрам, который остался у вашей сестры после операции щитовидной железы. Мы со своей стороны предприняли все необходимое, чтобы не травмировать девочку. Голова баронессы была закрыта.

Я пролистала папку...

— А где выписка из карты стоматолога?

— К сожалению, ее нет. Баронесса Макмайер посещала клинику господина Нуаре. Она была там буквально за день до смерти, для профилактического осмотра. Но, когда мы обратились в регистратуру, карточки не оказалось. Куда она исчезла, не знает никто. Господин Нуаре точно помнит, что в день осмотра карточка была на месте, а сейчас ее нет. Более того, в компьютере клиники уничтожен файл, который содержал сведения о пациентах, чья фамилия начинается с буквы М. Теперь вы понимаете, как важно было свидетельство вашей дочери.

Простившись с комиссаром, я пошла по набережной. Итак, следовало отделить котлеты от мух. Травмы, не совместимые с жизнью... Интересно, как это можно было так изуродоваться, упав всего лишь с третьего этажа? Прочитав полицейский акт, подумаешь, что несчастная Наташка летела с высоты пятнадцатиэтажного дома. Исчезнувшие карточка и файл у стоматолога... Ну, предположим, что файл случайно стер кто-то из сестер, а теперь боится признаться. А куда же пропала карточка? Таинственное совпадение, не вызвавшее, кажется, у комиссара никаких подозрений. Тупой он, что ли, совсем? Чем больше я думала об этом деле, тем более подозрительным оно мне казалось. Что ж, если французская полиция не проявляет никакого интереса, придется мне искать убийцу самостоятельно.

Глава 7

Сначала я учинила допрос Маше. Но ничего нового она мне не сообщила. У Наташки заболела голова, и больше ее не видели. Шрам на шее она заметила в первый день пребывания во Франции. Зашла к Наташке в комнату и увидела, как та надевает бусы. Тогда же Наташка рассказала ей об операции и пошутила, что, когда Машка будет ее хоронить, пусть проследит, чтобы шрам был прикрыт бусами из агата. Вот Машка и проследила. Еще у Наташи на спине была большая родинка — ее Машка углядела еще в Москве, когда Наташка позвала ее потереть спину. Да, опознавать тело ей было очень страшно, но должен же был кто-то это сделать! И вообще с моей стороны жестоко так с ней обращаться. При этих словах Машка громко зарыдала. И тут появилась Софи:

— К вам пришли, мадам!

— Кто?

— Господин и госпожа Ярузельские.

Я поднялась из кресла и, закрывая за собой дверь, краем глаза увидела, что Машка, перестав рыдать, косит на меня хитрым глазом. Заметив мой взгляд, она опять картинно заплакала. Определенно девочка что-то скрывала от меня.

В гостиной уютно расположились Жаклин и Яцек. Я велела подать коньяк.

— Мы подумали, что первое время вам будет одиноко, — протянула, как всегда, ленивым голосом Жаклин. — Вот и пришли вас проведать, а заодно и кое-что предложить. Вы могли бы какое-то время погостить у нас. Мама была бы просто счастлива. Да и вам следует отвлечься.

— Мы были бы очень, очень рады, — добавил Яцек, стараясь аккуратно забрать у Жаклин бутылку коньяку.

«А ведь она здорово выпивает, — подумала я. — Наверное, если ее подпоить, расскажет много чего интересного». Но вслух произнесла, конечно, совсем другие слова:

— С удовольствием.

— Вот и чудненько, — засмеялась Жаклин, наливая до краев свой коньячный бокал. — Можно было бы выехать прямо сегодня вечером, и утром вы бы уже любовались нашей оранжереей!

Она лихо осушила бокал и тут же налила себе следующий. Яцек заволновался:

— Дорогая, наверное, надо дать Дашá возможность собраться...

— Нет, нет, — совершенно искренне остановила я его. — Может, пообедаем вместе?

А в голове завертелась одна мысль: «Как бы избавиться от Яцека?»

Неожиданно мне повезло — в гостиную вошла Маня.

— Как хорошо, Яцек, что вы здесь! — радостно сказала она. — Мне нужна ваша помощь.

— Всегда рад служить вам, моя красавица.

— Мне кажется, что свет из окон второго этажа падает прямо на полотно Ренуара. Наверное, это не очень хорошо для картины. Может, стоит ее перевесить?

— Пойдемте, мой ангел, посмотрим. — Яцек улыбнулся. — Жаклин, друг мой, у тебя будет болеть голова.

— «У тебя будет болеть голова», — передразнила Жаклин ушедшего мужа. — Скажите, пожалуйста, какая забота.

С этими словами она опять опустошила бокал.

Ну вот, наконец-то, мы остались одни. Пора было действовать.

— Вы ведь, кажется, родственница Жана, — начала я разговор.

— Это только вы, русские, можете считать нас родственниками, — отмахнулась Жаклин. — Мой отец и отец Жана были двоюродными сводными братьями. То есть их отцы были братьями, правда не родными. Они родились от разных матерей. Ну вот и думайте теперь, кем мы с Жаном приходились друг другу. Родственные-то отношения были более чем далекие, но вот дружеские существовали всегда.

Мать моего отца рано умерла, и, надо отдать должное бабке Жана, она сделала так, что мой отец стал ей вторым сыном, или, лучше сказать, племянником. В детстве мы с Жаном довольно часто встречались, но не очень дружили. Во-первых, я старше его, не скажу на сколько — это секрет, а во-вторых, Жан всегда был очень противным.

Я вспомнила белозубую, яркую улыбку Жана, его радостное молодое лицо.

— Да, да, — продолжала Жаклин, наклоняя бутылку, — обертка совершенно не соответствовала содержанию. Мстительный, злобный, злопамятный, ужасно капризный — таким он был в детстве. А когда родилась Лиза, стала еще хуже — прибавилась какая-то патологическая ревность. Сьюзен, их мать, порой рыдала от отчаяния. Ну то, что он был педик, вы, конечно, знаете. И вообще, это был секрет Полишинеля. Последние годы перед смертью Сьюзен все время пыталась познакомить его с какими-нибудь девушками. Но все напрасно. В конце концов, после смерти родителей мы все насели на него, и он внезапно женился на Катрин. Мы с Алланом и Прудонами вздохнули счастливо — наконец-то парень остепенился. Конечно, Катрин была просто неприлично бедна, к тому же полька, но нам было все равно — главное, что он женат, а злые языки заткнулись! Но радовались мы недолго. Не прошло и года, как он удрал от Катрин и совершенно открыто стал жить с Пьером. С тем самым, который устроил скандал, помните? Ну а в Катрин было полно этой пресловутой польской гордыни... Короче говоря, раз, два — и все. Теперь она в Америке. Правда, внакладе не осталась: Жан ее вполне обеспечил. Вот жадным он не был.

— А Аллан тоже родственник? — прервала я Жаклин.

— Нет, — засмеялась та. — Он был очень близким другом Сьюзен. Поговаривали, что не просто другом. Вообще, он был очень хорош собой и умен. Один недостаток — беден. Сьюзен познакомилась с ним в Италии, до замужества с Эдуардом. Вроде у них был роман, но родители запретили им строить совместные планы. Одно время болтали, что Аллан был жиголо в Риме. Вот уж не знаю, так это или не так. Во всяком случае, Сьюзен вышла за Эдуарда. Но и об Аллане она позаботилась. Женила его на своей подруге Мартине, а та была богата. Вот так все и устроилось, все приличненько и миленько. — Жаклин захихикала. — Дорогуша, нет ли у вас еще «Реми Мартена». Очень я уважаю этот напиток.

В мои планы и входило напоить Жаклин до поросячьего визга, к тому ж она еще не рассказала мне всего, что знала. Поэтому я приказала Софи принести коньяк и крепкий кофе.

— Конечно, с моей стороны неприлично осуждать чужие взаимоотношения и привычки. Я ведь нашла Яцека в прямом смысле на улице! — Жаклин закурила длинную черную сигарету. — Представляете, он кинулся прямо под мою машину. Ну, да вам уж, наверное, Прудоны все рассказали!

— Мне так и не удалось с ними поговорить как следует, — улыбнулась я. — Я видела их всего два раза и то при обстоятельствах, не способствующих приятной беседе.

— О, Прудоны... — протянула Жаклин. — Это интересная троица. Папа, мама... Просто кандидаты для шоу «Дружная семья». Сам Прудон — адвокат, у него обширная практика. Его отец вел дела матери Сьюзен. Вот с тех пор и дружба. Франсуаза, его жена, художница, рисует ужасные, но дорогие картины, она в безумной моде. Критики зовут ее «Пикассо в юбке». А их дочь, Анриетта, — о, это совершенно особенная девушка. Она, видите ли, решила уйти в монастырь, но обещала родителям подождать до двадцати пяти лет. Вот они и стараются ее переубедить. Ну, как вам наша компашка? А? Несколько нищих, удачно сочетавшихся браком, парочка педиков, сумасшедшая девица-монашка, бывший жиголо... Ваша сестричка с ее неуемной жаждой денег пришлась нам очень ко двору. Мы здесь все одной крови...

— Вы тоже, мой друг, — раздался спокойный голос Аллана. — Даша, Жаклин нельзя наливать ни капли. Яцек, наверное, постеснялся вам об этом сказать. Дело в том, что она алкоголичка.

Жаклин швырнула в Аллана диванную подушку.

— Надо позвать Софи и уложить ее спать.

— Я сам все сделаю, — проговорил, входя в комнату, Яцек. — Мне следовало предупредить вас, Даша. Что она вам тут наговорила? Не обижайтесь на нее, когда выпьет — не отвечает за свои слова!

— Что за чушь! — закричала Жаклин. — Я трезвее вас всех, вместе взятых! И никакой неправды не сказала. Жан был педик, Аллан — жиголо, Катрин — нищая гордячка, Натали — самая умная из всех, да оказалось, что не совсем, кто-то ведь долбанул ее по башке молотком! А ты, Яцек, ты лучше объясни нам всем, что это у тебя за странная дочь такая. До четырнадцати лет ты разрешал ей жить в Варшаве у матери, а теперь уже семь лет неотступно таскаешь за собой! Вы даже спать ложитесь в соседних комнатах, знаешь, на что это похоже, а?

Яцек со всего размаха залепил Жаклин оплеуху. Громко икнув, та свалилась между диваном и креслом. Я, вскрикнув от испуга, бросилась к ней.

— Не надо, — остановил меня Яцек. — Обычная история. Сначала напивается до беспамятства, потом несет несусветную чушь, затем, после хорошей оплеухи, спит сутки. Я отведу ее в спальню. Натали оборудовала на третьем этаже специальную спальню для Жаклин. Ну давай же, вставай. — Он похлопал Жаклин по щекам.

Женщина села, тряся головой, красивый пучок волос развалился, юбка задралась, обнажая полные рыхлые ноги.

— Давай, давай. — Яцек помог Жаклин встать. — Пойдем баиньки.

— Пойдем, — с неожиданной покорностью сказала Жаклин.

Дверь за ними закрылась с громким стуком. Я подошла к окну: Банди и Снапи играли с Клеопатрой.

— Думаете, что здесь правда, а что нет? — усмехнулся Аллан. — В общем, она высказывалась, конечно, грубо, но справедливо.

— Один из моих бывших мужей говорил, что в каждом из нас три кило дерьма, — проговорила я.

— Он был прав, — согласился Аллан. — И Жаклин тоже была права. Я на самом деле работал в Риме наемным танцором и мечтал о богатой жене. Сначала хотел охмурить Сьюзен, но ее родители воспротивились. Сьюзен была послушной дочерью. Кроме того, я не разбудил в ней каких-то страстей и во время нашего короткого романа ощущал себя исследователем льдов. Зато она оказалась верным другом и помогла мне жениться на Мартине. Вот та была огонь! Да и умна... Страшна как черт и умна так же. Я очень полюбил Мартину, и мне ее очень не хватает.

— Отчего она умерла?

— Разве вы не знаете? — удивился Аллан. — Она погибла вместе с Эдуардом и Сьюзен.

Аллан отогнул манжет у рубашки, посмотрел на часы.

— Что-то я проголодался.

Я машинально бросила взгляд на его запястье — на правой руке Аллана сверкала дешевая электронная подделка.

— Прямо горе, — заметив мой взгляд, проговорил Аллан, — я все время теряю часы. И когда потерял «Картье», свадебный подарок Мартины, решил — хватит. Теперь покупаю те, что не дороже ста франков. Эти вот, например, приобрел вчера, даже ума не приложу, куда делись предыдущие. Честно говоря, с удовольствием перекусил бы чего-нибудь!

— Ах да! — вспомнила я об обязанностях хозяйки. — Пойдемте в столовую, скоро подадут обед.

Глава 8

Обед длился невыносимо долго. Глядя на тихо двигающихся и совершенно незнакомых мне слуг, я подумала: ведь этот дом надо содержать... Платить жалованье прислуге, оплачивать счета... И вообще, кто решает, что будет на завтрак, а что на ужин? ... как стирать белье? Кто будет заниматься всем этим и кто занимается сейчас?

Дождавшись, когда гости уехали, я позвала Софи.

— Видите ли, Софи, я никогда не жила в таком доме и не знаю, как здесь следует вести хозяйство. Сколько тут слуг, например?

Софи рассмеялась:

— Вы очень похожи на вашу сестру. Когда они с господином бароном поженились, она произнесла буквально эти же слова. Вам не следует волноваться. Всеми хозяйственными делами занимаюсь здесь я. Вы должны только говорить мне, что следует приготовить из еды. Прошу простить, но сегодня я приняла решение самостоятельно. В доме служим мы с Луи: я — экономка, он — повар. Есть еще горничная Франсина — она убирает комнаты. За садом смотрит Ив. Два его сына помогают подавать на стол. Вы видели их во время обеда. Ну и, конечно, когда устраивается большой прием, мы приглашаем официантов. Еще я должна передать вам это. — Софи протянула мне связку ключей. — Здесь ключи от всех комнат, кладовых, винного подвала, прачечной, а вот этот ключик отпирает сейф в кабинете барона. У меня такая же связка, но только без ключей от винного погреба и сейфа.

— Я не видела в кабинете сейфа, — перебила я Софи.

— Он вделан в книжные полки. Та часть, где стоят тома Всемирной истории, фальшивая. Пойдемте, я покажу.

Мы прошли в кабинет. Экономка потянула на себя том, часть книг легко отошла в сторону, и я увидела дверцу. Софи улыбнулась и ушла. Через несколько минут я открыла сейф. Внутри лежали коробочки — кольца, броши, кулоны. Часть драгоценностей были явно старинные, некоторые казались совершенно новыми.

— Разглядываете добычу?

Я вздрогнула от ужаса. Справа от меня стоял Пьер.

— Как вы попали сюда? Дверь была закрыта.

— О, вы забываете, что я прожил в этом доме довольно долгое время в качестве хозяйки. Вас не смущают мои двусмысленные шутки?

— А вы и не шутили, — злобно сказала я. — Как вы сюда попали?

Пьер расхохотался.

— В качестве хозяйки я был более любезен.

Смотрите. — Он раздвинул штору. — Если вылезти из этого окна, то вы оказываетесь на козырьке, который прикрывает от дождя черный вход. А к козырьку всегда прислонена садовая лестница.

— А что, здесь есть черный ход? — глупо спросила я.

— Я бы посоветовал вам сначала как следует познакомиться с тем, что вы так ловко получили. Глупо не знать собственного дома!

— Ну хватит, — возмутилась я. — Что вам здесь надо и почему вы влезаете в кабинет тайком?

Пьер подошел к небольшому глобусу, утыканному маленькими флажками.

— Я любил Жана, а он все время пытался бороться с собой. Он стеснялся нашей связи и говорил всем, что я его дальний родственник. Но все и так знали, что мы любовники. Однажды вечером мы размечтались, как поедем путешествовать. Я ползал по карте, а Жан втыкал флажки в глобус... Наверное, я сентиментален, но мне хотелось бы получить этот глобус на память.

— Для этого не надо было лезть сюда, как вору, я и так отдала бы вам этот глобус. Возьмите, он ваш.

Пьер взял шарик.

— Очень благодарен вам, мадам. В конце концов все, что ни делается, — к лучшему. Во всяком случае, Натали удалось отучить его от наркотиков.

— Жан был наркоманом?

— А вы не знали? Вашей сестре пришлось немало постараться, чтобы он завязал с этой вредной привычкой. Снимаю перед ней шляпу, мне это не удалось. Я удаляюсь, мадам, тем же путем, что и пришел!

Он махнул мне рукой и вылез в окно. Я в задумчивости смотрела ему вслед — гомосексуалист и наркоман, капризный истерик... Неужели только деньги привлекли в нем Наташку? Неужели не было в молодом бароне ничего приятного, кроме счета в банке? И кому понадобилось его убивать? Если это сделала Андре, то почему? Тихая Андре предпочитает помалкивать во время сборищ. Что там про нее говорила Жаклин? До четырнадцати лет жила у матери в Варшаве, а потом Яцек взял ее к себе? Как бы мне поподробней узнать о ней? В конце концов у меня теперь есть деньги, а в Париже существуют частные детективы!

С этой светлой мыслью я снова занялась сейфом. В глубине лежала пачка писем, перевязанная лентой. Я открыла конверт. Тонкий острый почерк и подпись: «Твоя Сью». Значит, это письма матери Жана. Не хотелось мне читать их. Вообще не люблю читать чужие письма и дневники, кажется, что подглядываешь в щелку за голым человеком... Задвинув пачку в глубь сейфа, я заперла дверцу, вернула на место полки и задумалась. Навряд ли бедный Жан был законченным негодяем. Интересно, как они жили с Наташкой? Удастся ли мне еще раз напоить Жаклин и остаться с ней наедине? Кажется, повар Луи любит поболтать. Ведомая охотничьим азартом, я двинулась на первый этаж.

Ощущая себя комиссаром Мегрэ, я вошла в кухню. Луи мирно сидел в кресле и чесал щеткой Банди.

— Вы любите собак?

— Да, мадам, всегда хотел иметь маленькую собачку — чем меньше, тем лучше, но покойному господину барону нравились крупные звери. Такие, как Банди и Снапи.

— Мне кажется, Жан был вообще человеком крайностей — если гонять на машине, так уж гонять...

— Здесь, мадам, вы абсолютно правы. Сколько

раз домашние уговаривали его быть поосторожней, но все зря.

— Он, наверное, легко выходил из себя и мог напиться до беспамятства...

— Нет, нет, мадам, покойный господин барон практически не пил — бокал-другой сухого вина, и все.

— Но мне показалось, что в день нашего приезда у него был какой-то странный вид. Если он не пил, значит, это были наркотики?

Луи поперхнулся от возмущения:

— Кто мог наговорить вам таких глупостей? Бог с вами, какие наркотики? Наверное, это насплетничала мадам Ярузельская. Вот уж кто любит приложиться к бутылке. Скорее всего, она видела, как Жан делал себе уколы, вот отсюда и родилась эта гадкая сплетня. Мальчик никогда не был наркоманом, он был просто болен.

— У него был диабет?

— Нет, мадам. Еще подростком молодой барон гонял на мотороллере и, не справившись с управлением, влетел в витрину булочной. Несколько месяцев пролежал в больнице — сотрясение мозга. Как последствие травмы у него остались сильнейшие головные боли. Приходилось колоть сначала анальгетики, потом, когда они перестали помогать, этот негодяй, Рено, посоветовал ему попробовать транквилизаторы, а потом и какие-то психотропные средства...

— А кто такой Рено?

Луи замялся:

— Не знаю, должен ли я вам рассказывать эту историю. Хотя кто-нибудь, та же мадам Ярузельская, все равно выболтает. Ладно. Незадолго до смерти родители поместили Жана в колледж. Видите ли, вышла небольшая семейная ссора между господином Эдуардом и месье Жаном. Не знаю, в чем там было дело, но мадам Сьюзен долго плакала, и в результате мальчика отправили из дома. Собственно говоря, это был не совсем обычный колледж, а такой, где больше внимания отдается дисциплине. Преподают там в основном бывшие военные. Вы понимаете, что я имею в виду?

Я кивнула. Еще бы не понять. Родители решили избавиться от провинившегося сына и поместили его в специальное учебное заведение. Что-то типа нашей колонии для малолетних преступников, но во много раз комфортабельней.

— Вот Жан и оказался с Рено в одной спальне, — продолжал Луи. — Конечно, господин Эдуард что-то не продумал. Ведь бедный Жан попал в компанию порочных мальчишек. В этом колледже нормальных детей почти не было: кто-то употреблял наркотики, кто-то пил, некоторые подворовывали. Но хуже всех оказался Рено. Он состоял в какой-то левой организации и был у этих бандитов специалистом по взрывам. Это все выяснилось только тогда, когда в колледж нагрянула полиция, и Рено прямо с уроков уволокли в Сантэ. Поговаривали, что готовилось покушение на министра иностранных дел, а он, вроде, делал взрывчатку... После этого случая Жана забрали домой. Но он успел познакомиться с Пьером, близким другом Рено. Ну и досталось же всем от них! Госпожа Сьюзен целыми днями плакала, а господин Эдуард поседел.

Не знаю, что было бы дальше, но тут произошла эта страшная катастрофа! После нее господин Жан поселил Пьера у нас в доме. Потерял всякий стыд, можно сказать. Я даже хотел подыскать нам с Софи другое место — куда угодно, лишь бы не этот вертеп. Но Софи сказала, что мы обязаны в память об Эдуарде и Сьюзен остаться с Жаном. Мы старались, как могли, но сплетни уже побежали в разные стороны как тараканы.

И тут вдруг Жан женится на Катрин. Бог мой, мы готовы были носить ее на руках! Она нам очень понравилась. Мы с Софи старались, чтобы Катрин чувствовала себя настоящей хозяйкой, угождали ей во всем. Но куда там! Через три месяца после свадьбы опять появился Пьер, и все началось сначала. Катрин выдержала ровно год, а потом ушла. И мы ее не осуждали, удивительно, что она вообще столько времени терпела все это. Наверное, надеялась, что Жан одумается! Вот почему, мадам, когда Жан женился на вашей сестре, мы даже не обрадовались. Думали, что их брак продлится недолго. Но Натали совершила чудо. Уж не знаю, как ей это удалось, но они везде были вместе — как попугайчики-неразлучники. Из дома исчез Пьер и его ненормальные друзья. Вечером Софи идет подавать ужин, придет на кухню и рассказывает: сидят, как два голубка, в креслах. Она вышивает, а он читает ей вслух. Ах, мадам так красиво вышивала, посмотрите, эту жилетку она подарила мне на Рождество...

В доме стало так тихо, так прилично... Иногда собирались друзья: господин и госпожа Ярузельские, месье Аллан, доктор, нотариус... Играли в карты, и все было очень мило, даже пьяная госпожа Ярузельская не вносила никакого дискомфорта — выпьет свою норму и заснет. Мадам оборудовала для нее комнату на третьем этаже.

Ваша сестра была мудрой женщиной. У Жана практически прошли головные боли, и они даже стали поговаривать о ребенке. Мол, пора бы уж им и наследника заиметь. Господин Жан вообще был очень добр к детям. У нас с Софи иногда гостит племянник. Ну так без грузовика подарков он никогда отсюда не уезжал. И вдруг разом все оборвалось. Как это ужасно. Знаете, мне иногда кажется, что это Пьер убил Жана, испортил что-нибудь в его машине. Он ведь иногда сюда приходил скандалить...

Луи тяжело вздохнул. Рассказывать ему было больше нечего. Я пожалела повара. Наверное, он искренне любил своих хозяев, а детей им с Софи заменили Жан и Луиза.

Глава 9

Я стояла в задумчивости перед пачкой писем из сейфа. Читать или не читать? Почти гамлетовские сомнения. Но все же любопытство взяло верх. Я пересчитала письма. Их было семь, и все они содержали признания в любви и описания мук разлуки. Мне сразу стало ясно, что их адресат совсем даже не Эдуард. Последнее, седьмое, письмо отличалось от всех:

> «*20 февраля.*
>
> Дорогой!
>
> До моей свадьбы остается двенадцать часов, и после мы никогда уже не сможем быть вместе. Я надеюсь, что ты и Эдуард станете добрыми друзьями. В конце концов, что и с кем у меня было до свадьбы, не должно его касаться. Но, став баронессой Макмайер, я никогда не смогу прийти в наш приют. Что тут поделаешь: «Я другому отдана и буду век ему верна». Но боюсь, что у меня не хватит сил совсем не видеть тебя, никогда не видеть тебя. Кстати, ты понравился моей подруге Мартине. Я советую тебе обратить на нее внимание — она умна и богата. Родители отчаялись выдать ее замуж, поэтому ты можешь стать желанным гостем в их доме. Попробуй на ней свои чары, улыбнись ей своей улыбкой, расскажи об Италии...

Не мне учить тебя, дорогой, но твоя женитьба на Мартине позволила бы нам часто встречаться. Сделай это для меня, я не буду ревновать. Я знаю, что никого и никогда ты не будешь любить так, как меня. Сью».

Что ж, Аллан послушался свою Сью и очаровал дурнушку Мартину. Они продолжали регулярно видеться, но любовниками больше не были. Среди писем лежал и маленький листочек, похожий на квитанцию. Я развернула его — результат анализа на беременность: реакция положительная, клиника, число... Посмотрела на дату — что-то здесь не совпадало. Заглянула в телефонную книгу. На последней странице дни рождений: Жан — 29 сентября, а свадьба Эдуарда и Сьюзен состоялась в феврале. Очевидно, она попросила доктора сказать, что младенец недоношен...

Прочитав ее письма, я поняла, какая честная натура была Сьюзен. Нет, она не могла жить одновременно с двумя мужчинами и, выйдя замуж за Эдуарда, безоговорочно порвала с Алланом. Порвать порвала, но беременность сохранила, а может, просто не смогла избавиться от ребенка? Интересно, сообщила ли она об этом Аллану? Сьюзен-то знала о своей беременности до свадьбы, в клинику она обратилась в январе, за месяц до бракосочетания. Значит, Жан — сын Аллана! Вот это да! Мне безумно захотелось поговорить с Алланом. И я нашла для этого великолепный повод.

Дозвонилась до него сразу.

— Аллан, — защебетала я в трубку голосом веселой идиотки, — мне нужен ваш совет!

— В чем дело, дорогая?

— Так хочется подарить всем друзьям что-нибудь на память о Жане и Наташе. Жаклин мечтала о серебряном дорожном наборе. Может, другим хочется получить какие-нибудь драгоценности? Я открыла сейф, но ничего не`понимаю в камнях. Да, честно говоря, и не знаю, какие вещи передавались здесь из поколения в поколение, а какие новые. Помогите мне.

Аллан приехал буквально через час. Очевидно, перед выходом он побрился, потому что резкий запах мужских духов сразу заполнил комнату.

— Дорогая, — проговорил Аллан, — вы меня удивили: ведь друзья уже получили все по завещанию.

— Считайте это моим капризом.

Я достала из сейфа коробочки. Аллан стал внимательно разглядывать их содержимое.

— Эти жемчуга, броши и кольца достались Сьюзен от бабки Жана. Той подарил их еще первый муж. Вы ведь знаете, что он был дедом Жаклин? Вот эти сапфиры Эдуард презентовал Сьюзен на свадьбу. Прекрасные камни. А вот «звездный топаз». Если посмотреть на кольцо под определенным углом, то видно, как внутри камня как бы плавает белая звезда. Забавная штучка. А это что за бумажки?

— Это письма Сьюзен, — спокойно сказала я. — К вам...

Аллан потер рукой затылок.

— Вы, конечно, их прочли?

— А вы бы удержались?

— Ну, я не настолько воспитан.

— Я тоже не настолько.

— Значит, знаете все. — Аллан закурил. — Сьюзен была неисправимым романтиком. Она попросила меня вернуть ей эти письма. А я был глуп и влюблен, я их отдал. Из-за этих писем все и случилось.

— Что — все?

Аллан подошел к окну.

— Как весело играют собаки с кошками. Жаль, что люди не могут жить в мире. Я, конечно, знал, что Жан мой сын, знал это и Эдуард. Честная Сью выложила ему все до свадьбы. Надеялась, дурочка, что брак расстроится и каким-то чудом нам разрешат пожениться. Но — как бы не так. Эдуард воспринял все это довольно индифферентно, и венчание прошло в срок. Сложности начались потом, после рождения Жана. Эдуард всегда терпеть не мог мальчишку, в особенности после того, как родилась Лиза.

— Почему?

— Ему пришлось смириться с мыслью, что титул барона Макмайера будет носить бастард. Детей после Лизы у них уже не могло быть. Неудачно сделанное кесарево — и надеждам Эдуарда пришел конец. Так что наши отношения были далеки от любви, но ради Сью мы сохраняли хорошую мину. И все бы ничего, но в один не прекрасный момент Жан нашел эти письма. Их было больше, многие он порвал...

Забыть не могу, как он ворвался в мой дом с перекошенным лицом и стал требовать у меня ответа. Я попытался было успокоить его, стал лепетать что-то о недоношенном младенце, о том, что Сьюзен и Эдуард жили вместе еще до свадьбы, и тут он ткнул мне в нос эти письма. Между нами говоря, Сью могла бы их и получше спрятать. Мальчишка совсем потерял рассудок, кричал, что все вокруг сволочи и вруны, что женщины потаскухи, стал рвать письма, я успел отобрать у него только эти... К сожалению, эта история произошла тогда, когда Жану исполнилось четырнадцать лет. Подростковый возраст располагает к максимализму. Сначала он перестал разговаривать с Эдуардом и Сью и потребовал, чтобы я взял его к себе. Но, честно говоря, мне не очень хотелось рассказывать обо всем Мартине. К тому времени я совершенно разлюбил Сью и был очень благодарен своей жене. Жан же вообще был для меня посторонним.

Я постарался объяснить ему, что он потеряет, порвав с Макмайерами, — титул, состояние... Я, конечно, обеспечен, но мои деньги нельзя и сравнить с деньгами Эдуарда. И знаете, мне показалось, что он понял. Во всяком случае, спокойно ушел домой. Я, конечно, встретился со Сью, отдал ей письма и все рассказал. Но она ответила, что дома у них все тихо. Ну а потом началось: наркотики, мальчики... После того как Эдуард застал его с каким-то мальчишкой в постели, он отхлестал Жана по щекам, а тот кинул в него каминной кочергой и пообещал ночью убить. Тогда Макмайеры отправили его в специальную школу. Но там обнаружился этот мальчишка, Рено, с задатками малолетнего бомбиста. Вот уж из огня да в полымя. Кошмар продолжался два года. А потом вдруг Жан стих. Стал нормально учиться, перестал бесконечно ругаться с Эдуардом и Сью. Даже Лизу оставил в покое.

— А что, он с Лизой конфликтовал?

— Да, он ее ненавидел, ненавидел за то, что у нее есть отец и мать, за то, что ее все любили. Она была такая тихая, скромная девочка, радость родителей. Вечно ходила с корзинкой для рукоделия и вязала всем жилетки, весьма уродливые, надо заметить. Я, чтобы ее порадовать, надевал иногда ту, что она подарила мне на день рождения. Милый ребенок. Так вот, под Рождество она получила посылку. Коробка была запакована в бумагу магазина «Нитки и пуговицы», и девочка решила, что кто-то из друзей хочет ее порадовать. По счастью, Софи была рядом, когда Лиза вскрыла подарок. Вам ни за что не догадаться, что было внутри!

— Бомба?

— Выпотрошенный трупик ее любимого котенка! Зверек пропал несколько дней тому назад, и Лиза страшно переживала. С девочкой случился истерический припадок, а Жан даже не скрывал своего удовольствия. И вот все это как рукой сняло. Он даже стал приветливым со мной. Эдуард и Сью были в полном восторге. Один из психоаналитиков, к которому они когда-то обращались, сказал им, что в шестнадцать лет у подростков происходят какие-то сдвиги в сознании, и они делаются другими. Родители стали засыпать его подарками. Закрывали глаза на то, что в доме постоянно толкутся мальчики с крашеными ногтями. «В конце концов, — утешалась Сью, — Нуриев и Меркьюри были гениями». Я же не верил Жану ни на минуту, и, когда он, мило улыбаясь, предлагал мне чашечку кофе, мне казалось, что я вижу змею в сиропе... Мне казалось, что он затаился перед тем, как сделать какую-то феерическую гадость, такую гадость, что радуется еще до того, как ее совершил, в предвкушении, так сказать. Но тут случилась эта страшная катастрофа. И Жан правда стал другим. После похорон он пришел ко мне бледный, весь в черном, с кругами под глазами. «Я дурак, — сказал он. — Все происходило из-за того, что я слишком любил их, любил всех — мать, отца, Лизу... И понял это только тогда, когда их не стало... Я прошу, не говори никому о себе и Сью, сейчас уже все равно, кто был мой отец, а мне не хотелось бы пачкать сплетнями память матери». Конечно, это я ему пообещал. И нарушил слово только сейчас. Надеюсь, Даша, вы будете тактичны, сплетен не хочется и мне.

Я закивала головой.

— Мне незачем и некому рассказывать про чужие скелеты в шкафу.

— Даша, а вы знаете, что у Жана был еще арендован сейф в банке? Здесь, на столе, стоял такой маленький глобус. Если нажать на подставку, полушария распахиваются, там он держал ключ от сейфа. А кстати, где этот глобус?

Я покраснела. Ну и дура же, поверила в сентиментальность Пьера. Так тебе и надо, идиотка. Во всяком случае, наверное, он уже все успел вынуть.

— Я дала его поиграть Маше. А вы не знаете, как открывают такой сейф после смерти владельца?

Аллан призадумался.

— Если у вас есть ключ, то, по-моему, вы просто приходите и открываете ячейку. Вас даже ни о чем не спрашивают. Но вот если ключа нет, тогда приходится обращаться в администрацию банка. Нет, точно не знаю...

— Как насчет чашечки кофе?

— С удовольствием.

— Тогда пойду распоряжусь.

Я выбежала из кабинета и понеслась в гостиную. Не теряя ни минуты, ухватила телефонную книжку. Как, черт возьми, фамилия Пьера. В голове крутилось: «Кубертен». Ну, конечно же, нет, что за глупость! Вот, пожалуйста, Дюруа Пьер. Может, он?

Трясущимися от злости пальцами я с трудом тыкала в кнопки аппарата. Наконец, приятный бархатистый голос Пьера проговорил:

— Алло?

— Это Даша, сестра Натали. Я знаю, зачем вы взяли глобус, и если вы сейчас же не вернете мне ключ, то следующий мой звонок будет комиссару.

Пьер оглушительно захохотал:

— А вы, оказывается, бойкая. Я-то думал, что вам понадобится по крайней мере неделя, чтобы додуматься до всего. Но, дорогая, при чем здесь полиция? Интеллигентные люди решают все проблемы между собой, с глазу на глаз.

— А вы считаете себя интеллигентом? — ядовито осведомилась я. — Отдайте ключ немедленно.

— Ладно, ладно, не кипятитесь. Да и ключ вам не нужен, в сейфе ничего нет.

С размаху я треснула трубкой о сервировочный столик. Стеклянная столешница разбилась, засыпав все мелкими, как пыль, осколками. Я посмотрела на то, что осталось от столика. Надо держать себя в руках.

Глава 10

Визит в банк я наметила на вторник. Мне никто не мешал заниматься своими делами. А утром я обнаружила в почте конверт с маленьким ключиком — Пьер возвращал украденное.

Банк встретил меня ровным гулом кондиционеров. Несколько человек бродили по большому залу. Отыскав нужное окошко, я обратилась к девушке:

— Я хотела бы открыть свой сейф.

— Вы хотели бы арендовать ячейку?

— Нет, — я показала ей ключ, — я хотела бы открыть сейф.

— Ну, тогда вам нужно пройти в отделение, как всегда. — Девушка уткнулась в компьютер.

Я вздохнула. Мне очень не хотелось привлекать внимание к тому факту, что я здесь впервые.

— Видите ли, я, кажется, забыла, какая дверь ведет в хранилище.

Девушка внимательно посмотрела на меня и нахмурилась. Она была очень молода, как Оля, или еще моложе. Потом ее лицо расплылось в дежурной улыбке:

— Прямо вот в эту синюю дверь, мадам, а дальше в коридорах будут указатели с яркой надписью: «Хранилище». Наш банк предусмотрел все для удобства клиентов. Знаете, многие наши посетители, в особенности пожилые, забывают дорогу.

— Благодарю вас.

— Всегда к услугам, мадам.

Я пошла к двери, девушка продолжала сиять улыбкой. Я вздохнула. Кажется, эта девочка думает, что если я в мои сорок пять помню, как застегивать кофточку, то это уже праздник. Благополучно преодолев все коридоры, я оказалась перед большой решеткой, возле которой на стуле маялся от скуки пожилой охранник. Увидев меня, он искренне обрадовался.

— Какой у вас номер, мадам?

Я растерялась.

— Если забыли, поглядите на свой ключик, номер выбит на колечке.

Кажется, все в этом банке готовы считать меня маразматичкой преклонных лет. Может, мне следует изменить прическу и покрасить волосы в более светлый цвет? Я взглянула на ключик.

— Сто двадцатый.

— Прошу вас, мадам. — Охранник открыл решетку.

Я нашла ящичек и вытащила его наружу. Да, Пьер был абсолютно прав. Пусто, как в Аравийской пустыне. Интересно, что здесь хранили? Деньги, документы? Я заперла ящик и поблагодарила охранника. Мне показалось, что пожилой мужчина хочет что-то сказать. Наконец он пересилил сомнения и проговорил:

— Мадам, это, конечно, не мое дело, но знаете, вы уже третий человек за четыре дня, который открывает этот ящик.

— Да, да, — отозвалась я, — тут приходил мой родственник — такой худощавый темноволосый мужчина. Он ушел с пустыми руками.

— Да, мадам, и вообще это не мое дело, раз у вас есть ключ.

— Но вы должны проявлять бдительность. Я вот совершенно уверена, что у вас великолепная память. Вы можете описать мне того мужчину, который приходил первым?

Охранник засмеялся и погрозил мне пальцем.

— Вам не удалось поймать меня. Первой приходила девушка — невысокого роста, с темными волосами и челкой. У нее еще были очки с затемненными стеклами. Помнится, я подумал, что для своего юного возраста она слишком ярко красится. Кровавая помада, жуткий румянец...

Я засмеялась.

— Да вы просто фотоаппарат. Прямо до малейших деталей описали мою племянницу. Она забрала портфель, красный такой?

Охранник захихикал.

— О нет, мадам, у нее в руках был железный ящик и папка.

Я порылась в сумочке.

— Очень приятно было познакомиться с вами. Не желаете сигарету?

— Что вы, мадам, на посту это строжайше запрещено. Нам не разрешают даже читать, хотя здесь можно скончаться от скуки. Вот разве поговоришь с кем, пошутишь, как с вами.

Я протянула ему бумажку:

— Купите себе сигарет после работы.

— Очень благодарен, мадам. Хотите, я угадаю, зачем вы приходили?

— Попробуйте.

— Вы ищите тот пакет, что потеряла девушка.

Она уронила его, очевидно, когда вынимала папку. Я увидел его не сразу, она уже ушла. Но можете не сомневаться, я отдал его в стол находок. Сейчас позвоню, и его принесут.

Он снял трубку телефона.

— Роже, принеси-ка мне тот пакетик, что потеряли из сто двадцатого номера. За ним пришли.

Любопытство настолько измучило меня, что я вскрыла конверт прямо в машине. На колени выпала «Пари суар» семилетней давности. На первой полосе была заметка. «Сегодня днем потерпел авиакатастрофу частный самолет, принадлежавший барону Макмайеру. На борту, кроме самого барона, находились его жена и дочь, а также мадам Мартина Гранж. Ведутся поиски тел и остатков самолета. Эксперты предполагают, что самолет упал в Ла Манш, недалеко от берегов Англии. На борту находилась коллекция старинных кукол, которую баронесса Макмайер везла на выставку в Лондон. Чудом избежал смерти юный барон Макмайер. Он уже был готов сесть в самолет, когда почувствовал острое недомогание. Прямо из аэропорта Жана Макмайера отправили в клинику, а его родители и сестра, к своему несчастью, решили не отменять поездку. «Я сам уговорил их лететь в Лондон, думал, что завтра буду здоров и догоню родителей, — сказал нашей газете в эксклюзивном интервью Жан Макмайер. — Господь слишком жесток ко мне, я не хочу больше жить».

Я сложила газету. Ничего нового и интересного я не узнала. Да и зачем было хранить эту старую информацию? Я заглянула в конверт — ничего. Развернула еще раз газету и стала просматривать. На полях четвертой полосы было написано: «Ренальдо Донован, аэродром Ла Бурже, третий ангар». Может, этот Ренальдо что-нибудь знает? Во всяком случае, это было единственное, что я выяснила.

В Ла Бурже я попала как раз к обеду. Первый встретившийся мне механик в засаленном комбинезоне кусал гигантский сандвич длиной в метр.

— Не знаете ли вы, где найти Ренальдо Донована? — спросила я.

— Да там ищите, в третьем ангаре. А что, у вас машина сломалась?

Не ответив ему, под палящим солнцем я пошла по полю. Было немилосердно жарко, и блузка прилипла к телу. Вдоль ограждения тянулись сараи, похожие на гигантские банки сардин. Наверное, это и были ангары. Открыв дверь того, на котором была написана римская цифра «три», я заглянула в прохладный полумрак.

— Месье Донован, вы здесь?

— Здесь, — раздался голос откуда-то из глубины.

Я пошла на звук. Возле раскрытого окошка стоял мужчина в зеленом комбинезоне. Свет падал ему в затылок, и я не видела лица.

— Месье Донован? — переспросила я, щурясь от солнечного света, льющегося из окна.

— Да, зовите меня Ренальдо. А вас, очевидно, прислала Анриетта? Где ваша машина?

Поколебавшись секунду, я решила не разубеждать его.

— Машина, к сожалению, дома, я приехала на такси.

— Я не могу сейчас поехать с вами. Разве только после работы или в воскресенье с утра.

Он повернулся лицом к свету, и я увидела, что называть мужчиной этого подростка явно преждевременно. Заметив мое удивление, Ренальдо истолковал его по-своему.

— Мне двадцать три года. Выгляжу я, конечно, моложе, но в моей квалификации вы можете не сомневаться. Вся моя жизнь проходит среди самолетов, и я могу собрать и разобрать мотор ночью, в темноте, с завязанными глазами. Да и Анриетта вам, наверное, обо мне рассказывала.

Он замолчал, потом заглянул под стол:

— Сейчас вообще-то обед. У меня есть термос с холодным кофе и парочка сандвичей. Не желаете попробовать? А то, я смотрю, вы так вспотели, что у вас все лицо красное. Наверное, долго ходили по полю?

Я охотно согласилась и, отхлебывая восхитительно ледяной кофе, сказала:

— Ну, я-то не буду вас заставлять разбирать мотор ночью, да еще с завязанными глазами. А что, вы живете здесь?

Ренальдо покачал головой.

— Нет, вот мой отец, тот действительно жил здесь, а мы с женой арендуем небольшую квартирку неподалеку. Да вы знаете этот дом. Он рядом с той парикмахерской, где вас стрижет Анриетта. Правда, моя жена прекрасный мастер?

Я обрадованно закивала головой — слава Богу, теперь я знаю, кто такая Анриетта.

— Наверное, интересно работать на аэродроме. А катастрофы часто случаются?

Ренальдо вздохнул.

— Иногда бывают.

— Несколько лет тому назад погибли мои приятели. Они улетали как раз из Ла Бурже.

— Военные?

— Нет, у них был маленький частный самолет. Может, вы даже их знали — барон и баронесса Макмайеры.

Ренальдо отложил в сторону сандвич.

— Кто вы и что хотите узнать?

— Меня прислала Анриетта.

— Не лгите. Если хотите что-то узнать о той катастрофе, то давайте шестьдесят тысяч франков, и я расскажу все, что видел. Вы не похожи на клиентов Анриетты, да и такие кусты на макушке она бы никогда не оставила.

Да уж, мальчишка был наблюдателен.

Вздохнув, я полезла в сумочку.

— А что, ваша информация стоит таких денег?

Ренальдо пожал плечами:

— Расскажу, что знаю, но деньги вперед.

— Я надеюсь, вас устроит чек? Не думаете же вы, что я таскаю с собой наличными такую сумму?

— Возьму и чек.

После того как листок бумаги перекочевал из моей книжки в жадные руки Ренальдо, он сказал:

— Спрашивайте!

— Вы видели, как Макмайеры садились в самолет. Не заметили чего-нибудь странного?

Ренальдо оглушительно расхохотался:

— Лучше бы вы спросили, было ли там что-нибудь нормальное. Сначала они стали грузить в самолет ящики. Никому из аэродромной обслуги не доверили, все сделали их слуги. Баронесса объяснила моему отцу, что в ящиках очень дорогая коллекция. А как погрузились, тут и началось. С ними были их дети: мальчишка моих лет и девочка помладше, так годов четырнадцать по виду. Ну, им вот-вот улетать, а мальчишку и скрутило, прямо выворачивает наизнанку, на губах пена... Я, честно говоря, ему вначале позавидовал. Вот, думаю, несправедливо-то как. Одних мы с ним лет, а я в грязи, шасси мою, а он весь такой из себя, в Лондон на собственном самолете летит. А уж как его прихватило, так даже жалко стало. Вызвали «Скорую», его быстренько на носилки и — хоп — увезли. Стали они опять собираться. Баронесса ни в какую не хочет лететь, домой, говорит, поеду, к сыну. Но барон и та тетка, что с ними была, — полная такая, в красной шляпе — вот они вдвоем и уговорили ее. Тетка эта и говорит: подумай, твою коллекцию ждут. Только она замолчала, девчонка давай истерику закатывать: мол, ей приснилось ночью, что самолет взорвется, взорвется, и все тут. Но тетка с бароном быстренько так девчонку и баронессу в самолет затолкали и улетели. Ну а когда самолет-то пропал, я так и подумал, что сон в руку был.

— Кому — в руку?

Ренальдо крякнул:

— Все мои беды от моего длинного языка. Больше ни о чем не спрашивайте, не расскажу ни за какие деньги.

Я вспомнила, как однажды темной дождливой ноябрьской ночью сказала Аркадию: «Ни за какие деньги не пошла бы сейчас в Тимирязевский парк». Наташка захохотала и спросила: «А за миллион долларов?» Я согласилась, что за миллион не пошла бы, а побежала. Тогда она спросила: «А за пятьсот тысяч?» Остановились на том, что я бы и за сто долларов охотненько сбегала. Вспомнив эту историю, я раскрыла сумочку и выписала Ренальдо еще один чек. Видно было, как в его душе борются страх и жадность. Наконец алчность победила.

— Ну ладно, так и быть, только поклянитесь, что вы не из газеты и не из полиции.

Я поклялась с чистой душой.

— Улетели они, значит. Отец мой куда-то ушел, а я в ангар побрел. Чувствую запах такой, косметический, не аэродромный. Я ведь наполовину итальянец, нос у меня — как у служебной собаки. Стал озираться, а она, оказывается, в ящик влезла, в котором отец ветошь держал. И влезла, и ящик-то закрыла, но вот кусок платья прищемила, и запах, конечно, выдал. Подхожу я к ящику, поднимаю крышку, а она там, глаза в слезах. Вытащил я, значит, ее, поглядел — красивая такая девочка, беленькая, только очень испуганная. Вот испуг-то ей рот и развязал. Стала говорить, что брат ее негодяй, каких мало, ненавидит всех своих родных, что она поняла: он решил самолет с родственниками взорвать. Одним ударом сразу двух зайцев убить: и от семейного уюта избавиться, и страховку за материнскую коллекцию получить. Вроде той страховки миллион долларов. А она сама, Лиза ее звали, все матери рассказала, да та ей не поверила и велела молчать, чтобы отца лишний раз не злить. Ну а на аэродроме, когда Лиза увидела, что Жан больным прикидывается, тут она так перепугалась! А мать ни в какую ей не верит, посадила ее в самолет, а девчонка не промах, притворилась, что в туалет пошла, а сама тихонько вылезла и в ангаре спряталась.

Я велел ей тогда помалкивать да домой идти. Но она только головой покачала: «Нет, не могу я домой идти, брат обязательно убьет». Оставил я ее тогда в ангаре, а сам пошел платье какое-нибудь принести, свое-то она все в масле замазала. А когда вернулся, ее уже не было, даже запах испарился...

— И это все?

— Не совсем. Я тогда никому ничего не рассказал, даже полиции. Девчонка убежала, засмеют ведь меня, скажут — выдумываю черт-те что. Но спустя примерно полгода пришел ко мне мужчина, денег принес и велел, чтобы я об этой истории помалкивал.

— А что за мужчина, он представился?

Ренальдо покачал головой.

— Нет, но я все равно узнал, как его зовут. У него...

Не успев закончить фразу, он как-то странно выпучил глаза, открыл рот и упал лицом вниз. Я ничего не поняла, только ощутила, как горячий ремень хлестнул меня по голове. Все быстро завертелось, а потом кто-то выключил свет.

Глава 11

Я проснулась оттого, что какой-то шутник щекотал мне нос соломинкой. Открыла глаза и через секунду поняла, что это не соломинка, а прозрачная трубка, прикрепленная к носу. Я лежала в кровати, и к моему телу с разных сторон были подведены какие-то шланги. Вокруг кровати висели стеклянные бутылки. Между штативами стоял стул, на нем, скрючившись, спала моя невестка в белом халате.

— Оля, — позвала я ее, — Оля!

Девушка подскочила от неожиданности, потом посмотрела на меня и выбежала в коридор. Я ошиблась, это была не Оля. Через секунду в палату вплыла женщина-бегемот.

— Милочка, — загудела она уютным басом, — милочка, посчитайте-ка нам до десяти!

Я уверила ее, что помню не только устный счет, но и то, как меня зовут и где я живу. Единственно, что я не понимала, это как я сюда попала и почему. Бегемотиха покачала головой:

— Вам необыкновенно повезло, можно сказать, это пока единственный такой случай в моей практике.

Оказывается, в меня стреляли, но в момент, когда пуля уже летела, чтобы продырявить мой лоб, я повернулась, и она прошла по касательной, содрав с головы лоскут кожи.

— А Ренальдо, что с ним?

Бегемотиха озабоченно потерла переносицу.

— Ни о каком Ренальдо я не знаю. Там к вам хочет подойти комиссар Перье. Если вы почувствуете, что он стал очень надоедливым, немедленно вызывайте сестру.

Толстенький комиссар вкатился в палату. Несколько секунд они с бегемотихой пытались разойтись в дверях, наконец он сел, вытирая лицо платком.

— Что с Ренальдо?

— Он убит выстрелом в затылок. А вам не кажется, мадам, что будет лучше, если вопросы стану задавать я? Вы можете мне объяснить, зачем вам понадобился Ренальдо Донован?

Я напрягла воспаленные мозги.

— Ну, собственно, я не знала, что его так зовут. У меня сломалась машина, и мне порекомендовали обратиться на аэродром, к механику...

Комиссар засмеялся:

— Мадам, вы же умная женщина. Неужели вы думаете, что я не смогу отличить правду от лжи? Во-первых, у вас нет прав на вождение машины во Франции. И если вы ездите по Парижу, значит, нарушаете закон. Во-вторых, все ваши машины находятся в гараже, в Ла Бурже вы прибыли на такси. В-третьих, в бумажнике Ренальдо найдены два чека. Кстати, за что вы заплатили ему такую сумму?

Я вздохнула:

— Хорошо, расскажу все, что знаю, но вы должны мне пообещать, что тоже поделитесь кое-какой информацией.

— Какой же?

— Мне бы очень хотелось почитать дело или досье, в общем все бумаги, которые есть в полиции, относительно авиакатастрофы, в которой погибли барон и баронесса Макмайеры.

Комиссар вытащил из кармана телефон:

— Огюст, это я. На заднем сиденье лежит папка, принеси ее мне.

— Даже так? — удивилась я.

— Да, мадам, наши с вами мысли работают в одном направлении. Ну а теперь, пока Огюст идет, жду вашего рассказа.

И я рассказала ему факты. Только голые факты, ведь он не говорил мне, что его интересуют мои мысли. Выслушав все, комиссар одобрительно кивнул:

— Значит, он кого-то шантажировал.

— Кто?

— Ренальдо. Мы проверили его банковский счет и обнаружили, что раз в три месяца он получал довольно крупную сумму денег. Так сказать, от незнакомого лица. Причем поступления были регулярные, в течение нескольких лет. А потом вдруг прекратились на целых девять месяцев. Затем банковский счет Ренальдо снова пополнился крупной суммой. Мне показалось, что объект шантажа начал испытывать денежные затруднения, или ему просто надоело платить, надоело настолько, что он решил разом со всем покончить. Ну а вы, мадам, просто подвернулись ему под руку...

— Оставьте мне папку на несколько часов.

— Ладно, сегодня пятница, короткий день, приеду за ней в пять часов.

— Пятница? — удивилась я. — Как же это — пятница?

— Да, мадам, я понимаю ваше удивление, но все это время вы не приходили в сознание. Вам бы следовало сейчас поспать.

И, оставив мне документы, комиссар Перье

ушел. Я попыталась сесть в кровати и распахнула папку. Так... Показания Огюста Донована, отца Ренальдо — ничего интересного. Показания Ренальдо — еще скучнее; опрос врача «Скорой помощи»: оказана первая помощь, подозрение на приступ эпилепсии, помещен в госпиталь Сен-Лазар. А это допрос дежурного врача: эпилепсия не подтверждается, похоже на пищевое отравление. Анализы: кровь, моча, содержимое желудка — обильный завтрак и мыло.

Может, он закусил на третье куском туалетного мыла? Бумага, написанная со слов Жана: ничего не знаю, болит голова, отстаньте. Так... Дальше аэродромная обслуга: самолет в полном порядке, почти новый, заправлен под завязку. Пилотом был сам Эдуард. Налетал много часов, часто отправлялся в Лондон, в общем активный летчик. Все! Больше в папке ничего не было. Я снова попыталась сесть и позвонила. На пороге сразу появилась молодая девушка, похожая на Олю.

— Вам чем-нибудь помочь?

— Как вас зовут?

— Луиза, мадам.

— Луиза, хочу у вас спросить: если у человека приступ эпилепсии, то как это выглядит?

— Ну, человек падает, у него судороги, он крепко сжимает зубы — тут важно не дать ему это сделать, чтобы он не откусил себе язык, — потом идет пена изо рта, расслабляются сфинктеры, грубо говоря, больной ходит под себя... А зачем вам это? У вас нет эпилепсии.

— Да так, всякие глупости в голову лезут. Луиза, я вот, например, очень хочу в туалет.

— Сейчас принесу вам судно.

— Нет, нет, лучше помогите мне подняться, мне

станет намного лучше, если я попробую сама дойти до туалета.

Девушка отключила какие-то приборы и помогла мне. К моему удивлению, я крепко стояла на ногах.

— Спасибо, Луиза, идите.

— Но, мадам, вам может стать плохо, и вы упадете, а потом — следует принимать лекарства.

— Ну, Луиза, будьте лапочкой, я только чуть-чуть посижу на кровати.

— Ладно, зайду через полчаса.

Как только она вышла, я направилась к шкафу. Моя одежда и сумочка были там. Я постаралась как можно быстрее одеться. Затем выглянула в коридор. Вот это удача. Прямо возле палаты была пожарная лестница. Я поковыляла вниз. Каждый шаг отдавался в голове резкими толчками. Наконец, никем не замеченная, я оказалась во дворе, а потом выскользнула на улицу. Теперь надо поймать такси. Но ни один из приветливых парижских водителей ко мне не спешил. Недоумевая, я побрела вниз по улице, и наконец-то в витрине магазина наткнулась на зеркало. Ну и ну, теперь понятно, почему таксисты не хотели иметь со мной дела. Всклокоченная голова обмотана бинтами, правый глаз украшен зловещим фиолетовым синяком, сползавшим на щеку. Второй глаз, припухший и красный, походил на глаз больного ангорского кролика, а все лицо казалось каким-то грязным... Вздохнув, я толкнула дверь магазина. Хозяйка с ужасом воззрилась на меня.

— Меня только что выписали из больницы, и я хочу выглядеть чуть-чуть посимпатичней.

— Да, вам это не помешает, — согласилась со мной хозяйка.

В конце концов мы с ней выбрали светло-серый

костюм с жемчужной блузкой, воротник которой, завязываясь бантом, закрывал шею. В примерочной я размотала шапку из бинтов. Под ней обнаружилась выбритая полоска кожи и небольшая марлевая нашлепка. Пришлось натянуть шляпу с большими полями. Довершили наряд большие очки от солнца и килограмм тонального крема.

Наверное, я стала выглядеть намного приличней. Во всяком случае, первое же встреченное такси повезло меня опять в Ла Бурже.

Ни минуты не колеблясь, побродив по этажам, я нашла приемную директора. В просторную комнату я вошла уверенным шагом занятого человека и на ходу громко представилась секретарю:

— Я из страхового агентства «Ллойд».

Секретарь радостно закивал мне головой:

— Садитесь, садитесь...

Я продолжала голосом, не терпящим возражений.

— Речь идет о страховке Ренальдо Донована. Наши сотрудники проявили халатность и потеряли его домашний адрес. Конечно, мы их за это уволим...

— Что вы, — испугался секретарь, — не надо никого увольнять, это так легко узнать. — Он застучал по клавишам. — Вот, пожалуйста!

Поблагодарив его, я удалилась, умиляясь беспечности французов. В Москве, как я давно заметила, никто не спрашивает документов, подтверждающих вашу личность, кроме милиции, конечно. Так что можно назваться хоть королевой папуасов — поверят. Оказывается, у французов дела обстоят точно так же.

Дом Ренальдо находился всего в нескольких кварталах от аэродрома. Небольшой трехэтажный особнячок с аккуратными коричневыми жалюзи, на балконах виднелись цветы. Я нашла в списке жильцов фамилию «Донован». Из домофона раздался приятный женский голос:

— Кто там?

— Мне хотелось бы поговорить с мадам Донован, я из газеты.

Дверь с легким щелчком открылась. Я очутилась перед маленьким, похожим на мыльницу лифтом, к тому же, пока я поднималась на третий этаж, в нем погас свет. Двери квартиры были распахнуты, на пороге стояла худенькая девушка в темном костюме.

— Вы мадам Донован?

— Теперь, наверное, следует говорить «вдова Донован», — грустно поправила девушка. — Нет, я ее сестра, Анриетта в гостиной.

Я вошла в маленький, узкий коридорчик. Направо маленькая комната с двуспальной кроватью и узкая, похожая на купе, кухня. Налево — комната чуть побольше, с белыми книжными полками, уставленными безделушками. На светло-коричневом кожаном диване в груде цветастых подушек полулежала толстая тетка лет сорока, рядом с ней на журнальном столике стоял кофейник и недопитые чашки. В комнате витал аромат кофе.

— Вы мадам Донован? — обратилась я к толстухе.

Та кивнула головой.

— Не хотите ли чашечку кофе?

— С удовольствием.

— Франсуаза, — позвала Анриетта сестру, — сделай хороший кофе для мадам. Вы какую газету представляете?

Более трудного вопроса мне еще не задавали. Названия всех французских газет разом вылетели из головы. Внезапно вспомнилось:

— «Монд», отдел уголовной хроники.

Анриетта грустно кивнула головой:

— К сожалению, я не могу вам ничего рассказать, сама не знаю, мне сообщили только, что идет следствие. Утром Ренальдо, как всегда, ушел на работу, а я убрала квартиру и приготовила его любимую кровяную колбасу с тушеными яблоками. Часа в четыре начала злиться — это было так на него похоже: забыть про обед и копаться в каком-то грязном моторе. Поэтому, когда мне позвонили, я распахнула дверь и собралась ругаться... Но оказалось, что это пришел ажан, а Ренальдо уже больше не придет!

Она встала и подошла к балконной двери.

— Я даже не могу похоронить его, тело еще в полицейском морге...

Анриетта повернулась, луч заходящего солнца ударил ей прямо в лицо, и я увидела, что женщина, конечно же, очень молода. Наверное, ей столько же лет, сколько и Оле, а может, еще меньше. Жаль только, что она так безобразно растолстела. Правильно поняв мой взгляд, Анриетта грустно улыбнулась.

— Я была тоненькой, как тростиночка, такой, как Франсуаза, но два года назад мне сделали операцию — и вот результат, а ведь не ем почти ничего. Во всяком случае, Франсуаза-то ест, как молотилка, и не полнеет.

— Никакая я не молотилка, — проговорила Франсуаза, входя в комнату с подносом, — просто к вечеру у меня появляется волчий аппетит. И вообще, мадам пришла сюда не для того, чтобы обсуждать наши фигуры. Что вы хотели узнать?

— Как и где вы познакомились с Ренальдо, Анриетта?

Молодая женщина улыбнулась.

— Мы были знакомы с ним всю жизнь. Наши матери — школьные подруги. Потом они всю жизнь работали вместе в одной парикмахерской и жили рядом. Я старше Ренальдо на полгода, в детстве нас часто клали в одну коляску, и кто-то из наших мам вез младенцев гулять. Им было так очень удобно — гулять по очереди. Потом мы пошли в одну школу, и уже лет в десять знали точно, что поженимся. Не припомню даже, чтобы когда-нибудь ругались. Ренальдо был очень добрым и всегда уступал мне во всем. Когда я стала полнеть, то, конечно, ужасно расстраивалась и все время пыталась сидеть на диете. А Ренальдо стал рассказывать всем нашим друзьям и родственникам, какое это счастье, что я толстею. «Всю жизнь мечтал иметь в женах толстушку, — говорил он, — полная женщина куда красивее». Он даже повел меня в Лувр и показал все эти греческие статуи: «Смотри, они очень даже пухленькие». Ренальдо очень любил меня. Он хорошо зарабатывал. Да еще приятелям чинил машины. Я отправляла ему многих своих клиентов. Я ведь в парикмахерской работаю, и у меня тьма знакомых. Так что на жизнь мы не жаловались. Вот хотели скоро другую квартиру покупать, побольше этой.

— Еще вам здорово повезло с той девчонкой, — вставила Франсуаза. — Ее отец вас здорово отблагодарил.

— Какой девчонкой?

Анриетта пожала плечами:

— Ну зачем вам эта история? Просто еще одно свидетельство, как добр был Ренальдо.

— Тем более расскажите, читателям понравится.

— Это случилось семь лет тому назад. Как-то вечером приходит Ренальдо домой — он помогал тогда отцу на аэродроме, — а я как раз приготовила ужин. Мы еще, конечно, не были женаты, но у Ренальдо умерла мать, потому я и хозяйничала у них на кухне, хотя мне и было-то всего четырнадцать. Так вот, приходит Ренальдо и приводит с собой девочку, моих вроде бы лет, только очень перепуганную и грязную — вся в машинном масле. Оказывается, к ним в ангар залезла бродяжка и хотела что-то там утащить, а Ренальдо ее пожалел и привел к себе домой — помыться и покормить.

Она, как меня увидела, стала вырываться и кричать, чтобы он ее отпустил. Испугалась, что я в полицию сообщу и ее заберет служба помощи детям-бродягам. Но я ее успокоила и повела в ванную. Потом пригляделась к ней поближе и подумала: что-то здесь не так. Бродяжка, а лицо и волосы чистые, только платье очень грязное. Да и платье, сразу видно, дорогое. В ушах у нее были серьги, на руке золотые часы, крестик дорогой на витой цепочке. Ну а когда она платье сняла, тут я сразу убедилась, что никакая она не клошарка. Тело у нее было чистое, все такое гладкое, откормленное, и белье дорогое... Я ей, конечно, ничего не сказала, а пока она мылась, устроила допрос Ренальдо. Тот признался, что девочка эта, Лиза ее звали, на самом деле из богатой семьи. Но ее отец женился во второй раз, и мачеха ненавидит падчерицу. Вот Лиза и убежала из дому. Спряталась она на аэродроме, а Ренальдо ее нашел и вот привел домой...

Вечером мы втроем решали, что делать. Оставить ее у нас было нельзя. Отцу Ренальдо мы сказали, что это моя школьная подруга, но ведь не могла же она жить у нас бесконечно? В конце концов, Лиз прожила у Ренальдо неделю. А в воскресенье вечером решила мне помочь сделать ужин. Клянусь младенцем Христом, она первый раз увидела сковородку. Я даже посмеялась над ней: «Что ж ты ничего делать не умеешь?» Она мне ничего не ответила.

Я велела ей нарезать мясо и отвернулась к плите. Через секунду она тихонько вскрикнула, я обернулась и похолодела: не знаю уж, как она умудрилась так разрезать себе руку, да еще возле локтя! Кровь хлестала, как из недорезанного поросенка...

Я схватила ее, и мы побежали в аптеку. Правда, Ренальдо велел ей не выходить из дома, но ведь не истекать же кровью! Аптекарь отвел ее в заднюю комнату, потом вышел и говорит мне: все в порядке, но наверняка останется шрам, и занялся другими покупателями. А я стою и стою, как дура. Тогда аптекарь спрашивает меня: «А ты чего ждешь?» — «Да Лизу», — отвечаю. «Твоя подружка давно ушла через заднюю дверь!» Ну что делать? Я тоже ушла.

Вечером Ренальдо ужасно расстроился: «Пропадет ведь на улице». Прошло примерно полгода, он мне показывает пачку денег. Я удивилась: «Откуда столько?» А он говорит, что девчонка эта, Лиза, все-таки домой вернулась, и отец ее в благодарность за все хорошее дал ему денег.

— Он вам потом еще денег давал, — вмешалась Франсуаза.

— Ну да, — подтвердила Анриетта.

«Ну и жук же этот Ренальдо», — подумала я и почесала правый глаз. Очки свалились с меня на пол. Я нагнулась и задела шляпой за журнальный столик. Шляпа тоже оказалась на полу.

— Вы не из газеты, — медленно проговорила Франсуаза. — Анриетта, помнишь ажан сказал, что вместе с Ренальдо в ангаре была женщина, ее легко ранили.

Анриетта кивнула.

— Так это вы были с Ренальдо. — Она крепко ухватила меня за руку. — Ну-ка, лжежурналистка, отвечайте, зачем вы сюда явились в чужом обличье, что вы здесь вынюхиваете? Может, это кто из ваших дружков и убил моего несчастного Ренальдо?

И она стала наваливаться на меня своей стокилограммовой тушей. Меня затошнило — от Анриетты резко пахло анисом. Слабо сопротивляясь, я пыталась освободиться, но Анриетта с Франсуазой крепко держали меня. Внезапно острая боль прошила мне глаз, и я свалилась без чувств.

В комнате было тихо, а на моем лбу лежало мокрая тряпка.

— Слава Богу, она приходит в себя, — услышала я сквозь ровный гул в ушах.

Я открыла глаза. Анриетта держала передо мной стакан с каплями.

— Выпей, легче станет.

Я глотнула жидкость — о нет, мне в глотку полилось ненавистное перно. Тошнота опять накатила на меня.

— Мы подумали, что убили тебя, — сказала Франсуаза.

Я села на диване.

— Вы были близки к этому. Чего это вы так на меня взъелись?

— А зачем ты наврала нам? — Атмосфера опять стала накаляться.

Я замахала руками:

— Ну, будет вам.

В течение часа я рассказывала женщинам, кто я и что со мной произошло во Франции.

— А я сначала подумала, что ты родом из Бретани, — сказала Франсуаза. — Вроде бы правильно говоришь по-французски, а выговор у тебя какой-то не парижский... И чем же мы можем тебе помочь?

Я пожала плечами:

— Не знаю. Опишите мне Лизу еще раз.

Анриетта призадумалась.

— Беленькая такая, глаза голубые, как пачка «Житан», довольно пухленькая, тихая очень. Да, вот еще: она вязать любила, увидела у меня корзинку с клубками и так обрадовалась!

— Расскажи ей про того мужика, — подсказала Франсуаза.

Анриетта покрылась багровым румянцем.

— Какое это имеет отношение к девочке?

— А что за мужчина?

— Да был у нас тут случай, — стала рассказывать Анриетта. — Прихожу домой, а Ренальдо по телефону говорит. Услышал, что я вхожу, и бац трубку. Я его спрашиваю, кто звонил, а он мне: «Никто». Ладно, думаю. Потом часа через два звонок. Я — «Алло, алло», а на том конце молчат, слышно, главное, как дышат, и молчат. Очень мне это не понравилось. Через некоторое время опять звонок. Ренальдо сам трубку взял и коротко так говорит: «Хорошо, через час, там, где всегда!» — и стал собираться. Бреется, насвистывает... Ну, думаю, выведу тебя, дружок, на чистую воду. Приревновала я его. И только муженек за дверь — я за ним. Как он только меня не заметил, не знаю. Вошел в метро и поехал в самый центр, на Елисейские поля. Там такое бистро есть — «Ромэн». Сел, вина заказал и ждет. А я караулю, когда баба появится, чтобы ей сразу глаза повыцарапать... Вдруг, гляжу, мужик к нему подсел, приятный такой, и начали они что-то обсуждать. Я, не будь дура, поближе села, но все равно весь их разговор не слышу. Слышу только, мужик этот, Ренальдо его Яцеком называл, жаловался, что у него сейчас с деньгами негусто. «Подожди, — говорит, — пока Лиза деньги получит, тогда и тебе отдам все». А Ренальдо настаивает: «Мне деньги сейчас нужны, а то в полицию пойду, вот пусть тогда она и разбирается, зачем твоя дочь прячется под чужим именем». Поспорили они, поспорили, потом Яцек этот как швырнет на стол конверт. «На, — говорит, — подавись, только это в последний раз. Больше ни копейки не дам. Хочешь — иди в полицию, но тебе там самому худо придется». Стул отшвырнул и ушел, и Ренальдо ушел. А я мороженое съела и тоже пошла.

— Яцек... — сказала я в задумчивости, — Яцек!

— Да, — подтвердила Анриетта, — так его Ренальдо звал. А что?

— Да знаю я одного Яцека, — медленно проговорила я. — Знаю.

Глава 12

Несмотря на мои протесты, Анриетта решила отвезти меня домой.

— Не спорь с ней, — усмехнулась Франсуаза. — Она только что права получила, вот ей и хочется все время ездить!

Я стала собираться. Женщины с неодобрением смотрели на меня.

— И кто это тебя так стриг? — возмутилась Анриетта. — Все волосы в разные стороны, завивка какая-то дурацкая... Ну-ка, пойдем на кухню.

Она посадила меня на табурет и принялась за работу.

— Ну смотри! — сказала Анриетта через некоторое время.

Я глянула в зеркало и увидела хорошенькую девочку почти с мальчишеской стрижкой.

— Ой! — вырвалось у меня.

— Вот и ой, — рассмеялась Франсуаза. — А если ты еще подкрасишь глаза...

— Мне бы твою фигуру, — завистливо вздохнула Анриетта. — Ладно, поехали.

Мы втиснулись в старенький дребезжащий «Рено» и порулили. Уже смеркалось, и я впервые подумала о своих домашних. Что-то они поделывают?

Когда одышливый «Рено» остановился у дверей, Маня бросила на него удивленный взгляд и потом заорала не своим голосом:

— Мамочка!

Я не успела захлопнуть дверцу машины, как меня начали целовать, а в колени тыкались собаки, кошки...

Выскочила Софи:

— Мадам, как вы напугали нас. Когда вы исчезли из больницы, комиссар поставил на ноги всю полицию Франции.

— По-моему, полицию всех стран ЕС, — усмехнулась Маня. — Он решил, что тебя похитили, и хотел перекрыть порты, почту, телеграф, телефон...

— Почта, телеграф и телефон — это не из этой оперы, — сказала я.

— Сейчас велю сварить бульон, — прощебетала Софи.

Я почувствовала, что меня опять тошнит.

— Нет, только не бульон, ненавижу воду с жиром.

— Ну ладно. Мы попросим Луи сделать геркулесовую кашу.

Они увели меня в дом и после короткого сопротивления запихнули в кровать. Только тогда я вспомнила про Анриетту.

— Пригласите человека в дом.

— А она сразу уехала, — сказала Маша. — Откуда ты ее знаешь?

— Это долгая история. Если придет комиссар

Перье, отдайте ему папку, которая лежит у меня в сумке.

Утром голова у меня уже не болела. Поэтому, когда в десять утра явился комиссар Перье, я была в полной боевой готовности.

— О мадам, — начал он с порога, — ну как вы могли, как вы могли!..

— Простите, господин комиссар, это вышло совершенно случайно. Посмотрела на себя в зеркало и пошла в парикмахерскую!

— Где почти полдня просидели в очереди, — подхватил комиссар. — Вот что, Даша, — если позволите, я буду вас так называть, — вот что: или вы перестанете изображать из себя мисс Марпл, или я арестую вас за то, что вы препятствуете следствию.

Я возмутилась до глубины души:

— Мисс Марпл была пожилой дамой!

Комиссар хмыкнул:

— Вы неисправимы. Ну так вот, я сажаю вас под домашний арест. Вы должны лежать в кровати, читать дамские романы, смотреть сериалы...

— Вообще-то я хотела съездить к господам Ярузельским...

Комиссар подозрительно взглянул на меня:

— Ярузельские? Ладно, но только как приедете — сразу в постель и никаких прогулок. Пожалуйста, Даша, не считайте себя умнее французской полиции. И потом, в этой истории уже есть два трупа. Вам что, хочется стать третьим?

Нет, мне не хотелось становиться трупом, тем более третьим, и я пообещала вести себя благоразумно.

Удовлетворенный комиссар Перье уехал на работу, а я порылась в необъятном шкафу и надела белые брюки, оранжевую кофту и белый с мандариновыми обшлагами пиджак. Потом причесалась и, вспомнив Франсуазу, покрасила глаза.

Когда я спустилась в столовую, эффект превзошел все ожидания. Маня чуть не подавилась йогуртом, а тактичная Софи осведомилась:

— Вы хорошо себя чувствуете, мадам?

— Превосходно, — бодро ответила я. — Что вы примолкли? Или я так хороша, что у вас пропал дар речи?

— Если мадам позволит, — завела Софи, — я бы посоветовала накинуть в дорогу косынку — можно простудить голову, которую вам зачем-то всю побрили...

— И темные очки, — проворчала Маня, — а то нас будут останавливать на дорогах. Увидят мать и решат, что мы сбежали из сумасшедшего дома. Мам, ну зачем ты намазюкала глаза? Жуткий у тебя вид получился, правда, Софи?

Я вздохнула. Ну почему все мои попытки приукрасить себя всегда заканчиваются одинаково?

Ближе к обеду наконец двинулись в путь. Я за рулем, Маня уютно устроилась на заднем сиденье. Рядом лежали подарки. Ехали быстро. Было жарко, солнце пекло так, как будто мы пребывали не во Франции, а в Сахаре.

Дом Ярузельских появился неожиданно. Выглядел он довольно странно: от центральной части с белыми колоннами отходили два крыла. Выгнутое полукругом здание стояло в глубине довольно большого двора. Что-то мне все это напоминало.

— Мам, смотри, до чего ж их дом похож на старое здание Союза писателей на улице Воровского, — заметила Маня.

Она была права. Только дом этот был похож одновременно на многие русские усадьбы XIX века — странный стиль для Франции. Молоденькая горничная, бесконечно приседая, проводила нас в гостиную. Мы остановились на пороге. Громадная комната была декорирована в стиле «русская клюква». Ситцевые занавески до полу, в углу иконы, почему-то украшенные украинскими рушниками, всюду настелены белые, вязанные крючком салфеточки. На большом деревянном столе посреди белой скатерти пыхтел громадный блестящий самовар.

— Апофигей, — прошептала сзади меня Маня.

— Ку-ку, — подтвердили часы на стене, — ку-ку.

Сухонькая блондинка, сидевшая у телевизора, ласково улыбнулась.

— Меня зовут Галина Владимировна, — представилась она по-русски.

В ее речи почти не было акцента.

— Я — Даша, а это Маня.

— Уж наслышана о вас.

— Как вы чудесно говорите по-русски, — сказала Маня.

— Барышня, — строго сказала Галина Владимировна, — было бы странно, если бы я говорила по-китайски. Я же русская и притом читаю наши газеты, наши книги и, конечно, вот это. — Она щелкнула пультом, и заработавший телевизор наполнил комнату голосом Киркорова. — У меня ловится наша первая программа.

— Поглядите-ка, — изумилась Маня.

— Что такое? — спросила я.

— Да ты посмотри: у Фили-то глаза голубые, а ведь всегда были карие. Как же это он так?

— А что тут особенного? — сказала Галина Владимировна. — Я думаю, он просто надел цветные контактные линзы. Привлекает таким образом к себе внимание. Пойдемте лучше, я покажу вам дом.

В моей голове что-то щелкнуло, и части головоломки разом встали на свои места. Я поняла все!

— Мать, тебе плохо? — спросила Маня.

— Нет, нет, я просто думаю.

— Когда ты думаешь, у тебя делается просто зверское лицо!

Ну что можно ответить на подобное замечание!

— Давайте, пока не приехала Жаклин, я покажу вам дом, — еще раз предложила Галина Владимировна.

Оказалось, что дом был построен мужем Галины Владимировны по ее проекту. Одно крыло, состоящее из спальни, гостиной, кабинета, ванной комнаты и гардеробной, принадлежит Галине Владимировне; другое крыло, чуть побольше — четыре спальни, кабинет, гостиная, ванные комнаты, — отдано остальным; разделяет крылья центральная часть. Там расположены столовая, библиотека, гостиная, две спальни для гостей, кухня...

— Я не буду показывать вам половину Жаклин, она приедет и сама проведет вас по комнатам. Вот это мой кабинет, — гордо проговорила старушка.

В большой комнате с тремя окнами царил тот же псевдорусский стиль: ситец, рушники, иконы, в стеклянных шкафах большая коллекция гжели.

— Барыня, — раздался чей-то тонкий голос с сильным акцентом, — барыня, обед когда подавать?

Я повернулась и замерла от удивления. На пороге комнаты стояла высокая молодая девушка в красном сарафане. На голове у нее красовался вышитый фальшивым жемчугом кокошник.

— Подавайте, Настенька, прямо сейчас. Вы ведь, наверное, проголодались? — обратилась к нам старуха.

Настенька поклонилась, а когда она, уходя, повернулась к нам спиной, мы увидели длинную, толщиной в руку косу.

— Апофигей, — снова прошептала Маня, у меня же просто отнялся язык.

Галина Владимировна истолковала наше изумление по-своему.

— Да, — гордо сказала она, — я сумела сохранить в доме истинно русские традиции и привила Жаклин любовь к земле ее предков. Моя прислуга говорит по-русски. Кто лучше, кто хуже, но языком владеют все!

— Как это вам удалось? — искренне удивилась Маня.

— Шорох купюр приятен всем. Я пообещала солидное жалованье и небольшую ренту после моей смерти тем, кто согласится выучить азы русского, наденет национальную одежду и сделает соответствующую прическу. Причем меня совершенно не интересует, настоящая ли коса у Насти или нет. Это ее секрет. Кстати, имена я им тоже дала другие.

Подготовленные этой тирадой, мы почти не удивились, увидев в столовой молодого человека в косоворотке, плисовых штанах и сапогах. Стол был уставлен салатами, мисками с квашеной капустой, солеными огурцами и моченой брусникой.

— Конечно, мы питаемся так не каждый день, — пояснила старуха, — но в честь вашего приезда я заказала истинно русский обед.

Мы сели за стол, хозяйка позвонила в звонок, и Настенька внесла супницу.

— Ну а теперь, — сказала Галина Владимировна, — по нашей русской традиции одна из женщин должна благословить трапезу. — И она уставилась на меня.

От неожиданности я покраснела, затем встала и сказала:

— Благословляю стол, — потом, подумав секунду, добавила: — И суп.

Машка прыснула, я покраснела еще больше. В это время распахнулась дверь, и Жаклин произнесла громким голосом:

— Мама, хватит дурничать!

Затем она села к столу и заглянула в супницу.

— Что это?

— Сегодня у нас настоящий русский обед!

— Мама, но мы же договаривались с тобой, что «русские обеды» бывают только раз в месяц, а в остальные дни мы едим обычную еду! Что это за суп?

— Борщ!

Яцек скривился:

— Я не могу есть горячий салат из свеклы!

Галина Владимировна сделала вид, что не понимает по-французски. В полной тишине мы начали есть суп. Было в этой трапезе что-то противоестественное. Борщ как-то не смотрелся в тарелке из дорогого фарфора. Старуха налила себе стопку водки и лихо опрокинула в рот, Жаклин последовала ее примеру. Мне стало понятно, какие русские традиции им особенно близки. На второе подали поросенка с гречневой кашей. Маруся в полном восторге уставилась на жареную тушку:

— Никогда не ела поросенка!

Жаклин и Яцек промолчали. А в заключение принесли дымящиеся чашки с чем-то серо-буро-малиновым.

— Это кисель, — пояснила мать Жаклин.

Машка отхлебнула и сморщилась:

— Похоже на горячие сопли!

Яцек оглушительно захохотал:

— Мари, я тебя обожаю. Я уже давно и безуспешно пытаюсь найти определение этому продукту!

Хозяйка встала из-за стола:

— Обед закончен. Если пожелаете кофе, приходите в гостиную, я буду там.

Она вышла из комнаты.

— Неудобно получилось, — сказала я. — Человек ведь искренне во все это верит.

— Мама хороша в гомеопатических дозах, — рассмеялась, допивая водку, Жаклин. — Иногда она просто перегибает палку. И притом ведь знает, что нам все это совершенно не нравится. Это отец ее разбаловал, а я урожай собираю!

Машка, чувствуя свою вину, захлюпала носом:

— Я случайно так сказала!

Яцек погладил ее по голове:

— Не плачь, моя любимая, ты ни в чем не виновата, ты только не вовремя сказала правду.

В полном молчании мы перешли в гостиную. Комната была обставлена по-европейски, а на небольшом столике был уже сервирован кофе. Мы уселись перед телевизором. Шла программа новостей. Яцек принес доску:

— Даша, не желаете ли сыграть со мной в триктрак?

Жаклин налила себе почти полный бокал коньяку. Андре и Маша уселись в кресла. У них в руках позвякивали спицы.

— Машка, ты вяжешь? — изумилась я.

— Это меня Андре научила. Смотри, как у нее красиво получается!

Машка выхватила у Андре жилетку.

— Да, вяжет она просто замечательно, — проговорила старуха. — Я сейчас принесу вам шаль ее работы.

Я подивилась ее характеру: если она и была обижена, то виду не подала. Шаль, сделанная из темно-фиолетовой шерсти, и вправду была хороша. Андре, мило улыбаясь, не произнесла за все время ни слова. Ее темно-каштановые волосы блестели в свете торшера. Наконец, совсем стемнело. Уставшая Маша спала в кресле, Жаклин — на диване. Яцек подошел к Марусе и взял ее на руки. Машка открыла глаза:

— Зачем ты меня уносишь?

— Пойдем баиньки.

— Но я еще не ужинала!

— Я прикажу, и ужин подадут тебе в кровать, — вмешалась Галина Владимировна. — Что ты хочешь?

— Ужин по-русски, — сонно пробормотала девочка. — Блины с икрой...

Старуха добродушно засмеялась:

— Ладно, ладно, я давно простила тебе «горячие сопли». Унесите этого ангела.

Яцек унес ангела в кровать.

— А я закажу ребенку блины, — сказала, уходя с ним, старуха.

Мы остались втроем: я, Андре и похрапывающая Жаклин. Повисла тишина, я подсела к Андре. Сейчас или никогда!

— Знаете, дорогая, у меня есть большие экстрасенсорные данные.

— Да? — вежливо отозвалась Андре.

— Я умею угадывать прошлое. Стоит мне взять человека за правую руку, как вся его прошлая жизнь передо мной как на ладони. Хотите попробовать?

Андре нервно засмеялась.

— Вы боитесь? — нагло продолжала настаивать я. — Неужели в вашем прошлом есть постыдные тайны?

Андре явно не находила поводов для отказа, и я бесцеремонно схватила ее за руку.

— О, вижу что-то странное. Мне почему-то кажется, что вы родились во Франции.

Андре попыталась вырвать свою руку:

— Нет, нет, я родилась в Варшаве.

— Погодите, погодите... Вот наплывают какие-то картины. Это явно вы, но почему-то вы белокурая девочка с голубыми глазами, рядом мальчик, чуть постарше, наверное, брат...

Андре побледнела, как бумага, и перестала вырываться.

— А теперь я вижу совсем страшную картину: вы лежите в каком-то ящике... А вот вы же, но на кухне, рядом какая-то девочка... Пытаетесь резать мясо... Боже мой, нож срывается, и кровь хлещет фонтаном. От такого пореза, наверно, остался шрам.

С этими словами я отдернула рукав ее кофты и увидела довольно длинный след от давнишнего пореза. Андре с видом сомнамбулы поднялась с дивана и вдруг, зажав уши руками, завизжала на весь дом. У нее началась истерика. Девушка топала ногами и с силой мотала головой. Напуганная столь сильным действием своих слов, я попыталась усадить ее на место, но Андре, внезапно замолчав, кулем рухнула на диван.

Глава 13

На крик сбежались все. Полупротрезвевшая Жаклин с удивлением смотрела на рыдающую Андре.

— Что здесь случилось? — удивленно спросил Яцек.

Я промолчала.

— Даша в шутку предложила Андре погадать, — проговорила, к моему изумлению, Жаклин. — Говорит: возьму вас за руку и расскажу всю правду. Андре дала ей руку, а Даша, конечно, понесла чушь:

мол, вы родились в Париже, у вас светлые волосы, у вас есть брат... А Андре вдруг так испугалась...

Сжав кулаки, Яцек шагнул ко мне:

— Вы знали, вы знали обо всем с самого начала! Вот почему вы оказались на аэродроме, у этого негодяя и шантажиста Ренальдо! Что ж, мне жаль, что вас там не пристрелили!

— Яцек! — в один голос закричали Жаклин и Галина Владимировна. — Что ты говоришь?

Но Яцек, не владея собой, двинулся ко мне. Маша быстро встала у него на пути.

— Не надо, Яцек, она не виновата, — произнесла очнувшаяся Андре. — Это я одна все запутала, мне и развязывать.

С этими словами она поднесла зачем-то руку к глазам, потом опустила.

— Мамочка! — завопила Маня. — Мамулечка, гляди, что у нее с глазами?

Мы все уставились на Андре. На ее лице вместо карих сияли ярко-голубые очи.

— Матка боска... — садясь мимо кресла, произнесла почему-то по-польски Галина Владимировна.

Суматоха утихла только минут через пятнадцать. Сначала подняли старуху и усадили ее в подушки. Затем попытались утихомирить разбушевавшуюся Машу, которая с упорством, достойным лучшего применения, повторяла:

— Нет, вы скажите, как она поменяла цвет глаз?

Наконец, все затихли, расселись, нашли коньяк и посмотрели на Андре. Та сказала:

— Вообще-то, мы давно собирались рассказать, что к чему... Но вам придется набраться терпения, история долгая.

Мы все согласно закивали головами.

— Я очень рано поняла, — начала Андре, — что мать меня не любит. Нет, нет, не подумайте, что со мной плохо обращались! У меня было все, что только можно пожелать: игрушки, конфеты, позднее — красивая одежда и престижная школа. Но сердце матери было отдано Жану, а отец меня просто не замечал. Если я начинала приставать к нему с каким-то вопросом, то он отмахивался либо совал стофранковую купюру со словами: «Пойди поешь мороженого!» Не могу сказать, что я страдала из-за всего, просто рано поняла, что я девочка, а он хотел еще одного сына — наследника. И все бы ничего, но на свой четырнадцатилетний день рождения Жан устроил целый скандал. Взял подаренный ему водяной пистолет, зарядил его краской и выстрелил при гостях прямо в отца. Мама постаралась превратить это в дурацкую шутку, и, надо сказать, ей это удалось. Все подумали, что Жану первый раз дали попробовать шампанское, и он опьянел, даже шутили: «Пьяный младенец — позор семьи». И вот после этого дня рождения все пошло кувырком.

Я быстро разобралась, в чем дело: Жан нашел письма нашей матери и понял, что его настоящий отец — Аллан Гранж. Да и как было не разобраться, если он прямо кричал, что мать — шлюха, а Эдуард — рогоносец. Как отец его не убил, не знаю! Дальше — хуже. Софи застала его в комнате с одним из школьных приятелей в весьма недвусмысленной позе. Родители кинулись к психоаналитикам. Что бы там Жан ни говорил, но они оба его любили. Я это поняла, когда узнала, что в завещании и Сью, и Эдуарда большая часть имущества была отписана сыну. Причем и у нее и у него была одна, вызвавшая сплетни, формулировка: «Жану-Филипу, носящему в данный момент фамилию Макмайер». Они специально не написали: «Сыну», чтобы избежать каких-то казусов. Странно только, что и Сью написала так же — ей-то он доводился сыном!

Про меня в этой суматохе совершенно забыли, а чтобы и не вспоминать, отправили в закрытый пансион. «Тебе там сейчас будет лучше», — сказала Сью. Может, она и была права, потому что скоро выяснилось, что Жан еще и наркоман. Он начал колоть себе Бог знает что, а ампулы — вот идиот! — прятал в коробке с собачьим печеньем! Конечно, их тут же нашли. Но уследить за ним было трудно, и он, уже назло Софи и Луи, стал засовывать ампулы в самые разные коробки на кухне. Дня не проходило, чтобы повар их где-нибудь случайно не находил. В конце концов терпению родителей пришел конец, и они отправили его в специальную школу. Но там Жан познакомился с мальчишкой, который, несмотря на юный возраст, помогал какой-то экстремистской группировке делать бомбы! В итоге он опять оказался дома. И вдруг все изменилось.

Когда я приехала на каникулы, он радостно приветствовал меня и подарил подарки: часики и большую коробку с набором спиц и крючков. Честно говоря, мне очень не хотелось открывать эту коробку. Один раз под Рождество он прислал мне в такой же упаковке ужасную гадость. Но на этот раз в коробке, перевязанной лентой, были только крючки и спицы, а сверху лежала карточка: «Любимой сестренке от брата. Прости. Жан». Родители умилились до слез. Я сделала вид, что рада до безумия, но только сделала вид. Я не поверила ему ни на грош. Не может человек так измениться, он просто затаился, стал более взрослым и более хитрым...

И вот в доме установились тишь и гладь. Жан начал отлично учиться и брать уроки музыки. Родители были вне себя от счастья, осыпали его подарками... Да и Аллан тоже никогда не приходил с пустыми руками. Все закрывали глаза на его крашеных приятелей, а мама постоянно твердила, что гомосексуализм спутник гениальности. Имена так и сыпались у нее изо рта: Нуриев, Меркьюри, Чайковский... А обо мне никто и не вспоминал. Да и зачем? Хлопот со мной не было никаких, я всегда была тихой, воспитанной девочкой. Сидела себе в углу и вязала... Но никто не знал, какой вулкан бушевал у меня внутри. Вот бы, думалось мне, накраситься повульгарней, нацепить на себя оранжевое платье с вырезом и встать на углу Сен-Дени! А когда меня побьют сутенеры, заявить в полиции, что я дочь барона Макмайера. Газетчики взвыли бы от счастья, получив такую новость. Но это мне было слабó. Или наглотаться снотворных таблеток, а рядом положить записку: «Мой отец насиловал меня в течение пяти лет». Но это тоже было слабó. А лучше всего, думала я, лучше всего было бы, если они все умерли, все сразу, тогда бы меня жалели. Я представляла себя на похоронах: в черном платье, а вокруг цветы, цветы... Однако мечты оставались мечтами.

Но тут Сью засобиралась в Лондон — показать свою коллекцию кукол. За несколько дней до отъезда я пошла в магазин, чтобы купить корма коту. Смотрю, а в секции кондитерских товаров Жан с каким-то парнем. Мне стало интересно, и я попыталась подслушать их разговор. Слышно было плохо — все время кричало радио: распродажи, распродажи... — но и того, что я услыхала, было достаточно, чтобы понять — Жан хочет убить родителей. Ну а когда он назвал этого парня по имени, мне стало страшно! Это был Рено, тот самый террорист из колледжа.

Не помня себя, я спряталась в бакалейном отделе и долго боялась выйти на улицу, потом все-таки вернулась домой. Моего отсутствия никто не заметил. Полночи я прокрутилась в постели, а рано утром пошла в спальню к матери и рассказала ей все. Сью выслушала меня, а потом отругала как следует: «Как тебе не стыдно выдумывать такие гадости про родного брата? Не вздумай подойти к отцу с этими глупостями!»

Утром в день отлета, когда все вещи были уже в самолете, Жан вдруг упал на землю и начал корчиться, биться головой, изо рта у него обильно пошла пена... Вызвали врача. Тот сказал, что похоже на припадок эпилепсии, и увез брата. Никогда не забуду, какими глазами мать смотрела вслед «Скорой помощи». Голову на отсечение, она поняла все и в этот момент полностью мне поверила. Ну, подумала я, сейчас она отложит полет, прикажет проверить багаж, и тогда где-нибудь найдут бомбу...

Но Сью посмотрела на меня и твердо сказала: «Лиза, садись в самолет, нас ждут в Лондоне. Мартина, поторапливайся!» Вот, значит, как все обернулось: она поняла, почувствовала, что Жан ненавидит их с Эдуардом, и решила: раз так — жизнь кончена. А заодно незачем жить и Эдуарду, и мне, и Мартине... Наверное, она здорово ненавидела ее за то, что та стала женой Аллана. Сама она не могла выйти за него замуж, но, чтобы не расставаться с любимым, женила его на своей ближайшей подруге, а потом за это же подругу и возненавидела. Вот такой клубок.

Короче говоря, они все вошли в самолет, но я-то не хотела умирать. Мне совершенно не хотелось погибать только для того, чтобы Жану жилось лучше. И я стала кричать, что не хочу лететь, не хочу, и точка. Но меня никто не слушал. Тогда я рванула на себя дверь. Эдуард уже выруливал на дорожку и стал страшно ругаться. Я вылетела буквально на ходу и, не помня себя, понеслась в ангар. Вбежав внутрь, я увидела гигантский ящик и спряталась там, среди грязных тряпок. Ну, думаю, посмотрю теперь, как вы меня найдете... Но меня и искать не стали, они просто улетели.

Ну а потом меня нашел в этом ящике негодяй Ренальдо и насильно привел к себе домой. Девушка его, Анриетта ее звали, она, бедняжка, и не подозревала, что ее жених задумал шантажировать Жана моими показаниями, вот почему мне пришлось от нее сбежать. Я нарочно порезала себе руку, и она, конечно, потащила меня в аптеку, а оттуда я просто ушла через задний ход.

Андре замолчала, мы молчали тоже. Наконец Жаклин спросила:

— А как же ты попала в «дочери» Яцека?

— Сейчас расскажу. Когда я убежала из аптеки, то у меня не было ни копейки денег, и я просто брела куда глаза глядят. Стало смеркаться. Я попробовала устроиться на ночлег в парке, но меня прогнала полиция. Спустилась под мост, но оттуда вытолкали клошары. Тогда я решила пойти на вокзал. Поднялась на набережную, и вдруг меня охватила такая тоска... Что же мне делать? Домой вернуться нельзя! Что я скажу всем? Правду? Кто мне поверит? Доказательств нет никаких. Жан скажет, что я сумасшедшая, и посадит меня в клинику или убьет. Обязательно убьет, не захочет он родительскими деньгами делиться... Все думают, что Лиза Макмайер мертва, — мне Ренальдо газеты показал — значит, и надо по-настоящему умереть. Стала я через парапет перелезать, тут меня Яцек и схватил. Повел в кафе, кофе купил, круассанов, и я все-все ему рассказала. Он сразу поверил, привел к себе в пансион и снял мне там комнату. Вот так.

Андре снова замолчала.

— Не могу больше... Очень устала...

Яцек обнял ее.

— Дорогая моя, мы с тобой должны сейчас рассказать все. Это как очищение огнем. Если ты не можешь, продолжу я... Как ни странно, но я почему-то сразу поверил Лизе. Вот взял и поверил. К тому же она очень похожа на мою дочь, оставшуюся в Варшаве. Стали мы думать, как нам жить дальше. У меня не так много денег, а на руках мать, сестра и две тетки, всех надо кормить. Я работал тогда оформителем витрин — я ведь художник. Но основной проблемой были не деньги — нужно было как-то легализовать Лизу. Один мой приятель помог достать паспорт на имя Андре Ярузельской. Так Лиза стала моей дочерью. А чтобы ее не узнали случайные знакомые, сделали из нее брюнетку, изменили прическу, надели очки и вставили цветные линзы. Белокурая, голубоглазая Лиза исчезла, появилась Андре — брюнетка с карими глазами... Ну а дальше, дальше уже идет история, которая касается тебя, моя радость...

Яцек повернулся к Жаклин.

— Как я уже говорил, денег не хватало катастрофически. Можно было воскресить Лизу Макмайер, потребовать дом, наследство... Но на все нужны деньги. И тогда мы решили: я должен попробовать жениться на Жаклин. Лиза мне многое о ней рассказала, так что я понял: познакомиться с ней надо как-то необычно... А потому надел белый костюм и упал ей под колеса...

— Ну ты и негодяй, — процедила сквозь зубы Жаклин. — Ну и сволочь!..

— Прости, мое золото, но я хотел сказать, что за все годы жизни с тобой ни разу ни о чем не пожалел — я полюбил тебя.

— Глупости, — фыркнула Жаклин, подвигая к себе коньяк, — ты полюбил мои деньги!

— Не буду скрывать, дорогая, с деньгами ты кажешься еще более привлекательной. Но я не закончил. Вот так и потекла жизнь. Я уже и забыл, что Андре мне не дочь. Ну а всем любопытным говорил, что мать Андре умерла, и я взял ее к себе в Париж. После смерти Жана мы подумали, что больше нечего бояться, но все как-то не могли решиться обо всем рассказать. А как вы, Даша, догадались, что Андре — это Лиза?

— Окончательно догадалась только сейчас, когда увидела на экране голубоглазого Киркорова. Меня смущали только карие глаза Андре. Волосы можно перекрасить, а вот глаза... Ну и потом ее привычка вязать, и этот шрам на руке... — мне про него рассказала Анриетта. А что, Ренальдо шантажировал вас?

— Да, он случайно увидел, как мы шли по улице, и узнал Лизу — она еще не перекрасила волосы. Этот мерзавец проследил за нами, узнал мою фамилию и начал требовать денег. Но год тому назад я заплатил ему последний раз и больше не дал ни сантима. Я не убивал его и не знаю, кто это сделал. Но кто бы он ни был, пусть примет мою благодарность.

Яцек замолк. Андре встала с дивана и посмотрела на Жаклин:

— Теперь ты можешь выгнать меня из своего дома за обман, а ты, бабуля, — она посмотрела на старуху, — прости меня!

Галина Владимировна поманила девушку:

— Иди сюда, моя дорогая, я люблю тебя, как свою дорогую внучку, и, поверь, не забыла упомянуть тебя в своем завещании.

— Наверное, лучше пойти в полицию, — сказала

я, — и честно рассказать все. Ведь Андре положена часть наследства Макмайеров.

— А я думаю, — сказала Маня, — что Андре лучше молчать. Все равно денег ей не видать как своих ушей.

— Маша! — возмутилась я.

— А что я сказала? — продолжала гнуть свое моя дочь. — Ведь есть же закон, по которому убийца не может получить деньги того, кого убил.

— При чем здесь это, дорогая? — спросила Галина Владимировна. — Если можно доказать, что Жан убил родителей, тогда, конечно, он незаконно получил состояние, и оно целиком должно было перейти к Лизе. Но боюсь, это не удастся сделать, доказательств у нас нет никаких, кроме догадок Лизы. И к тому же прошло много лет. Нет, Лиза может рассчитывать только на часть капитала, другая принадлежала Жану, потом его жене Натали, а потом досталась вам... Думаю, придется выделить Лизе ее часть.

— Мне не жалко денег, — завела было Машка, но я оборвала:

— Замолчи, Бога ради, ты еще мала для таких рассуждений.

— Может, и мала, — с негодованием воскликнула Маша, — но Андре мне очень нравится! Она такая милая... Не надо идти в полицию. А деньги мы ей и так отдадим. Правда, мамочка? Пусть все будет, как прежде.

— Никак не могу понять, о чем ты толкуешь, — сказала Галина Владимировна. — Не надо ничего давать просто так. Лиза получит то, что ей причитается.

— Да ничего ей не причитается! — зарыдала Машка, — Ничего. Ведь это она убила Жана... Он мне перед смертью так и сказал: «Меня убила Андре».

Мы все застыли.

Глава 14

Прошло несколько недель, кошмарных для всех. Во-первых, через несколько дней кто-то из изумленных знакомых сообщил в полицию о воскрешении Лизы Макмайер. Во-вторых, полиция арестовала Андре по подозрению в убийстве Жана Макмайера. В-третьих, нам не отдали ее даже под залог. В-четвертых, толпы газетчиков осаждали дом. Стоило кому-нибудь высунуть наружу нос, как под этим носом оказывался микрофон. Экспансивная Маша, не удержавшись, скорчила рожу репортеру. К вечеру ее фото с высунутым языком и рукой, сложенной в фигу, обошло многие газеты с подписью: «Ребенок «новых русских»: мил, приветлив и воспитан». Осада продолжалась дней десять, но потом в пригороде Парижа нашли трупы трех девушек, и интерес прессы переключился на них. Мы перестали вздрагивать, выходя из дома.

Как-то днем Софи доложила, что пришел господин Прудон. Я спустилась в кабинет. Увидев меня, Прудон заулыбался:

— Нет, нет, не волнуйтесь, мадам. С вашими деньгами все в полном порядке. В завещании Эдуарда и Сьюзен Макмайеров четко сказано, что капитал делится между Лизой Макмайер и Жаном, носящим в данный момент ту же фамилию, в пропорции один к трем. Лиза была признана умершей, и капитал перешел к Жану. Жан завещал свои деньги Натали, а Натали — вам. Скорее всего, если Андре Ярузельскую признают, как Лизу Макмайер, и оправдают, вам придется выделить ей часть, завещанную родителями. Это самая большая неприятность, которая вас ждет... Но я пришел не за тем, чтобы объяснять вам юридические тонкости... В нашей семье назревает большое событие, и хотелось бы, чтобы вы в нем поучаствовали. В воскресенье мы объявляем о помолвке Антуанетты с господином Алланом Гранжем.

— С господином Гранжем? — невежливо переспросила я.

— Да, и мы с женой страшно рады этому, хотя, конечно, разница в возрасте составляет почти тридцать лет. Ведь Тине в мае исполнится только двадцать, и все же мы с мадам Прудон счастливы. Она выбросила из головы эту идиотскую мысль об уходе в монастырь... Мы ждем вас с дочерью. Помолвка состоится в доме господина Гранжа.

Такую новость невозможно было удержать, и я тут же позвонила Жаклин. Оказалось, что она уже все знает, — к ним приезжала госпожа Прудон.

В воскресенье утром Жаклин заехала за мной и Маней. Жаклин была в машине одна.

— А где Яцек? — удивилась я.

— Он поехал на свидание к Андре, третий раз, между прочим, но она отказывается встречаться с ним. Яцек даже похудел за эти дни...

Мы замолчали. Да и что тут было говорить? Так в молчании и доехали до дома Гранжа.

— Нет, ты только погляди на это, — прошептала Жаклин. — Ничего подобного я не видела.

Весь дом был увит гирляндами бумажных цветов. Они сходились над входной дверью, где красовались два громадных шелковых сердца: на красном стояло «Аллан», на розовом — «Антуанетта». Дверь была распахнута настежь, внутрь дома вела ярко-голубая ковровая дорожка.

— Да... — сказала Жаклин, — сколько ни дави в себе жиголо, он все равно высунется.

— Зачем ты так?

— Фу-ты, ну-ты! — фыркнула Жаклин. — Знаешь, сколько денег Прудоны дают Тине в приданое? Около пяти миллионов франков. А насколько мне известно, в Париже стали поговаривать, что Гранж разоряется. Он ведь игрок; шептались даже, что шулер.

Капая ядом, она двинулась в дом.

— Ну нет, ты посмотри, только слонов не хватает. Бедняги Прудоны просто счастливы, что им удалось пристроить Тину.

Мы вошли в дом. В просторном холле толпилось человек тридцать. К нам направился Аллан:

— О, как я рад вас видеть!

— Мы тоже довольны. Говорят, женитьба на молоденькой и богатенькой резко улучшает настроение, — не удержалась Жаклин.

— Дорогая, — расхохотался Аллан, — спрячь свое змеиное жало. Анри, — обратился он к проходящему слуге, — предупредите буфет, чтобы этой даме не наливали больше пол-литра коньяку —она страшна в опьянении.

Покрасневшая и злая, Жаклин ушла в комнаты, а я не знала, куда деваться от неловкости.

— Даша, — произнес Аллан, — вы же не знакомы как следует с Антуанеттой. Тина, подойди сюда.

Высокая девушка послушно подошла к нам. В те два раза, что я видела Антуанетту Прудон, она была одета в серое платье и гладко причесана. Сейчас на ней красовался ярко-красный костюм с перьями, а пепельные волосы были распущены по плечам.

— Тина, — сказала она и протянула узкую руку.

Да, будущую мадам Гранж было трудно назвать красавицей. Мелкие черты лица, небольшие, близко посаженные к узкому носу глаза, острый подбородок, хрупкая, если не сказать тщедушная, фигурка. Рука, которую я пожала, была похожа на лапку больной обезьянки.

— Очень рада, — вежливо сказала я.

— Взаимно, — ответила Тина. — Аллан много про вас рассказывал. Он искренне восхищается вашим умом. Говорит: если бы не я, то сделал бы предложение вам. Вы ведь тоже богаты, жаль только, что старше него и некрасивы. Но я не ревную, ведь теперь Аллан мой. — И она весело рассмеялась.

Я уставилась на нее с искренним восторгом — редко встретишь глупость в таком чистом виде. Аллан тихо засмеялся:

— Тина неподражаема!

— Пойду поищу своих, — сказала я.

— Мари крушит торт.

Я двинулась в столовую. Маша и правда была там. Вместе с Галиной Владимировной они оживленно что-то обсуждали.

— Добрый день, — сказала я. — Галина Владимировна, а как вы добрались сюда?

— Приехала на машине, — ответила старуха. — А что?

— Просто Жаклин была одна...

— Я не езжу с ней, боюсь раньше положенного отправиться на тот свет.

— Мамочка, ты знаешь, у Аллана в оранжерее есть коллекция попугаев. Можно, я пойду посмотрю?

— Конечно, сходи, моя дорогая. А ты не знаешь, где Жаклин?

— Она пролила вино на платье и пошла замыть пятно. Куда-то на второй этаж.

Я пошла наверх по широкой лестнице. В холле второго этажа были спущены шторы и горел свет. На стенах тут и там висели картины. Я пригляделась: имена и фамилии художников мне ничего не говорили, но пейзажи, в основном горы, показались слегка мрачноватыми. Интересно, это выбор Аллана или его первой жены? Я толкнула первую дверь и оказалась в кабинете. Большой письменный стол, диван и кресла из светлой кожи, книги и тоже картины. Уже собираясь выходить, я услышала тихий шепоток.

— Кто там? — от неожиданности слишком громко спросила я.

— Не пугайтесь. — В углу на коленях стояла Тина.

— Господи, что вы делаете?

— Молюсь.

— Молитесь — кому?

— Богу, конечно.

Я повнимательнее посмотрела на стену — на ней висела картина с изображением распятого Христа.

Тина поднялась с колен:

— Я ведь хотела идти в монастырь, потому и привыкла молиться несколько раз в день. Трудно сразу отвыкнуть. Вообще-то я не собиралась замуж выходить. Никогда. Но тут Аллан внезапно сделал мне предложение.

— Просто ни с того ни с сего? Вы даже не встречались?

— Нет, он сначала приехал к моим родителям и попросил у них разрешения поухаживать за мной. Правда, благородно? Как в романе. А когда они дали согласие, начал приглашать в театр, на концерты. Он тоже, как и я, любит музыку восемнадцатого-девятнадцатого веков. И вообще у нас много общего. Он тоже одинок и несчастлив. Знаете, первая жена его не любила. Она ему изменяла, а Аллан ее просто обожал и так переживал после ее гибели! Бедный, он столько в жизни страдал.

Из моей груди вырвался вздох, сколько глупых женщин поймались на крючок сострадания! Мой третий муж тоже обожал рассказывать своим пассиям о моих похождениях и своих страданиях. Глупые бабы падали вокруг него пачками. Старый испытанный мужской метод.

Тина посмотрела на меня:

— Вам тоже стало жалко Аллана, да? У него было тяжелое детство в нищей многодетной семье. Но ему удалось выучиться на автослесаря. И вот он стал ремонтировать чужие машины. Представляете, какой ужас! Целый день в грязи и никаких надежд. Но Аллан усердно молился!

Я закашлялась, чтобы скрыть смешок. Вид молящегося циника Аллана показался мне очень забавным.

— Да, усердно молился, — повторила Тина, — и Господь услышал страждущего. Однажды в мастерскую приехала Мартина, это его первая жена. Аллан починил ей машину, и Мартина влюбилась. Ну, они поженились, и все было хорошо, но тут Мартина начала изменять Аллану. Однако Господь покарал прелюбодейку — бедняжка умерла страшной смертью. Мне ее даже жаль. Знаете, Аллан сказал, что, если я откажу ему, он продаст все, что имеет, и уедет в Италию, где будет опять чинить машины!

Тина стала поправлять волосы.

— Помните, в тот день, когда вы прилетели в Париж, мы ужинали у вас?

Я кивнула головой.

— Ну вот, до того как вы спустились вниз, — Господи, тогда в джинсах вы были похожи на пугало, сейчас-то одеты прилично, — так вот, до вашего появления Аллан вышел ненадолго, а когда вернулся, я заметила у него под ногтями что-то черное. Я спросила, в чем дело, а он пошутил, сказал, что тренировался чинить машины перед отъездом... Это, конечно, была шутка! Но говорят, что в каждой шутке есть доля правды!

— Дорогая, — проговорил Аллан, распахивая

дверь, — нельзя так надолго оставлять гостей. Даша, вы тоже здесь? О чем щебечете?

— О тебе, дорогой, я рассказывала историю нашей любви. — Тина взяла Аллана под руку. — Пойдем, я уже помолилась.

Втроем мы двинулись вниз.

Гости оживленно болтали, их стало больше, и почти никого я не знала. Счастливые Прудоны принимали поздравления. Ко мне подошла Жаклин.

— Даша, ты не видела Яцека? — От нее сильно пахло коньяком. — Если найдешь, не отпускай его от себя, у него с утра поднялось давление.

Покачиваясь, она направилась к выходу.

— Даша, — возникла за моей спиной Галина Владимировна, — где ты была? И где Маша?

Я вспомнила, как девочка говорила что-то про попугаев, и решила поискать ее в оранжерее.

Оранжерея оказалась прямо за домом. Тяжелая дверь открывалась с трудом. Большие зеленые мясистые листья и сильно пахнущие цветы были полны молчания. Попугаями здесь явно не пахло. В другом конце оранжереи виднелась дверца. Может, она там? Я толкнула ее и обомлела. Прямо на полу, среди граблей, леек и прочего инвентаря, мужчина и женщина самозабвенно занимались любовью. Через секунду я узнала Жаклин и Аллана. Я тихо притворила створку, искренне надеясь, что они ничего не заметили. Нет, конечно, не заметили, им было не до меня. Жаклин и Аллан! А мне казалось, что они терпеть друг друга не могут. И он даже не снял с себя брюк! Почему-то этот факт больше всего меня удивил. Ну неужели ему было удобно заниматься подобным делом в брюках? Размышляя на эту тему, я побрела к гостям.

— Мамочка! — донесся до меня вопль Мани. — Аллан меня обманул. У него нет попугаев! Я была в оранжерее, а он зашел туда и сказал, что единственный здесь какаду — это я. Ну не глупо ли?

Она возмущенно дернула плечом.

— Смотри, Яцек идет.

Сквозь толпу и правда пробирался Яцек с тарелкой.

— Даша, а где Жаклин?

— Сейчас придет, кажется, в туалет пошла.

— Небось опять напилась. Ну ничего, сейчас ее стошнит — будет как новенькая.

— И совсем меня не тошнит, — раздался позади нас голос Жаклин.

Я обернулась. Улыбающаяся Жаклин держала в руках бокал. Я оглядела ее — платье, волосы в идеальном порядке. Быстро они управились.

— Вечно ты, дорогой, рассказываешь всем, что я пьянчужка, а я пью как птичка.

— Птица киви, — неожиданно сказала Маня.

Все в изумлении поглядели на нее.

— Что ты этим хочешь сказать? — удивился Яцек.

— Птица киви — самое крупное пернатое в мире, — усмехнулся Аллан. — Она потребляет в день до пяти литров жидкости. Вы ведь на это намекали, моя радость?

Он повернулся к Мане, та покраснела. Яцек захохотал во весь голос:

— Черт, это лучшая шутка за последние месяцы.

Он обнял Жаклин.

— Туше́, — проговорила та.

Я посмотрела на всех них. Аллан держал Тину под руку и нежно поглядывал на нее. Яцек обнимал Жаклин, и та склонила голову ему на плечо. Галина Владимировна несла Мане еще одну, десятую по счету, порцию торта... Все были счастливы, все любили друг друга, все было прекрасно.

Глава 15

Вечером следующего дня я в отвратительном настроении сидела в кабинете. Во-первых, утром весы показали на два килограмма больше, чем я ожидала увидеть, и мне пришлось на завтрак и обед есть обезжиренные йогурты. Но как назло, Луи испек к чаю восхитительные булочки, и запах витал по всему дому. «Плюнь на диету, — ворчал мой желудок. — Я хочу булок с кремом!» Словно в насмешку, с вечерней почтой пришла огромная коробка моих любимых конфет — мармелад в горьком шоколаде. Внутри лежала карточка с надписью: «Сюрприз для Даша́». Повертев в руках карточку, я положила ее на стол. Кто бы ни был отправитель, спасибо ему. Рука сама собой потянулась к шоколадке, я уже схватила ее, как дверь тихонько заскрипела. Я тут же выпустила мармеладку. Наверное, это кто-то из моих домашних, а они и так весь день сегодня смеялись над моей диетой!

В дверь просунулась треугольная морда Банди.

— Входи, входи, мальчик.

Пес прошествовал в кабинет. Обойдя вокруг стола, он положил морду возле коробки конфет.

— Ах ты, лакомка, конфет захотелось! А ведь ты, наверно, уже угостился булочками!

Банди усиленно забил хвостом. Я взяла конфетку и угостила питбуля. Шоколадка немедленно исчезла в его необъятной пасти, хвост заработал еще сильнее.

— Ну нет, хорошенького понемножку!

Я встала и подошла к окну. Во дворе садовник с сыном играли во фрисби, ошалевший Снап носился между ними. «Маня, наверное, вяжет на кухне, около Луи», — подумала я. С тех пор как Андре научила ее вязать, ребенок не расставался со спицами. Андре! Что-то мне в этой истории не нравилось, хотя на первый взгляд все казалось очень логичным. Девочка ненавидела брата — сначала за то, что родители уделяли ему больше внимания, затем за смерть отца и матери. Спокойная и терпеливая, она дождалась нужного момента, открутила гайку... Ладно, предположим, кто-то объяснил ей устройство автомобиля или она купила книгу и изучила строение мотора... Но как ей удалось проникнуть в гараж незамеченной? Должно быть, когда они пришли в гости, Андре вышла на минутку, вроде бы в туалет, а сама прошмыгнула в гараж. Ну уж дудки! Мне, например, чтобы отвинтить гайку в машине, надо по крайней мере полчаса. Сначала отыскать нужный ключ. Допустим, ключ она принесла с собой. Вышла из гостиной, побежала в гараж, чик-чик, готово, и назад — пить кофе.

Я представила себя на месте Андре. Естественно, сначала достаю не тот ключ, потом полчаса ищу нужный. Гайка не поддалась бы сразу... Перед глазами возникла картина: всклокоченное существо с перемазанными маслом щеками, в грязном платье выползает из-под машины... Да после этого надо в баню идти, а не кофе пить. Я вспомнила тонкие, хрупкие запястья Андре — сомневаюсь, что такими руками можно делать хоть какую-нибудь работу. А может, она наняла механика?

Сзади меня раздался странный хрип. Я обернулась: Банди лежал на боку, звук несся из его полуоткрытой пасти. Задние лапы, окорочка, как их любовно называла Маня, тряслись мелкой дрожью, глаза закатились. О Боже, пес явно собирался умирать.

— Софи, — заорала я истошным голосом, распахивая окно. — Софи, сюда, скорей!

Увидав Банди, Софи сразу схватилась за телефон. Скорая ветеринарная помощь примчалась буквально через минуты.

— Принесите побольше теплой воды, — распорядился врач. — Боюсь, мы испортим ваш ковер, мадам.

— Ну и черт с ним! Скажите лучше, что с собакой?

— Похоже на отравление. Меня смущает, что он спит. Чем его кормили последний раз?

— Бог мой, да этот пес все время что-то лопает, его кормит весь дом!

Я перевела взгляд на стол и увидела... почти пустую коробку конфет. В укладке сиротливо лежала одна мармеладка.

— Этот негодник только что съел целый килограмм конфет!

Промывание собачьего желудка, несколько уколов сделали свое дело, питбуль открыл глаза, вяло подвигал хвостом, зевнул во всю пасть и захрапел.

Врач с недоумением смотрел на него:

— Похоже, здесь не обошлось без большой порции снотворного. Не уследи вы, что ему стало плохо, пес мог бы умереть. Я пошлю на анализ содержимое желудка и, если позволите, эту конфету.

Банди погрузили в «Скорую помощь», санитар держал над ним капельницу. Все домочадцы столпились во дворе. Снап тихонько подвывал, кошки жались к ногам Софи... Включив сирену, машина рванула со двора. Мы побрели ужинать.

Аппетита ни у кого не было. Вяло съев очередной йогурт, я с тяжелыми мыслями пошлепала в свою спальню. Ладно, утро вечера мудренее.

Но и утро не принесло нам никаких радостей. Позвонили из ветеринарной клиники. В крови пса обнаружили гигантскую порцию барбитуратов, была нашпигована ими и конфета. Я пошла в кабинет. Пустая коробка так и лежала на столе, рядом визитная карточка: «Сюрприз для Даша». Или я ничего не понимаю, или меня собирались отправить на тот свет. И придумано здорово. Коробка прибыла с вечерней почтой, как раз к ужину. Если бы не диета, я обязательно проглотила бы несколько шоколадок. И потом... потом пошла спать. Ведь это в порядке вещей —пойти спать после ужина. И навряд ли меня стали бы беспокоить. Спохватились бы к обеду и нашли мой остывший труп. Господи, кому понадобилось меня убивать? Я ведь безобидна, как бабочка. Ну кому я могла помешать?

Отогнав грустные мысли, я решила провести эксперимент. Итак, я — Андре и сижу в столовой. Нет, в гостиной. Сейчас ровно полдень, двенадцать часов. Я побежала в гараж. Черт, забыла, какую деталь испортили в машине Жана. Ладно, упрощу задачу — открою капот и просто выверну свечу. Я нырнула внутрь машины. Пальцы скользили и не слушались, грязь покрывала руки, как назло, зачесался нос... Наконец свеча поддалась. Захлопнув капот, я понеслась в туалет. Вымыла руки, лицо, причесалась и галопом в гостиную. Время — 12.45. Нет, это просто невозможно, чтобы за сорок пять минут никто не хватился Андре. Правда, она почти всегда молчала, но все же...

— Чем это вы так озабочены? — раздался знакомый голос.

Я посмотрела в глубь комнаты — в кресле с книгой в руках расположился комиссар Перье.

— Я жду вас почти час. Мне сказали, что вы где-то в доме. И где это мадам пропадала?

Я невежливо отмахнулась от его вопроса:

— Зачем я нужна вам, комиссар?

Толстячок вытащил сигареты:

— Вы позволите? Что стряслось с беднягой Банди?

— Он съел целую коробку конфет, присланную мне в подарок. К сожалению, шоколад был нашпигован барбитуратами.

— Вы, конечно, понятия не имеете, кто сделал этот презент?

Я отрицательно покачала головой:

— В коробке лежала вот эта карточка: «Сюрприз для Даша́». Кто бы ни был этот негодяй, с чувством юмора у него полный порядок.

— Послушайте, мадам, может вы все-таки подумаете, кому вы так мешаете?

Я пожала плечами:

— Убивать меня абсолютно бессмысленно. Деньги принадлежат детям, я только Машин опекун. Все мои бывшие мужья и их жены в Москве, в Париже я знакома с узким кругом людей, никого не шантажировала, ничьих секретов не знаю... Может, это дело рук маньяка?

Комиссар покачал головой:

— Вы мне что-то недоговариваете, а зря. Человек, который решил вас убить, не остановится на этом. Думаю, он будет предпринимать все новые и новые попытки, и когда-нибудь вам может не повезти. Послушайте, а может, слетаете в Москву? Проведаете там, так сказать, своих подружек, отвезете им подарки?

— Нет, нет, мне совершенно нечего делать в Москве.

Комиссар тяжело вздохнул:

— Вы безрассудны. Если что-то случится, мне будет очень жаль. Вам никогда не говорили, что вы настоящая красавица? Не хотите как-нибудь пообедать со мной где-нибудь в городе? Я холостяк, детей у меня нет. А ваша дочь просто очаровательна!

От неожиданности я закашлялась. Чего, чего, а ухаживаний комиссара я совершенно не ожидала. Впрочем, почему бы и нет? Может, он разговорится, и я узнаю что-нибудь об Андре.

— С удовольствием, комиссар, можно прямо завтра.

— Прекрасно, — расцвел в улыбке полицейский. — Я поведу вас в чудесный греческий ресторанчик. Его хозяин многим мне обязан и потому угощает первосортно. Надеюсь, вы не вегетарианка?

Заверив комиссара в своей искренней любви к мясу, я проводила его до ворот.

На противоположной стороне улицы возле кондитерской стояла темно-серая машина с затемненными стеклами.

«До чего же парижане любят «Пежо» такого цвета, — подумала я. — То и дело их встречаю».

Мне припомнилось, что подобный автомобиль парковался у дома Анриетты, потом я видела похожий, когда ехала к Жаклин, и в день помолвки Аллана и Тины... Ну и что? Машина как машина, стоит себе и никому не мешает.

Я двинулась домой. В холле меня поджидала Софи.

— Вам накрыть в столовой или в кабинете?

— Лучше в кабинете, минут через пять.

Я пошла в ванную. Нет, определенно Андре было очень трудно отвернуть гайки. Я долго терла руки щеткой, въедливая грязь не собиралась вылезать из-под ногтей. Внезапно меня озарило: кто и где рассказывал про грязные ногти? Про чьи ногти?

Глава 16

На следующий день утром позвонил Аллан:

— Как дела, моя дорогая?

— Ужасно, — ответила я ему, нарушая все правила приличия.

— Что случилось?

Я рассказала ему про Банди. Аллан пришел в негодование:

— Что за мерзавец это придумал? Представляете, что было бы, если бы эти конфеты съела Маша. Собаку, конечно, тоже жаль.

Он еще довольно долго возмущался, а потом неожиданно спросил:

— Даша, а вы знаете, что у меня на днях день рождения?

— Нет, конечно, откуда же мне знать? Хотите пригласить меня на пир?

Аллан рассмеялся:

— И всех ваших домашних, кроме животных, конечно. Но я собирался попросить вас еще об одном одолжении. Видите ли, хочу устроить необычный праздник, и мне нужна ваша помощь. Не хочется обсуждать подробности по телефону. Могли бы мы где-нибудь встретиться?

Я прикинула: где-то в час у меня встреча с комиссаром, потом мы идем в ресторан...

— Наверное, можно бы часа в три, где-нибудь в центре. Давайте на станции метро «Северный вокзал» у выхода на улицу.

Аллан расхохотался:

— Дорогая, это так романтично — свидание на вокзале, прямо как в песнях Азнавура. И знаете, давайте соблюдем правила романтики до конца: не говорите никому о нашей встрече!

Ровно в час комиссар погудел у ворот. Ради похода в ресторан на мне был розовый костюм, светло-бежевая шляпка, того же цвета сумка и туфли. Я вышла к машине. Увидев меня, комиссар расцвел в улыбке:

— О, Даша, вы очаровательны. Ваш костюм, шляпа... и все это ради меня? Как мило.

Я уселась в полицейскую машину.

— Мы поедем в этом автомобиле?

— Это называется — использование служебного транспорта в личных целях. Своих подчиненных я за это немилосердно ругаю. Что позволено Юпитеру, то не позволено быку.

Машина быстро катила по улицам Парижа и скоро оказалась возле небольшого ресторанчика, в витрине которого дразнили аппетит куски мяса, украшенные зеленью. В маленьком зале стояло всего шесть накрытых красными скатертями столиков. Худощавый черноволосый грек кинулся нам навстречу:

— О, какая радость, какая честь для меня! Господин комиссар с дамой! Димитрос, быстро смени скатерть! Нет, нет, не надо меню! Я сделаю для вас особое блюдо, его нет в карте. Такая радость для меня, что вы пришли. Димитрос, я сказал: смени скатерть! Нельзя же сажать господина комиссара с такой красавицей за маленький стол! Димитрос, ну и идиот же этот мальчишка.

Продолжая причитать и суетиться, грек усадил меня на стул, предварительно обмахнув сиденье салфеткой, затем стал лихорадочно протирать приборы. Раздвинув занавеску из бус, выплыла полная женщина, неся вазу с цветами. В центре стола появилась икебана размером с таз.

Комиссар крякнул:

— Вот что, Илия, сегодня особенный день. Я хочу, чтобы мадам запомнила этот обед. Она иностранка, из России, поэтому будь добр, знаю, что твой ресторан специализируется на другом, но начни с номера четыре, а потом все по твоему вкусу.

Грек завертелся, как ветряная мельница. Женщина с улыбкой смотрела на нас. Илия начал подталкивать ее на кухню. Внезапно та раскрыла рот и разразилась длинной тирадой. Илия побагровел.

— Это моя жена Мария, — объяснил он мне. — Она не говорит по-французски, но понимает все.

— А что она сказала?

— Мария в восторге от вашей красоты. Она утверждает, что вы самая роскошная женщина из всех, что ей довелось видеть за последнее время.

С этими словами он ухватил жену за руку и уволок на кухню.

— Не верьте Илии, он жуткий врун, — прошептал комиссар. — На самом деле Мария удивилась, что вы худы как селедка. В ее представлении все русские размером с печь, блондинки, с золотыми зубами.

Я расхохоталась во весь голос:

— Где она видела таких?

Комиссар повертел в руках бокал:

— Здесь рядом «Тати», наш известный недорогой универмаг!

Илия торжественно внес блюдо — на нем лежало что-то похожее на куриные окорока, но гораздо меньшего размера.

— Прошу, — сказал комиссар, — номер четыре.

Я посмотрела на тарелку, затем осторожно откусила кусочек ножки. Продукт был незнаком, по вкусу он больше всего напоминал курицу, пахнущую рыбой. Мясо незнакомого животного было салатного цвета, лапка так мала, что я догадалась:

— Лягушка!

Комиссар радостно закивал головой:

— Истинно французский деликатес. Ешьте, ешьте, я знаю, как это вкусно.

Только правила хорошего тона, втиснутые упрямой бабушкой в мою голову, не позволили выплюнуть данный деликатес прямо на стол. Нет, иногда мы, руководствуясь самыми хорошими чувствами, делаем ужасные гадости.

Вздохнув, я стала медленно пережевывать пахнущий тиной кусок, стараясь изгнать воспоминания о скользком, бородавчатом животном. Бог мой, здесь целых пять лапок! Неужели нужно съесть их все! Но тут, на счастье, комиссар поднялся из-за стола:

— Пойду сам выберу мясо для шашлыка!

С быстротой молнии я ухватила ножки и запихала их к себе в сумку. Вернувшись через несколько минут, мой кавалер был несказанно удивлен:

— Вы уже все съели, вместе с костями? Так понравилось? Хотите еще?

— Нет, нет, — дрожащим голосом произнесла я, — хочется все попробовать.

Следующим номером были запеченные виноградные улитки. На мой взгляд, по сравнению с лягушками у них было одно очень большое преимущество: можно глотать не жуя. Зато потрясающе вкусное мясо искупило все страдания. Расправляясь с ягненком, я спросила комиссара:

— Чем вам так обязан Илия?

Он отмахнулся:

— А, ерунда, я спас его от гильотины. И вообще, меня зовут Жорж. Было бы приятно, если бы вы меня так называли.

— А мне было бы приятно, чтобы вы избавили от гильотины Андре.

Комиссар отложил вилку:

— Даша, я сижу с вами в ресторане как частное лицо, а не как полицейский. И просто как Жорж Перье могу сказать, что мне очень жаль Андре. Но как комиссар Перье я обязан действовать в рамках закона, а в глазах закона мадемуазель Ярузельская, или мадемуазель Макмайер, подозревается в преднамеренном и жестоком убийстве. Подумайте, в этой катастрофе могла погибнуть ваша дочь. Ребенка спасло Провидение. Ведь вы можете подать иск против Андре, вы знаете об этом? Подумайте, какой дьявольский план родился в голове этой прелестной девушки. И что бы ею ни двигало, она не имела права лишать человека жизни. Откуда она знала, что Жан поедет в машине один? Какая у нее была гарантия, что в автомобиль больше никто не сядет? А вдруг он решил бы кого-нибудь подвезти, просто неизвестного человека? Сколько было бы трупов? Ей следовало прийти в полицию и рассказать все нам, а не устраивать суд Линча!

— Девочке не поверила даже родная мать. Представляю, что ее ожидало в полиции. В лучшем случае семья упрятала бы ее в психушку, в худшем — брат сумел бы от нее избавиться. И потом, у нее такие слабые руки... Как она могла бы испортить что-то в моторе? Я попробовала вывернуть свечу. Знаете, сколько пришлось потратить времени? Сорок пять минут. Здесь действовал кто-то другой — мужчина, хорошо разбирающийся в машинах. И я его найду сама.

Комиссар в негодовании отложил вилку:

— Даша, приказываю вам бросить заниматься частным сыском. Вы даже не представляете, какой механизм включаете своими, честно говоря, дурацкими действиями. Умоляю вас: не вмешивайтесь ни во что, иначе я арестую вас.

— За что?

— Боже мой, неужели трудно задержать человека, если хочется? Держу пари, в вашей красивой сумочке нет паспорта. Вот и арестую вас для выяснения личности на десять суток. Как раз хватит, чтобы во всем самому разобраться и не спотыкаться все время о вашу неуемную активность!

Я поднялась со стула, но Жорж ухватил меня за рукав:

— Не сердитесь, я просто боюсь за вас. А сейчас вы увидите что-то необыкновенное. Илия, неси Патрика.

Хозяин принес небольшую ангорскую морскую свинку, блюдце с бумажками и поставил все на стол.

— Патрик вам погадает. Он вытаскивает билетики только для тех, кого любит. Скажите: «Мой дорогой, тяни».

Я сказала волшебную фразу, и очаровательная свинка вытащила одну из свернутых бумажек.

— Читайте вслух, — попросил комиссар.

— «Если встретите лестницу, прыгайте смело, вас ждет удача и награда».

Я расхохоталась:

— Это я сейчас и сделаю — спрыгну с первой увиденной ступеньки. Мне пора, уже половина третьего.

— Вы куда-то торопитесь, Даша? Подождите, на улице писает ангел.

Я удивленно посмотрела на него:

— Писает ангел?

Комиссар расхохотался:

— Ага, я нашел брешь в вашем потрясающем французском. Мы называем так дождь, во время которого продолжает светить солнце!

— А мы, русские, зовем такой дождик грибным или слепым!

— Французы всегда отличались богохульством.

— Но мне действительно пора, и писающий ангел не помеха!

— И все же, куда вы спешите?

Я вынула пудреницу и губную помаду:

— У месье Гранжа скоро день рождения. Нужно

купить ему подходящий подарок, а в шесть я должна быть дома. Придет мать Мартины, хотелось бы испечь для нее настоящий пирог с капустой!

Комиссар внимательно посмотрел на меня:

— Пирог — это потрясающе. Я тоже не прочь попробовать, но, увы, вечером мне предстоит нудная работа.

— Какая?

— Буду бить одного мальчишку до полусмерти, авось признается в грабеже.

Я выронила помаду. Комиссар встал из-за стола:

— Даша, я же грубый полицейский, и юмор у меня соответствующий.

Сопровождаемые бесконечными поклонами Илии, мы подошли к машине.

— Куда вас подвезти?

— Спасибо, я сяду в метро. Мне так нравится, что в Париже остановки на каждом углу, не то что в Москве.

Жорж посерьезнел:

— Даша, нарушу служебную тайну и расскажу кое-что. Мы проследили путь коробки с конфетами. Ее купили в центре Парижа. Мужчина — седой, сгорбленный, на вид лет шестьдесят — шестьдесят пять. А на почту коробку принес другой — рыжий, с рыжими же усами, в темных очках. Он попросил служащую написать на карточке: «Сюрприз для Даша». Якобы не мог писать, больна рука, и показал плотно забинтованную конечность. И в кондитерском магазине, и на почте этих мужчин никогда ранее не видели. Более того, служащей на почте показалось, что он иностранец, в речи проскальзывал акцент. Все, больше мы не узнали ничего. Поэтому, если заметите кого-то похожего на вышеописанные личности, бегите как можно быстрее к первому ажану. Вот вам моя визитная карточка, она оказывает на рядовых магическое действие. И поклянитесь, что больше ни во что не станете влезать.

Я поклялась, искренне надеясь, что он не заметил сложенных крестиком пальцев за спиной.

Комиссар уехал, я пошла к метро. Очень не люблю опаздывать, поэтому к «Северному вокзалу» принеслась запыхавшись, с растрепанной головой. Аллан стоял у турникета:

— Дорогая, вы точны, как восточный экспресс. Какой у вас очаровательный костюм, а шляпа! И все это ради меня? Как мило!

Нет, определенно, все мужчины жутко самонадеянны. И комиссар, и Аллан решили, что я франчусь ради них. Вовсе нет, у любимых джинсов протерся зад, а купить новые мне просто недосуг, вот и надела костюм.

— Пойдемте, пойдемте, дорогая. — Аллан потащил меня за собой. — Сейчас я расскажу вам мой страшный секрет.

Мы сели в его машину и тихо двинулись в сторону Пантена.

— Ну, слушайте. Я купил небольшой дом в пригороде. Так, ничего особенного, сейчас увидите. И хочу отпраздновать там день рождения. Приглашаю только своих и вот решил чуть-чуть пошутить. Расскажу всем: дом купил задешево, потому что прежних хозяев выжило привидение. Ходило по ночам, бряцало костями и пугало кошку. Все посмеются, сядут за стол, и тогда внезапно погаснет свет и появится чудовище — застучит, завоет... То-то будет потеха!

— Чувствуется влияние Оскара Уайльда. А где вы возьмете монстра?

Аллан оглушительно захохотал:

— Это будете вы, если, конечно, согласитесь!

— Я?

— Ну да, я подумал, что из всех моих знакомых вы единственная способны на это. Главное, никому ничего не рассказывайте. Вы никому не проговорились, что встречаетесь со мной?

— Нет, просто ушла из дома, и все. И потом, Маша опять уехала к Жаклин, так что я совершенно свободна.

— Вот и прекрасненько. Я купил очаровательный костюм и великолепную маску. Сейчас все примерим, посмотрим, где лучше спрятаться. Наверное, удобнее на кухне: потом можно будет пролезть через окошко для подачи пищи. Ну, согласны?

Я пришла в полный восторг:

— Обожаю дурацкие шутки и розыгрыши.

Аллан расхохотался:

— Другого ответа я и не ожидал. А вот и домишко.

Он резко затормозил. За разговорами я не заметила, куда мы заехали. Маленький двухэтажный домик стоял в гордом одиночестве, к воротам вела почти проселочная дорога. Кругом не было ни души.

— Ну и глухомань!

— Дорогая, мы в получасе езды от Парижа, но если знать, можно и в пригороде большого города найти уединение. Вот вам ключ, идите в дом, а я открою ставни. Не споткнитесь, там высокий порог.

Я распахнула дверь и, шагнув в кромешную темноту, упала. «Все-таки споткнулась», — промелькнуло в моем меркнущем сознании.

Глава 17

Я пришла в себя и попыталась пошевелить немилосердно болевшей головой. Потом открыла глаза. Представшая передо мной действительность не радовала. Я сидела на жестком, скорее всего венском, стуле. Ноги были привязаны к ножкам, руки заведены за спину и стянуты веревкой. Во рту торчал кляп, от которого ужасно несло рыбой. Почти теряя сознание от запаха, ужаса и недоумения, я попыталась выплюнуть тряпку, но все попытки окончились неудачей. В комнате стоял полумрак, окна были плотно закрыты ставнями, и только из-под двери пробивалась узкая полоска света. Боже, меня похитили! Что с Алланом? Где он?

Он был тут: тихо открыл дверь и спросил:

— Дорогая, вы очнулись?

Я закивала головой.

— Бедняжка, — проговорил Аллан, входя в комнату, — мне жаль вас, но вы сами виноваты. Зачем понадобилось всюду совать нос?

Ничего не понимая, я замычала.

— Вы, наверное, хотите, чтобы я развязал вас? Да, да, беззвучно кричала я, очень хочу.

— Но, к сожалению, это невозможно, единственно, что могу, это...

И он вытащил кляп. Отдуваясь и отплевываясь, я проговорила:

— Что за дурацкие шутки?

— Это не шутки, мой друг, все слишком серьезно. — Он взглянул на запястье: — Черт, опять где-то потерял часы, придется взять ваши. Сколько там? О, у нас еще есть время. Дорогая, вы были безрассудны и очень мне мешали. Очень! Ну зачем вам понадобилось ехать к Ренальдо? К чему было допрашивать Тину о моем прошлом? И какого черта вы вообще явились во Францию и испортили мне все дело?

Я хранила молчание. Аллан засмеялся:

— А как вы догадались, что это я испортил машину Жана?

— Только такой идиот, как комиссар Перье, мог

подумать, что это сделала Андре. Вы помните ее руки? И потом, трудно себе представить, что она так хорошо разбирается в моторах. К тому же зачем ей было ждать целых семь лет, чтобы осуществить убийство? Нет, это сделал мужчина, к тому же авто-слесарь. Вот я и подумала, что это были вы. И еще, я нашла возле гаража ваши часы и отдала их полиции, так что не надейтесь уйти безнаказанным!

Аллан захохотал:

— Дорогая, что за пыл! Ну и речь, просто прокурор! Я ношу дешевые, самые дешевые часы, таких штамповок миллионы, а от отпечатков пальцев не осталось и следа. Любой адвокат обратит такую улику в шутку. Существует куда более весомое доказательство: признание. И я признаюсь вам: да, это я убил Жана Макмайера, своего родного сына, и не жалею об этом ни минуты. Во-первых, он был негодяй, врун и наркоман. Во-вторых, из-за всей этой идиотской истории я стал жертвой шантажа и выплатил этому негодяю Ренальдо огромную сумму. Жаль, что так поздно решился его убрать, и жаль, что не попал вам прямо в глаз. Да, да, любовь моя, это я стрелял в мерзкого мальчишку.

— Ренальдо шантажировал вас? За что?

Аллан замер, потом просто закатился в истерическом хохоте:

— Так вы ничего не знаете? Совсем ничего? Бог мой, это меняет дело. Вот видите, если бы я знал раньше, что вы подозреваете меня только в убийстве Жана, вы бы остались в живых. А сейчас мне, к сожалению, уже некогда объяснять вам, что произошло на самом деле семь лет тому назад. Вы так и умрете, не узнав правды.

— Интересно, как вы собираетесь убить меня?

— Дорогая, в наше время интеллигентный человек сам этим не занимается. Он нанимает исполнителя. Ну ладно, так и быть, поболтаем еще пять минут. А потом мне надо будет выйти на дорогу и встретить одного молодого мужчину. К сожалению, он не разбирается в проселках. Но я быстро вернусь. Доеду до указателя, спрячу в кустах свою машину, пересяду в его, и мы снова сюда. Потом он сделает вам укол — о, простой наркотик, — и вы заснете. Мы уложим вас на заднее сиденье и заботливо накроем пледом. А дальше вперед к швейцарской границе, где ваш водитель предъявит два испанских паспорта и сообщит, что его жена слегка перебрала и спит. Испанки, знаете, любят поддать! Таможенник сравнит ваше лицо с фотографией, и вы окажетесь в Швейцарии. А дальше — не мое дело. Я буду давным-давно в Париже. Я вообще не выезжал из него, и дома этого никогда не покупал, и день рождения у меня в декабре! Ну, как вам мой план?

Я промолчала.

— Значит, одобряете. А теперь, моя радость, откройте рот. Вернем кляп на место.

Я посильнее стиснула зубы.

— Ну, да черт с вами, можете кричать, все равно никто не услышит.

Он ушел, аккуратно притворив дверь.

Холодея от ужаса, я попробовала подергать руками и ногами. Тщетно. Узлы не поддавались, только стул чуть-чуть сдвинулся вперед. Я стала подпрыгивать, пытаясь подвинуть стул к двери. Только бы она была не заперта! Дверь оказалась незаперта и открывалась наружу. С третьей попытки мне удалось вместе со стулом выехать за порог и... о ужас! Я стояла на небольшой площадке второго этажа, прямо у ног простиралась крутая лестница. Нечего было и думать, чтобы спуститься, прыгая на стуле.

Внезапно воспоминание о Патрике всколыхнуло мою решимость. Что было в том билетике? «Если встретите лестницу, прыгайте смело, вас ждет удача и награда». Если разобьюсь или сломаю себе руки, ноги, то хотя бы осложню прекрасно разработанный план Аллана. С этими мстительными мыслями я подобралась к началу лестницы и зажмурилась. Раз, два, три — ступеньки ринулись мне на встречу. Все произошло за секунду. Хлоп — и я лежу у подножия лестницы.

Стул не подвел — спинка отскочила сразу, и свободными, дрожащими руками я развязала ноги, но встать сразу не смогла. Тысячи иголок вонзались мне под колени. Казалось, что в сосудах не кровь, а минеральная вода — пузырьки весело бегали туда-сюда... Ну уж и глупость — свалиться с лестницы и не встать, потому что затекли ноги. Не можешь идти — ползи, дура, приказала я себе и встала. За спиной выросли крылья, и я вылетела на улицу.

На дворе было совсем темно, даже луна не светила. Через секунду я поняла, почему она не светила — шел дождь, лил, как из ведра. Я замерла в нерешительности — холод, дождь, а на мне розовый костюм. Как-то не по погоде! В темноте блеснул свет — фары машины. Мгновенным прыжком я улетела в кусты и понеслась, не разбирая дороги. Мокрые ветки хлестали меня по лицу, колючки раздирали то, что осталось от колготок, туфли потерялись еще во время падения с лестницы.

Я бежала как больная кенгуру — неровными прыжками, и в конце концов выскочила на какое-то поле. Посреди поля... — о, нет, это возможно только во Франции! Посреди поля стояла новенькая телефонная будка. Я тихонько подкралась к ней: наверное, мираж! Открыла дверь — чудеса, да и только: трубка не срезана, но, наверное, телефон все-таки не работает. Нет, телефон работал, и негнущимися пальцами я набрала номер.

— Это полиция? Примите сообщение для комиссара Жоржа Перье. Срочно. Речь идет об убийстве. Передайте ему: мадам Даша, русская, ждет его в лесу, возле телефонной будки, адреса не знаю, за мной гонятся, я спрячусь, а он, когда подъедет, пусть запоет «Марсельезу», тогда я выйду. Если меня не найдут, надо арестовать Аллана Гранжа, он убил Жана Макмайера, он мне об этом сам сказал, но доказательств нет.

Я остановилась и перевела дух. Ну, дежурный явно решил, что звонит сумасшедшая. Русская посередине французского леса, при встрече с которой нужно петь «Марсельезу»... Надо попытаться объяснить более понятно.

— Алло, месье...

— Да, мадам, полиция на проводе. Я все понял — передать комиссару Перье, что вы ждете его в лесу, вас зовут Даша, вы русская. Чтобы вы вышли из укрытия, комиссару нужно пропеть «Марсельезу». Пожалуйста, не вешайте трубку, чтобы мы могли засечь местонахождение телефона. Оставьте ее просто висеть. Я отключаюсь.

Я бросила трубку, и в тот же момент будку осветили фары. От ужаса я присела на пол — авось не заметят. Но не тут-то было. Автомобиль остановился, свет продолжал бить в будку. Я чувствовала себя рыбой в аквариуме. Сейчас меня выловят, а потом зажарят. В тишине распахнулась дверь, и знакомый женский голос произнес:

— Могу подвезти.

Я понеслась к машине. За рулем сидела пожилая седовласая дама, очень на кого-то похожая.

— Садись. Бог мой, да ты похожа на пугало!

Я оглядела себя — да, видок еще тот. Розовый

костюм стал серо-буро-коричневым, юбка изодрана в клочья, колготки свисают лохмотьями, ноги в синяках и ссадинах...

— По-моему, тебе следует отправиться прямо в больницу, — продолжала дама.

— Нет, нет, сейчас сюда приедет полиция!

— Полиция! Этого нам не надо.

С этими словами мадам завела мотор, и мы понеслись вперед. И как только она разбирала дорогу?

— Не узнаешь меня? — спросила женщина.

— Кажется, мы где-то встречались.

И в этот момент я сообразила, что все это время мы говорили по-русски.

— Дошло наконец! Как до жирафа. Да... с соображением у тебя плохо, пора пить стугерон. — Тетка за рулем захохотала во все горло. — Ну что, даже так не узнаешь?

С этими словами она притормозила и стащила парик. На свет появилась до боли знакомая рыжая всклокоченная голова. В свете молнии я увидела Наташкины волосы и лицо морщинистой бабы. От ужаса я распахнула дверцу машины и вывалилась наружу. Мы стояли возле небольшого кладбища.

— Вампир... Боже, спаси меня! «Отче наш...» Нет, наверное, французские вурдалаки понимают только по-своему. Как это? In nome Dias, spiritus santi...

Оборотень тоже выскочил из «Пежо» и стал тянуть ко мне руки:

— Дашка, не дури, это я, Наталья.

Я в ужасе пятилась задом, пока не уселась на могилу. Рыжеволосый пришелец приближался ко мне, зачем-то потирая морду платком. С ужасом наблюдала я, как морщины исчезают и появляется молодое лицо. А когда чудище вынуло что-то изо рта, я свалилась как кегля.

Глава 18

Серенький свет скупо сочился сквозь занавески. Первые минуты я не могла сообразить, где нахожусь. Потолок в пятнах, обои в подозрительных подтеках, ковер с прожженной дырой, на нем обшарпанное кресло. А в кресле — Наташка. Вполне живая, здоровая и веселая.

— Наташка, — прошептала я, глупо прихихикивая, — Натулечка, ты живая?

— Нет, — радостно сообщила моя подруга, — я умерла и явилась тебе в виде духа, весьма плотного телосложения. — Она рассмеялась и подошла к дивану. — Давай вставай, хватит валяться, нам надо еще кучу дел сделать.

Я ухватила ее за руку — рука была теплой, нежной.

— Господи! — вырвалось у меня. — Кого же мы похоронили?

Наташка закурила:

— Знаешь, что. Лучше начнем по порядку и так доберемся до похорон. Может, сварим кофе?

На крохотной кухне мы сварили кофе, и Наташка стала рассказывать:

— Мы, русские бабы, идиотки. Любой иностранец для нас — Ротшильд. И я такая же. Когда выходила за Гаспара замуж, знала, что у него есть квартира, машина, дом в деревне. Ну, думаю, убила бобра. Денег-то мне всегда хотелось больше всего на свете. И что же? Приехала я в Париж. Все так, да не так. Квартира есть. В Пантене. Понимаешь, да?

Я кивнула головой. Теперь, конечно, понимаю. Пантен — отдаленный район Парижа, рабочая, так сказать, окраина. Дешевые типовые квартирки.

— Вот-вот, — продолжала Наташка. — Комнаты размером в клетку для канарейки, кухня как пенал. И машина тоже была — «Симка», двухдверная. Заводилась, как я говорила, с полпинка. То есть пнуть надо, тогда заведется. Да и дом в деревне тоже был, в Бретани, только там свекровь живет. Свекровь вообще-то всегда не подарок, а уж свекровь бретонка... Поймет лишь тот, кто знает. Вот такой расклад! К тому же мы с Гаспаром начали с первого дня ругаться. Представляешь, он покупал на ужин два куска ветчины — нас же двое, зачем больше!

Я расхохоталась. Безалаберная, мечтающая о богатстве Наташка была чудесной парой прижимистому, как все французы, Гаспару. Да еще мама бретонка!

— Ага, — возмутилась Наташка, — тебе смешно. Мне первую неделю тоже было весело. А потом пошли слезы. Работы нет, друзей нет, денег нет. Сижу весь день, как дура, у телевизора, а вечером приходит дорогой, любимый и заводит: «Фасоль в банках не покупай — дорого, свет в коридоре туши, в кино надо ходить утром по льготному билету». Так мне хотелось послать его и вернуться в Москву! Одно останавливало: как представлю, что наши кафедральные бабы мне сочувствуют...

И вот под Новый год зовет меня мой благоверный в гости. Приехали вечером. Особняк роскошный, народу полно, музыка играет, еды, выпивки завались. Луи, как мы приехали, двинул в столовую и давай нажираться на дармовщину. А я стала по дому бродить. Чуть ли не во все комнаты заглянула, очень любопытно было, как живут богатые французы. Хозяев я не знала, вот и бродила. И в ванной комнате на третьем этаже нашла парнишку. Лежит, глаза закатил. Я на него поглядела — очень уж на ломку похоже. У меня в Москве были приятели наркоманы, тоже так лежали, пока не кольнут. Полезла в аптечку, а там все наготове: и ампулы, и шприцы. Ну, думаю, не погибать же ему. Взяла и уколола. Минут через пять он глаза открыл, на меня поглядел, и, не успела я опомниться, как раз — уже под ним. Ну, прямо египетские страсти. Кончил он и вроде как заснул, а я моюсь себе потихоньку. Минут через пятнадцать, я уже и помылась и сигаретку выкурила, он, глаз не открывая, говорит мне:

— Как тебя зовут?

— Натали, — отвечаю.

Вот тут-то он глаза не только открыл, но и вытаращил:

— Ты женщина?

— Нет, — говорю, — страус эму. Ты что, не понял? Вот смотри: две ноги, одна голова.

Он как захохочет:

— Ну и набрался же я. Я ведь гомик, меня бабы не интересуют. У тебя стрижка короткая, брюки, задница, как у мужика, а груди, извини, я у тебя не нашел.

— Ничего, — успокаиваю, — не ты первый, много кто искал и тоже не нашел. Вот так я с Жаном и познакомилась.

Проговорили мы с ним в ванной до утра. А к рассвету решили, что я разведусь с Гаспаром и выйду за Жана. Назад в Пантен я больше не вернулась. Все уладили адвокаты. Мы с Жаном заключили, так сказать, взаимовыгодный контракт. Он откажется от наркотиков — я помогу ему, — зато я должна стать ему матерью. По ночам же я превращаюсь в его любовницу, с одним нюансом — всегда одеваться в мужскую одежду. Мне потом один психолог сказал, что мы нашли гениальный выход — вроде бы я изображала из себя мужика и потакала его гомосексуальным наклонностям, но, с другой стороны, я была женщиной, и после контакта со мной его не мучили угрызения совести. Тогда-то, в ванной, получилось случайно!

Конечно, первый год мы жили трудно. Характеры у нас двоих — о-го-го. А к тому же у наркоманов с нервами полный финиш. Но, знаешь, через год мы были счастливы! Каждый получил, что хотел. Я наконец-то обрела деньги. Жан не был жадным и франки не считал. Я могла делать, что хотела, покупать все, что угодно... Это было так восхитительно!

А Жан перестал мучиться оттого, что он — педик. Он жил с женщиной и получал от этого удовольствие. А уж что мы с ним делали в спальне, как переодевались, касалось только нас! Софи и Луи меня обожали, все друзья не скрывали радости. Счастливое время. Вот только детей у нас не было, что, в общем, не удивительно, учитывая пристрастия Жана, — ну, не мог он по-человечески. И вот через несколько лет мы решили усыновить моих, так сказать, племянников.

Наташка встала и подошла к окну.

— Видишь ли, я никогда тебе раньше не говорила, но я очень благодарна за все, что ты для меня сделала. И вот наконец представился случай отблагодарить.

Я засмеялась.

— Отблагодарила меня по-царски, только мне ничего не надо. Нам всем так было хорошо в моей маленькой квартирке...

— Нам будет еще лучше в трехэтажном особняке и с приличным счетом в банке, — прервала меня Наташка. — Хорошо бы еще, чтобы кто-нибудь из нас остался в живых и сумел потратить это богатство.

— А что может с нами случиться? — удивилась я. — И вообще, объяснишь ты мне все-таки, что произошло и кого мы похоронили рядом с Жаном?

— А Бог ее знает, — беспечно махнула рукой Наташка. — Впрочем, комиссару Перье известно ее имя.

Я остолбенела.

— Постой-ка, ты хочешь сказать, что комиссар все знал? Он, что, подсунул нам чужой труп?

Наташка закурила сигарету:

— Ты дослушай меня до конца. Примерно за полгода до твоего приезда Жан чуть не погиб. Он ведь гонял на машине как сумасшедший. И отлетело переднее колесо! Как ему удалось удержать машину, не понял никто. Тогда все решили, что механик, меняя колесо, плохо затянул гайки. Жан пожаловался, и механика уволили. Через месяц после этого случая он приехал домой поздно, шел дождь, было холодно. Я увидела в окно, как он пошел открывать дверь гаража. У нас, ты знаешь, такая коробочка на стене: нажимаешь кнопку — и гараж открыт. Прошло минут пятнадцать, я опять выглянула в окно и вижу — машина по-прежнему стоит на улице. Мне это показалось странным, и я вышла на улицу.

Жан лежал перед гаражом в странной позе: руки вытянуты вперед, ноги раскинуты в разные стороны. Оказалось, что электронный замок гаража не в порядке, и Жана ударило током. На этот раз он оказался в больнице. Сильный ожог правой руки. И опять все решили, что это неприятная случайность. Знаешь, шел дождь, руки у него были мокрые... Но мне все это очень не понравилось. Хотя я не понимала, кому и зачем было убивать Жана? Родители погибли, сестра тоже.

Предположим, что кто-то таким образом решил получить деньги Макмайеров, но ведь, кроме Жана, еще была я. Короче говоря, со всеми этими размышлениями я и заявилась к комиссару Перье. Ты не думай, он не дурак. Такой маленький, толстенький, лысенький, настоящий клоун... с виду. Он этим и пользуется, прикидывается полным идиотом, а на самом деле очень умен и хитер. Одним словом, выслушал он меня и сказал, что можно пока не нервничать. И правда, какое-то время продолжалось затишье, а потом приехали вы, и Жан погиб. Тут-то комиссар Перье решил, что дело плохо, и предложил меня «убить». Вскоре в его распоряжении оказался труп женщины примерно моих лет и похожего телосложения. Несчастная бродяжка свалилась в пьяном виде с десятого этажа.

— То-то мне показалось, что ты слишком изуродовалась, падая с третьего, — прервала я ее.

— Поздно вечером, — продолжила Наташка, — фургон с телом несчастной стоял возле садовой калитки. Комиссар сам был за рулем. Я увидела в окно, как он поморгал фарами, и спустилась к нему. Бедная женщина уже была одета в мою одежду. Мы взяли ее — надо сказать, было ужасно тяжело, — и потащили в сад, потом уложили на канализационный люк лицом вниз, и предусмотрительный комиссар залил все вокруг жидкостью, ужасно похожей на кровь. Потом я отправилась на эту квартиру, а комиссар направился в дом: он сделал вид, что ему надо срочно со мной поговорить. Софи вошла в спальню, и... началась суматоха. Комиссар якобы сам нашел тело и никого к нему не подпустил. Ну а в гробу, ты знаешь, изуродованное лицо было прикрыто маской.

Во всем этом прекрасном плане был единственный прокол: я настолько изнервничалась, ожидая комиссара с трупом, что забыла про деньги.

Вернее я все приготовила. Сняла со счета большую сумму наличными и положила ее в сейф. Нужно было только сходить в банк и забрать коробку с деньгами. Но я — вот идиотка! — забыла взять с собой ключ от ячейки. Пришлось прибегнуть к помощи еще одного лица. Очень не хотелось мне это делать. Честно говоря, боялась, что мое доверенное лицо проболтается.

— Да знаю я, к кому ты обращалась!

Наташка удивленно подняла брови:

— Да? И к кому же?

— Как зовут, понятия не имею, а вот описать внешний вид могу. Невысокого роста, полненькая брюнетка с очень ярким макияжем и в нелепых очках.

Моя подруга от души расхохоталась:

— Полненькая брюнетка с ярким макияжем! Ну и ну. До чего ж ты глупа. Меня, например, за час превратили в пожилую даму. Седой парик, специальный грим, да еще вот эта накладка во рту...

— Да я чуть не умерла от ужаса, когда ты стала вынимать изо рта челюсть!

— Не могу понять, чего ты так испугалась!

— Испугаешься тут, когда вурдалак, загнавший тебя на кладбище, начинает скалить зубы! Как ты вообще там оказалась?

Наташка махнула рукой:

— Ведь мы с комиссаром придумали такой чудесный план! Жан убит, я убита... Кто-то явно должен заявить свои права на наследство. Ну, может, не сразу. И надо было тебе разыгрывать из себя Эркюля Пуаро! Полезла, куда тебя не просили, сунула свой нос, и вот результат: в тебя стреляли, потом пытались отравить. Бедный Банди, как он там?

— Да ничего, поправляется. Каждый день получает от Луи дополнительное питание. Кстати, сегодня меня пытались убить окончательно.

— Вот, вот, пришлось мне постоянно за тобой следить. Сегодня ты сказала, что поедешь покупать подарок ко дню рождения Аллана. А у него день рождения в декабре. Это показалось комиссару подозрительным, и он велел приглядеть за тобой. Я ехала с тобой до «Северного вокзала», потом увидела, что ты встретилась с Алланом. Честно говоря, подумала, что у вас роман. Затем увидела, как вы сели в машину и двинули по шоссе. Схватила такси и поехала за вами. Проследила, как вы вошли в дом, и позвонила комиссару по мобильному телефону. Он и пообещал прислать мне машину с водителем. Ну, значит, лежу в кустах и вижу, как Аллан вышел из дома, сел в машину и уехал, а тебя как нет. Ладно, думаю, подожду немного. Тут как раз и моя машина подкатила. И в этот момент ты из-за двери как выскочишь и давай сквозь ежевику переть. Вид у тебя был просто сумасшедший: костюм разорван, туфель нет... Я велела водителю Аллана караулить, а сама за тобой подалась.

— Да... Напугала ты меня!

— Ничего не поделаешь. Я вообще не собиралась так скоро воскресать, но... — Наташка вздохнула. — А что там в доме произошло? Аллан захотел добраться до белого тела, а ты решила блюсти девичью честь?

Я вздохнула и рассказала Наташке, что произошло.

Глава 19

День клонился к вечеру, когда мы с покойницей въехали в ворота дома Макмайеров. До этого мы связались с комиссаром Перье и были уверены, что основные действующие лица уже на сцене.

Я расплатилась с таксистом и тихо вошла в холл. Наташка до поры до времени спряталась в гараже.

Возле вешалки топтался Банди. Увидев меня, он радостно взвыл и огласил весь дом трубным лаем. На шум прибежала Софи.

— Мадам! — Она чуть не кричала. — Мадам, где же вы были, на вас напали? Боже, что за вид! Мы искали вас, а сейчас в столовой полно гостей, и комиссар приехал!

Не слушая Софи, я пошла в столовую. За накрытым столом сидели Маша, Прудоны, Яцек, Жаклин, комиссар и, что возмутило меня больше всего, Аллан. Он-то первый и отреагировал:

— Даша, дорогая, где вы опять пропадали?

— Как это где? — возмутилась я такой наглости. — Вы же сами увезли меня к себе в загородный дом, а потом решили убить и поехали за киллером... Да вот не вышло!

Аллан сочувственно вздохнул:

— Дорогая, может, стоит обратиться к психиатру? Я, конечно, понимаю: после всех этих переживаний ваши нервы не выдержали.

Маня ласково обняла меня за плечи:

— Мамулечка, пойдем. Софи принесет тебе в кровать чай с коньяком. Выспишься, а завтра все расскажешь!

От злости у меня выступили слезы. Ну вот, теперь из меня делают сумасшедшую. Нет уж, дудки. Я рванулась к комиссару:

— Комиссар, вы-то мне верите?

Жорж Перье сладко улыбнулся:

— Даша, вы явно переутомились.

Жаклин сочувственно вздохнула:

— Да ведь у Аллана нет загородного дома, и вчера он весь день был у нас...

Меня понесло:

— А ты, Жаклин, молчи, я-то знаю, что вы с Алланом любовники!

Всегда молчавшая госпожа Прудон всплеснула руками, а Тина перекрестилась. Аллан расхохотался:

— Это просто смешно, ангел мой.

— Оставьте ее в покое, — сказала Маня. — Не видите — она вне себя. С ней что-то произошло, это шок. Срочно надо вызвать врача.

Я бессильно опустилась на диван:

— Мне Наташка рассказывала, что у вас с Жаклин давняя связь!

Аллан сочувственно покачал головой:

— Даша, друг мой, к сожалению, ваша покойная сестра была большой лгуньей. Это она обманывала Жана со мной. Каюсь, грешен, не сумел отказаться от того, что само плыло в руки. Потом эта связь приелась, но, чтобы Натали не очень скандалила, мне приходилось иногда с ней встречаться!

— А вот у русских есть такая пословица: «О мертвых — или хорошо, или ничего», — раздался голос из-за дверей.

Через секунду створки распахнулись, и Наташка вошла в столовую.

Эффект превзошел все ожидания. Маня села на диван. Жаклин пронесла коньяк мимо рта, Прудоны окончательно окаменели. Аллан затряс головой.

Первой, как всегда, опомнилась Маня:

— Натулечка, моя родная...

Она кинулась к Наташке и по дороге наступила на Клеопатру, вольготно раскинувшуюся на ковре. Обиженная кошка подскочила и впилась когтями в первое, что попалось ей, так сказать, под лапу. К счастью, это оказалась нога Аллана. Несостоявшийся убийца заорал нечеловеческим голосом и схватился за брючину. К нему подбежала Тина. Жаклин истошным голосом стала звать Софи.

Послышались истеричные рыдания Тины. Только Маня, я и комиссар сохраняли полное спокойствие. Маша стояла молча, изо всех сил прижимаясь к Наташке. Та ласково отстранила девочку и подошла к искривившемуся от боли Аллану.

— Что, больно?

Тот кивнул.

— У кошек острые когти, — заметила Наташка, — но у них нет рук, чтобы залепить жиголо пощечину.

И, развернувшись, она изо всей силы треснула Аллана по щеке. Тот, не ожидая нападения, невольно попятился. Сделав несколько шагов, он наступил на прибежавшего на шум Банди. Тот отреагировал моментально: расставил ноги и налил на ковер гигантскую лужу. Теперь уже заорали все. Маня отвесила Банди пинок, а я начала хохотать как сумасшедшая.

— Я думаю, что теперь, когда мы почти все в сборе, можно начать наше небольшое собрание, — проговорил комиссар.

— Что значит почти все, комиссар? — огрызнулся Яцек. — Кого еще вы прячете в рукаве?

— О, никого, кроме этой красавицы, — улыбнулся комиссар, глядя в окно.

Яцек подошел к окну и бегом кинулся к двери.

— Ну и запах здесь, — проговорила Жаклин. — Неужели нельзя, чтобы кто-нибудь вытер лужу и подал нам кофе, лучше с коньяком?

— Я хотела бы чаю, — возразила Тина.

— Да, да, безусловно, чаю, а еще лучше минеральной воды, — оживилась мадам Прудон.

— Пойду распоряжусь, — сказала Маня.

— А мне нужно в ванную: мне надо залить йодом царапины этой бешеной кошки, — пробормотал Аллан.

— Нет, нет, господин Гранж, вы останетесь, — остановил его комиссар.

Аллан в растерянности сел в кресло:

— У меня будет заражение крови!

— Ну, навряд ли, — усмехнулась я, — сейчас велю принести йод, вату и бинты. Так что на гильотину вы пойдете здоровым.

Аллан нервно засмеялся.

Дверь в столовую распахнулась, и на пороге возник Яцек, за ним маячили ажаны.

— О Господи! — простонала Жаклин. — Тебя арестовали? А я хотела спокойно попить кофе.

Яцек вошел в комнату, ажаны посторонились, и из-за них появилась Андре в наручниках.

— Какой ужас! — вырвалось у Тины.

Комиссар развел руками:

— К сожалению, ничего сделать не могу. Мадемуазель Ярузельская подозревается в убийстве, а правила перевозки таких подследственных очень строги. Но здесь мы, конечно, снимем с нее эти браслеты.

С этими словами Жорж Перье вытащил из кармана ключ и освободил девушку.

— Спасибо, — сердечно проговорила та, потирая запястья.

— Итак, господа, теперь, когда все мы наконец-то собрались вместе, пора расставить по местам точки и все остальные знаки препинания, — проговорил комиссар. — Пожалуйста, рассаживайтесь, разговор обещает быть долгим.

— Дадут ли нам когда-нибудь кофе и уберут ли эту лужу? — капризно протянула Жаклин.

В дверь постучали, и на пороге появились Софи с подносом и Луи с ведром и тряпкой. Через секунду они увидели Наташку. Поднос и ведро оказались на полу одновременно, сладкие булочки разлетелись в разные стороны. К ним тут же кинулись Банди и Снап. По ковру медленно растекался кофе.

— Ковер придется выбросить, — заметила некстати госпожа Прудон.

Успокоились все примерно через час, и к восьми в столовой все было убрано — ковер унесен, а кофе и чай поданы заново.

— Итак, господа, — начал комиссар, — истоки этих событий лежат очень далеко. По сути, все началось до рождения Жана Макмайера. Его будущая мать, Сьюзен, отправилась в Италию. Насколько я понял, она увлекалась искусством и собиралась посещать музеи, картинные галереи... В общем, весь набор, типичный для девушки из богатой и интеллигентной семьи. Где она познакомилась с вами, господин Гранж?

— В кафе, — буркнул Аллан.

— Впрочем, это не важно. Интересно другое. За месяц роман Сьюзен и Аллана развился до такой степени, что, вернувшись во Францию, она объявила родителям о своем желании выйти замуж. Родители, конечно, пришли в ужас. Брак с безродным и бедным полуитальянцем-полуфранцузом не входил в их планы. Естественно, они категорически запретили дочери даже думать об этом. Сьюзен была послушна и умна. Она не стала спорить со старшими и спокойно приняла их решение: выдать ее замуж за Эдуарда. Но связи с Алланом не порвала. Наверное, она сняла вам квартиру?

— Да, — вздохнул Аллан, — в самом центре Парижа, на улице Виктора Гюго. Мы встречались на протяжении многих лет, три раза в неделю.

— Как? — вырвалось у меня. — Разве Сьюзен не порвала с вами накануне свадьбы?

— Она очень хотела это сделать, и мы действительно на год расстались. Но потом ей стало очень тяжело жить с Эдуардом, и связь возобновилась.

— Совершенно верно, — подтвердил комиссар. — Баронесса родила сына от господина Гранжа, но он носил имя Макмайер. А когда через два года родилась дочь, она тоже стала Макмайер.

— Что? — спросил Яцек. — Вы хотите убедить нас в том, что отцом Лизы был тоже Аллан?

— Ну да, — отозвался комиссар и продолжил: — Видите ли, данные медицинского обследования барона Эдуарда Макмайера прямо говорят о том, что он не мог иметь детей, — результат перенесенной в детстве свинки. Так что Лиза и Жан были братом и сестрой, рожденными одной матерью от одного отца. Сьюзен очень хотела сохранить около себя Аллана и сосватала ему свою лучшую подругу. И потекла их ничем не замутненная жизнь, с соблюдением всех внешних приличий. Кошмар начался, когда Жан достиг подросткового возраста. Вы все знаете, что здесь происходило: скандалы, наркотики, мальчики...

— Он швырнул в Эдуарда кочергой, — подал голос до сих пор молчавший господин Прудон. — Только чудо спасло барона.

Комиссар кивнул:

— В результате Жана отправили в закрытую школу, а тихая, вежливая Лиза осталась дома. Она хорошо училась, по вечерам никуда не ходила, вязала у телевизора. Остается только гадать, где она познакомилась с Рене.

Лиза-Андре злобно покосилась на меня:

— Это все из-за тебя. Если бы ты, русская побирушка, не явилась сюда...

Из ее рта полились ругательства. Яцек в ужасе уставился на девушку:

— Андре, любимая!

— Нет, вы посмотрите... Что значит «люби-мая»? — возмутилась Жаклин.

— Да заткнись ты, старая потаскуха, — отрезала Лиза.

Жаклин покорно замолчала. Комиссар потер шею и, обращаясь к Лизе, сказал:

— Продолжайте, моя радость, мы вас внима-тельно слушаем.

— Ладно, слушайте. Если я кого и ненавидела, так это своих близких. — Лиза раскраснелась, воло-сы ее растрепались. Такой я ее никогда не виде-ла. — То, что мать наставляет рога Эдуарду, я поня-ла давно. Но только в отличие от этого идиота Жана повела себя по-другому. Не стала ни с кем ругаться. Зачем? Чтобы меня вычеркнули из завещания? Да и Аллан оставил бы мне приличный кусочек. Но эта идиотка Мартина, его жена, явилась к моей мате-ри и стала сюсюкать: наконец-то она беременна... Мне только не хватало еще одного братика или се-стрички.

— И тогда вы решили избавиться от всех, — ска-зал комиссар.

Андре засмеялась:

— Решила-то я, а осуществил кто-то другой. Я ничего в багаж не подкладывала. Да, у меня с Рене был роман. Ну так что из этого? Я рассказала Рене о беременности Мартины, а он, наверное, рас-сказал Жану. А уж что они там придумали, откуда мне знать? Правда, перед самым отлетом я видела, как Жан съел кусочек мыла, чтобы вызвать у себя рвоту...

— Дорогая, вы с нами не откровенны, — помор-щился комиссар. — Ведь Рене перед смертью успел кое-что сказать.

— А что, Рене умер? — глупо поинтересовалась я.

— Да, — кивнул комиссар. — Буквально через

несколько дней после той авиакатастрофы. Смерть его выглядела почти естественно. Заядлый наркоман, он лег в кровать, укололся, потом закурил сигарету и... заснул. Начался пожар. Таких случаев в Париже — тьма. И, как правило, сгорают эти несчастные вместе с квартирами, да еще соседи страдают. Но с Рене было по-другому. Дым унюхала консьержка и вызвала пожарных. Юношу успели довезти до больницы, он промучился дня три и умер, почти не приходя в сознание. Но один раз все-таки заговорил, и, к счастью, рядом оказался полицейский.

Комиссар распахнул свой необъятный кейс и вытащил диктофон. Мы все замерли. Перье нажал кнопку. Послышался шорох, потом кашель, и слабый голос произнес:

— Пить.

— Рене, Рене, вы меня слышите?

— Слышу.

— Вы можете отвечать? Что с вами случилось?

— Это она... пришла... мы ужинали, потом уколола меня... я стал засыпать, видел... кладет сигарету на одеяло, потом не помню... пить... дайте пить...

— Рене, кто она, зачем приходила? Это ваша любовница, как ее зовут?

— Лиза... это Лиза... она предала нас... взяла у нас «крошку» и не сделала... потом пришла ко мне... сказала сделает завтра... я верил ей... я ей верил...

— Что взяла Лиза, какую «крошку»?

— Взрывное устройство... «крошку»... положить в кафе «Красный дельфин»... но не положила... и пропала... а потом я узнал из газет... — Последовала долгая пауза, затем снова послышался тихий шепот: — ... она погибла... и вдруг приходит и говорит... все ошиблись... я был так рад, я люблю ее ...

— Рене, Рене, вы меня слышите?

Из диктофона доносился шум, звяканье каких-то инструментов, потом лента закончилась. Комиссар выключил магнитофон.

— Больше он не сказал ни слова. Красноречивая запись, не так ли, господа?

Мы все удрученно молчали. Внезапно Яцек сказал:

— Это ничего не доказывает. Любой адвокат разнесет эту запись в пух и прах. Какая Лиза? Фамилия не названа. Она погибла! Ну и чушь! Где сказано, что это Лиза Макмайер? Может, это какая-то Лиза, попавшая под колеса машины?

— Я с вами согласен, — сказал Жорж Перье, — именно поэтому мы разговариваем не в тюремной камере, а в этой уютной столовой.

Яцек продолжал атаковать:

— Еще требуется доказать, что Лиза была любовницей Рене!

Лиза откинула волосы со лба:

— Налейте мне коньяку, а то эта пьяница все высосет, мне ничего не достанется. — Жаклин поперхнулась. — А я, так и быть, расскажу вам правду, — продолжала Лиза.

Я смотрела на нее во все глаза. Интеллигентная, скромная и тихая девушка исчезала. Вместо нее в комнате появился опасный зверек, что-то вроде хорька!

— С Рене меня познакомил Жан случайно, в магазине. Рене мне сразу понравился, а я ему. Он перезвонил на следующий день и назначил встречу. Меня разбирало от смеха, когда я врала Сьюзен, что хожу в школу танцев. Мы правда занимались танцами, но только в постели. Возраст-то был самый подходящий — четырнадцать и семнадцать...

— Дорогая, — попытался остановить ее Яцек, —

не надо все рассказывать. Ты наговоришь лишнего, и это плохо кончится...

— Замолчи, слизняк, — отрезала Лиза, — хочу говорить — и говорю. Рене был настоящий мужчина, не то, что ты. У него осечек не случалось. И к тому же совершенно бесстрашный. Его старший брат сидел в тюрьме, а Рене был связан с группой террористов. Он мне намекал, что работал с самим Ильичем Карлосом. Ну а родителей своих я просто ненавидела — и Сьюзен, и Аллана, и Эдуарда, и эту беременную корову Мартину. Пришлось мне сказать Рене, что я хочу участвовать в революционном деле, даже ходила с ним на собрания какие-то дурацкие...

А потом Рене дал мне «крошку». Это они так бомбу называли. Все было проще некуда. Накануне отлета я засунула ее в багаж Сьюзен. А знаете, куда я ее положила? — Лиза радостно рассмеялась. — В ящик с ее любимыми куклами. Она их просто обожала, звала по именам, шила им платья. Так что, надеюсь, эти проклятые игрушки разлетелись в пыль. Вот только жаль, что Жан ускользнул, — по-моему, он что-то заподозрил. Поэтому, когда мы приехали в аэропорт, он украдкой съел кусочек мыла, и его, конечно, тут же стало выворачивать. Надо было мне рассказать про мыло Сьюзен, она бы его силой в самолет запихнула, да я не поняла сначала, зачем он это делает. И к тому же мне надо было успеть спрятаться до отлета. И тогда я залезла в ящик с тряпками в ангаре.

Уж они меня искали-искали, оборались все. Но я все рассчитала точно. Если бы речь шла просто о полете в Лондон, Сьюзен вернулась бы домой, но ведь предстояла выставка ее любимых, ее обожаемых, ее потрясающих деток — куколок! Ради них можно наплевать и на меня, и на Жана. И потом эта корова Мартина сказала, что, как ей кажется, я поехала с Жаном в больницу. Тут-то они и улетели. И все бы хорошо, если бы не этот подлец Ренальдо.

— Он ведь узнал про Рене, не правда ли? — спросил комиссар.

— Ну да, узнал. Сначала попытался сдать меня в полицию, потом решил придержать у себя дома. Денег хотел, негодяй! Но я от него удрала. А что мне было делать дальше? Домой возвращаться нельзя — надо сначала узнать, что заподозрил Жан, что ему известно. Я-то надеялась, он отправится вместе со всеми к праотцам, а этот подонок спутал все планы. Вот я и пошла бродить по улицам. Гуляю себе по набережной, вдруг вижу — идет мужчина, прилично одетый, но, судя по всему, небогатый. Ну, думаю, девочка, это идет твой шанс. Влезла я на парапет, а он уже тут как тут, давай меня от смерти избавлять.

Лиза расхохоталась, глядя на вытянувшееся лицо Яцека.

— В общем, спас он меня, а я ему подсказала, как жениться на глупой пьянчужке. Но эта сволочь, Ренальдо, увидел нас случайно и выследил — я еще была без грима. И узнал-таки, где я встречаюсь с Рене. Он приметил, как я вышла и села в кафе, напротив его дома, и дождался того же, чего ждала я: увидел, как приехали «Скорая помощь» и пожарные. Вот только не знала, что Рене выжил. Его вынесли в мешке, я и решила: все, труп.

— Так перевозят обгоревших, — пояснил комиссар, — в специальном чехле, чтобы ожоги не соприкасались с уличной грязью. А потом Ренальдо начал вас шантажировать?

Лиза раскрыла было рот, но в этот момент Жаклин нетвердой походкой подошла к Яцеку:

— Это правда? Ты спал с этой дрянью?

У Яцека забегали глаза:

— Дорогая, она же мне в дочери годится.

— Да ладно тебе, — усмехнулась Лиза, — будь хоть раз в жизни мужчиной. — Она повернулась к Жаклин: — Конечно, спал, все это время. Ты напьешься и дрыхнешь в гостиной, а муженек — ко мне в постельку. Знаешь, ему там было неплохо.

Я подумала, что Жаклин сейчас выплеснет ей в лицо кофе. Но женщина молча отошла к окну.

— Натали, попроси принести еще коньяку, — сказала она.

— Дорогая, тебе не следует больше пить, — взмолился Яцек.

Жаклин скользнула по нему равнодушным взглядом.

— И что же теперь со мной будет? — поинтересовалась Лиза.

Комиссар развел руками:

— Это решит суд.

— Ну, раз уж я здесь, — продолжала Лиза, — неплохо бы помыться и переодеться, если для меня найдутся какие-нибудь шмотки.

Я вспомнила, что являюсь хозяйкой дома:

— Лиза, поднимайтесь на второй этаж, в ванну, а потом приходите в кабинет. Я попрошу принести вам туда одежду.

— Что-нибудь попроще и потеплей, — попросила Лиза. — В камере очень холодно, и, если можно, кое-что из косметики.

Злобный хорек куда-то исчез, перед нами снова была отлично воспитанная девушка из хорошей семьи. Лиза встала и вышла за дверь, за ней, как тени, двинулись два ажана.

Мы все молчали. Наконец, господин Прудон не выдержал:

— Очень трудный юридический случай. Если

мадемуазель Макмайер убила своих родителей, то она не имеет права быть их наследницей. Но ведь ее тоже считали умершей, и наследником стал Жан Макмайер. Но в смерти Жана Макмайера она не виновата и в этом случае имеет право на наследство. Очень сложный случай.

Наташка замахала руками:

— Бог мой, не надо нам рассказывать про всякие случаи. Лиза — бедный, никому не нужный ребенок. Мне ее очень жаль, и, конечно же, она получит свою часть. Я надеюсь, что суд проявит к ней снисходительность. Ведь ей на момент преступления было всего четырнадцать лет. Это должно облегчить ее участь, не так ли?

Она посмотрела на господина Прудона, но тот опять завел свою песню:

— Это тоже интересный случай...

— Папочка, — прервала его Тина, — не надо нам про случаи.

— А мне ее совершенно не жаль, — подала голос Маня. — Она убила четырех человек и должна получить по заслугам.

— У тебя еще нос не дорос рассуждать о таких вещах, — прервала ее я.

Маня покраснела:

— Нос не дорос! А вот мне интересно знать, кто же убил Жана?

Мы снова все замолчали.

— Лиза ваша его и убила, — продолжала размахивать руками девочка.

— Ты не права, детка, — сказал Аллан.

— Значит, у вас другое мнение по этому поводу, господин Гранж? — спросил комиссар.

Аллан вздохнул:

— Я понимаю, это звучит странно, но мне кажется, что смерть Жана — это трагическая небрежность. Примерно недели за две до его кончины я приехал в гости. А вечером, собираясь уезжать, обнаружил, что моя машина не заводится. Вы знаете, да я этого никогда и не скрывал, что в молодости работал автослесарем. В принципе, мог бы сам устранить неполадки, но очень не хотелось пачкаться, и Жан предложил взять его машину. Я воспользовался предложением, а на дороге заметил, что педаль тормозов «проваливается». Наутро, вернув машину, сказал, что у него неполадки с тормозами.

Жан беспечно отмахнулся: «Ерунда, уже два раза доливал тормозную жидкость». Помнится, я посоветовал ему обратиться к другому механику. Просто доливать жидкость в систему и не проверить, почему она вытекает? Это же непрофессионально. Но Жан был потрясающе безалаберен. Думаю, он так и не показал механику машину: едет, и ладно. А возможно, по своей технической неграмотности просто не понял, чем ему грозит подобная неисправность.

Наташка вздохнула:

— Как ни обидно, но это очень похоже на правду. Он гонял как ненормальный, а за машиной не следил вообще. Иногда я вспоминала о техосмотре и отгоняла «Ситроен» к механику, но это случалось нечасто. Муж сердился и кричал, что сломавшуюся машину надо выбросить и купить новую.

Комиссар закурил сигарету:

— В общем, в полиции тоже пришли к такому же выводу: удивительно, как вообще можно ездить с такими тормозами.

— Но он же сказал мне, что его убила Андре, — настаивала Маша.

— Детка, наверное, ты просто не поняла — ему было трудно говорить. Скорей всего он пытался сообщить тебе, кого убила Андре, — сказал комиссар. — А может быть, он узнал Лизу. Ведь вот, например, господин Гранж знал, кто такая Андре.

Аллан промолчал.

— Дорогой, это правда? — спросила Тина.

— Конечно, правда, — продолжал комиссар. — Я даже думаю, что она сама ему все рассказала, пожаловалась на Ренальдо. Не так ли, господин Гранж?

Аллан не ответил.

— Дорогой, скажи хоть что-нибудь, — взмолилась Тина.

Но Аллан молчал, как истукан.

— Когда вы собирались меня убить, вы были более разговорчивы, — заметила я.

— Неужели господин Гранж хотел вас убить? — притворно удивился комиссар.

— Ну да, — радостно сообщила я, — как в кино. Сначала заманил в ловушку, а потом привязал к стулу. Чуть шею себе не сломала, когда падала с лестницы.

Госпожа Прудон тихонько ойкнула, Аллан опрокинул коньяк в рот и подошел ко мне:

— Даша, вы должны простить меня. Я не думал вас убивать. Поймите, я хотел спасти свою дочь. Уверен, что Эдуарда и Сью убил Жан.

— Вчера, однако, вы были настроены очень решительно, — возразила я. — Помнится, привязали к стулу, заткнули рот какой-то грязной тряпкой и собирались привезти киллера, чтобы он, сделав мне укол, отправился со мной в Швейцарию. А уж там мой маленький трупик должен был исчезнуть без следа...

Аллан обнял меня:

— Дорогая, я повторяю...

— Отойдите от мамы как можно дальше, — подала голос Маня.

Аллан отодвинулся к дивану:

— Я повторяю, я не собирался вас убивать. Хотел только временно вывести из игры. Вас отвезли бы в пригород Женевы и подержали там недельку-другую, вот и все. Вы просто очень мешали мне освободить Лизу, всюду совали нос. Несколько дней в Швейцарии, и все! Но убивать?.. Нет, поверьте!

— Ну да, — фыркнула я, — и потому вы прихлопнули Ренальдо и чудом не пристрелили бедную русскую подданную.

Аллан расхохотался:

— Ну и бред!

— Вы же сами мне сказали!

Аллан опять обнял меня.

— Даша, я шутил. Вы так увлеклись ролью сыщика, что совершенно не понимали, что происходит.

— Я сказала, отойдите от мамы, — проговорила опять Маня, медленно вставая. — Отойдите на пять шагов в любую сторону.

— Но это же смешно... — протянул Аллан.

— А кто убил Ренальдо? — встряла Маня.

— Не знаю, — отмахнулся Аллан.

— Да нет, знаете прекрасно, — ответил комиссар. — Знаете это так же хорошо, как и я. Его убил...

В этот момент во дворе послышался шум мотора. Жаклин выглянула в окно:

— Надо же, кто-то уезжает на машине Аллана.

Комиссар подскочил к балкону. Через секунду он уже выбежал из столовой. Обрадованные собаки неслись за ним. Мы все молча проводили его взглядом. Аллан тоже выглянул во двор, потом посмотрел на меня:

— Вы велели Лизе идти в кабинет и там переодеться? Голову даю на отсечение: сейчас она уже мчится по направлению... сам не знаю куда, но удирает.

— Вы правы, — проговорил комиссар, входя в комнату. — Лиза попросила полицейских остаться за дверью и подождать, пока сменит одежду. Сержант проверил комнату и вышел. Он, конечно, болван, но оправдывается тем, что комната расположена на втором этаже. Когда этот дурак вышел за дверь, Лиза открыла окно...

— Вылезла на козырек, который прикрывает вход, а к нему всегда прислонена садовая лестница, — вырвалось у меня.

— Как? — изумился комиссар. — Вы знали об этом и не предупредили?

— Только что вспомнила, — пробормотала я растерянно. — Видите ли, Пьер один раз так залез в кабинет, и...

Комиссар замахал руками:

— Замолчите, ради Бога. Лиза очень опасна, а вы невольно помогли ей бежать. О Боже!

— Вы что, не можете ее поймать? — возмутилась Маня? — В России в таком случае перекрывают дороги.

— Лиза не только опасна, но еще и умна, — разозлился комиссар. — Дороги уже перекрыты, да только преступница наверняка бросила машину и передвигается пешком или автостопом! Какую одежду и косметику вы ей дали?

Он грозно посмотрел на меня.

— Не знаю, — растерялась я окончательно. — Софи принесла какое-то платье или брюки... Надо спросить.

— Действительно, — бросил комиссар, — пойду сам узнаю. А насчет того, кто убил Ренальдо, так это сделал господин Гранж. Только вот доказательств у меня нет, хотя не сомневаюсь, что это был он и двигали им благородные чувства.

С этими словами комиссар вышел из комнаты и хлопнул дверью с такой силой, что стоявшая на столе ваза упала и рассыпалась на мелкие кусочки.

— Вот это да... — проговорила Маня, и мы все одновременно уставились на Аллана.

— Это правда? — сурово вопросил господин Прудон.

— Что — правда? — переспросил Аллан.

— Ну вот это, что сказал комиссар. Вы же понимаете, я не могу разрешить дочери выйти замуж, если...

— Прости, папа, но это касается только меня и Аллана. Я обещала выйти за него замуж и не собираюсь отступать от своего слова.

— Дорогая, — расплылся в очаровательной улыбке Аллан, — боюсь, что вам придется меня забыть. Ведь это я убил Ренальдо. Но, поверьте, не мог поступить иначе.

Тина подошла к жениху и обняла его:

— Расскажи все. Здесь друзья и родственники, мы не будем свидетельствовать против тебя. Покайся, тебе станет легче. Нельзя жить с таким грузом на душе.

Аллан оттолкнул Тину и рухнул в кресло. Мне показалось, что из него, как из воздушного шарика, вышел воздух. Затем он посмотрел на свои руки и усмехнулся:

— «Никакие ароматы Аравии не отмоют этой руки». Если вы думаете, что терзаюсь, как леди Макбет, то ошибаетесь. Я просто раздавил змею, опасную гадюку. Ренальдо никому не принес счастья и заслужил смерть.

Я вспомнила заплаканную Анриетту и осиротевшую крохотную квартирку возле Ла Бурже. Тина погладила своего будущего мужа по голове:

— Ну говори, говори же, не молчи.

И Аллан начал рассказывать:

— Я сидел дома и спокойно читал. Вдруг раздался звонок, удививший меня, — ведь часы уже пробили одиннадцать ночи. Но все-таки дверь я открыл и увидел Андре. Конечно, несмотря на свое изумление, я предложил ей пройти в кабинет. Но девушка направилась прямо к дивану, села и тут же спросила:

— Не узнаешь?

Я удивился еще больше — Андре была со мной на «вы». Но потом сказал:

— Конечно, я тебя узнаю, Андре, детка. Что случилось?

— Значит, не узнаешь, — констатировала девушка и сдернула с головы парик, потом моментальным движением сделала что-то с глазами, и, честно говоря, я обалдел.

Коротко стриженная блондинка, похожая на погибшую Лизу, тянула ко мне руки и плакала:

— Папочка, это же я, твоя Лиза. Я жива, неужели ты этого не понимаешь?

И она бросилась мне на шею. Тут уже заплакал и я. Ведь я очень любил свою девочку, и не по моей вине она росла в семье у матери. Но рассказать обо всем Мартине я не мог. Не забудьте, что весь капитал принадлежал жене, и в случае развода мне не доставалось ни сантима. Да и Эдуард признал Лизу — она официально считалась его дочерью. Представляете, какие бы пошли разговоры, если бы я сказал вслух, что Лиза моя дочь? Позор для Сью, позор для Эдуарда, а я и Лиза лишаемся всех денег. Вот так я и жил. Ведь Мартина не успела родить ребенка...

Мы с Лизой проплакали почти всю ночь. **Она** рассказала, как Жан убил отца и мать, как она убежала, как ее подобрал Яцек, как ее преследует Ренальдо.

— Папочка, — захлебывалась дочка, — папочка, Ренальдо грозится убить меня, если я не выйду за него замуж! Он изнасиловал меня в ангаре, когда я пряталась там от Жана. Папочка, помоги мне!

От ненависти и ужаса у меня просто помутился рассудок. И на следующий день я поехал в Ла Бурже и с удовольствием всадил пулю в этого мерзавца. Представьте теперь мой ужас, когда я нашел там Даша́ и понял, что эта гнида рассказал ей все о Лизе. А ведь мы с дочерью хотели уехать тихонько в Англию и оттуда заявить о ее правах на наследство. И вот весь план рушился из-за любопытства Даша́. Голова закружилась, и пистолет сам выстрелил еще раз. Даша́ упала, а я успел скрыться. Собственно, это все. Впрочем, я рад, что не убил вас. — Аллан посмотрел на меня.

— Спасибо, — вырвалось у меня. — Только не понимаю, почему Лиза так боялась, что ее настоящее имя будет раскрыто? Я могу понять, что она опасалась Жана: он мог рассказать, что не убивал Эдуарда и Сью, и все подозрения пали бы тогда на Лизу. Но чего она ждала после его смерти, почему не раскрылась?

— Кажется, я понимаю, — спокойно проговорил господин Прудон. — Срок давности за убийство — девять лет. Ей оставалось продержаться совсем немного, и все — она неподсудна. А если бы господин Гранж уехал с ней в Лондон, все стали бы думать, что они просто любовники. Я полагаю, Лиза уговорила бы Аллана подождать еще некоторое время не открывать ее настоящее имя.

— Я не верю ничему из того, что здесь рассказывала моя дочь. Ее заставили оклеветать себя. Я глубоко убежден, что Лиза — чистый и невинный ребенок.

— Да уж, чистый, — усмехнулся Яцек. — Когда выходит из ванной. А насчет невинности — тут простите. Детка весьма искушена в разных вопросах. Как она потешалась над вами всеми, поднимаясь ко мне в спальню! Прости, Жаклин, я вел себя как свинья. Слышали бы вы, как она вас всех обзывала, как издевалась над Алланом. Она называла его «папашка-промокашка, засратая бумажка».

— Не верю! — закричал Аллан. — Не верю ни одному слову, вонючий поляк. Сам-то зачем все это выслушивал, ехидничал вместе с ней?

— Я любил ее, — просто ответил Яцек.

Аллан пошел к двери, на полдороге он обернулся:

— Тина, если хочешь, поедем вместе со мной!

— Да, дорогой, — сказала девушка. И они вышли из столовой.

Глава 20

Новый год мы встречали у Галины Владимировны. Старая дама, страшно довольная, приготовила «ужин по-русски». Жаклин не возражала, и стол поражал изобилием: холодец, салаты, пироги с капустой, поросенок с гречневой кашей, грибы, соленая капуста, моченые яблоки — всего не перечислить. Особняком стояли неизвестно как затесавшиеся на «русский» стол сациви и лобио. Мы пили и ели почти всю ночь без остановки, тупо глядя на экран телевизора. Галина Владимировна смотрела первую программу из Москвы, и к двум часам я окончательно обалдела от однообразных песен и певцов, как будто размноженных под копирку. Поэтому тихонько отползла в дальний угол.

Через некоторое время ко мне присоединились Наташка и Жаклин. Маша мирно подремывала на диване, а Яцек с Галиной Владимировной играли в триктрак. Меня удивило, что за весь вечер Жаклин не выпила ни капли спиртного, только чуть пригубила шампанского. Очевидно, это поразило и Наташку.

— Ты что, записалась в общество анонимных алкоголиков? — съехидничала она, глядя на стакан с соком в руках Жаклин.

— Нет, — вздохнула та, — просто не хочется родить урода.

— Вот это да! — ахнули мы разом. — Вот это новость!

Жаклин грустно улыбнулась.

— Столько лет хотела ребенка, но ничего не получалось. И надо же, именно сейчас, когда я уже махнула на все рукой!

— Нет, за такую новость надо выпить шампанского! — воскликнула Наташка и пошла к столу.

Воспользовавшись тем, что мы остались одни, я бестактно спросила у Жаклин:

— А кто отец будущего младенца? Аллан?

Жаклин вздохнула:

— Даша, ты неподражаема. Нет, надеюсь, что не Аллан. К сожалению, от него рождались только монстры, вроде Жана или Лизы. Искренне надеюсь, что отец — Яцек.

— А ты с ним останешься?

— Знаешь, мы многое обговорили и решили начать сначала. Я простила ему Лизу, а он мне мои бутылки. И потом, у ребенка должны быть отец, и мать, и бабушка...

— А что, об Аллане и Тине ничего не слышно? — спросила подошедшая Наташка.

Жаклин отрицательно покачала головой.

— Последнее письмо от них пришло из Австралии. Мадам Прудон долго плакала, прежде чем показала его мне.

— И что в письме? — поинтересовалась я.

— Да ничего особенного. Всем привет, все хорошо. Обратного адреса нет, сообщение ниоткуда, как с того света.

— Бог с ними, — махнула рукой Наташка. — Я рада, что все закончилось. Давайте лучше выпьем за предстоящую радость.

— А какая радость нам предстоит? — поинтересовалась внезапно проснувшаяся Маня.

— У Жаклин скоро родится ребенок, — ответила я.

— Девочка или мальчик?

— Кого Бог пошлет.

— Надеюсь, он не пошлет Жаклин чудовище вроде Лизы, — дернула плечом Маня. — Интересно, ее когда-нибудь поймают?

— Сомневаюсь, — сказала Наташка, — слишком хитрая, слишком умная, слишком жестокая. Скорее всего спряталась где-нибудь, залегла, так сказать, на дно. И вообще хватит об этом, давайте выпьем за Новый год.

— Давайте, — радостно согласилась я. — Я тоже рада, что все закончилось. Во всей этой истории есть только одно непонятное обстоятельство.

— Только одно? — спросила Наташка. — Для меня, например, многое осталось непонятным. Я ни на минуту не верю, что Жан погиб в результате несчастного случая. А отлетевшее колесо? А история с гаражом? Я вижу здесь руку Аллана.

Жаклин замялась.

— Может, это и не совсем верно. Аллан все-таки благородный человек, он не профессиональный убийца. Если Жана и убили, то сделал это кто-то другой.

— Три ха-ха! — воскликнула эмоциональная Наташка. — Как же, как же, благородный человек! А кто отец Лизы? Чьи гены у этого монстра? Насколько я слышала, Сьюзен была милой и интеллигентной. Значит, любовь к убийствам детка унаследовала от отца. И никто не убедит меня в обратном!

Жаклин нервно поправила роскошные волосы:

— Яцек, подойди к нам.

Яцек отодвинул триктрак.

— Да, дорогая, ты хочешь, наверное, уже прилечь?

— Расскажи им все, что рассказывал мне.

— О чем, дорогая?

— Не прикидывайся идиотом. Расскажи все о Лизе и Ренальдо.

— Может быть, не надо снова ворошить эту кучу?

— Надо, — отрезала Наташка, — давай!

И Яцек стал рассказывать:

— Лиза была, как я потом понял, человеком с больной психикой. Меня она не стеснялась, в особенности после моей женитьбы на Жаклин. Мы с ней стали вроде как сообщники. На людях она была мила, тиха, интеллигентна и воспитанна. Вечером же в своей комнате сбрасывала маску и издевалась над всеми, ехидничала и строила всевозможные планы. Ей очень хотелось добраться до денег, но на пути стоял Жан. Лиза презирала его и боялась одновременно. Поэтому ее планы касались в основном того, как избавиться от брата. Какие только мысли ни приходили ей в голову: яд, нож, веревка... Ну просто Сицилия. Я настолько привык к ее кровавым мечтам, что перестал следить за ними, поэтому проглядел момент, когда планы стали превращаться в реальность. Под рукой у нее оказался классный специалист — Ренальдо. Отвинченное колесо и испорченный электронный замок — его рук дело. Но Жана, как злобно говорила Лиза, «черт бережет». Первый раз он чудом удержал машину, во второй — очевидно, ток был недостаточно сильный, в третий раз все получилось...

— Так вот почему она так боялась Ренальдо... — дошло до меня.

— Да, — грустно согласился Яцек. — Ей нужно было избавиться от него, и для этого понадобился Аллан. Лиза вообще первосортная актриса. Прикинется, когда надо, таким ангелом!

— Значит, ты знал, что Жана собираются убить, — протянула Наташка.

Яцек развел руками:

— Ну, дорогая, ты очень категорична. Я представить не мог, просто не верил, что Лиза — она ведь была совсем ребенок — способна на убийство...

— Ну а что ты подумал, когда Жан чудом спасся, удержав машину? — продолжала допытываться Наташка.

— Ничего я не подумал, — начал оправдываться Яцек. — Мало ли какие бывают случайности...

— А испорченный замок? — встряла Маша.

Яцек угрюмо молчал.

«Что ему сказать, бедному?» — подумала я.

— Я любил ее, — наконец выдавил он из себя. — Тебе, Натали, это трудно понять, ты прагматик, а я романтик, и я любил ее. Понимаешь?

— Понимаю, — неожиданно спокойно отреагировала моя подруга. — Я понимаю, что ты ее любил, но еще я понимаю, что никогда не сяду срать с тобой на одном гектаре!

От удивления Жаклин разинула рот.

— Давай собирайся, — повернулась ко мне Наташка, — я здесь ни минуты больше не останусь.

— Но уже ночь, — пробормотала Жаклин, — идет дождь, дорога скользкая, а ты выпила...

— Тронута вашим вниманием, — усмехнулась Наташка.

С этими словами она ухватила мою сумку и буквально вытолкнула нас с Машей за порог.

Эпилог

Январь в Париже безобразен. С неба вместо приличного снега сыплется нудный дождь, ветер забивается под пальто, холодно, промозгло. Холодно было и в кабинете комиссара Перье. Сам комиссар вырядился в толстую шерстяную фуфайку и стал похож на рекламу капель от кашля. Мы с Натальей сидели у стола, а комиссар мерил шагами небольшую комнату. Я искренне пожалела полицейского. Выдержать Наташкин напор неподготовленному человеку трудно. А Жорж Перье не успел подготовиться. Рано утром Наташка притащила меня на набережную Орфевр и, размахивая саблей над головой, понеслась в атаку.

— Это что же за дурацкие законы такие! — верещала она тонким от возмущения голосом. — Всем все понятно, а арестовать некого. Я вам русским языком повторяю: Яцек сам признался, что он все знал, можно сказать, потакал убийце! Вот и арестуйте его!

Комиссар тяжело вздохнул:

— Французским языком!

Наташка не поняла:

— Что?

Комиссар опять вздохнул:

— Вы говорили мне французским языком, а не русским. На русском я ничего не пойму. А арестовать месье Ярузельского не могу, у меня нет никаких оснований.

Я деликатно не стала напоминать ему о том, как он объяснял мне, что задержать человека совсем нетрудно... Наташка безнадежно взмахнула рукой:

— Вот вам и справедливость. Ваша Фемида не только с завязанными глазами, но и с заткнутыми ушами!

Комиссар потер покрасневшую шею:

— Вот что, дорогие дамы. Я сегодня не спал, всю ночь пришлось работать, и поэтому сейчас с чистой совестью уйду домой. Но перед тем собираюсь пообедать. Если хотите, пойдемте со мной.

Мы захотели и отправились в небольшой ресторанчик. В зале стояло всего восемь столиков, посетителей, кроме нас, не было, и Жорж Перье явно повеселел. Он весело подмигнул хорошенькой китаянке и стал обстоятельно заказывать еду.

Через час, наевшись до отвала, мы смаковали совсем не китайский кофе. Комиссар закурил сигарету и посмотрел на нас:

— Ну вот, теперь я чувствую себя намного лучше. Все мужчины наполовину животные: поел, попил и доволен!

Наташка засмеялась:

— Да уж, сытый мужчина — ласковый котенок!

Жорж закивал головой:

— А теперь я, как частное лицо, подчеркиваю, как частное лицо, как ваш добрый хороший друг, изложу свои соображения. Во-первых, замечу сразу: мне ужасно мешала Даша. Вместо того чтобы спокойно подождать развития событий, она то и дело засовывала палку в осиное гнездо... Результат вы уже знаете — куча подозреваемых и ни одного обвиняемого. Ну ладно, давайте по порядку.

Когда Натали обратилась ко мне со своими подозрениями, я внимательно пригляделся к узкому кругу родственников и друзей Жана Макмайера. Первое, что мне не понравилось, — это беседа с поваром Луи. Он сказал, что в последнее время Жан опять начал принимать наркотики.

— Это вранье, — отрезала Наташка.

— Луи говорил, что в разных банках на кухне он обнаруживал использованные ампулы. А ведь раньше молодой барон тоже рассовывал, так сказать, пустую посуду по жестянкам с кофе, сахаром...

— Печеньем, — глупо встряла я.

— А, — оживился Жорж, — вы тоже находили ампулы?

Я виновато замолчала: язык мой — враг мой. Еще второй муж однажды в сердцах заорал, что длина моего языка сравнима разве что с длиной языка муравьеда.

— Луи, конечно, забеспокоился и пошел к Натали, — продолжал комиссар. — А вы, — он повернулся к Наташке, — устроили мужу допрос с пристрастием.

— Да, — подтвердила та, — как в КГБ — свет в лицо и говори правду. Но он поклялся, что с наркотиками завязал навсегда. Да и я не видела никаких признаков того, что он колется. В результате мы пришли к выводу, что кто-то просто издевается над нами.

— И это мне не понравилось, — сказал Перье. — Потом мы занялись Жаклин. Но здесь не обнаружили ничего особенного, кроме обычного, бытового алкоголизма. Потом внимание привлек месье

Ярузельский. Запросили Варшаву и выяснили странную вещь — бывшая жена и дочь Яцека погибли несколько лет тому назад в автомобильной катастрофе. Значит, Андре никак не могла быть его дочерью. Кто же она тогда? Принялись копаться в прошлом Жана Макмайера, и выплыли очень неаппетитные детали: мальчики, наркотики, безобразное поведение... Выяснилось также, что Эдуард Макмайер не являлся отцом Жана и Лизы. В его медицинской карте прямо указывалось на стерильность — результат детской болезни. Встал вопрос, кто же настоящий отец этих детей, и не ему ли выгодна смерть Жана? Добрались до авиакатастрофы. Только начали копаться в этом деле, как погиб Жан.

Тут мы опять встретились с Натали и, посовещавшись, решили ее «убить». Расчет был прост: тот, кому выгодна смерть Жана и Натали, обязательно заявит свои права на наследство. Честно говоря, мы не знали, кто это будет. Просто решили предоставить событиям развиваться... Но появились вы, моя дорогая, — комиссар посмотрел на меня, — и все покатилось к чертям. Ну зачем вас понесло на аэродром?

Я вздохнула — действительно, какого черта я влезла во все это?

— Вот, вот, теперь можно и подумать, — съехидничал комиссар, увидев мои мучения. — Вы чудом остались живы. Аллан случайно не попал вам в лоб.

— Так это был Аллан? — не выдержала я. — Аллан?

— Ну да, — подтвердил комиссар. — Однако давайте по порядку. Семь лет назад Лиза Макмайер решила убить своих родных. Причина была весомой — она их ненавидела. Сьюзен за то, что та больше всех на свете любила Жана. Жана за то, что

Сьюзен любила его, несмотря на все безобразия, что он творил. Эдуарда за то, что он не ее отец. В эту компанию попала даже жена Аллана. Ее, по мнению Лизы, следовало убрать потому, что та забеременела. Девушка не собиралась делиться своими деньгами ни с кем. Она очень хорошо понимала, что в конце концов деньги Гранжа достанутся ей, если, конечно, Жана не будет в живых. После знакомства с Рене ее планы начинают превращаться в реальность. Ей удается убедить юношу в своей преданности делу революции и получить бомбу. Дальнейшее вы знаете: бомба оказывается в самолете, а Рене через несколько дней на кладбище. Казалось бы, все прекрасно, есть только одна маленькая неприятность — Жан остался в живых. Уж как он заподозрил Лизу, не знаю. Можно было посчитать всю ситуацию случайной, но мне мешает это сделать...

— Анализ содержимого желудка, — снова встряла я в разговор, — там обнаружили присутствие мыла!

— Верно, — согласился комиссар. — Не мог же он позавтракать мылом? Ну а если съел его, то зачем? Либо Рене проболтался ему о революционной деятельности сестрицы, либо сам он что-то заподозрил. А почему не рассказал Эдуарду и Сьюзен? Да он не любил их так же, как и Лиза! Может, даже обрадовался, что ей пришла в голову такая замечательная идея. В общем, кусочек мыла на десерт, и Жан в больнице. Потом проходит несколько спокойных лет. Жан женится на Натали, все счастливы, Лиза-Андре тихо ждет своего часа. А когда же он пробьет? Уже скоро. Во-первых, Лизе должен исполниться двадцать один год, она станет совершеннолетней и сможет сама распоряжаться своими деньгами. Во-вторых, вскоре после этого истекает предусмотренный за убийство срок давности, никакие обвинения будут ей не страшны. Девица затаилась, она мило всем улыбается, вяжет жилетки... О том, какое пламя бушует у нее в душе, знает только Яцек Ярузельский, но он предпочитает помалкивать. Иногда, правда, Лиза развлекается, подбрасывая в разные кухонные коробки пустые ампулы. Мелко, конечно, но все равно приятно... Время бежит, и пора бы уже и Жану умереть. Бедняжка Лиза, наверное, голову сломала, пока догадалась использовать Ренальдо!

— А я думала, что Лиза и Ренальдо были врагами, — вырвалось у меня.

— Да уж, — ухмыльнулся комиссар, — мы поначалу тоже так думали — пока не проверили банковский счет Ренальдо. Вот ведь какая странная штука: господин Ярузельский назвал нам сумму, которую он платил шантажисту. Он и на самом деле регулярно снимал со своего счета названную сумму. Но на счет Ренальдо поступала только половина денег. Куда же девалась вторая часть? Полиция тщательным образом допросила Анриетту, та говорила, и мы ей верим, что муж получал деньги за дополнительную работу, и они хранились в банке. И вообще, они во многом себе отказывали, чтобы накопить средства на новую квартиру. Нам пришлось порядочно поработать, пока не обнаружилось небольшое любовное гнездышко. Как вы думаете, кто были воркующие голубки?

— Лиза и Ренальдо, — подала голос Наташка.

— Вы совершенно правы. Только они называли себя «месье и мадам Бовари». Очевидно, эти негодяи изучали в школе Флобера! Так что ненависти там не было. Можно только предполагать, как Ренальдо пробирался в гараж к барону. Две попытки окончились неудачей, третья привела к катастрофе.

Ну что ж, «мавр сделал свое дело, мавр может уходить». Ренальдо стал для Лизы помехой, а помехи она устраняла. Избавиться от Ренальдо помог Аллан.

— Вы думаете, что он говорил нам правду? — поинтересовалась я.

— Думаю, что да. Это очень похоже на Лизу. Она пришла к Аллану и обвинила своего любовника в изнасиловании.

— Подождите, — сказала Наташка. — А я поняла, что ее любовником был Яцек!

— Правильно поняли. Но она жила еще и с Ренальдо, причем эту связь оплачивал Яцек. Он-то не знал, что шантажист в самых лучших отношениях с Лизой, и платил большие деньги, чтобы Ренальдо не раскрыл инкогнито «бедной девочки». Так вот, она задурила голову Аллану. Тот сначала испытал настоящий шок, поняв, что Андре — его погибшая дочь, а потом вскипел от негодования, узнав об изнасиловании. Схватил пистолет и помчался в Ла Бурже. А там, надо же, вы, мадам, — комиссар посмотрел на меня. — Ну что ему оставалось делать? Только выстрелить еще раз — в Даша́. Он ведь защищал своего ребенка. Но не тут-то было. Ваша голова, мадам, оказалась крепче кирпича. Тогда господин Гранж посылает вам коробку отравленных конфет, и опять неудача: прожорливый питбуль успевает уничтожить презент. В ужасе и полном отчаянии он везет вас в чужой загородный дом...

— Вы думаете, он правда хотел меня убить?

— Безусловно. Все шло именно к этому. Но вам опять повезло.

— Это все Патрик, — пробормотала я.

— Какой Патрик? — изумился комиссар.

— Ну, та морская свинка, которая вытащила билетик с предсказанием. Если бы не она, ни за что бы не прыгнула с лестницы.

— Скажите спасибо Натали, — улыбнулся комиссар. — Она следила за вами и очень переживала. А ее появление дома произвело на всех неописуемое впечатление. Я надеялся, что Лиза дрогнет и расскажет все, но у нее не нервы — стальные канаты. Ну а потом Даша помогла ей бежать!

От возмущения я потеряла дар речи.

— Да, да, пусть не специально, но вы помогли ей, — заявил Жорж Перье. — И вот вам результат. Лиза неизвестно где, Аллан и Тина в Австралии. Честно говоря, мне кажется, что и Лиза где-то там. Господину Ярузельскому я не могу предъявить никаких обвинений. И вообще, это только догадки и предположения, доказательств у меня нет никаких. Может быть, я бы и нашел их, но события развивались слишком стремительно.

Комиссар замолчал. Мы с Наташкой тоже молчали. О чем тут было говорить?

Прошло четыре месяца. Теплым майским вечером мы сидели в гостиной. Окна были распахнуты. Банди и Снап лежали на ковре, по ним самозабвенно ползали очередные котята Клеопатры. Кошки растянулись на подоконнике и вглядывались в даль. Я пила кофе, Наташка и Маня играли в триктрак.

— Ты жульничаешь, — возмущенно сказала Наташка. — Не знаю, как ты это делаешь, но пять раз подряд бросить шесть-шесть невозможно.

Маруся радостно захихикала:

— У меня легкая рука. Мамочка, что ты такая задумчивая?

Я вздохнула:

— Хорошо, что все неприятности закончились, но вот мучает меня одна невыясненная деталь.

— Только одна? — поинтересовалась Наташка.

— Кто была твоя таинственная знакомая? Та невысокая брюнетка с ярким вульгарным макияжем, которая приходила в банк?

Наташка расхохоталась:

— А зачем тебе это знать?

— Интересное дело! — возмутилась я от души. — Я знаю тебя столько лет, а ты не сочла нужным довериться мне. Значит, эта таинственная женщина более близка тебе, чем я, и, честно говоря, мне это обидно.

Наташка опять расхохоталась:

— Что тебе сказать? Есть у меня одна верная подруга. Ну-ка, раскинь мозгами. Девушка, которую похоронили вместо меня, была почти мой двойник — рост, вес, волосы... Лицо прикрыли маской. Но вот на шее у нее был довольно большой шрам после неудачно сделанной операции на щитовидной железе. Ты-то сразу поверила, что я перенесла операцию, но вот остальные-то знали, что шрама у меня нет! Ну, как ты думаешь, зачем Маруська требовала замотать шею трупа крупными бусами, а? Она не хотела, чтобы другие увидели этот шрам!

Я замахала руками:

— Нет уж, ты не уводи разговор в сторону. Я хочу знать, кто была та таинственная незнакомка!

— Мамочка, — проговорила Машка, — мамочка, неужели ты до сих пор не поняла, что это была я?

За всеми зайцами

———————————————————————
——————————————————————— повесть
———————————————————————

ИРОНИЧЕСКИЙ ДЕТЕКТИВ

Глава 1

Телефонный звонок прозвучал в кромешной тьме. Я лежала, как труп, и никак не могла раскрыть глаз, а противный звук повторялся с редким постоянством — дзинь, дзинь. Наконец, мозги зашевелились, и, поднимая трубку, я глянула на будильник — 5 утра. Кому же это пришло в голову позвонить в такую несусветную рань. Голос оказался до боли знакомым:

— Дашенька, деточка, наверное, не узнаешь меня? Беспокоит Анна Михайловна Петрова из Москвы.

Даже при желании не забудешь профессора Петрову. Высокая, полная, с величественной осанкой и серебристой укладкой, она полностью и абсолютно хозяйствовала на кафедре, где уныло протекала моя преподавательская деятельность.

Не то чтобы Анна Михайловна меня не любила, нет, просто не замечала: не хвалила и не ругала. Я была исправной преподавательской единицей, безропотной и до ужаса скучной. Я не имела мужа-генерала, как Леночка Костина, или папу-академика, как Милочка Любавина, я не ездила за границу, как Женя Славин. Даже Катя Артамонова, вышедшая замуж за парикмахера, пользовалась расположением Анны Михайловны.

— Конечно, для Катюши это мезальянс, — говорила она хорошо поставленным голосом. — Парикмахер вообще-то ей не пара, но настоящего дамского мастера так трудно найти.

Прозябать бы мне до пенсии на кафедре иностранных языков в техническом вузе с зарплатой, на которую можно купить разве что десять банок главного женского секрета — майонеза Кальве, как вдруг случилась потрясающая история.

Моя лучшая подруга Наташа неожиданно вышла замуж за сказочно богатого француза. И я с детьми и невесткой поехала ее навестить.

По прибытии в Париж мы оказались в центре совершенно невероятной детективной истории. Жана, мужа Наташи, убили на следующий день после нашего приезда. Все его многомиллионное состояние отошло вдове. Никаких родственников — ни прямых, ни кривых — у Жана не было. Кроме денег, в Наташкины руки упали коллекция картин, трехэтажный дом, семейные драгоценности и хорошо налаженный бизнес. Задыхаясь от счастья, она попросила остаться с ней, и я рискнула.

Московскую квартиру сдала сразу, с работы уволилась в одночасье. Жизнь богатой дамы в столице моды пришлась мне по вкусу, а чтобы не умереть со скуки, я стала преподавать русский французам, которым этот язык зачем-то понадобился.

Жили мы в предместье Парижа вместе с Наташкой в шикарном особняке. Мой сын Аркадий учился на адвоката, его жена Оля — на искусствоведа. Четырнадцатилетняя Маша ходила в лицей. Еще жили с нами две собаки: питбультерьер Банди и ротвейлер Снап. Они беспрепятственно бегали по всему дому и саду.

И пит и ротвейлер были куплены для охраны, но злых сторожей из них не получилось. Оба до потери сознания обожали пожрать. Их пасти вечно были заняты какой-то вкуснятиной. Луи, повар, поил их кофе со сгущенкой. Его жена, Софи, угощала блинчиками, даже электрик и слесарь баловали сдобным печеньем. Результат налицо: кровожадные звери встречали любого незнакомца радостным повизгиванием.

Не рисковали собаки заглядывать только в комнаты на третьем этаже, которые занимали Луи и Софи. Там безраздельно царили две кошки: белая Фифина и трехцветная Клеопатра. Собаки их побаивались и, когда те парочкой входили в гостиную, быстро освобождали самое уютное место у торшера.

Нашу богатую и счастливую жизнь изрядно портило только одно неудобство: бесконечные гости из Москвы. Как только слух о моем переезде разнесся по городу, косяком, как журавли на юг, потянулись визитеры. Каждый раз это выглядело одинаково: короткий телефонный звонок — и через несколько дней в холле топчется очередной турист с необозримых просторов любимой Родины. В чемодане у него, как и у всех остальных, неизменная буханка черного хлеба и баночка икры. Ну кто придумал, что в Париже нельзя купить черный хлеб и икру?

Теперь понятно, с каким настроением я услышала в 5 утра международный звонок, но, к сожалению, мама и папа еще в детстве объяснили, что неприлично бросать трубку.

— Да, Анна Михайловна, конечно, я вас узнала!

— Ах, Дашенька, детка моя, — сладко запела мембрана, — нам на кафедре так тебя не хватает.

Я гадко ухмыльнулась и продолжала слушать, как профессор Петрова постепенно подбирается к основной теме разговора — ее приезду во Францию. Но ошиблась.

— Дружочек, мой младший сын Дима едет в Париж, видишь ли, он всю жизнь мечтал там побывать. Денег у нас, сама знаешь, немного, на билет ему наскребла, а вот гостиницу не осилим. Не примешь его ненадолго?

— Ну конечно, с радостью, дайте ему адрес, нет, лучше встречу сама, когда он прилетит?

— Сегодня, девятичасовым рейсом, поэтому и позвонила пораньше, чтобы застать дома, как твои детки?

Еще минуты две Анна Михайловна проявляла ко мне интерес. Потом я повесила трубку и задумалась.

Визит незнакомого юноши более чем некстати. Сегодня этим же рейсом из Москвы прилетает моя хорошая подруга Оксана с сыном Денисом.

Я очень люблю и бесконечно уважаю Оксану. Она, абсолютно одна, на небольшую зарплату хирурга воспитала мальчишку. Дениска учился в ветеринарной академии, многие Оксанины знакомые предпочитали лечить своих собак и кошек у него, первокурсника, а не у дипломированных выпускников. Ни разу не слышала от Оксаны жалоб, не видела ее в дурном настроении — у нее все всегда хорошо, все прекрасно, все чудесно. И в отличие от многих других, ее пришлось долго упрашивать приехать. Ужасно жаль, что придется еще уделять внимание абсолютно постороннему парню.

Я вздохнула и потянулась к халату, пора вставать, заснуть уже не удастся. В дверь тихонько поскреблись, я вышла в коридор. Снап с умильным видом вертел хвостом-обрубком.

— Ах ты, хитрец, услышал голос и пришел проверить, не перепадет ли чего, а где твой друг и товарищ Банди?

С этими словами я приоткрыла дверь в Машину комнату. Так и есть, на подушке лежали две головы: белокурая Марусина и черная Банди. Громадный пит развалился на розовом одеяле и громко храпел, Манюня тихо посапывала. Я побрела на кухню, попить кофе. Возле плиты в кресле-качалке сидел Луи. Увидев меня, он удивленно поднял брови:

— Мадам, что подняло вас в такой час?

— Ох, Луи, не имей сто рублей, не получишь сто друзей. Надо попросить Софи приготовить комнату для гостей.

— Она уже все сделала для мадам Оксаны и ее сына.

— К сожалению, этим же самолетом прилетит еще один гость. И не спрашивайте, кто он такой, совершенно не знаю.

Тактичный Луи промолчал. Я пошла в столовую, где, к большому удивлению, обнаружила за столом Аркадия и Олю.

— Что вы вскочили так рано?

Они подняли сонные глаза.

— У меня заседание суда в департаменте Марны, — проговорил Аркашка, — и Ольку беру с собой. А вот ты, мать, чего из кровати вылезла, шести еще нет.

Я рассказала им о звонке Петровой. Аркашка возмущенно хмыкнул:

— Это та самая заведующая кафедрой, которая в свое время не давала талонов на продуктовые заказы? Помню, как ты рыдала, когда тебе не доставались куриные окорочка. Не могла ее послать, что ли? Сколько хоть лет этому придурку?

Тяжелый вздох вырвался из моей груди, ну не знаю ничего про этого юношу, ничего. И не представляю, как найду его в аэропорту.

— Надо держать в руках табличку с надписью «Дима», — пробормотала Оля.

Я с подозрением покосилась на нее. Тихая, бесхитростная, интеллигентная, прозванная Зайкой, невестка становилась удивительно злобной, если ей казалось, что меня обижают.

Аркадий откровенно захихикал. Я подошла к окну. Большие раскидистые деревья тихо покачивались на ветру. Первое утреннее солнце мягко освещало подъездную аллею. По гравийной дорожке брел садовник Ив с большими ножницами.

— Мать, — раздался за спиной голос Аркашки, — нам пора.

Я проводила детей до гаража и, свистнув Снапу, погуляла по саду. Нет, в раннем подъеме есть своя прелесть. Но пора и остальным вставать.

Я вошла в Машину комнату и попыталась откинуть одеяло. Не тут-то было. 50-килограммовая тушка Банди даже не пошевелилась.

— Банди, Луи готовит блинчики на завтрак.

Услышав волшебное слово «блинчик», Банди моментально подскочил и понесся на кухню. Я села к Марусе на кровать:

— Утеночек, пора вставать, скоро в лицей.

Трехпудовый утеночек со вкусом потянулся и выставил из-под одеяла ножку 38-го размера.

— Мамулечка, может, сегодня один денечек пропустим, ну только один?

— Нет, солнышко, невозможно, и потом сегодня приезжают Оксана и Дениска.

Машка издала вопль и кинулась к шкафу.

— Деня едет, ура! Что бы такое надеть? Может, джинсы с блестуном?

Толстенькая Маруся не испытывала никаких комплексов по поводу своей фигуры и без тени сомнения натягивала на себя все, что хотела. Оставив дочь крушить шкаф, я опять спустилась в столовую, где уже сидела Наташка.

— Что новенького, — спросила она, — у нас ночью пожар был? Кто это до 3 утра визжал в кабинете?

— Ничего не слышала, помнишь Анну Михайловну Петрову?

Наташка рассмеялась:

— Разве можно забыть нашу зав. кафедрой? Тот еще фрукт гнилой, помнишь, как она талон на утюг не дала?

Мне стало смешно, и я рассказала Наташке все подробности телефонного разговора. Подруга пришла в полное негодование:

— Гони его отсюда, нужен нам тут ее сынишка, наверно, такой же высокомерный тип, как мамулька.

Утро покатилось в повседневных хлопотах. Сначала, бесконечно ноя о тяжелой судьбе младенца, уехала в лицей Маруся. Я с опаской смотрела, как она выкатывает из гаража мотоцикл и напяливает шлем. Охотнее всего запретила бы ей пользоваться этим кошмарным видом транспорта, но что поделаешь, если права на вождение можно получить уже в 14 лет, а площадь перед лицеем забита этими железными конями. Единственное, чего удалось добиться, — оставленный в сумке плеер. Мне всегда казалось, что уши на дороге не следует затыкать. Сегодня Маня собиралась медленнее обычного.

— Ну что ты возишься? — сказала я в сердцах.

— Сейчас, сейчас, — пропыхтела девочка, дергая какие-то ручки, — что-то у этой гадкой машины стали барахлить тормоза.

— Тогда оставь его дома, — испугалась я, — нельзя ездить с неисправными тормозами.

— Да нет, — отмахнулась дочь, — не до такой степени. На днях покажу механику.

Потом мы с Софи долго обсуждали меню обеда. И ей, и мне хотелось повкусней угостить Оксану. За всеми делами чуть было не опоздала в аэропорт.

Глава 2

Самолет из Москвы прилетел на пятнадцать минут раньше, и, когда, размахивая букетом, я ворвалась в зал, пассажиры уже начали выходить. Оксана и Дениска стояли около табло прилета.

— Привет! — закричали они радостно.

— Привет, привет, простите, опоздала, а что это у тебя на кофте?

— Представляешь, — сказал Денис, — около нас в самолете сидел какой-то козел, настоящий придурок. Стал телек смотреть, наушники сломал, а когда обед принесли, он его на маму опрокинул!

Оксана расхохоталась:

— Ладно переживать, неужели в Париже кофточку не куплю. Ну поехали, очень хочется посмотреть на быт миллионеров!

— Сейчас поедем, только, к сожалению, случилась одна непредвиденная неприятность.

И я рассказала им о звонке Анны Михайловны.

— А как мы его узнаем? — радостно спросил Дениска.

— Не знаю, как-нибудь.

— Смотрите, смотрите, — оживился Дениска, — вон козел стоит, который маму облил.

Я оглянулась. Возле справочного бюро маялся юноша лет 20, высокий, худой, нескладный. На нем была застиранная футболочка и индийские, слегка коротковатые джинсы, не очень чистые белокурые волосы падали на глаза, делая его похожим на тибетского терьера. На фоне аккуратных французов и разряженных туристов парень выглядел странно.

«Вот ведь чучело», — подумала я и отвернулась. Надо было что-то делать, лучше всего обратиться в справочное бюро. Милая девушка разрешила сделать объявление по-русски. Прокашлявшись, взяв в руки микрофон, я сообщила:

— Диму Петрова, прибывшего рейсом из Москвы, просят подойти к табло, в зал прилета.

И с чувством выполненного долга вернулась к Оксане с Денисом. С удивлением увидела, как нескладный молодой человек двинулся в нашу сторону. Широко улыбаясь, он произнес:

— Вы, наверное, Дарья Андреевна. — Он споткнулся об Оксанин чемодан и с громким криком рухнул на Денискину сумку.

— Машкин подарок! — завопил Дениска и начал вытаскивать поклажу.

Суматоха стихла минут через десять.

— Простите, простите, — не уставал повторять Дима, — не нарочно, совершенно случайно, я, видите ли, очень близорук.

— Очки надень, — огрызнулся Денис, со слезами на глазах разглядывая разбитую фигурку девочки с собакой — подарок для Маши. — Очки надень, козел.

— Денис! — подала угрожающий гудок Оксана.

— Да я ношу очки, — прищурился Дима, только разбил их в Шереметьево случайно, ну ничего, вернусь домой, закажу новые!

— Очки купим прямо сейчас, — твердым голосом произнесла я, — может, и не самые хорошие, но прямо сейчас, а завтра сводим тебя к окулисту.

Все двинулись к машине. Денис нес вещи, а у Димы в руках была только небольшая сумочка, смахивающая на хозяйственную.

— Дима, — поинтересовалась Оксана, — а где багаж?

— А вот он, — простодушно ответил Дима, — не люблю возить много вещей.

Денис покосился в сторону и беззвучно пошевелил губами.

Мы запихнули вещи в машину и поехали искать ближайшую оптику. С очками на носу Дима приобрел более солидный вид, но это не помешало ему стукнуться головой о стойку машины, когда мы приехали домой.

— Козел, — опять беззвучно пошевелил губами Денис и тут же расплылся в улыбке. — Манюня!

С радостным визгом Машка кинулась Дениске на шею.

— Деня, я тебя обожаю, смотри, какие у меня собачки!

Банди и Снап робко разглядывали приехавших.

— Мам, ты посмотри, какие мальчишки! — заорал, полный восторга Дениска и пошел к собакам.

— Ну, мальчишки, покажите и зубки и ушки, дядя доктор вас угостит. — И он вытащил из кармана куртки пакет чипсов. При виде любимого лакомства носы собак возбужденно задвигались, в мгновение ока Дениска стал любим. Мы с Оксаной двинулись в дом.

— Погоди, а вещи! — спохватилась подруга.

— Не беспокойся, сейчас попрошу Ива, и он внесет их в комнаты.

Оксана вздохнула:

— Хороша жизнь миллионеров!

Мы прошли в гостиную и сели на диван.

— Ну, рассказывай, — сказала я.

— А что рассказывать? Живу на старом месте, работаю там же...

— Простите, мадам...

— Да, Ив, что случилось?

— Там, в машине, молодой человек, он отказывается выходить, так как очень боится собак, может, мне их убрать?

Я покраснела, ну надо же, совершенно забыла про Диму.

Во дворе Машка и Дениска покатывались со смеху. Снап и Банди пытались заглянуть в «Рено», где на заднем сиденье виднелся бледный от страха Дима.

— Мамуля, — завопила Маруся, — ты представляешь, он их боится!

Дениска радостно хихикал.

— Как вам не стыдно! Ты будущий ветеринар, хорошо знаешь животных, а ты, Маруся, живешь с ними. Бедный мальчик, наверное, не имеет животных, вот и боится.

Я распахнула дверцу машины, псы моментально всунули внутрь свои гигантские морды.

— Уберите их, — визгливо закричал Дима, — они сейчас укусят, ай, ай! — Банди изловчился и начал лизать его ногу.

— Марья, — злобно сказала я, — сейчас же убери собак в дом.

Очевидно, в моем голосе прозвучало нечто такое, что Маруся разом притихла и покорно потащила упирающихся кобелей в кухню.

Я уставилась на Диму:

— Ты что, правда боишься ЭТИХ собак?

— Я любых боюсь.

— Ну, так вот. Эти животные абсолютно безобидны. Зубы они употребляют только для процесса жевания, они спокойные и за всю свою жизнь никого не обидели. Теперь выбирай: либо пытаешься с ними подружиться и живешь с нами, либо я отвожу тебя назад в аэропорт. Другой альтернативы нет.

Дима вытер вспотевший лоб и вылез из машины, я лично отвела его в комнату.

Через час мы все собрались в столовой. Радостно-возбужденная Наташка обнимала Оксану. Дениска и Маня живо обсуждали проблему запора у животных. Софи внесла супницу.

— Сегодня национальное французское блюдо — луковый суп, — торжественно возвестила Наташка.

— А что это такое? — заинтересовалась Оксана.

— Ну, вообще настоящий луковый суп можно поесть только на месте бывшего чрева Парижа, в ресторанчике «У ног поросенка»

— Но Луи тоже вкусно его готовит, — вмешалась я.

Мы сели за стол и начали дегустировать суп. Внезапно распахнувшаяся дверь явила нашему взору всклокоченного Диму. Близоруко щурясь, он приглаживал пятерней волосы.

— Добрый вечер, простите, я заснул, — пробормотал парень и, размашисто шагнув в комнату, задел ногой торшер. Тот покачнулся и упал. Звон разбившегося плафона и ламп наполнил комнаты. Все вскочили на ноги, прибежала Софи, за ней ворвались собаки и кошки.

Глава 3

На следующее утро, в субботу, мы все снова сошлись в столовой. Наташка и Оксана закусывали круассанами, Маня и Денис подкреплялись более основательно — колбаса, яйца, булочки, джем, мед. Продукты с невероятной скоростью исчезали в их желудках. Под столом лежали собаки.

Внезапно в коридоре раздался грохот.

— Всем сидеть на местах! — заорала Наташка и выскочила за дверь.

Через несколько минут она ввела за руку Диму и торжественно усадила за стол.

— Вот, сиди, не шевелись. Сейчас я налью тебе кофе, а что, дома тоже все время что-то роняешь?

— Нет, нет, дома только разбил зеркало в прихожей, и потом у нас как-то просто, ничего на стенках не навешано, и лампы у дверей не стоят. Я ведь картину сейчас от неожиданности обвалил, под ноги какая-то идиотская кошка кинулась, у вас что, еще и кошки живут?

— А ты кошек тоже боишься? — съехидничала Маша.

— А черт их знает, — сказал Дима, — у них когти, зубы. Еще поцарапают или укусят. И потом какой от них запах! Кошки — жуткие грязнули!

— Кошки — грязнули? — возмутился Денис. — Ну ты и скажешь! Кошки необыкновенно аккуратны. Принюхайся хорошенько, разве здесь пахнет?

— Не пахнет, ну так здесь слуг сколько! Небось моют и трут целыми днями, богатые могут себе позволить кошек, собак, даже крокодила... А мы малообеспеченные, нам на себя не хватает. Знаешь, какая у меня зарплата, у младшего научного сотрудника?

— Ну ладно, ладно, — попыталась я успокоить спорящих, — закончишь институт, найдешь хорошую работу, будешь обеспечен.

Дима не мигая уставился на меня:

— Как это закончишь институт? Да я уже давно кандидат наук!

— Сколько же тебе лет? — вырвалось у Наташки.

— Тридцать, а что?

Повисла пауза. Неловкость замяла Оксана:

— Интересное дело, мы что, сюда просто так приехали? Надо искать место для отдыха. Ну-ка, дети, поищите рекламные проспекты.

Время до обеда ушло на разглядывание разноцветных журналов. Фотографии отелей, пляжей — яркое солнце, синее море... Задача оказалась сложной — то, что нравилось нам с Марусей, было явно не по карману Оксане, а то, что ей подходило, к сожалению, мне казалось слишком убогим. Проще всего было бы поехать нам всем вместе в приличный отель за мой счет, но самолюбивая Оксана ни за что не взяла бы денег просто так, только в долг! В долг, и точка. Как ни странно, но выход из этого безнадежного положения нашел Дима.

— А вот мой приятель с женой, — произнес он тягучим голосом, — отдыхал в Тунисе, отель «Совива», такой кайф! Там самый большой аквапарк в Африке, горки всякие, водопады, гидромассажи...

— Хотим туда! — в один голос запищали Маня и Денис.

— Тунис, говоришь, — протянула Оксана. — Ну, посмотрим Тунис.

И мы начали опять перелистывать проспекты. И тут же, к общему удивлению, нашли отель «Совива». Фотографии понравились всем — гигантский бассейн с разнообразными аттракционами, номера с удобствами, пляж с шезлонгами... И цена, цена более чем низкая, что и показалось мне подозрительным.

— Мамочка, мамусечка, — жарко зашептала в ухо Маша, — давай поедем туда, у Оксаны ведь денег немного, ну согласись, пожалуйста!

Я посмотрела на Дениску и Оксану и вздохнула:

— Вот что, давайте собирайтесь в агентство, и закажем сразу четыре путевки!

— Как? — удивился Дима. — Почему четыре, а я?

— А я думала, ты в Париж на экскурсию приехал, — вырвалось у меня.

— Я отдыхать приехал, — надулся Дима, — мама говорила, что вы погостить пригласили, а сами куда-то уезжать собрались! Как это я тут останусь!

«А ведь он прав», — подумала я и представила, как возвращаются Аркашка с Олей и находят это сокровище. Да потом хоть домой не возвращайся, дети меня съедят или, что вероятнее всего, съедят бедного неумеху. Придется везти его с собой, хотя отдых, конечно, окажется более чем специфическим.

Наташка хмыкнула:

— А что, Анна Михайловна думала, мы будем тут с тобой все время возиться?

— Ладно, ладно, — примирительно сказала я, — поедем вместе в агентство.

В фирму «Эль Тунис» мы добрались после обеда. Нас встретили с восточным радушием и многословием. Широко улыбаясь, служащие принесли кофе и начали расхваливать «Совиву». Через полчаса голова пошла кругом. Кареглазые и белозубые менеджеры трещали без умолку, обещая совершенно невероятные наслаждения: восточные бани, экскурсию в Карфаген, рейд по Сахаре на верблюдах, катания на катамаранах... Окончательно сломила 3-процентная скидка.

— Это только для вас, — вкрадчиво шелестел один из клерков по имени Ахмед, — для таких милых и приятных людей, вы нам так понравились, прелестные, сладкие дети...

И он со вкусом ущипнул Машку за щеку. Дениска подскочил на стуле:

— Нет, зачем руки-то распускать.

Не понимающий по-русски, Ахмед продолжал качать головой и причмокивать губами:

— А мальчику понравится полет на парашюте над морем.

И он включил видеокассету. Дениска завороженно уставился на экран, потом умоляюще взглянул на Оксану. Та засмеялась:

— Ну ладно, ладно, едем.

— Ура! — завопили детки.

Ахмед еще больше разулыбался. Я изумленно смотрела на его зубы, казалось, их не 32, а 64, и все такие белые, ровные — жуть. Из транса вывел Дима:

— А сколько звезд у гостиницы?

— Три, — вздохнул Ахмед. — Но просто потому, что в Тунисе очень придирчивы к сервису. Где-нибудь в Турции «Совива» сойдет за пятизвездочный отель.

— Помойка, — резюмировал Дима.

— Знаешь что, — вкрадчиво пропела Оксана, — мы поедем в «Совиву», а ты, если хочешь, можешь купить себе любую путевку, в другой отель, совсем необязательно ехать с нами. Позвони маме, посоветуйся, попроси денег.

— Я поеду с вами, — быстро сказал Дима.

Со сказочной быстротой мы оформили все необходимые документы и вышли на улицу.

— А теперь, — радостно сказала Маня, — мы с Деней пойдем гулять.

— Марусенька, — спросила я ее, — ты помнишь, Дениска не говорит по-французски?

— Как это не говорю, — возмутился наш ветеринар, — я пять лет в школе его долбил.

— А куда вы пойдете? — поинтересовалась Оксана.

— Сначала на набережную, где зоомагазины, а потом погуляем по центру, — доложилась Манюня.

Пока Оксанка внушала Денису, как он должен

себя вести и почему ему следует слушаться Машку, та тихонько шепнула:

— Мамунь, дай кредитку.

— Бери, моя радость, только сомневаюсь, что тебе удастся склонить Деньку к покупкам.

Маруська загадочно ухмыльнулась, карточка перекочевала в ее карман, и сладкая парочка двинулась в сторону метро. Мы остались втроем. Оксана посмотрела на Диму и вздохнула, я поняла ее без слов.

— Дима, а ты взял с собой необходимые вещи для летнего отдыха?

Тот хмыкнул:

— А чего мне надо? Джинсы вот есть, футболка, сандалии, чего еще-то?

— Знаешь, — шипела я, — мы с тобой сейчас поедем в магазин и купим тебе все, что сочтем нужным, чтобы ты не позорил нас своим видом, и не смей со мной спорить!

— А я и не собирался, — сказал недотепа.

Следующие три часа потратили на экипировку подкидыша. Купили белые брюки и новые джинсы, несколько рубашек и футболок, ветровку, шорты, плавки, легкие полуботинки и пляжные тапочки, кепку, трусы, носки. Прибывшее из Москвы рубище я демонстративно сунула в руки продавщице и велела сжечь. На улицу мы вывели почти красавца. Следующий визит состоялся в парикмахерскую. Оставив сокровище на попечение мастера, мы с Оксаной уселись на веранде в кафе и посмотрели друг на друга.

— Ну, здравствуй, — сказала Оксана, — наконец-то остались одни.

Целый час она рассказывала о московских новостях, о своих собаках... С трудом оторвавшись друг от друга, мы вспомнили про Диму и пошли в парикмахерскую.

— Смотри-ка, — проговорила Оксана, — а ведь еще не постригли!

В этот момент в маленьком кафе возле парикмахерской раздался женский крик. Мы посмотрели туда. Светловолосый молодой француз, поднимаясь из-за столика, опрокинул чашку с кофе на пожилую даму. Та возмущенно размахивала руками. Француз кланялся, как заведенный, и не говорил ни слова в свое оправдание.

«Немой, что ли?» — подумала я.

— Нет, посмотри, — изумленно протянула Оксана, — нет, ты посмотри на это видение.

Провинившийся француз, сияя белозубой улыбкой, шел к нам. Тонкая вельветовая рубашка обтягивала широкие плечи, ловко сидящие джинсы подчеркивали стройные бедра. Волосы цвета спелой пшеницы, нежный овал лица делали его похожим на топ-модель. И только тогда, когда эта ожившая картинка из журнала мод подошла к нам вплотную, я узнала Диму. Мастера из салона «Анриетта» не зря брали деньги.

— Вот, — проговорил неумеха, — велели надеть эту рубашку и джинсы.

— Потрясающе выглядишь, — вымолвила Оксана, — это же надо так измениться! Одень пенек, будет как майский денек.

Домой мы приехали около восьми вечера; возле парадного входа стояло такси, почти доверху набитое покупками. Возбужденные Денис и Маня таскали в дом свертки и пакеты.

— Мамулечка, — заорала радостная Маня, — представляешь, какая с нами штука приключилась! Пошли мы в «Галери Лафайет», чтобы купальник купить, таскаемся по отделу женского белья, и вдруг радио объявляет, что иностранный турист, паспорт которого содержит цифры 25678, получит подарок от универмага. Открыли Денькин паспорт, а там как раз — 25678. Представляешь? Мы бегом в администрацию, а там паспорт посмотрели и сказали, что у нас есть час. Все, что мы за это время возьмем с полок и принесем к кассе — нам отдадут просто так!

Я посмотрела на Манюню с глубоким уважением. Надо же такое придумать! Да еще и договориться с менеджерами, и потихоньку все оплатить! Обманутый Дениска сиял от счастья. Оксана подозрительно посмотрела на меня:

— И часто такие вещи здесь практикуются?

— Понимаешь, крупные универмаги привлекают таким образом клиентов. Могут придумать Бог знает что, чтобы увеличить товарооборот...

Я постаралась придать голосу убедительность. Надеюсь, Оксана никогда не узнает, что «Галери Лафайет» подобных шуток не устраивает. Сезонные распродажи — сколько угодно! Но разрешить лазать по отделам целый час, да еще и бесплатно, такого не бывало никогда.

Дети продолжали таскать покупки в дом. Краем глаза я увидела коробку с кинокамерой, пакеты с платьями и бельем для Оксаны, разноцветные пуловеры, джинсы, кроссовки... Машка оторвалась по полной программе.

Глава 4

Сейчас, вспоминая все подробности этой истории, я понимаю, что самым приятным и спокойным во время поездки в Тунис был полет на отдых.

Хотя, загрузившись наконец в самолет, я буквально кипела от злости.

Дениска с Машкой начали ссориться еще дома. С самого утра, перед выездом, Манюня горестно посмотрела на свою ногу и вздохнула:

— Ну почему у меня колготки всегда рвутся в одном и том же месте — на больших пальцах?

Денька поглядел поверх кружки:

— Слушай, а ты не пробовала ногти на ногах стричь?

— Ну ты козел! — завопило мое чадо и швырнуло в парнишку блинчиком.

Сладкий кусок теста шлепнулся на ковер, у самой морды Снапа. Обиженный Банди тут же подбежал к столу в надежде на такое же лакомство и случайно подскочил к Диме. Тот с перепугу дернул рукой и пролил горячий кофе прямо на морду ничего не подозревавшего пита. Раздался отчаянный собачий визг. Дениска и Машка кинулись утешать пострадавшего Банди. Дима попытался промокнуть лужу кофе на ковре салфеткой, и из кармана его рубашки вывалился паспорт, плюхнувшись в коричневую жижу. В разгар суматохи появилась Софи и с присущей ей невозмутимостью заявила, что до отлета самолета осталось всего полтора часа.

Судорожно похватав чемоданы, мы загрузились в «Рено», и Наташка помчалась в аэропорт. Расталкивая всех, мы ворвались в зал отлета, как раз, когда радио сообщало об окончании посадки на наш рейс.

Кое-как сдав багаж, мы рухнули в кресла, стараясь отдышаться. Снимая пиджак, я обнаружила в кармане ключи от «Рено». И представила себе стоящую сейчас на парковке, ругающуюся на двух языках Наташку. Тут я со стоном пристегнула ремень, и самолет взлетел.

Дальше все, как ни странно, шло расчудесно. Удивительно, но это почему-то меня не насторожило. Я наслаждалась вкусным обедом и пирожными. Ничто, казалось, не предвещало неприятностей.

В Тунисе нас встречали представители отеля. Раскаленная жара упала на головы, словно удар.

— Боже, вздуваюсь, как безе, — простонала Оксана и вскочила в автобус.

До отеля добирались минут двадцать, чахлая растительность и сплошные гостиницы, в общем ничего интересного.

Холл «Совивы» был выполнен в типично мавританском стиле — мозаичные стены и потолок, низкие диваны с креслами, и кругом тьма-тьмущая разнообразных столов и столиков. Одна стена, сплошь из стекла, выдавалась на бассейн, и взору открылись гигантские горки и водопады.

— Здорово, — вздохнула облегченно Оксанка, — правда, Дениска?

Но мальчик не отвечал. Мы с Оксаной обернулись — за нашими спинами сиротливо лежали две кучки одежды — брюки и майка Дениса, шорты и топик Мани...

— Во дают, — сказала Оксана, — и где теперь их искать? Даже кремом не намазались, сгорят ведь!

В этот момент в бассейне выключили музыку.

— Ну ты, козел! — понесся над пляжем ликующий Машкин голос.

— Ладно, — вздохнула Оксана, — детей нашли, пошли устраиваться.

Мы оттащили сумки в номера и, надев купальники, лениво двинулись по периметру бассейна. Над водной чашей звучал интернациональный смех и визг. Под полосатыми грибками, на шезлонгах и матрасах, а то и просто на полотенцах валялись человеческие тела разной степени обжаренности.

— Мамочка! — услышала я счастливый визг.

Мокрые Маня с Денисом махали руками. Они заняли места под большим соломенным тентом, чуть в стороне от основной массы отдыхающих. Новости выливались из них рекой. Значит, так, местные деньги называются «динары». За три динара можно купить мороженое прямо здесь, а за один через дорогу. Горок в бассейне шесть, у правого бортика есть гидромассаж, это кайф. А слева — «быстрая дорожка». В десять утра делают гимнастику, а в барах на пляже продают блинчики, еще есть три пиццерии, сувенирные лавки, а на море катают на водном мотоцикле, «банане» и катерах, и еще можно полетать на парашюте!!! И они хотят это все сразу!!! Прямо сейчас!!! Срочно!!!

— Ладно, — сказала Оксана, — получите все, но сначала надо намазаться защитным кремом.

Мы вытащили из сумок абсолютно одинаковые флаконы с «Амбрэ Солэр» и расхохотались. Ну как же шагнул прогресс! И в Москве, и в Париже покупаем теперь одинаковую косметику.

— Над чем так звонко смеетесь? — раздался Димин голос.

Мы посмотрели на него и промолчали.

— Ладно, пойду окунусь с мелкими, — вздохнул подкидыш и двинулся вместе с ребятами к бассейну.

Мы молча смотрели им вслед. Под загоревшей Диминой кожей переливались литые мускулы, длинные ноги несли тренированный торс с грацией тигра.

— Да, — протянула Оксана, — скажу тебе, как хирург, он профессионально занимался спортом, причем скорее всего борьбой, или карате, или вообще каким-нибудь боевым видом. Посмотри, двигается, как кошка. Даже странно, что при совершенной координации движений такой неловкий! И загореть уже где-то успел!

Словно услышав хвалебные речи в свой адрес, Дима споткнулся о шезлонг и уронил чье-то полотенце. Мы улеглись на матрасы. Двигаться совершенно не хотелось, даже газеты читать было лень. Рядом, накрыв лицо соломенной шляпой, дремал мужичок. С топотом пронеслись дети, расшвыряв из сумок полотенца, флаконы с кремом, мое вязание и Оксанин детектив; они унеслись обедать в ресторан.

— Я не пойду обедать, — лениво сказала Оксана, — буду лежать вот так три дня без движения.

— Представляешь, а в твоей больнице сейчас кто-то делает операцию!

— И никаких щитовидных желез, — оживилась подружка, — никаких гормональных инъекций и распадающихся опухолей... Господи, счастье-то какое.

Примерно с час полежали молча, потом пошли плавать. Теплая вода ласково покачивала две тушки. Оксана посмотрела на шезлонги:

— Кто это там сидит?

— Да пусть сидит, здесь не воруют!

— Ну, все-таки интересно, кто это?

Я прищурилась:

— Да это же Дима, просто он купил себе шляпу, а разговаривает с нашим соседом.

Оксана нырнула в воду, а я села на бортик и свесила ноги, до чего же хорошо, просто рай! И это был последний раз, когда я так подумала.

Через какое-то время мы собрали свои вещи и побрели пить кофе. Детей не было ни видно, ни слышно, куда-то подевался Оксанин кошелек. Когда спустя час мы вернулись, Оксанин кошелек лежал на месте, зато исчез мой.

— До шести тратят мои деньги, а после шести твои, — догадалась Оксанка. — А этот даже не пошевелился!

Я посмотрела на мужичка. Он по-прежнему лежал на спине, прикрыв лицо шляпой и как-то странно подвернув ногу. Солнце переместилось, его лучи достигали теперь шезлонгов. Впрочем, меня не касается, кто как проводит время, лишь бы нам не мешали. С этими мыслями я легла на матрас и заснула.

Проснулась я оттого, что по моему лицу текли струи воды. Это расшалившиеся детки лили на мои разомлевшие члены воду из бутылки. Оксана радостно подхихикивала:

— На живот, на живот налей.

Я изловчилась и ухватила Дениску за руку, он запищал и стал вырываться. Бутылка выскользнула и, описав ровную дугу, шлепнулась соседу прямо на живот. Мы замерли, но мужичок даже не шелохнулся. Он лежал все так же на спине, с лицом, закрытым шляпой, и странно подвернутой ногой.

— Месье, — робко позвала его я, — месье, простите нас.

Оксана решительно подошла к лежаку, приподняла шляпу, потом опустила ее и бесстрастным голосом хирурга констатировала: «Exitus letales».

— Что, что? — не поняла Маня.

Зато Денис понял сразу, ухватил Маруську за руку и повел в номер. В трудную минуту на Дениску всегда можно положиться.

Пришлось обратиться в администрацию. У стойки «Recepcion» скучал портье.

— У вас на пляже труп, — тихо сказала я.

Араб медленно поднял голову от газеты:

— Сейчас посмотрю, в каком номере он живет. Вы говорите, месье Труп?

— Нет, просто труп, без месье, то есть его, конечно, как-то зовут, но сейчас просто труп.

— Просто труп, — протянул араб, листая большую книгу. Внезапно его глаза широко раскрылись. — Просто труп, то есть вы имеете в виду мертвец?

Я радостно закивала головой, наконец-то до него дошло! Портье схватил телефонную трубку и затарахтел со скоростью пулемета, слова вылетали из его рта тучами. Не успел он бросить трубку, как из небольшой дверки выскочил другой араб и на безукоризненном французском спросил:

— Где вы спрятали труп?

Вот те на!

— Я не прятала труп, а обнаружила!

Следующий день мы с Оксанкой провели в полицейском управлении, отвечая на бесконечные и однообразные вопросы. «Как зовут? Откуда приехали? Как обнаружили тело?» Вопросы задавались тягуче, арабы потели и скучали. Они радостно сообщили, что покойного звали Роуэн, Франциск Роуэн, что сам он родом из Парижа, и даже назвали его адрес.

Полицейские поведали, что выстрел в лоб, которым убили Роуэна, был произведен в упор. То есть кто-то подошел, продырявил лоб и потом, прикрыв шляпой лицо покойного, спокойно ушел. Причем выяснить, когда это сделали, было очень трудно, так как на пляже жарко и тело практически не остыло. Болтая, полицейские составили бессчетное число протоколов и отвезли нас в «Совиву».

Маня и Денис, радостно улыбаясь, ныряли в бассейне. Оксана присоединилась к детям, я же пошла в номер.

Открывшийся моим глазам вид напоминал битву при Калке, или, если хотите, танковое сражение под Прохоровкой. Кровати перевернуты, постельное белье комом гнездится на полу, распоротые подушки валяются на балконе. Все наши с Машей вещи распороты и грудой цветных лохмотьев валяются на полу ванной. Неизвестный вандал выдрал даже страницы из журнала «Космополитен»...

Полная негодования, я ринулась к портье. После пятнадцатиминутного скандала администратор гостиницы и старшая горничная двинулись в номер. Постояв несколько минут в молчании, администратор задумчиво произнес:

— А вы уверены, что это сделали наши служащие?

— А вы думаете, что я сошла с ума и сначала испортила все вещи, а потом принялась за подушки? И потом, я весь день провела в полицейском управлении, даже не была на пляже. Кстати, представляете, какой переполох поднимется, если мы расскажем об убийстве?

Администратор стал белее обезжиренного кефира.

— Мадам, умоляю, никому ни слова. Сейчас же все уберем. Вас отвезут в торговый центр и ...

В этот момент ворвались Денис и Маня.

— У нас в номере... — начал Денис и остановился.

— У нас тоже, — протянула Маня.

Служащие понеслись в Оксанин номер, я за ними. Там была та же картина.

Понятно, что обедать отправились в мрачном настроении. Наш стол поражал красотой. В центре красовалась бутылка «Дом Периньон», рядом восседала ледяная русалка, под ней уютно устроился салат. Отдыхающие с интересом поглядывали в нашу сторону. Управляющий явно подлизывался, надеясь на молчание.

— Ну и роскошь, — процедил Дима, — представляете, захожу в номер, а там...

— Погром в Жмеринке, — докончил Денька.

— А ты откуда знаешь? — подозрительно прищурился Дима.

Мы все захохотали. Несмотря на обилие деликатесов, обед прошел мрачно.

Чуть позднее нас на автобусе отвезли в торговый центр. Служащий гостиницы без конца повторял, что все покупки оплатит отель. В результате мы накупили кучу нужных и ненужных вещей, а Деня с Марусей ухватили трехметрового надувного крокодила.

Следующие две недели пролетели безоблачно только для Дени и Мани. Мы же с Оксанкой нетерпеливо ждали конца путешествия. Но все когда-нибудь заканчивается, завершился и отдых. Утром начали складывать сумки.

— Мам, — спросила Маша, — сколько флаконов «Амбрэ Солэр» ты купила?

— Один, а что?

— А теперь их два, причем один совсем полный.

— Наверное, это Оксанин.

Неленивая Маруська понеслась в соседние апартаменты. Вернулась она вместе с Оксаной.

— Мой «Амбрэ Солэр» на месте, я его почти весь вымазала.

Мы уставились на лишний флакон.

— Наверное, утащили чужой на пляже, — сказала Оксана, — ну и что теперь делать?

— А ничего, — сказала Маня, — взять себе, нет, лучше отдать Оксане. Дениска поедет в августе в Болгарию, вот и будет мазаться.

Флакон перекочевал в Оксанин карман.

Париж встретил холодной ветреной погодой. Ив приветливо махал рукой.

— А где Наташка?

— Мадам уехала в Сан-Тропез, пробудет там несколько недель.

— Дома все в порядке?

— Собаки здоровы, слуги тоже, Луи приготовил ужин. Как отдохнули?

Мы заверили Ива, что провели время потрясающе.

В гостях хорошо, а дома лучше. Эту ходульную истину я повторяла все время, пока распаковывала чемодан. Пришел черед и пляжной сумки. За две недели в Тунисе так ни разу и не разобрали ее до конца. Что-то вытаскивали, что-то засовывали... Наконец, добралась до пластикового донышка и там обнаружила какой-то продолговатый предмет. Вытащила его и с изумлением уставилась на свой трофей. Большой золотой портсигар! На крышке выложены брильянтами инициалы F. R. На оборотной стороне гравировка — «Единственному Франциску от Каролины». Вот это да! Это вам не флакон с «Амбрэ Солэр», а очень дорогая вещь, скорее всего от Картье или Тиффани... И как она ко мне попала? Где я ее украла?

Поразмыслив, я сообразила, что к чему. Убитого мужчину звали Франциск Роуэн. Очевидно, когда мы впопыхах собирали свою сумку, то случайно прихватили его портсигар, или он сам уронил его в нашу сумку, или я не знаю, как это получилось, но портсигар здесь. И его надо вернуть родственникам, вещь очень дорогая.

Глава 5

Спустя неделю Оксана, Дениска и Дима улетели в Москву. Проводив их, я порулила к первой попавшейся телефонной будке и стала рыться в справочнике. Франциск Роуэн оказался один, и адрес подходил для обладателя золотого портсигара.

Улица тихая, только частные дома, стоящие далеко от въездных ворот. Ни магазинов, ни закусочных, ни парикмахерских. За продуктами ездят экономки, а парикмахер приходит на дом. Дом Роуэна располагался в самом конце, в воротах виднелся домофон. Я нажала кнопку:

— Кто там? — прокаркал динамик.

— Мне необходимо передать мадам Роуэн посылку.

Нельзя сказать, что я покривила душой. Ведь портсигар тоже можно принять за посылку.

Калитка открылась. По дорожке, где по обеим сторонам были посажены огурцы, я прошествовала к особняку. Ну и чудак же был этот Роуэн, впервые вижу, чтобы подъездную дорожку украшали огурцами.

В дверях стояла девушка. Невысокого роста, щупленькая, настоящая «рюмочная болонка». Ни дорогой костюм, ни антикварный перстень на пальце не спасали положения. Лицо бесцветное, глаза блеклые, волосы жидкие и какие-то сальные. Вдобавок уши, с целым состоянием в мочках, непропорционально велики. Мне показалось, что она одолжила их у тучного мужчины.

— Я Луиза Роуэн, — проговорила уродка неожиданно красивым, грудным голосом. — Давайте посылку!

— Вы жена Франциска Роуэна?

— Нет, дочь.

— Мне хочется поговорить с самой мадам Роуэн, видите ли, я случайно стала свидетельницей смерти вашего отца.

Луиза немного поколебалась, потом как-то нерешительно протянула:

— Мама очень плохо себя чувствует, но пройдите в дом, может, она спустится.

Девушка посторонилась, и я вошла в холл, заставленный диванами и креслами образца шестидесятых годов. Потертая обивка и вылезающий кое-где поролон явственно свидетельствовали о том, что мебель ни разу не перетягивали. Тут и там на специальных подставочках стояли цветочные горшки. Я пригляделась повнимательней, мне показалось, что в них растут укроп и петрушка.

Пройдя через холл, мы оказались в гостиной, очевидно предназначенной для деловых приемов. Слегка облупившиеся стены и потолок, а также выцветший ковер никак не вязались со стоявшей посреди комнаты роскошной белой кожаной мебелью... Дочь Роуэна, извинившись, вышла. Я осталась одна. Осквернить эти чудесные диван и кресла своим задом? Нет, просто невозможно!

Я подошла к окну. Вид огурцов по обе стороны дорожки был так нелеп, что я не сдержала смешок.

— Папа был чудаком, — раздался чей-то голос.

Я повернулась. В кресле сидела неизвестно откуда взявшаяся молодая женщина. Такая же маленькая, как Луиза, но плюньте в того, кто назвал бы ее тщедушной. Роскошные черные волосы ниспадали почти до талии, большие голубые глаза, красиво очерченный рот, миниатюрное личико, изящные руки, мини-юбка открывала взору точеные ножки. Девушка выглядела настоящей красавицей.

— Вас удивил огород за окном? — спросила она.

— Да, немного странно видеть огурцы там, где традиционно растут цветы.

— Огурцы — это только начало. Возле черного хода посажены кабачки, тыквы, морковь. Пока растения не поднялись, молочник страшно пугался.

Грядки напоминали ему могилы, и он все время интересовался, кто похоронен у нас возле гаража.

— Ваш отец, очевидно, страстный огородник?

— Ничуть не бывало, просто феерический скупец.

— Глядя на мебель, в это трудно поверить.

Девушка заулыбалась:

— Белых чудовищ велел поставить в гостиной Пьер, муж Луизы.

— Муж Луизы?

Удивление, которое я испытала при мысли о том, что эта бледная девица замужем, очевидно отразилось на моем лице.

— А почему моей сестре не быть замужем, разве это противозаконно?

Не успела я ничего сказать, как в комнату ворвалась толпа людей. Все они одновременно стали задавать вопросы: «Кто я?», « Где посылка? Откуда знаю Роуэна?», «Кто дал их адрес?».

Через секунду я разобралась, что вошедших всего четверо, просто голоса у них резкие, крикливые, как у пингвинов. Луиза, молодой мужчина, очевидно ее муж, какой-то коротконогий тип и дама на вид лет сорока. Последняя, как подкошенная, рухнула в кресло. Шум утих. Коротконогий гневно посмотрел в мою сторону:

— Если велено передать посылку мадам Роуэн лично, то отдавайте ее и уходите!

Я села на диван и положила ногу на ногу. Терпеть не могу, когда со мной так разговаривают. Сейчас объясню, где раки зимуют. Протянув свою визитку, я открыла рот. К концу моей пространной речи их лица разгладились. Муж Луизы взял портсигар:

— Простите, мадам. Смерть тестя наделала много шума, нас без конца осаждали журналисты. Даже представить себе не можете, что они придумывали, чтобы попасть в дом! Поэтому мы так накинулись на вас!

Через несколько минут молодая горничная принесла бутылки с вином и блюдо с сырами.

Селина взяла портсигар:

— Вот уж не думала, что мама могла подарить отцу такой портсигар. Он, наверное, потом месяц ругался.

Коротконогий укоризненно посмотрел на нее:

— Селина! Как тебе не стыдно!

— А чего я должна стыдиться, мне жаль, что он не треснулся лбом о баобаб, или что там росло на пути, на двадцать лет раньше!

Я с недоумением посмотрела на собравшихся. Вдова томно вздохнула и пояснила:

— Милая, на нас последние месяцы сыплются одни неприятности. Некоторое время тому назад муж попал в автокатастрофу, врезался в дерево. После этого у него возникла амнезия. Правда, через несколько дней память вернулась, но это был уже не мой Франциск!

— И слава Богу, — фыркнула Селина.

Пьер подошел ко мне:

— Простите, мадам, совершенно ни к чему слушать скандал. Разрешите, я отвезу вас домой.

Я сообщила, что у ворот стоит моя собственная машина, и откланялась.

Глава 6

Первой, кого я увидела, придя домой, была Селина.

— Ну вы и тащитесь на вашей тарахтелке, — выпалила она.

— А на чем летаете вы? На метле?

— На мотоцикле, — серьезно ответила красавица. — Мне очень надо с вами поговорить.

— О чем?

— Вы не слишком любезны!

— Ваша семья тоже не отличается приветливостью. Я привезла вам дорогую вещь, память о покойном, а меня просто-напросто выставили вон!

Селина схватила меня за руку:

— Ну, пожалуйста!

Мы прошли в кабинет, и девушка с завистью посмотрела на картины:

— Если бы не папина скупость, мы могли бы тоже так жить. Так нет же! Даже представить себе не можете, что он вытворял! А ведь почти в каждом доме в ванной торчали его зубные пасты!

— Подождите, подождите, так этот Франциск Роуэн, ваш отец, тот самый Роуэн, которому принадлежал концерн «Дентимал»? Я сама пользуюсь его зубной пастой.

— А вы не знали?

Я покачала головой. Откуда мне было знать. Мужчина в соломенной шляпе не ассоциировался с богачом, скорей походил на мелкого клерка на отдыхе. Селина замахала руками:

— Вам трудно представить степень отцовской жадности. А когда Луиза убежала, разразился целый скандал!

— Куда убежала? — не удержалась я от вопроса.

— Погодите, об этом потом. В общем, папина скаредность достигала удивительных размеров и принимала чудовищные формы. Например, запрещалось покупать овощи. Все, что нужно для стола, следовало выращивать вокруг дома, и даже в цветочных горшках посеяли петрушку и шпинат. Причем, разведя огород, он не стал нанимать садовников, а заставил всю семью работать на прополке. Маму страшно злило, когда отец заводил разговор об овощах, выращенных собственными руками, об их неповторимом вкусе и аромате.

В детстве я донашивала вещи Луизы, а гостей у нас не бывало даже на Пасху. Какие там подружки или поездки на море! Все игрушки нам с сестрой покупал дедушка по материнской линии. Это страшно злило отца, он кричал, что дед не умеет ценить деньги, но старика эти вопли мало трогали. Потом дед скончался и завещал свой капитал мне и Луизе в равных долях. И вот тут моя сестрица решила выйти замуж.

С Пьером она познакомилась на занятиях в художественной студии. Когда отец узнал об их встречах, разразился настоящий скандал! Да и репутация жениха оказалась подмоченной. Поговаривали, будто он профессиональный игрок, даже шулер. И денег у него не было никаких, ни сантима.

Но Луиза обвела отца вокруг пальца, правда, ей помогла мама. Не буду вдаваться в подробности, они поженились тайно и уехали в свадебное путешествие.

И только после их отъезда мама сообщила отцу. Того чуть удар не хватил, но сделать он ничего не мог. Луиза — совершеннолетняя и вырвалась на свободу. А вместе с Луизой уплыли и ее денежки.

Отец отказывался даже знакомиться с Пьером, но потом все же начал с ним здороваться сквозь зубы. Луиза все надеялась, что отношения наладятся и отец возьмет Пьера на работу. На Новый год они подарили эту белую мебель. Конечно, хотели задобрить папу, но вышло наоборот. После такого подарка он Пьера иначе, чем «негодяй-транжира», не называл. Луиза очень страдает, она любит Пьера.

Я поднялась с дивана:

— Все это, конечно, интересно, но к чему мне знать семейные тайны? Может, лучше сходить к психотерапевту?

У девушки от обиды задрожали губы, и она полезла за носовым платком. Мне стало не по себе. Ну зачем обижать ребенка? Может, ей не с кем поговорить, подруг нет. Полная раскаяния, я обняла Селину:

— Ну, ладно, прости.

Та нервно зашмыгала носом:

— Мне очень нужен совет, но обратиться не к кому. А у вас такое доброе лицо, ну вот и...

— Говори, говори, может, и правда сумею помочь.

— Я пострадала от замужества Луизы больше всех. Меня стали отпускать из дома только в лицей; я ждала, когда, наконец, мне исполнится 21 год, чтобы распоряжаться своим капиталом, но отец сообщил, что деньги вложены в ценные бумаги и продавать их он не собирается. Очень хотелось подать в суд, но мама не вынесла бы позора. О своих обидах я могу говорить бесконечно... Ну а потом вдруг все переменилось!

В свое время мама с отцом договорились раз в году отдыхать раздельно. Мама обычно отправлялась в Германию, а отец — в маленький, дешевый отель.

— На свою жену Франциск денег не жалел?

Селина замахала руками:

— Что вы! Просто у мамы есть собственные деньги, ее обеспечила бабушка. Не понимаю, зачем она столько лет прожила с папой. Может, из-за того, что католичка! Ну да не в этом дело. Короче, отец поехал в «Зеленую хижину», мама в Баден-Баден. Но фокус состоял в том, что домой они всегда возвращались в один и тот же день. А тут мама приехала, а отца нет и нет. К вечеру позвонили из полиции. Произошла автокатастрофа, а как следствие — амнезия.

Я слушала очень внимательно. Пролежав несколько недель в больнице, Франциск Роуэн вернулся домой другим человеком. Амнезия стала проходить. Но он все время что-нибудь забывал. Стал курить другие сигареты, путал имена домочадцев. Чем дальше, тем чудней. Из скряги превратился в транжиру. Велел начать ремонт дома и заплатил вдвое дороже, чтобы его машину починили за неделю. Пригласил Пьера и Луизу к обеду и принялся ласково их расспрашивать о планах на будущее. После кофе преподнес подарок — назначил Пьера заместителем директора в своей фирме, а Луизе презентовал редкостные серьги. Предложил Селине выбирать университет по вкусу и оплатил обучение за три года вперед. Потом купил эгрет и кольцо для жены. И вообще, у них начался сумасшедший дом.

Франциск каждый день что-нибудь покупал: чайный сервиз, коробки конфет фунтов на восемь весом, сковородки, новый TV. Дальше больше, торжественно привел нотариуса и огласил завещание. Деньги всем поровну, даже Пьер получил равную долю. В общем, после того как он треснулся лбом о баобаб или что там росло у него на пути, его личность изменилась коренным образом. А психологи еще утверждают, что подобного не бывает.

— К тому же, — взволнованно трещала Селина, — он велел нанять садовника, чтобы тот уничтожил овощи и посадил цветы, как у всех. Ни за что бы не поверила, если бы не услышала собственными ушами. И притом у них с мамой просто начался медовый месяц. Он без конца осыпал ее подарками, покупал ей дорогое белье и платья и называл «пусик».

Потом он решил посетить один из заводов на Севере и уехал, а через три дня сообщили, что он найден убитым на пляже в Тунисе. Как вам это?

Я пожала плечами. Конечно, странновато, но говорят, черепно-мозговая травма еще не то с людьми делает.

— И тогда я пришла к выводу, — замогильным голосом сказала Селина, — что это не мой папа.

Дверь тихонько открылась, и в щель просунулась треугольная морда Банди.

— Ой, собачка, — обрадовалась девушка, — иди сюда.

Следом за Банди влез Снап, за ними шла Софи с подносом.

— Ваш кофе, мадам.

— Спасибо, Софи. Селина, вам с молоком?

— Нет, нет, пью только черный.

С этими словами она взяла чашку и, отломив кусок булочки, угостила Банди. Обиженный Снап заскулил. Селина рассмеялась и отдала ротвейлеру остаток. Преданно глядя ей в глаза, собаки легли на ковер.

— Чашку с кофе лучше держать подальше от Снапа, — посоветовала я, — а то сразу вылакает. А почему ты решила, что это не твой отец?

Селина отставила чашку.

— А что, мало рассказала? И потом, еще эта странная родинка.

— Какая родинка?

— Отец всегда довольно коротко стригся. А из больницы приехал с длинными волосами. Говорил, что специально отпустил их, чтобы скрыть швы от операции. Но я все равно заметила около уха довольно крупную родинку. А раньше ее не было. Мама объяснила, что у папы изменилась пигментация кожи и как результат — родинка. Я ей не поверила.

И притом, он перестал мыться по вечерам. Раньше принимал душ по полтора часа, как шахтер, а потом вообще мыться перестал. Нет, это не мой отец. И вот теперь я думаю, а куда же делся папа, а?

Она замолчала. Повисшую тишину нарушало только мерное чавканье — это Снап добрался до нашего кофе.

Глава 7

Когда в 5 утра вас будит телефонный звонок, это, как правило, звонит неприятность. Вчера мы до поздней ночи проговорили с Селиной, бедному ребенку и правда не с кем было поделиться своими размышлениями. Девушка долго плакала и спрашивала, не пойти ли ей со своими подозрениями в полицию. Я позвонила своему другу комиссару Перье, который работал в департаменте полиции на набережной Орфевр. Но секретарь сообщила, что он в отпуске, и мы отложили поход в полицию на две недели.

Легла спать я поздно и полночи крутилась в постели, думая о всякой ерунде. Не люблю оставаться одна в доме. Наташка отдыхала в Сен-Тропез, Оля с Аркадием укатили на озеро Лох-Несс, любоваться на всемирно известное чудовище, а Маню позвали в гости родители ее лицейской подруги. В трехэтажном особняке остались Софи, Луи и я, не считая кошек, собак и приходящей прислуги.

Поэтому, когда в 5 утра зазвонил телефон, я поняла, что про меня вспомнили неприятности. Интересно, кто рвется приехать ко мне на этот раз?

Но это была Оксана. Голос ее, прорывавшийся сквозь города и страны, звучал как-то странно, напряженно и грустно.

— Дашка, у меня несчастье.

— Что случилось? — перепугалась я.

— Денис попал в сизо № 2.

— Куда?

— В сизо № 2, или Бутырскую тюрьму.

— Не вешай трубку! — заорала я не своим голосом. — Сегодня же прилечу в Москву, не предпринимай никаких действий, наймем лучшего адвоката, ни о чем не волнуйся.

Но в трубке уже раздавались короткие гудки. Я дернула звонок. Появилась Софи в халате. Изумленно поглядела на меня:

— Что случилось, мадам?

— Срочно вылетаю в Москву, первым же рейсом, на который успею. Когда вернусь, не знаю, предупреди домашних и проследи, чтобы все было в порядке. А сейчас еду в банк...

— Мадам, — перебила меня невозмутимая, как всегда, Софи, — сейчас половина шестого утра, и банки еще закрыты, а вот в аэропорт можно позвонить, там дают справки круглосуточно.

Я схватилась за телефон. Милый голос сообщил, что буду в Москве в 2 часа дня, если успею на транзитный самолет из Лондона. Заказав билет и немного успокоившись, стала собираться.

Москва встретила меня проливным дождем. Ну почему это в родимом Отечестве всегда плохая погода и очереди? Разве нельзя открыть все стойки паспортного контроля, чтобы прилетевшие не стояли в жуткой духоте к одному пограничнику, и что мешает купить побольше тележек для багажа. Кстати, только в России они платные, даже в супербедном Тунисе ими можно пользоваться просто так.

Оксаны дома не было. Но ключ, как обычно, лежал под ковриком. Я открыла дверь. Рейчал, стаффордширдская терьерица, бросилась ко мне с визгом, из кухни выскочили два скотчтерьера: Бетти и Пеша. Они принялись крутиться около ног, а я гладила их нежные, шелковые шкурки. От собак пахло чем-то вкусным, удивительно домашним, каким-то шампунем и печеньем.

В квартире царил ужасный беспорядок. На диване и кресле в большой комнате грудились вещи, у Дениски в комнате все было разбросано. Я удивилась: Оксанка патологически аккуратна, и такое на нее совершенно не похоже. Делать нечего, придется ждать хозяйку. Та вернулась около девяти вечера. Вялая, бледная, ненакрашенная, она опустилась на табуретку у входа и заплакала, увидев меня. Я потрясла ее за плечи:

— Хватит рыдать. Выкладывай, что произошло.

Оксанка еще раз всхлипнула и стала рассказывать:

— Дней десять тому назад я пришла с работы и обалдела. Все вещи из шкафов вытряхнуты, книги валяются на полу, даже розетки отвернули и плафоны сняли. Развинтили, разобрали все, но ничего не украли. Я вызвала милицию, а там сказали, что если ничего не пропало, то дело заводить не будут. Кое-как мы с Денькой все прибрали.

— А где же были собаки?

— Не поверишь, в них выстрелили шприцем со снотворным, и они спали потом почти двое суток. Убивать почему-то не захотели. А на следующий день раздался звонок, и тихий, вежливый женский голос велел отдать «то, что у вас есть, а то хуже будет». Я спросила, что у меня есть, но они ничего не ответили и швырнули трубку. Потом позвонили опять, я взмолилась: «Ну скажите, ради Бога, что у меня есть?» Женщина в трубке помолчала, потом сказала: «Вы сделали свой выбор», — и отключилась.

Всхлипывая, Оксана заварила кофе, рассказ ее поразил меня своей безысходностью.

Неделю все было тихо, и вдруг в 7 утра врывается милиция. Три толстых, как кабаны, милиционера ловко справились с миниатюрной женщиной и мальчишкой. Дениске предъявили обвинение в «изнасиловании несовершеннолетней Елены Козловой, 16 лет». Ничего не понимающего мальчика оттащили в сизо № 2, или в следственный изолятор, который в народе именуют «Бутырка». Дело ведет следователь Иса Даудович.

Гадко ухмыляясь, он показал Оксанке акт медицинской экспертизы. Несовершеннолетняя Козлова была совершенно зверским образом избита. Целую страницу занимало описание кровоподтеков, синяков и шишек.

— Ну не мог Дениска такого совершить, — повторяла подруга.

Действительно, не мог. Просматривая акт об изнасиловании, Оксанка запомнила адрес потерпевшей и отправилась к ней домой.

Та жила на Красной Пресне в коммунальной квартире. Дверь открыл пьяноватый парень лет тридцати. У Оксанки хватило ума не объяснять, зачем пришла. Мигом сориентировавшись, она представилась учительницей из техникума, «где учится Лена Козлова».

Парень показал комнату. Оксанка толкнула дверь и обнаружила несовершеннолетнюю потерпевшую в совершенно пьяном виде на кровати, на которой белье, очевидно, меняли раз в год. На полу стояла куча пустых бутылок, на столе валялись остатки прокисшей еды. В спертом затхлом воздухе, казалось, не было ни глотка кислорода, на тумбочке красовалось грязное полотенце со следами крови.

Несовершеннолетняя Козлова храпела, как пьяная корова, и не реагировала на внешние раздражители. Оксана вышла из комнаты, и «веселый» сосед сказал, что, если она ищет девочку, он приведет через двадцать минут. Из всего увиденного и услышанного Оксюта сделала вывод, что Елена Козлова — проститутка и ее насилуют давно и долго. С этими сведениями она рванулась назад в милицию к следователю. Тот, продолжая гадко улыбаться, сообщил, что надо было хорошо воспитывать сына, что проститутка — тоже человек и что медицинская экспертиза подтвердила факт изнасилования. Сверкая золотым перстнем, он подмигнул Оксане и начал в подробностях рассказывать, что сделают с Денькой сокамерники.

— Ох, не любят в тюрьме эту статью, ох, не любят, — качал он черноволосой головой.

После всех этих событий, абсолютно больная, подруга ввалилась домой, где и нашла меня, сидящей на груде разбросанных вещей.

В этот момент зазвонил телефон. Я схватила трубку.

— Оксана Степановна? — осведомилась мембрана.

— Да.

— Что же вы не хотите отдать чужое добро? И не бегайте больше к Козловой на дом, можете сломать красивую шею, дети сиротами останутся, собаки передохнут, — издевался мужской хрипловатый голос.

— Что нужно отдать?

— Ну, милая, ты даешь. Верни слезы, а то хуже будет. — И трубка противно запищала.

Мы с Оксанкой уставились друг на друга. Какие такие слезы?

Ночь была бессонной, мы обсуждали разнообразные варианты и поняли, что Денька — фишка в какой-то непонятной игре. Ясно и то, что следователь Иса Даудович нечист на руку. Ну кто сообщил неизвестным бандитам о визите на Красную Пресню?

Рано утром, в 5 часов, я тихонько выбралась из квартиры и поехала в гостиницу. Мы придумали план, гениальный, как все простое, поэтому мой визит в Москву следовало держать втайне.

Выйдя на улицу, я огляделась: никого. Значит, за квартирой не следят. Получив номер в отеле, я отправилась на разведку в Бутырскую тюрьму.

Новослободская улица, д.45, навряд ли забуду когда-нибудь этот адрес. В тихий утренний час у тюрьмы, скрытой во дворе большого кирпичного дома, толпился народ. Почти все с гигантскими сумками в руках.

За двадцать минут я обросла сведениями. Все продукты надо развернуть и разложить по пакетам, сигареты тоже без пачек, яблоки можно, а апельсины нельзя. Сахар только в виде песка, кусок не берут. Мыло, пожалуйста, но шампунь ни за что. А если хотите, передавайте ведро и таз, но только с разрешения начальника тюрьмы, а к нему на прием многокилометровая очередь. На лекарства отдельная передача, записываться за неделю. Причем можно только отечественные препараты, витамины, аспирин — ничего импортного. Это ли не пример патриотизма! На робкие вопросы, начинавшиеся словами «почему?», спрошенные в ответ либо дико хохотали, либо сочувственно говорили: «Вы в первый раз, да?»

В восемь утра узкая дверка приоткрылась, и толпа ломанулась внутрь. Людским потоком меня внесло в длинное помещение с окошком. Случайно я оказалась первой. Окошко распахнулось и явило взору девицу лет 30 в гимнастерке. Ни крутая завивка, ни яркая косметика не могли сделать ее хоть сколько-нибудь привлекательной. Маленькие глазки буравчиками воткнулись в мое лицо:

— Имя?

— Дарья.

— Женщины в другом изоляторе. Следующий.

— Простите, я не поняла. Денис.

—▪Отчество?

— Иванович.

— Фамилия?

С перепугу я чуть было опять не назвала свою.

— Год рождения?

— 1982-й, нет, 1984-й.

Порывшись в картотеке, женщина-робот выкинула бумажку. Отойдя в сторону, я изучила ее — бланк на передачу вещей и продуктов. Сверху красной ручкой проставлена цифра 100. Словоохотливые товарищи по несчастью сообщили, что это номер камеры. Тут же обнаружились родители сокамерников. Я смотрела на них с изумлением. Еще один удар по самомнению — всегда считала, что в тюрьме одни бандиты и родственники у них соответственные. А тут стояли просто несчастные, издерганные люди, такие же, как я.

С треском распахнулось еще одно окно, оттуда раздался голос:

— Павлова!

Какая-то вспотевшая женщина поволокла к окну баулы. Я исхитрилась оказаться у окошка раньше.

— Простите, дали бланк, а продуктов нет, как...

— Передачи до трех, — отрезала блондинка, как две капли воды похожая на предыдущую.

— Но у меня спецразрешение, — нагло заявила я и протянула ей 100 долларов в конверте.

Бросив быстрый взгляд внутрь конверта, блондинка расцвела и повела себя загадочно.

— Надо сразу говорить, что у вас разрешение врача на спецпередачу, — пролаяла она грубым голосом, улыбаясь во весь рот. — Возьмите и заполните.

И она сунула мне бумажку. Я отошла к окну и прочитала записку: «15.00, передача для обслуги, позвать Марину Кашину».

В три часа дня, с сумкой, набитой продуктами, я вновь стояла в том же зале. Народу не было. Окошки закрыты, полная тишина. Внезапно в самом конце открылась маленькая дверца.

— Тебе чего, мамаша? — спросила высунувшаяся голова.

— Передача для обслуги, позовите Марину Кашину.

Голова понимающе кивнула. Через несколько секунд окошко отворилось, и появилась третья блондинка. У них что, белокурые волосы с кудрями — признак профессиональной пригодности?

— Давай, — коротко сказала Марина.

Я вывалила перед ней груду вещей и продуктов.

— Дезодорант не возьму, — отрезала стражница.

Я быстро протянула ей следующий конверт. Дезодорант перекочевал в мешок, а с ним и запрещенный одеколон, сосиски и многое другое.

— Давай маляву, — требовательно велела служительница.

— Что? — удивилась я.

— Маляву, ну записку, не понимаешь?

Пришлось нацарапать пару слов на протянутом обрывке бумаги.

— Жди, — раздался короткий приказ.

Минут через сорок окошко снова приоткрылось.

— На! — Мне в руки упала записочка.

Я прочитала ее на улице: «Продукты получил, все в порядке. Денис». Внизу другим почерком написано: «Вторник, 15.00, передача для обслуги. Елена Зверева». Значит, во вторник, через неделю, можно повторить передачу. Да, шорох зеленых купюр решает в родном Отечестве все.

Из тюрьмы я отправилась к Жене Яшину. Когда-то, сто лет тому назад, мы учились в одном классе, и конопатый Женька бессовестно списывал у меня уроки. Теперь он превратился в дородного Евгения Андреевича, преуспевающего и жуликоватого заведующего адвокатской конторой. В ответ на мои просьбы он в ужасе замахал веснушчатыми руками:

— Нет, ни за что на свете.

Я вздохнула, эти слова слышала уже не в первый раз. Есть у меня свои аргументы — коллекция портретов американских президентов. Пришлось просидеть у Женьки часа четыре, но к вечеру я была обладательницей бесценных адвокатских удостоверений и одного волшебного телефона.

Ночью связалась с Оксаной:

— Позовите Дениса, пожалуйста.

— Он уехал на рыбалку.

Так, значит, все идет по плану. На следующий день утром мой путь лежал к киностудии «Мосфильм».

Потолкавшись в бесконечных павильонах, я нашла нужного человека — гримера Леню Золотова. Тот, правда, сначала тоже пытался отнекиваться, но «сумма прописью» решила все.

Глава 8

Следующий день завершился коротким визитом в однокомнатную квартиру в одной из новостроек Москвы.

Парнишка, открывший дверь, невысокого роста, белобрысый, тянул лет на 17, хотя я точно знала, что за его плечами 12 лет отсидки по зонам и тюрьмам.

— Ты, что ль, мамаша, от Евгения Андреевича? — зевая, спросил хозяин.

— Я.

— Ну, проходи!

Следующие два часа мы торговались и договаривались, и где-то в десять часов вечера был вызван Леня Золотов.

С собой гример принес небольшой чемоданчик. На столе ждала фотография Дениски, сделанная год назад для выпускного альбома.

— Сначала волосы, — защелкал ножницами Леня, — там, конечно, не очень светло, но все же, все же...

Он старательно оттенил прическу какой-то краской.

— Здорово, — одобрила я.

А потом начался совершенно непостижимый и невероятный процесс превращения одного человека в другого.

Под Лениными пальцами исчезла картошечность носа. Нос удлинился, утоньшился и стал ужасно похож на Денискин. Потом волшебным образом изменилась форма глаз, подбородка, овал лица — и вот уже на меня чужими карими глазами смотрит Денис. Чудо продолжалось. Гример оттянул веки, и радужная оболочка поменяла цвет — стала голубой. Передо мной сидел Дениска, мой родной, любимый мальчишка! Я чуть не зарыдала, но как говаривал пятилетний Аркадий: «Какой смысл плакать, если от этого подарка не будет».

Леня начал инструктаж.

Значит, так. Утром, запомните, только утром, вы

приклеите эти усы, вот пузырек с клеем, натянете ему паричок, я думаю, шатенистый подойдет.

Гример порылся в необъятной сумке, и на свет появился парик из темно-каштановых натуральных волос, причесанный под Бальмонта. Следом возникли большие, тяжелые очки в темной оправе.

— И еще костюмчик, — щебетал гример, — кажется, он изумительно подходит для ваших целей.

С этими словами Леня выволок на свет из той же сумки розовый пиджак, темно-оливковую рубашку, бордовые брюки и такой же бордовый галстук.

Пиджак выглядел потрясающе — сшитый из какого-то блестящего материала, напоминающего клеенку, с золотыми пуговицами и вышитым на нагрудном кармане львом. Увидев мое изумление, Золотов горделиво произнес:

— Утащил из костюмерной. Пиджачок с рубашечкой будут тик в тик, а вот брючки придется в поясе чуть-чуть утянуть. Ну-ка, померяй!

И он протянул попугайское одеяние фальшивому Денису. Тут я снова обрела голос:

— Нет, нет, это нельзя одевать ни в коем случае. Да вся тюрьма вытаращится на это варварское великолепие!

— Вот именно, — радостно захихикал Леня, — именно вся тюрьма будет таращиться на этого идиота. Но все запомнят только пиджак, а на лицо и не посмотрят как следует. Великолепный отвлекающий момент!

«А ведь он прав, — подумала я. — На самом деле, все будут разглядывать этот костюм!»

В Лениной правоте я убедилась еще раз, когда в 7 утра мы садились в машину. Таксист чуть глаза на щеки не выронил и потом всю дорогу тихо покашливал.

В половине восьмого мы заняли очередь у входа в тюрьму. Когда в восемь утра толпа, груженная пудовыми сумками, понеслась внутрь, фальшивый Дениска дернул меня за руку:

— Не беги с этими, им в правую дверь, а мы адвокаты, нам налево.

И он толкнулся в другой вход. Мы вошли в тесное обшарпанное помещение, правда здесь стояли стулья и маленькие, неудобные столики. Публика тут собралась другая. Полноватые мужчины в хороших костюмах, женщины с дорогими деловыми сумками, несколько довольно молодых людей в джинсах и курточках. Все они стояли в очереди к маленькому окошку. Я почувствовала, как от страха вспотела спина. Боже мой, совершенно не знаю, как адвокаты проходят в тюрьму! Подельник ткнул меня кулаком под ребра и шепнул:

— Чего зенки-то выпучила? Становись и делай то же, что и я.

И он просунул в окошко адвокатское удостоверение, которое стоило ровно столько, сколько я раньше зарабатывала за год. Очередная крепко сбитая блондинка дала бланк. Мы пристроились за угловым столиком.

— Это заявка, — поучал «коллега», — вот заполняй, потом отдадим в окно и будем ждать, когда вызовут.

— Она ничего не заподозрит, не покажется подозрительным, что к одному заключенному сразу два адвоката идут?

— А что тут такого? Деньги есть, так можно хоть десять нанять, закон дозволяет.

— И откуда только ты все это знаешь?

— Посидишь с мое, не то еще узнаешь!

Внезапно я вздрогнула. В хорошо придуманном плане обнаружилась зияющая брешь. Что будет со лже-Денисом, как он уйдет из тюрьмы, когда все выяснится. Услышав этот вопрос, подельник тихо хихикнул:

— Ну ты даешь. Сразу, ясное дело, не выйду. Сначала, конечно, по морде накостыляют для порядка. Потом, наверное, судить будут. Только вот все никак не соображу, какую статью прицепят. Может, мошенничество. Да ты не бойся, скажу, что меня силой заставили. Странная какая, платишь такие бабки и обо мне волнуешься.

— Не страшно опять садиться?

Парень покачал головой:

— Тюрьма — дом родной. Я там в авторитете. Уж поверь, под шконками не сижу. Отдельную кроватку имею, телевизор у подушки.

— А что, отдельная кровать — вещь необыкновенная?

Лже-Дениска прищурился:

— Ой, мамаша, ну как я тебе все объясню, когда ты простого не понимаешь. Не дрожи. Посижу до суда, потом в колонию, оттуда на поселение, следом — условно-досрочное получу. Годика через два на свободе с чистой совестью и тугими бабками.

Следующие полтора часа прошли в молчании. Время от времени из окошка выкликали фамилию. Наконец-то позвали нас. Фальшивый Дениска встал.

— Пошли в эту башню на второй этаж.

Мы пересекли крохотный дворик и вошли в башню, поднялись на второй этаж и оказались перед воротами-металлоискателями, наподобие тех, что стоят в аэропортах.

Справа от ворот в железной клетке сидела привычно кудрявая белокурая девушка, на ее лице замерло каменное выражение. А впереди, сразу за воротами, тянулась решетка. Паренек прошел через ворота и подал девушке документы, та выдала железный номерок и нажала кнопку. Решетка с лязгом отошла в сторону. Я быстренько повторила маневр. Мы оказались внутри тюрьмы, и решетка с жутким стуком захлопнулась за нами. Стало страшно. Господи, ну куда лезу?

Быстрым шагом мы пошли по коридору, поднялись еще на один этаж и опять оказались возле решетки и девушки в клетке. Прямо над головами виднелась надпись: «Следственная часть». Мой компаньон показал номерок. Стражница открыла решетку и тусклым голосом сказала:

— Второй кабинет.

Мы прошли по длинному коридору и встали у второго кабинета. Появился молоденький офицер, он взял у нас заявку и отпер комнату. Я шагнула внутрь и вздрогнула — замок заперли.

— Да не дрожи ты, — рассмеялся браток. — Здесь всегда запирают двери. Не дергайся.

Я огляделась. Маленькая, метров 6—7 комната, выглядела удивительно грязной. В углу валялись чьи-то рваные кроссовки, на стульях висела тельняшка. Письменный стол и допотопная вешалка венчали пейзаж. Сердце тоскливо сжалось: если у них так в помещениях для адвокатов и сотрудников, то как же убого в камерах! Грустные размышления прервал звук отпираемой двери. Конвойный ввел Дениску.

«Только не удивляйся, Бога ради, не удивляйся», — молилась я про себя.

Но Дениска даже не вздрогнул. Конвойный повернулся и вышел. Денька молча продолжал смотреть на нас. Я откашлялась:

— Уважаемый Денис Иванович, ваша семья наняла нас, чтобы помочь.

Не прерывая идиотской тирады, протянула мальчишке листок бумаги. Денька прочитал и быстро стал снимать костюм. Я продолжала вещать, как радио на вокзале:

— Чистосердечное признание облегчит вашу участь и уменьшит наказание...

Лже-Дениска гнусавил в ответ:

— Да не виноват я, зуб даю, подставили меня.

Под этот аккомпанемент быстро производилась операция по разгримировыванию и загримировыванию. Каштановый парик, усы, очки, розовый пиджак... Управились примерно минут за сорок. Наконец были произнесены завершающие слова «пьесы»:

— И все же советую как следует подумать, пока что мы потеряли здесь много времени зря.

Фальшивый Дениска подмигнул и еле слышно прошептал:

— Делай все в обратном порядке.

Он нажал на звонок у двери, через несколько минут вошел конвойный и увел заключенного. Мы с Деней двинулись по коридору.

— Повторяй за мной, — шепнула я.

Денька кивнул головой.

Показали железные номерки, и решетка распахнулась. На первом этаже девушка беззвучно отдала удостоверения, забрала номерки, и мы вышли во дворик. Я с ужасом ожидала воя сирен, лая собак... Но нет, все тихо. Спокойно, средь бела дня удрали из Бутырской тюрьмы, и никто не заметил.

На Новослободской улице поймали машину и помчались в Шереметьево-2.

У табло в зале отлета маялась белая, как занавеска и похудевшая Оксана.

— Ну что? — кинулась она, спотыкаясь о чемоданы.

— Спокойно. Ты привезла вещи?

— Вот. — Подруга протянула сумку.

Я понесла ее к мужскому туалету. Минут через десять умытый и переодетый Дениска обнимал мать.

— Ладно, — прервала я их объятия. — Мало времени, пойдемте в кафе.

Мы устроились за столиком.

— Значит, так, — сообщила я, — через два часа вылетаете на Кипр.

— Почему на Кипр? — удивилась Оксанка.

— Потому что там безвизовый въезд. Поселитесь в отеле «Бич». В этой гостинице полно народа. Смешаетесь с толпой отдыхающих и подождете моего приезда.

— А ты что, не поедешь?

— Нет, те, кто посадил Дениску, уже завтра узнают, что он сбежал. И если увидят, что я сегодня улетела в Париж, кинутся по следу.

— Так они и так кинутся по следу, — возразил Денька, — увидят в списке пассажиров на Кипр наши фамилии, и все.

Я выложила на стол два загранпаспорта.

— Не увидят. Ты, Оксанка, теперь Римма Владимировна Федорчук, 43 лет, а ты Денька — Игорь Станиславович Решетов — 19 лет. Вы больше не мать с сыном, а просто знакомые, имейте это в виду. Здесь в конверте билеты, доллары и разрешение на вывоз валюты. На две недели хватит, а потом я приеду.

— Господи, где же ты их достала и как попадешь на Кипр?

— Где достала, где достала — купила! А на Кипр поеду не сразу. Ты ведь никому не говорила, что я в Москве?

Оксанка покачала головой.

— Значит, никто и не узнает, что я здесь была. Отправлюсь во Францию в составе туристической группы. Сяду в автобус уже через несколько часов. Ночью буду в Польше. Те, кто начнет вас искать, проверят аэропорты, железнодорожные вокзалы, но прошерстить все фирмы, отправляющие туристов на автобусе в Европу, им слабо! Знаешь, сколько таких фирм? Открой «Экстра-М» — пять страниц объявлений! Меня они не найдут, вас тоже. Подумают, что спрятались в Москве. Кстати, кто остался с собаками?

— Я поселила у себя Лену. Она только рада пожить без матери. Сказала, что хочу еще отдохнуть и подвернулась путевка в Феодосию. Она приглядит за собаками и будет отвечать всем, что мы уехали в Крым.

— Ну вот, пусть и ищут в Крыму, полуостров большой, — резюмировала я.

Глава 9

В Париж я попала через шесть дней. Путешествие с группой российских туристов оказалось на редкость забавным. Почти все дамы сверкали золотом и драгоценными каменьями, мужчины щеголяли в спортивных костюмах. В основном это были «челноки» на отдыхе.

— Все Китай да Китай, — сказал один из них доверительно, — надо же и в Европе побывать.

Но и в Польше, и в Германии, и во Франции они, верные своему бизнесу, больше интересовались оптовыми складами, чем соборами и музеями. Мне же, честно говоря, было все равно, пейзаж за окнами меня мало занимал. Тревожило совсем другое. В пустой голове, как камни в погремушке, гремели мысли: «Что такое есть у Оксанки? Как перевезти ее в Париж? Как вернуть в Москву?» Единственным, кто мог помочь, был комиссар Жорж Перье, который находился в Париже на набережной Орфэвр.

Мы познакомились с ним при трагических обстоятельствах. Бригада Жоржа расследовала дело об убийстве Жана Макмайера, мужа Наташки. Толстенький, лысоватый, с добродушным лицом, комиссар показался сначала деревенским простачком. Но скоро я поняла, что за этой его внешностью скрывается высокопрофессиональный полицейский с весьма незаурядным умом и образованием. Мы подружились, Жорж стал бывать у нас дома.

Однажды пришел не один, а с собакой — английским мопсом. Маруся долго убеждала всех, что Хуч, так зовут мопса, на самом деле внебрачный сын комиссара. Похожи они необычайно: оба толстенькие, лысенькие, коротконогие, оба страстно любят поесть.

Хуч — для наших ушей звучит ужасно. И скоро вся русскоговорящая часть дома стала звать его «Хучик». Если вы несколько раз громко произнесете кличку, то поймете, почему Оля переименовала животное в Федю. На это имя квадратный мопсик не собирался откликаться. «Федя» ему не нравилось, он шел только к тому, кто величал его «Федор Иванович».

Наши собаки восприняли нового члена стаи с легким удивлением. Банди аккуратно потрогал незнакомое существо лапой.

— Мне кажется, они решили, что перед ними особо крупная мышь, — резюмировал Аркадий, глядя, как Снап пытается забрать мопса целиком в пасть. В конце концов ему это удалось. Ротвейлер аккуратно подцепил Хуча за складчатую шкуру и, как щенка понес на кухню.

С тех пор Федор Иванович не ходит по нашему дому сам. Он меланхолично ждет, пока Банди или Снап не отнесут его куда-нибудь. Надо заметить, что, выбегая во двор или отправляясь на кухню выпрашивать печенье, и пит, и ротвейлер не забывают про мопса.

Когда я вошла в кабинет, Жорж вздрогнул:

— Даша, что ты здесь делаешь?

— Мне нужна помощь.

— Всякий раз, как ты появляешься в кабинете, нужно ждать неприятностей. Во что ты на этот раз влезла?

Пятнадцать минут понадобилось, чтобы объяснить все. Жорж крякнул:

— Говоришь, кто-то обыскал квартиру, а потом посадил мальчишку? А ты, значит, выкрала его из тюрьмы? Загримировала и поменяла?

Я утвердительно закивала головой. Жорж вздохнул:

— Хорошо, что не проделала ничего подобного в Париже, мне пришлось бы тебя арестовать.

— Хватит зудеть, — разозлилась я, — мораль читать все умеют. Сама знаю, что противозаконно устраивать побег из тюрьмы. Но другого выхода не было. Знаешь, что делают с насильниками в российских тюрьмах?

— В наших делают то же самое, — заверил комиссар. — А ты, как всегда, наваляла глупостей. Будет трудно ввезти их в Париж без визы.

— Достань французские паспорта!

Жорж всплеснул руками:

— Ну совсем сумасшедшая, даже если раздобыть паспорта, как превратить твоих друзей во французов? Ведь они даже не говорят по-французски?

— А вдруг они глухонемые?

Жорж схватился за голову:

— О Боже, на том свете мне простятся все грехи за долготерпение. Хорошо, получишь свою подружку и ее сына в воскресенье. И не спрашивай, как я это сделаю. Их привезут прямо к тебе домой. Только, пожалуйста, больше не впутывай меня в подобные авантюры. Это же ужасно, я добропорядочный полицейский...

— Сегодня пятница, — прервала я его стенания. — Вы с Федором Ивановичем можете рассчитывать на калорийный ужин, а в субботу съездим куда-нибудь погулять?

Жорж развел руками:

— Сегодня не могу, занят по горло. Можно, мы приедем в субботу, а в воскресенье заодно познакомлюсь с твоей протеже.

На том ударили по рукам.

...В воскресенье, в 11 утра, во двор въехала неприметная серая машина, за ней «Скорая помощь». Все завтракали и с изумлением наблюдали, как крепкие санитары выгружают носилки с почти полностью забинтованными людьми.

— А, вот и гости, — обрадовался комиссар.

Носилки втащили в гостиную. Жорж взял одну из историй болезни, прикрепленную к одеялу.

«Элен Фурье, 40 лет, автомобильная катастрофа. Открытый перелом лодыжки, черепно-мозговая травма, перелом ключицы...»

— Бедная Элен, как только жива осталась. — С этими словами Жорж принялся разматывать бинты.

Из под марлевых повязок показалось загорелое лицо Оксаны. Машка взвизгнула и, схватив со стола нож, принялась освобождать Дениску. Ничего не понимающие Оля с Аркадием глядели на происходящее во все глаза.

Гостей, наконец, размотали, завалив ковер разодранными бинтами. За кофе с булочками я рассказала все моим домашним. Не находя слов, они только ахали. Аркашка с сочувствием посмотрел на Дениску:

— Ну и досталось тебе, я бы, наверное, сразу умер от ужаса.

Денька махнул рукой:

— Да в тюрьме не так и страшно было, и парни отличные попались в камере, все по ерунде сидят, так, мелочь, — мошенники. Даже не увидел настоящих бандитов, может, их и не сажают. Ой, а это кто такой? — Он показал пальцем на мопса.

— Это Хуч, — сказала Маша, — сын комиссара.

— А что, здорово похож, — засмеялся Денька.

— Ну как ты? — спросила я Оксану.

— Ничего, отдохнули хорошо, поплавали. Отель шикарный, а вчера за нами приехали. Я никак не могла понять, что это от тебя, хорошо, что была записка. Представляешь, начали забинтовывать, как в кино! А сумку с вещами привезли?

— Вот она, — сказала Оля.

Оксанка расстегнула молнию. На пол выпал пузырек «Амбрэ Солэр».

— Маня, — крикнула Оксанка, — забери ты этот флакон. Он меня преследует, сначала везу его из Туниса в Москву, потом из Москвы на Кипр, затем в Париж, а он еще почти полный.

В этот момент зазвонил телефон. Оксана машинально отреагировала:

— Алло, вам кого?

— Позовите Дарью Сергеевну.

Подруга сунула мне трубку.

— Слушаю вас.

— Это я, Дима, а кто это со мной только что разговаривал?

— Это Оксана.

— Оксана, а она что не в Москве?

— Тебе надо знать, где Оксана?

— Да нет, просто интересно. Я вообще-то хотел опять приехать в Париж, примете? А то денег-то у нас с мамой нет.

Меня перекосило от злости, ну и наглый парень.

— Видишь ли, здесь и так много гостей, может, ближе к зиме приедешь?

— Ну и что, что много гостей, дом-то вон какой большой, вы уж меня приютите, пожалуйста. Мне обещали стажировку в одной фирме, а жилья не дают. Надо снимать. Если откажусь, пригласят другого, ну, пожалуйста.

Тяжелый вздох вырвался из моей груди.

— Ну ладно, когда приедешь?

— Завтра.

Глава 10

В понедельник я привезла Диму. В этот раз он уже не так боялся собак, даже осторожно погладил Снапа по гладкому заду. Но когда из-под стола вылез мопс, Дима просто онемел:

— А это кто такой?

— Это Хуч, — сказал Аркадий, — собака нашего приятеля. Он весь день на работе, а Федор Иванович тоскует, вот мы его и позвали в гости.

— Кто это Федор Иванович?

— Это он, — показала на мопса Оля.

— А Хуч кто?

— Тоже он.

— А что, ему одной клички мало?

Оля дернула плечом и взглянула в окно:

— А к нам еще кто-то едет?

Я посмотрела во двор и узнала мотоцикл Селины. Черт, совсем забыла, что обещала познакомить девушку с комиссаром.

Красивая Селина явно произвела впечатление на Диму. Он попытался назначить ей свидание, но я решительно пресекла все поползновения:

— Оставь девушку в покое. И вообще, тебе надо явиться к месту стажировки и сообщить о своем прибытии.

— Красивая какая, — мечтательно протянул Дима, — и богатая, давно хотел с такой познакомиться. Приданое небось миллионное.

— Почему ты решил, что она богатая?

— Прикинь, сколько сережки стоят, я-то в слезах понимаю!

— В чем, в чем ты понимаешь?

— В слезах, в брюликах то есть, ну в брильянтах, — пояснил Дима и потопал к двери.

По дороге он задел ножку стула и чуть было не упал. Аркадий хмыкнул, Селина кокетливо захихикала, Оля раздраженно вздохнула. Но я не замечала маневров домашних. Слезы, брильянты, вот что вымогали у Оксаны.

Селина подошла ко мне:

— Я хотела поговорить.

— Исчезаем, — тут же отреагировала Оля. — Аркашку ждут на работе, а я собиралась кое-что купить.

Дима, наоборот, поудобнее устроился в кресле.

— Устал в самолете, — пояснил он и со смаком откусил хрустящий хлебец.

Услышав этот звук, Хуч робко подошел к парню и поставил передние лапы ему на ноги. Весь умильный вид мопса выражал одно: дай хлебец. Как правило, он получал все, что просил, но в этот раз произошло непредвиденное. Дима резко дернул ногой, и мопс упал на ковер.

— Не пачкай брюки, — разозлился Дима.

Ничего не понимающий, обиженный Хуч поплелся к двери.

— Ах ты лакомка, — позвал его Аркадий, — иди сюда.

Он подхватил мопса и сунул ему в пасть печенье. Хуч аппетитно зачавкал. Селина посмотрела на Диму:

— Вы не любите животных?

— Животное должно знать свое место, ведь это всего лишь собака, а кошки, — он покосился на Клеопатру, мирно спящую на телевизоре, — должны спать на полу.

— Вот позиция настоящего мужчины, — съехидничала Оля и, повернувшись на каблуках, вылетела из гостиной.

Мы с Селиной отправились на второй этаж в кабинет.

— Как дела, Селина?

Та безнадежно махнула рукой:

— Живу в сумасшедшем доме с неуправляемыми психопатами. Мама наняла бригаду рабочих, и они самозабвенно переделывают дом. Какой-то ужас! Второй этаж уже весь готов!

— А почему ужас? Прямо сказать, особняку требовался капитальный ремонт.

— Ну и пусть бы отремонтировали. Так нет же, все переделали. Из моей спальни сделали библиотеку, туалет превратили в бельевую, ванную в кладовку, вот уж глупость. Туалет теперь там, где раньше была прачечная, а моя комната на первом этаже. Представляете? По привычке иду пописать, а там склад простыней! И регулярно попадаю в кладовую вместо ванны. При этом стены выкрасили в какие-то безумные цвета! Гостиная у нас теперь в мавританском стиле — маленькие столики, диванчики, подушечки, обтянутые парчой, занавески с райскими птицами. Апофеоз — это картина «Закат в пустыне». Этакое эпическое полотно 3 на 4 метра, на переднем плане штук двадцать верблюдов с дикими мордами и бедуины в клетчатых тряпках на головах!

Конечно, у нас и раньше не было уютно, но сейчас стало просто жутко! Мама говорит, что отец столько лет мучил ее своей жадностью, и теперь она хочет все переделать и забыть годы, прожитые с ним, как страшный сон. Петрушку, укроп и все овощи уничтожили, теперь в саду растут чудесные цветы.

Селина громко заплакала. Я обняла ее за плечи:

— Ну не надо так расстраиваться, отца все равно не вернуть.

Девушка вывернулась из-под моей руки.

— Да не тоскую я по отцу. Просто обидно, что лично для меня ничего не меняется. Хотела снять квартиру — нельзя, решила поехать учиться в Англию — нет, сиди здесь. Хорошо Луизе, делает, что хочет, а Пьер теперь главный управляющий папиными заводами... Вы обещали познакомить меня с комиссаром, хочу рассказать о своих подозрениях. Дома все так обрадовались смерти папы! Может, это Пьер его убил. У него был мотив: застрелил и стал управляющим. Могла и мама киллера нанять, он ее просто достал своей скупостью. Да и Луиза тоже...

— А ты, получается, просто белый лебедь, — съехидничала я, — обожала родителей и теперь неутешна.

Селина нахмурилась:

— Да нет, я тоже хороша.

Мне опять стало стыдно, и я пошла искать телефонную трубку.

В столовой Дима развалился на диване. Плед покрывали крошки от чипсов. Я отметила, что ни одна из собак не попросила ни кусочка, животные отсутствовали в столовой.

«Вот свинья», — промелькнуло в голове. Словно услышав это, Дима оторвался от детектива.

— Что, она уехала?

— Кто?

— Ну эта, с серьгами?

— Нет, Селина в кабинете.

Дима медленно поднялся, я же, не найдя трубку, отправилась в холл, где стоял обычный, а не радиотелефон.

Жоржа пришлось уговаривать довольно долго. Он совершенно не хотел видеться с дочерью Франциска Роуэна. Наконец пошли на компромисс: комиссар встретится с нами завтра после работы, часов в 9 вечера, в одном из небольших кафе.

Обрадованная достигнутой договоренностью, я очень удивилась, увидев, что в холл входят Дима с Селиной.

— Хочу прошвырнуться, — быстро проговорил Дима, — а она подвезет. Ты знаешь, где такая улица «Большие бульвары»?

Селина засмеялась и прищурилась:

— Догадаюсь как-нибудь, авось доедем.

Дима возбужденно захихикал. Очень довольные друг другом, они пошли во двор. Я наблюдала, как девушка заводит мотоцикл. Тихо подошедшая Оксанка проговорила:

— По-моему, они симпатизируют друг другу.

Я тоже видела оживленное лицо Селины, и мне это нравилось все меньше и меньше.

Глава 11

Рано утром из Сан-Тропез вернулась Наташка. Она долго охала, узнав все новости.

— Нет, это просто невероятно, бедная Оксанка.

Поохав от души, Наталья отправилась в комнаты, но уже через десять минут спустилась вниз.

— А кто, — спросила она, — рылся у меня в вещах?

Я пожала плечами:

— Спроси у Машки, может, она что-то искала, хотя на нее не похоже лазать по чужим шкафам.

— Шкафам, — в негодовании повторила Наташка, — шкафам... да у меня как будто обыск был.

Мы поднялись к ней. На мой взгляд, в комнатах царил идеальный порядок, но Наталья считала иначе:

— Нет, ты только взгляни сюда! Все фигурки на комоде переставлены. Собачки всегда стояли слева, а вот болонка в розовой шляпке живет около подсвечника. Теперь все наоборот. И белье в шкафу лежало по-другому, и туфли стоят неровно, я всегда ставлю пятку к пятке!

Тяжелый вздох вырвался из моей груди. Наташкина маниакальная аккуратность служила домашним вечным укором. Подруга постоянно клала все только на место. Чашки в сушке поворачивала ручками в одну сторону, полотенца в ванной выравнивала по линеечке, солонка и перечница всегда стояли параллельно сахарнице, а книги в библиотеке подбирались по росту.

Было бесполезно объяснять Наталье, что Сартр и «Кулинарные советы» не могут жить рядом. Но если эти книги оказывались одного формата, то непременно соседствовали друг с другом, несмотря ни на что.

Поэтому болонка в розовой шляпке, отселенная от подсвечника, казалась весомым аргументом. Мы позвали домашних. Ни Маня, ни Денис в комнаты Наташки не заходили. Оксанка тоже не отличалась любопытством. Софи и Луи служили в доме еще при родителях покойного мужа Наташи и великолепно знали, что и у кого лежит в комнатах. Тем более что семейные драгоценности, реликвии и деньги хранились в сейфе.

— Что-нибудь пропало? — осведомилась Оксана.

— Нет, просто мне не нравится, когда роются в вещах. Интересно, кто это такой любопытный.

— Небось придурок лазал, — сообщил Денька, — Дима то есть.

Оксана возмущенно замахала руками:

— Если он тебе не нравится, то это не значит, что можно обвинять парня во всех смертных грехах. Кстати, где Дима? Давайте спросим у него, и все тут.

Дима лежал в гостиной на диване.

— А тебе разве не надо на работу, — раскипятилась Наташка, — и зачем ваше сиятельство делало обыск в моей комнате?

От неожиданности недотепа чуть не свалился на пол.

— Да вы чего, белены объелись, я только что встал, а вчера поздно пришел, мы с Селиной ходили на дискотеку, делать больше нечего — в шмотках рыться. Думаете, раз я бедный родственник, на меня все свалить можно? Лучше слуг спросите, носятся по всему дому.

— Ладно, ладно, — проговорила примирительно Оксана, — давайте лучше попьем кофейку, поедим булочек, а я покажу кипрские фото.

Мы перебрались в столовую и начали завтракать, через несколько минут пришла Оксана.

— Знаете, — выпалила она, — а у меня в комнате тоже что-то искали. Альбом с фото лежал наверху в сумке, а оказался на дне. Денька, Маня, поглядите, у вас все в порядке?

Дети с топотом понеслись по спальням. Я тоже поднялась к себе. Аккуратность никогда не была моей отличительной чертой. Я не раскладывала все по местам, как Наташка. Если бы не дотошная Софи, скорее всего спальня стала бы похожа на склад. Даже при всем желании не смогу сообразить: рылся здесь кто-нибудь или нет. Даже если рылся, что неизвестный злоумышленник мог найти? Десять спиц с начатым и незаконченным вязанием, блюдо с яблочными огрызками, растрепанную телефонную книжку? Да нет у меня никаких секретов, кроме рождественских подарков.

— Мама, — заорала Маня, всовывая в дверь трубку, — мамулечка, тебя к телефону!

Звонила Селина. Мы еще раз договорились о встрече. Окончив разговор, я села на диван. Надо, пожалуй, разобрать письменный стол, выбросить ненужные бумажки.

У двери раздалось царапанье, в щель протиснулся Снап. В зубах он волок апатично висящего мопса.

— Здравствуйте, мальчики. Чем обязана вашему визиту?

Снап открыл пасть. Хуч вывалился на пол, как кусок сырого мяса.

— Разве можно так поступать с товарищем, Снаповский!

Хуч ловко поковылял к кровати и начал шумно вздыхать возле тумбочки, потом раздалось аппетитное чавканье.

— Хуч, ну-ка выплюнь!

Зная, что мопс может сжевать гвозди, я быстро разжала его челюсти.

На пол упала карамель «Гусиная лапка».

Отпустив возмущенного Федора Ивановича, я призадумалась. Если что и ненавижу, то это карамельки. Память о голодной жизни, воспоминания о том, как нет ни копейки денег и карамелька, найденная в сумке, служит Аркадию лакомством.

Я уже давно не покупала их, да и где в Париже найти «Гусиную лапку» фабрики «Красный Октябрь». Конфетку уронил кто-то недавно приехавший из России. А таких у нас трое: Оксана, Денька и Дима. Кто-то из них шарил в моей спальне и посеял возле тумбочки карамельку. Кто же бродит тайком по дому? За моей спиной послышалось похрумкивание, Хуч уничтожал вещественное доказательство.

Глава 12

Для встречи с комиссаром Селина облачилась в короткое обтягивающее голубое платье.

— Как ты чудесно выглядишь, — искренне восхитилась я, жалея, что не надела костюм.

— Мы с Димой хотим пойти потом в «Мулен Руж», — радостно сообщила девушка, — уже купила билеты, там чудесное представление!

Не знаю, что мне не понравилось больше: ее встреча с Димой или самостоятельная покупка билетов.

— Когда идешь с мужчиной в театр, он сам должен купить билеты и отвести в буфет или в кафе после представления. А еще лучше, если принесет цветы, коробку конфет.

Селена тихонько захихикала.

— Так ухаживали мамонты в каменном веке. А теперь мужчина и женщина равны. И потом он же проездом здесь и небогат, зато какой красавец!

И девушка мечтательно вздохнула. Я усмехнулась про себя. На вкус, на цвет товарищей нет. Появившийся на пороге кафе толстый и лысый Жорж мне лично казался намного интересней манекенистого Димы. Ничего не подозревавший о моих игривых мыслях комиссар с веселым видом уселся за стол.

— Здесь удивительно готовят рыбу и салат из кальмара.

Поспорив немного, сделали заказ, и Жорж начал внимательно слушать Селину. Девушка горячилась и все время облизывала губы. Комиссар не прерывал ее и первую фразу произнес только тогда, когда начались повторения.

— Вы слишком подозрительны. Франциск Роуэн получил тяжелую черепно-мозговую травму. Это и повлияло на характер.

Мысленно я согласилась с ним. У нас на кафедре работала Леночка Воропаева. После сотрясения мозга она стала делать умопомрачительные вещи: сообщала студентам, что ее дед владел 150 языками, без конца забывала имена и фамилии коллег, частенько оставляла без еды свою дочь. А когда явилась на лекцию в калошах на босу ногу и без чулок, мы вызвали психиатрическую перевозку. А моего второго мужа третья жена стукнула по голове разделочной доской, и он напрочь забыл имя тещи. Правда, у него их было целых пять: три официальные и две гражданские.

— Никакого криминала нет в том, что ваш отец стал покупать новые вещи, — продолжал Жорж, — и совершенно естественно принять зятя на работу.

А то, что его все не любили... Может, вам это казалось? Дети часто не понимают супружескую жизнь своих родителей, наблюдают, как те ругаются за обедом, но не видят, как мирятся в спальне. А родимое пятно, что же здесь такого. После операции, бывает, изменяется пигментация кожи, да и с возрастом появляются всякие родинки. Старость не красит. Не забивайте голову глупостями, лучше наслаждайтесь переменами в жизни. Насколько я понял, у вас было не очень счастливое детство!

Селина растерянно теребила салфетку. Все подозрения казались смешными и нелепыми. Вдруг девушка радостно заулыбалась. К нашему столику приближался разодетый в пух и прах Дима.

— Пить хочется, — сообщил он, плюхаясь на свободный стул.

— Вина? — любезно предложил Жорж.

— Лучше воды со льдом.

Селина просто подпрыгивала от удовольствия.

— Мы пойдем, пора уже, а то опоздаем.

Молодые люди подхватились и отправились к выходу. Девушка обняла парня за талию.

— Похоже, у них роман, — догадался Жорж.

— Не знаю, насколько искренний с его стороны. Селина теперь богатая невеста, а Дима просто мечтает о деньгах. Только и говорит о своей бедности да о чужом благополучии. Не нравится он мне, какой-то неуклюжий, неаккуратный и животных не любит. Хучика обидел, пожалел ему печенье.

Комиссар взял меня за руку.

— Хучику вредно без конца жевать сладкое. Но ваш гость тоже мне не нравится. В особенности взгляд, наглый и трусливый одновременно. Такие глаза я вижу часто в своем кабинете — у воров, убийц, насильников. Такие невероятно честные глаза, правдивые до дрожи. Хотя это я, конечно, перехватил. Парнишка хорош, как мыльная обертка, может, ревную?

— Он не парнишка, ему уже тридцать.

— Никогда бы не сказал. Я-то выгляжу на все свои пятьдесят: старый, толстый, усталый полицейский, сидящий в кафе с молодой очаровательной дамой.

Жорж хитро посмотрел на меня, и мы рассмеялись.

Домой я добралась поздно вечером и тихо прокралась в свою комнату.

Утром Маня возмущенно тарахтела:

— Если уж являешься домой глубокой ночью, то хоть звони, а то ведь я волнуюсь. И потом, что это за прогулки? Ты с кем была?

— С Жоржем.

— Ну ладно. — Дочка сменила гнев на милость.

Завтрак близился к завершению, когда в столовую вошла страшно расстроенная Софи. В ее руках покоился горшочек с домашним паштетом из зайца. Экономка водрузила керамическую емкость на стол и спросила:

— Что это?

— Паштет, — растерялась Наташка.

— Нет, — помотала головой домоправительница, — это уже не паштет, это помои.

— Не может быть, — ахнула Наталья. — Мари всегда так вкусно готовит.

Мари была двоюродной сестрой Софи и жила в деревне. Она специализировалась на производстве удивительно вкусных домашних консервов. Паштеты, варенья раскладывались по горшочкам с герметично закрытой крышкой, и мы лакомились ими всю зиму. Пустые горшочки весной возвращались Мари, чтобы летом прибыть к нам снова полными.

— Все заготовки скиснут через неделю, если, конечно, вы не постараетесь и не съедите весь запас за несколько дней, — проговорила Софи. — Сегодня ночью какой-то дурно воспитанный человек пролез в кладовую, вскрыл все емкости и поковырял в содержимом вилкой. Я еще понимаю, когда Маша берет горшочек и тайком от всех съедает его ночью в постели. Она потом аккуратно возвращает пустую посуду. И я никогда не была против ее набегов, ребенок растет и должен есть столько, сколько хочет. Но вскрыть просто так! Это вандализм.

Наташка стукнула кулаком по столу:

— Мне это надоело, в доме завелся маньяк. Роется в вещах, портит продукты.

— Это не я, — в один голос сказали Маня и Дениска.

— И не я, — испугалась Оксанка.

Наталья грозно посмотрела на Диму, тот меланхолично отхлебнул кофе.

— Может, это ваши собаки шалят?

— Ни разу не видела Снапа или Банди с вилкой в лапах, — съехидничала Софи, — и потом им просто не дотянуться до полки.

— А что, — завела было Машка и вдруг замолкла, уставившись на дверь.

Я проследила за ее взглядом и увидела неизвестно откуда взявшуюся Селину. Девушка была все в том же голубом обтягивающем платье, изрядно помятом и испачканном. Растрепанные волосы висели космами, макияж размазался. Вид у нее был ужасный.

— Селина, — подскочил Дима, — что случилось?

Девушка буквально упала на диван и затряслась то ли от хохота, то ли от рыданий. Оксана подошла к ней, пощупала пульс... попросила:

— Принесите коньяк и сахар.

Мы забегали, как всполошенные куры. Маня притащила плед, Деня грелку. Наташка отправилась за коньяком. Рыдания Селины становились все громче, успокоилась она только через полчаса и сразу произнесла загадочную фразу:

— Он вернулся.

— Кто? — робко поинтересовалась Маня. — Кто вернулся и напугал тебя так?

— Ты что, не понимаешь? — истерически завизжала Селина. — Он вернулся, мой покойный папа, живой и здоровый.

И она снова принялась истерически взвизгивать. Абсолютно спокойный Дима взял со стола бутылку минералки и вылил своей возлюбленной на голову. К нашему изумлению и ужасу, та моментально успокоилась.

— Мама всегда так делает, когда моя сестрица начинает икать и квакать, — радостно пояснил Дима.

Мы с Наташкой переглянулись, интересные подробности выясняются из жизни нашей бывшей зав. кафедрой. Ничего не понимающая Оксана взмолилась:

— Ну, переведите же кто-нибудь скорей, что она говорит.

— Манька, поработай переводчиком для Оксанки с Деней, — распорядилась Наталья, — а ты, Селина, попробуй вразумительно объяснить, что тебе привиделось. Только не говори, что господин Роуэн внезапно вернулся домой. Извини за подробность, но я лично видела его с дыркой в голове на пляже, а потом абсолютно мертвым в морге.

Через несколько минут мы восстановили картину вчерашнего вечера. Селина с Димой просидели в «Мулен Руж», потом спокойно погуляли и поели где-то на Елисейских полях. Домой девушка явилась около двух часов ночи. Ее сразу удивило, что почти во всех окнах первого этажа горит свет, а возле дома припаркована машина Пьера.

Гуляка тихонько открыла дверь и услышала скандал. Мама, Пьер, Луиза и еще какой-то знакомый мужчина говорили все разом, перебивая друг друга.

— Я вас всех выведу на чистую воду, — кричал мужчина, — банда убийц и транжир! Обрадовались, что меня укокошили, и давай денежки по ветру пускать. Всех посажу на хлеб и воду.

Обмирая от ужаса, Селина открыла дверь и увидела ледянящую кровь картину. Мать почти в беспамятстве сидела на диване, рядом примостилась зареванная Луиза, синий, как обезжиренный кефир, Пьер жался в угол. А посередине комнаты, прямо посередине, стоял призрак — Франциск Роуэн. От неожиданности у девушки началась икота.

— Ага, — закричал оживший мертвец, демонстрируя чудесные зубы, — ага, еще одна явилась! Вырядилась, как проститутка, натянула вместо платья чулок, ну погоди, ты у меня дождешься.

Селина, как завороженная, смотрела ему в рот.

— Я сразу поняла, что это вампир, — рассказывала девушка, — у папы всегда были плохие мелкие зубы с бесчисленными пломбами, а у этого чудовища просто сверкали белоснежные клыки. И когда он двинулся ко мне, я убежала. Всю ночь бродила по набережным и пришла к вам. Домой не пойду ни за что, вурдалак наверняка всех давно съел!

И она поглядела на нас.

— Это же просто чушь, — не выдержала Оксана, — что я, труп от живого человека не отличу! Ну бывают иногда ошибки, у нас в больнице недавно двух Васильевых перепутали. Сказали, что Васильев из 215-й палаты умер, а сестра подумала, что Васильев из 225-й тапки отбросил, и свезла его в морг. Тот от наркоза отошел, чуть концы не отдал. Ну так быстренько все исправили: этого в холодильник, того назад. Но это же больные, просто не видно иногда — жив или помер. А Роуэна застрелили! Дырища-то какая была во лбу — с тарелку! А в вампиров не верю. Вурдалаки, оборотни, кикиморы, кто там еще может прийти?

— Астральное тело, — выпалила Маня, — иногда после смерти человека его близким является астральное тело..,

— И упрекает родственничков в мотовстве, — захихикал Денька.

Селина устало вздохнула.

— Оставьте меня здесь спать.

— Надо подготовить постель, — сказала Наташка.

— Я посижу около нее, — вызвалась Оксанка.

— Ты же не знаешь языка, — возразил Дима.

— Ничего, как-нибудь договоримся, чем меньше слушаешь больного, тем лучше его лечишь, — отмахнулся наш хирург.

И она, аккуратно подхватив Селину под мышки, повела ее наверх.

Глава 13

Напичканная снотворным, гостья мирно спала. Дима куда-то исчез. Мы же с Наташкой не могли прийти в себя от изумления.

— Слушай, — проговорила моя подруга, — поезжай к Жоржу, пусть попробует узнать, что там у Роуэнов происходит.

Я нашла эту идею привлекательной и пошла заводить машину.

У комиссара было отвратительное настроение.

Тихо посмеиваясь, его секретарша Поллет рассказала, в чем дело:

— В девять утра явился какой-то ненормальный и полтора часа мучил господина комиссара. А когда ушел, раздался телефонный звонок. — Поллет весело улыбнулась. — Какая-то странная старушка долго объясняла господину комиссару, что у нее десять дней тому назад пропала дочь. Да так подробно все описывала: глаза карие, волосы белокурые, вьющиеся. А потом понесла чушь: рост — 35 сантиметров. Чтобы отвязаться, господин Перье велел приехать и привезти фото пропавшей. И вот, пожалуйста, бабуля только что здесь побывала и оставила карточки. Прямо и не знаю, как передать их комиссару, может, вы выручите, а то он меня убьет. Главное, уже зарегистрировала их как входящие документы, и теперь надо давать письменный отчет о работе, — с этими словами секретарша протянула мне конверт.

Я вытащила глянцевый прямоугольник и захохотала во весь голос. С листа бумаги кокетливо глядела мальтийская болонка.

— Будете смеяться еще больше, когда узнаете, как ее зовут!

— А как?

— Поллет.

Я чуть не подавилась от хохота. Дверь кабинета резко распахнулась, и на пороге возник озлобленный Жорж.

— Даша, — произнес он, — только тебя не хватало.

— Очень мило, — обиделась я, протискиваясь в кабинет. — Кстати, сегодня звонила старушка, у которой пропала дочь?

— Ну!

— Так вот, она привезла фотографии.

Жорж заглянул в конверт и злобно уставился на

стол, где стояли сравнительно легкие папки. После того как комиссар запустил однажды в одного из работников прокуратуры бронзовым пресс-папье, Поллет тщательно следит, чтобы у него под рукой не было ничего тяжелого, острого, режущего или колющего. Жорж еще раз покосился на стол и заорал:

— Поллет!

— Да, шеф?

— Я провел сегодня милое утро, выслушивая приметы дурацкой болонки, надеюсь, ты не зарегистрировала это поступление!

Поллет потупилась.

— Уйди с глаз долой, — прошипел Жорж, — подчиненные меня в гроб загонят. А ты зачем явилась, кого на этот раз надо перетащить через границу?

Я попыталась спокойно объяснить ему цель визита. Комиссар шумно вздохнул:

— Интересно, как ты себе представляешь работу полиции? Я не имею права явиться в частный дом и спросить: «Что тут у вас происходит?» Вот если поступит официальный вызов, только тогда. Сама позвони матери Селины! Она наверняка обеспокоена исчезновением дочери, и твое желание ее успокоить вполне естественно. А меня уволь, дел по горло. Как там Хуч поживает, весь запас сладостей съел?

— Почти, ему помогают дети.

Жорж галантно проводил меня к выходу. Мне показалось, что его вежливость имела только одну цель: убедиться, что я спокойно покинула здание и не шляюсь по коридорам, пытаясь что-то узнать о Роуэнах...

Дома царило спокойствие. Селина все еще спала, дети мыли во дворе Снапа. Привязанный неподалеку Банди выл в ожидании такой же участи, Наташка и Оля укатили по магазинам, Дима испарился в неизвестном направлении. В гостиной в полном одиночестве смотрел телевизор Аркадий.

— Мамуля, — обрадовался он, — где пропадала?

Пришлось рассказать о визите к комиссару. Аркашка хмыкнул:

— А может, Селина — наркоманка? Знаешь, какие глюки под кайфом бывают? Обкурилась или таблеток наелась, вот и мерещится всякая чертовщина, разгуливающие покойники и злобные вампиры.

Мысль интересная. Наркоманка! Почему бы и нет, я ведь совершенно не знаю эту девушку. Но Жорж прав, нужно позвонить домашним, они, наверное, ищут ее.

На мой звонок ответил приятный грудной голос:

— Алло.

— Мадам Роуэн?

— Нет, это ее дочь Луиза.

— Вас беспокоит мадам Васильева, помните, я привозила портсигар?

— Да, да, конечно, я вас узнала. Мама плохо себя чувствует и не подходит к телефону.

— Собственно говоря, могу и вам все рассказать! Сегодня утром к нам пришла перепуганная Селина. Ночь она провела, бродя по улицам. Что-то вчера вечером напугало девушку до потери сознания. Сейчас пока она спит.

Луиза молчала. Удивленная отсутствием какой-либо реакции с ее стороны, я ринулась напролом:

— Скажите, ваша сестра никогда не употребляла наркотики? То, что она рассказывает, похоже на бред. Вроде встретила в гостиной покойного Роуэна, тот ужасно ругался...

Луиза бесцеремонно перебила меня:

— Давайте адрес, сейчас приеду, лучше поговорить с глазу на глаз.

Я посмотрела на сына.

— Знаешь, а ты, наверное, прав. Стоило мне заговорить о наркотиках, как ее сестра перепугалась и уже мчится сюда.

Аркашка пошел к двери.

— Жаль Селину, может, сумеет завязать, если родственники помогут.

Луиза, наверное, наняла самолет. Не прошло и пятнадцати минут, как она вбежала в холл.

— Где Селина?

Я еще раз удивилась тому, как непохожи сестры. Красавицу Селину не портили ни грязное платье, ни спутанные волосы, ни отсутствие макияжа. Аккуратно причесанная, в дорогом шелковом костюме, с серьгами от Картье и сумочкой от Тиффани, Луиза казалась разряженной нищенкой. Костюм сидел плохо и не скрывал полноватых ног, руки, сжимавшие сумочку, были короткопалые и широкие, ногти, ровно покрытые лаком, имели квадратную форму. Хорош только голос — мягкий, грудной, этакое завораживающее меццо-сопрано.

— Где Селина? — взволнованно повторила Луиза.

— Еще спит.

Луиза облегченно вздохнула. В комнате повисло напряженное молчание.

— Может, кофе? — вспомнила я обязанности хозяйки.

Луиза отрицательно помотала головой и продолжала молчать. Положение становилось идиотским.

— Думается, следует показать Селину домашнему врачу, — попыталась я возобновить разговор, — если вовремя начать лечение, положить в клинику...

Луиза перебила меня:

— Она не наркоманка и не пьяница. Все, что сестра рассказала, — правда.

От удивления у меня глаза полезли на лоб. Ну вот, еще одна ненормальная, у них, наверное, семейное сумасшествие.

— Хотите сказать, что ваш отец вчера вернулся домой и устроил домашним разнос?

Луиза закивала головой:

— Понимаю, что в это трудно поверить. Мы сами до сих пор не можем прийти в себя... Вчера, где-то около девяти вечера, Пьер принес торт, и мы сели пить чай. Мама не нарадуется, что наконец-то осталась одна. И вот, глядя на торт, она говорит: «Представляете, входит отец и возмущается: торт в будний день...» Не успела бедная мадам Роуэн захлопнуть рот, как за ее спиной кто-то забубнил: «Это что же такое, все переделали, уйму денег просадили».

Сначала женщины засмеялись, подумав, что их дурачит Пьер. Но муж Луизы только беззвучно шевелил губами и в ужасе тряс головой. Луиза и Каролина повернулись к двери и онемели. К ним, размахивая руками от возмущения, шел Франциск Роуэн. С Каролиной случилась истерика, Луиза зарыдала, а Пьер лишился дара речи.

Почти всю ночь Роуэны бурно выясняли отношения. Где-то часа в два в столовую вошла Селина. Увидев ожившего мертвеца, девушка дико закричала и выскочила вон из дома. Травмированные мать, сестра и зять даже не остановили ее. Ближе к утру все немного успокоились, Франциск прекратил сыпать упреками и рассказал леденящую кровь историю.

Родители Франциска Роуэна были бедными и неудачливыми людьми. Отец пил горькую, мать перебивалась поденной работой. В семье регулярно появлялись дети, но то ли от побоев, которыми отец Франциска награждал беременную жену, то ли от сырости, вечно царившей в их убогой квартирке, все младенцы умирали, не прожив и нескольких дней.

Выжили только двое — Франциск и его брат Анри. Когда отец увидел, что близнецы остались в живых и, более того, растут здоровыми, он поднял дикий скандал и велел матери отдать одного из мальчишек на воспитание. Бедная женщина не посмела перечить мужу, и свой второй день рождения Анри встречал с новыми мамой и папой.

Органы социальной защиты крепко держали язык за зубами, и матери сообщили только, что Анри попал в семью очень обеспеченных людей и за его судьбу не стоит беспокоиться.

Так Франциск стал единственным сыном. Детство его было голодное и нищее. Иногда мать брала мальчишку с собой в богатый дом, где убиралась. Там, сидя на теплой уютной кухне, пробуя еду, которой никогда не было у Роуэнов, надевая чужие сношенные ботинки, Франциск решил: никогда, никогда он не будет бедным.

Двенадцатилетний мальчишка прилежно учился и через два года стал первым в классе. А еще через три года получил стипендию и поступил в университет. Отец к тому времени спился и умер. Мать продолжала мыть чужие полы, она обожала Франциска и страшно гордилась тем, что сын решил стать химиком.

В день, когда Франциск закончил университет, случилось неожиданное. Придя домой со свеженьким дипломом в кармане, он увидел, что у матери на кухне сидит гостья: сухощавая дама с брезгливо поджатыми губами. Дама скоро ушла, а мать, проплакав полвечера, все-таки решилась рассказать сыну правду.

Так Франциск узнал о существовании брата-близнеца. Дама, приходившая к ним, Клэр Леблан, оказалась его приемной матерью.

У Анри, в отличие от брата, в детстве было все, что душе угодно. Богатые и бездетные Лебланы в нем души не чаяли. Мальчишку устраивали в лучшие школы, где он, впрочем, долго не задерживался. Но если на откровенную лень школьная администрация смотрела сквозь пальцы, то на воровство глаза закрыть не могла.

А Анри был, к сожалению, нечист на руку. Воровал он просто из спортивного интереса. Стоило намекнуть, и Лебланы достали бы ему звезду с неба. Но уже во втором классе он украл завтрак у соседа, хотя в портфеле лежали в промасленной бумажке бутерброды.

Дальше — больше. Анри таскал мелочи в магазинах и деньги у одноклассников. Понимая ненормальность такого поведения, родители потащили мальчишку по психиатрам, психотерапевтам и экстрасенсам. Но Анри продолжал свое: воровал и виртуозно врал по каждому поводу. В результате в 18 лет получил первый срок, а в 23 года сел снова. Клэр Леблан, измученная донельзя, отказалась от сына. Но все же приехала к родной матери.

— Если хотите, можете ходить на свидания. Ведь, в конце концов, это вы родили чудовище, — шипела Клэр на Сюзанну Роуэн, — я больше не могу бороться с вашей дурной наследственностью. Можете забирать этого ублюдка обратно.

Узнав ошеломляющую новость, Франциск призадумался. Появление брата-уголовника его не радовало. Впереди маячила хорошо оплачиваемая работа в лаборатории крупной косметической фирмы. Поставить собственную карьеру под удар он не мог.

Убедившись, что мать исправно бегает на свидания в Сантэ, Франциск в один октябрьский день тихо исчез из дома. Снял маленькую квартирку в дешевом округе и стал говорить всем, что родители давно скончались.

К моменту знакомства с Каролиной Франциск полностью отшлифовал свою биографию. Пьяница-отец превратился в рано ушедшего ветеринара. Франциск все-таки не решился сделать из него врача. Мать — в безвременно скончавшуюся домохозяйку. Естественно, что никаких братьев и сестер у него не было.

Родители Каролины дали за дочерью приличное приданое. Через некоторое время Франциск изобрел новую зубную пасту, удачно продал изобретение, вложил деньги в производство другой зубной пасты и стал быстро богатеть. Чем больше франков оказывалось на лицевом счету, тем меньше он хотел их тратить, постоянно боясь нищеты и голода. Мать он так больше ни разу и не видел, даже не знал, жива ли она. Долгое время боялся, что встретит брата, и каждый раз успокаивал себя, что Анри носит фамилию Леблан и официально не является его родственником.

Узнав шокирующие новости, Луиза и Каролина стали расспрашивать Франциска, где он пропадал столько времени.

— В больнице, — ответил тот.

Оказывается, в день своего возвращения из отпуска Франциск встретил в баре отеля приятную молодую даму. Та попросила подвезти ее до ближайшего городка. Роуэну было трудно отказать, и дама оказалась в машине.

Она села сзади и какое-то время щебетала, потом Франциск почувствовал укол в шею и больше ничего не помнил.

Сознание вернулось к нему внезапно. Он открыл глаза и тут же зажмурился, под веки стала забиваться земля. Руки и ноги не шевелились, придавленные тяжелыми сырыми комьями. В ужасе Франциск понял, что похоронен заживо. Попытался кричать, но звук не выходил из пересохшего горла, хотел пошевелить руками и не мог. Оставалось только ждать смерти. От страха и слабости мужчина потерял сознание, а когда пришел в себя, его легкие наполнял свежий ночной воздух.

Он лежал на носилках, вокруг суетились врачи и полицейские. Только спустя несколько месяцев несчастный узнал, что его спасла собака тридцатисемилетнего Александра Ригерта.

Золотистый лабрадор самозабвенно носился по лесу. Вдруг он заскулил и начал разрывать дерн лапами. Хозяин позвал пса, но тот упорно возвращался назад. Александр пригляделся и понял, что куски травы недавно уложены на перекопанную землю. Пока Ригерт раздумывал, Джок разрыл довольно глубокую ямку, и хозяин в ужасе увидел просвечивавшую сквозь комья мужскую ногу. Быстрее лани Александр кинулся к телефону. Он был уверен, что нашел труп. Но удивление его и прибывших полицейских стало безграничным, когда они поняли, что мертвец жив.

Франциска отправили в больницу, где за него принялись медики. Живым Роуэна можно было назвать только с большой натяжкой. От пережитого с ним случился удар. Левая рука не работала, правая с трудом могла удержать листок бумаги, полностью отключилась речь.

Так как неизвестные грабители, а полиция сразу решила, что речь идет об ограблении, догола раздели несчастного, то несколько недель никто не знал ни имени, ни фамилии потерпевшего. Документы отсутствовали, а сам он был не способен ничего сообщить.

Чтобы как-то развлечь больного, сестры читали ему вслух газеты. Так Франциск узнал о... своей смерти в Тунисе и роскошных похоронах. Мужчина понял, что каким-то непостижимым образом Анри занял его место и сумел одурачить членов семьи. Больше всего Роуэна злило то, что подобной ситуации можно было избежать. Стоило рассказать в свое время Каролине правду, и Анри не смог бы осуществить свой план. А в том, что все происшедшее тщательно спланировал брат, Франциск не сомневался ни минуты.

— Как можно было принять этого уголовника за меня! — кричал он на бедную жену, ничего не соображавшую от шока. — Неужели мы так похожи? Да ты просто обрадовалась, что можешь бесконтрольно тратить деньги!

Очевидно, в этом высказывании была доля истины, потому что именно в этот момент несчастная Каролина лишилась чувств. Не обращая внимания на жену, Франциск накинулся на Луизу и Пьера. И тут тихий Пьер взбесился и, наорав на тестя, взял с собой жену и тещу и отвез к себе домой. Потом поехал в полицию и сообщил все дежурному.

— Сейчас у отца в доме штук пять полицейских, — говорила Луиза, — а мы с мамой совершенно не собираемся туда возвращаться. В конце концов, у нас есть свои средства, проживем как-нибудь. Что вы на это скажете?

А что можно сказать на это? От услышанного закружилась голова. Дверь комнаты распахнулась, и на пороге возникла Наташка. Она приветливо сказала:

— Сейчас немного перекусим.

Следом за Наташкой в комнату потянулись все домашние, привлеченные шумом, прибежали собаки, за ними с Хучиком на руках вошла Селина.

— Лу, — удивилась она, — а как ты сюда попала?

Луиза посмотрела на меня. Я весело потерла руки и голосом бодрой кретинки произнесла:

— Давайте все сядем и спокойно послушаем, что нам расскажет Луиза.

И бедной девушке пришлось повторить свой рассказ. Услышав новости, Селина пошла красными пятнами.

— Бедный папа, какой ужас пришлось ему пережить? А грабителей нашли?

Луиза пожала плечами:

— Бедные мы, жизни теперь не будет. Не знаю, как ты, а мама больше не вернется домой. Кстати, мне надо позвонить.

Я отвела ее к телефону и побежала в столовую. Семья пребывала в крайней степени возбуждения.

— Мамочка, пусть Селина поживет у нас, — взволнованно верещала Маня, — зачем ей ехать домой!

— Нет-нет, — сказала Оксана, — она должна хотя бы увидеться с отцом и поговорить с ним.

— А зачем с ним разговаривать, — встрял Дениска, — и так все ясно. Опять запрут дома и выходить запретят.

— Мне кажется, что обсудить проблему следует на французском языке, — заметила Оля, — а то Селина ничего не понимает.

Мы начали высказывать свои соображения. Тут вошла Луиза, вид у нее был расстроенный.

— Что еще случилось? — спросил Аркашка.

— Мама приехала домой и ждет нас с Селиной.

— Боюсь встречаться с отцом, останусь здесь, — захныкала Селина, — не поеду ни за что.

— Придется, — твердо произнесла Луиза. — Господин Роуэн сказал маме, что, если мы все не вернемся, он переделает завещание и оставит все деньги благотворительному фонду. Так что собирайся.

— Лучше бы он на самом деле умер, — вырвалось у Селины, — опять начнутся издевательства.

В комнате повисло неловкое молчание.

— Послушайте, — обратилась ко мне Луиза, — сделайте доброе дело, поедемте с нами. Отец поостережется устраивать сцены при посторонних. А то, боюсь, как только мы появимся, в наши головы полетят стулья!

Селина умоляюще сложила руки:

— Да, пожалуйста, умоляю. Папа всегда так блюдет внешние приличия, он не станет при вас ругаться, я не выдержу, если на меня будут кричать.

После таких просьб оставалось только согласиться.

— Мамочка, мамусечка, — зашептала Маруся, — возьми меня с собой, мне так ужасно интересно.

— Детка, это же просто неприлично!

— Ну, мамочка, я не пойду в дом, подожду в машине, ну пожалуйста!

Пришлось согласиться и на это.

— Надень сиреневый костюм, серьги с аметистами и то кольцо, что подарил тебе на Рождество Аркашка, — проинструктировала Оля.

— Не забудь сумочку, — напомнила Оксанка.

— И надень туфли, а не кроссовки, — съехидничал Аркадий.

Я тяжело вздохнула и пошла выполнять инструкции. Оделась, подкрасила губы и довольная результатом спустилась в столовую. В комнате уже никого не было. В машине я нашла девушек, Маню и... Дениску.

— Ну, мамочка, — заныла дочь, увидев мой красноречивый взгляд, — нельзя же оставить Деню дома одного.

Глава 14

Во дворе дома Роуэнов стояли полицейская машина и «Скорая помощь». Первый, кого я увидела в холле, был выходящий из гостиной Жорж.

— Вот те на, — недовольно проговорил он, — может, взять тебя на работу в бригаду. Все равно без конца путаешься под ногами, а так хоть деньги будешь за любопытство получать.

Шедший за ним следом эксперт заулыбался и бросился целовать мне руку:

— Мадам, я так давно не встречал вас. Так хотелось...

— Ладно, будет любезничать, — прервал его Жорж, — ты зачем сюда приехала? Да еще и детей приволокла. Собак хоть дома оставила?

Я оглянулась, за моей спиной маячили тихие, как тени, Маня с Деней.

— Вы же обещали не выходить из машины!

Ребята тут же испарились.

— Ну, — повторил Жорж, — зачем ты здесь?

— Мадам — наша гостья, — заговорила Луиза, — и я не понимаю, почему вы позволяете себе разговаривать с женщиной подобным тоном.

— Оставьте, Луиза, — улыбнулась я, — комиссар мой хороший друг, он совершенно не сердится, это у него такая манера говорить с теми, кого он любит.

Жорж крякнул и посмотрел на сестер:

— Ладно, я вернусь через час, и мне нужно будет поговорить с вами.

Девушки согласно закивали головами, и я вошла

в гостиную. Высокий худощавый человек поднялся из кресла. Узкий длинный нос, близко посаженные карие глаза, тонкий, сжатый в ниточку рот, жидкие волосы — Франциск Роуэн не был эталоном мужской красоты. Но, когда он обратился ко мне, в голосе прозвучала властность человека, привыкшего командовать:

— Вы опоздали на целый час, мадам Реми.

— Я не мадам Реми, меня зовут мадам Васильева, и я привезла вашу младшую дочь. Селина очень напугалась ночью и пришла к нам.

Роуэн чопорно улыбнулся:

— Простите, я принял вас за сиделку, которую доктор вызвал к моей жене. И где же мои дочери?

Сестры робко вошли в гостиную.

— Папочка, — проговорила Селина, — я так рада тебя видеть.

— Мы поговорим об этом позже, — оборвал ее отец.

Минут десять он вел со мной светскую беседу, а потом ясно дал понять, что пора бы тебе, мадам Васильева, убираться восвояси. Я откланялась и вышла на улицу. Возле машины маялись от любопытства дети.

— Ну, что там было? — кинулись они ко мне.

— Ничего, просто вежливо выгнали.

На обратном пути Деня и Маня щебетали как канарейки, и вдруг девочка спросила:

— А почему вы решили, что это Франциск воскрес из мертвых, может, это его брат прочитал в газетах о смерти в Тунисе и устроил весь этот спектакль!

Я мгновенно нажала на тормоза. Ну и Машка! Высадив детей у супермаркета, я тихо покатила домой и тут же позвонила Жоржу. Комиссар рассмеялся, услышав Машкины предположения:

— Может, предложить ей пойти учиться на полицейского? Редкая сообразительность для ребенка. Та же мысль пришла в голову моим сотрудникам, и мы взяли у Франциска Роуэна отпечатки пальцев. Должен разочаровать тебя — он тот, за кого себя выдает.

— А у близнецов разные отпечатки пальцев?

— Конечно. Более того, тюремная администрация сообщила нам, что Анри в свое время участвовал в драке и на животе у него шрам. Еще и татуировка.

— Странно, что Каролина не заметила подмены.

— Странно, но в этом деле вообще много непонятного. Даша, лучше не проявляй ненужного любопытства. Предоставь профессионалам спокойно делать свою работу.

...Наступил вечер. Я лежала на диване, укрыв ноги пледом. Рядом мирно посапывали собаки. Любимый детектив Агаты Кристи под рукой, чашечка кофе рядом, сигарета — что еще надо человеку для счастья? Только одно — чтобы его не трогали и не звали каждую минуту. Но нет, этого в нашей семье не дождаться. Не успела я раскурить «Мальборо», как в комнате возникла Софи:

— Мадам Оксана взяла детей, и они сказали, что поужинают в «Макдоналдсе». Странно, что врач разрешает ребятам питаться этой, с позволения сказать, котлетой! Наверное, поэтому Денис такой бледный, привык есть всякую дрянь вместо здоровой еды.

— Да ладно тебе, Софи. Все дети обожают забегаловки. Ничего с ними не случится. Ну дадим им энтестопан, и все.

— Оля поругалась с Аркадием, — продолжала ябедничать Софи, — она последнее время очень нервная, а сегодня утром ее стошнило в туалете. Может, у нас будет малыш!

Я отложила книгу, почитать не удастся. У Софи плохое настроение, и она намерена выложить все чужие секреты. А я очень не люблю знать то, что мне не хотят рассказывать. Меньше знаешь — лучше спишь.

— А Дима не ночевал, — продолжала кляузничать экономка. — Его нет уже почти сутки.

Я села на диване. Придется встать и начать поиски Димы. С его неаккуратностью и невнимательностью он мог попасть под машину. Софи открыла рот, чтобы продолжить тираду, как вдруг раздался дикий собачий визг, грохот, ругань, гром упавшего предмета...

Я выскочила в коридор, на первом этаже творилось что-то невообразимое, звук каких-то странных шлепков, громкий разговор... В холле стояли Дима, Аркадий и Оля. Аркашка прижимал к груди отчаянно визжащего Хучика, на полу растекалась небольшая кровавая лужица. Оля колотила Диму по спине журналом «Космополитен». Банди, как всегда, тихонько подвывал, Снап возбужденно фыркал. На шум прибежали Софи, Наташка и кошки, из кухни притащился Луи.

— Что здесь происходит? — громовым голосом поинтересовалась Наталья.

Оля повернулась к ней заплаканным лицом:

— Этот недотепа убил Хучика.

— Да не трогал я вашу дурацкую собаку, — завопил как-то странно Дима, — жива она и здорова! Просто случайно наступил на него, вот ведь как орет, дохлые собаки, к вашему сведению, молчат. — И очень довольный собой, он с грохотом сел мимо кресла.

Мы с Наташкой бросились к мопсу. Федор Иванович дрожал всем маленьким тельцем. Казалось, что под серой шкуркой нет костей, он тоненько взвизгнул, когда Наталья попыталась взять его у Аркашки.

— Надо срочно вызвать ветеринара, — всхлипнула Оля, — может, Хучик умирает.

— Откуда у него вытекла кровь? — поинтересовался Аркадий. — Вроде ран никаких нет.

— Это моя кровь, — прихихикнул Дима, — когда на пса наступил, схватился рукой за дверь, стекло разбил и порезался. — И он показал длинную царапину на ладони.

Я подошла посмотреть рану и почувствовала, что от парня пахнет алкоголем.

— Дима, да ты пьян! И где ты ночевал сегодня?

— Пьян! Всего-то несколько бутылок пива выпил, а ночевал у друзей, вам сообщить имена?

— Не хами, — надвинулся на него Аркадий.

— Не кричи, тоже хозяин нашелся, — возразил Дима.

— Я-то хозяин, — не остался в долгу Аркадий, — а ты в гостях и веди себя соответственно.

— Фу-ты ну-ты, ножки гнуты, — прогнусавил Дима и стукнул моего сына ногой. Тот не остался в долгу и отвесил ему звонкую оплеуху. Через несколько секунд они уже дрались вовсю, и Аркадий явно проигрывал в схватке.

В эту секунду распахнулась входная дверь, и на пороге возникли Маня и Денис. Увидев, что Дима бьет ее брата, Машка с боевым воплем кинулась вперед и укусила парня за ногу. Дима заорал и со всей силой швырнул девочку в сторону.

Тут уже на него накинулись все, кроме Оли, державшей на руках трясущегося Федора Ивановича. Наталья вцепилась в блондинистые волосы Димы, Дениска лупил его ногой, я и Софи хватали за руки.

В какой-то момент Дима изловчился, сунул правую руку за пазуху и через секунду... выстрелил. Мы все замерли от ужаса.

— Брось пистолет, идиот! — не своим голосом закричала Наташка и со всего размаха опустила на голову стрелявшего громоздкую фарфоровую вазу. Бесценный шедевр эпохи Мин рассыпался в прах, Дима слегка покачнулся и рухнул вперед лицом. Мы утерли пот и перевели дух.

Первым делом Аркашка схватил пистолет. К счастью, пуля, пробив окно, вылетела в сад. Дима продолжал лежать не шевелясь.

— Господи, я убила его, — прошептала Наташка.

Аркадий наклонился над неподвижным телом:

— Да нет, он просто пьян и спит.

Словно подтверждая его правоту, Дима громко всхрапнул. Мы посмотрели вокруг: два разбитых стекла, рассыпавшаяся ваза — могло быть хуже.

— А где Хуч? — вдруг вспомнила Оля.

Мы стали заглядывать под кресла, стулья и столики в поисках трупика Хуча. Но мопс как сквозь землю провалился.

— Он у меня, — закричал из кухни Луи, — пьет какао!

— Жив, значит, — радостно констатировал Аркадий.

— А что случилось с Федором Ивановичем? — поинтересовался Денька.

Тут мы сообразили, что дети с Оксанкой пришли уже в разгар драки, и рассказали им о злоключениях мопса. Дениска тут же понесся на кухню, Маня за ним. Аркадий задумчиво почесал голову:

— А что с этим фруктом гнилым делать?

— Надо оттащить его в комнату, — сказала Наталья, — проспится, тогда и поговорим.

— Я не буду его тащить, — возмутился Аркадий, — он свинья, пьяная неблагодарная свинья. Пусть уезжает домой. Ничего хорошего от его мамули вы с Наташкой не видели. Зачем нам здесь пьяницы с пистолетом?

— Ладно, ладно, — примирительно проговорила Наталья, — иди попей кофейку, а я позову Ива с сыном, они отнесут это сокровище наверх.

Глава 15

Утром Дима переполнился раскаянием. Он буквально вполз в столовую, где мы завтракали. Увидев, как напрягся при его виде Аркадий, парень чуть не заплакал.

— Простите, ну простите, Бога ради. Сам не знаю, что на меня нашло, я и пистолет-то в первый раз в руках держал.

Выяснились подробности того, как он провел предыдущий день. Сначала сходил на работу, потом заглянул в кафе, познакомился в Латинском квартале с какими-то ребятами — художниками, пил с ними весь вечер, ночь и утро следующего дня. Потом, не помня как, оказался на Блошином рынке и купил там у здоровенного негра малахитовые бусы и пистолет. Бусы он хотел подарить Селине, а пистолет приобрел просто так, сам не зная зачем.

— Наверное, он мне просто понравился, — каялся Дима. — Прости, Аркашка, в первый раз так напился, и ты, — он повернулся к Мане, — извини, не хотел тебя ударить. И собачку очень жаль!

И тут Дима сделал невозможную вещь: взял на руки Хуча и стал его неумело поглаживать. Видя такое полное раскаяние, все сменили гнев на милость.

— Ладно, ладно, — сказал Аркашка, — с кем не бывает. Ну и напугал ты нас этим пистолетом. Я его убрал.

— Выброси его, Бога ради, — взмолился Дима, — даже не знаю, как из него стрелять.

— Ну, вчера у тебя ловко получилось, — отметила Оксанка, — прямо как в кино.

Дима смутился окончательно:

— Это спьяну.

Он отпустил Федора Ивановича на пол и незаметно вытер руки о брюки. Заметивший брезгливое движение, Денис беззвучно зашевелил губами.

Конец недели у нас прошел идиллически. Все дети были милы и вежливы. Дима больше не напивался и поминутно пытался гладить животных. Аркадий снизошел до того, что отвез парня к своему парикмахеру.

В субботу приехал обвешанный коробками Жорж. Шоколадные конфеты, засахаренные фрукты, торт-мороженое — это детям. Оле — книга «Наш ребенок», мне набор новых спиц в чемоданчике, Оксане и Наташке — красивые флаконы духов.

— У нас Рождество? — осведомилась я.

— Нет, — разулыбался Жорж, — просто сегодня небольшой юбилей, и поэтому я привез всем подарки. Кстати, вот здесь небольшой презент для собачек и кошек.

И он жестом фокусника извлек из пакета пару больших мячей, маленький мячик и двух искусственных мышек.

— А что у тебя за юбилей? — поинтересовалась любопытная Маня.

— Ну, не совсем юбилей, — потупился Жорж, — просто день рождения.

Я покраснела от стыда. Боже, совсем забыла, надо как-то выкрутиться из создавшегося положения.

— Помним, помним, что день рождения, — подмигнула я Мане. — Но ты ведь сам рассказывал, что родился поздно вечером. Так что поздравлять тебя будем за ужином, и подарки получишь тогда же. А пока можешь взять собак и погулять в саду.

— Ты помнишь, когда я родился, — умилился Жорж и позвал собак.

— Так, — сказала я, когда он ушел, — Маня, быстренько обеги всех и вели приготовить подарки.

Через десять минут закипела работа. Луи срочно принялся печь торт. Дети начали развешивать в гостиной гирлянды, Дима надувал воздушные шарики. Я же, снабженная списком подарков, отправилась в магазины. Ничего не подозревавший о суматохе комиссар мирно гулял в саду.

Отъехав от дома, я притормозила и изучила список. Маша хотела подарить фигурку мопса, Денька — одеколон после бритья, Оля остановилась на коробке сигар, Наташка придумала новый портфель, Оксана — галстук. Только у меня была пустота в голове.

Поколебавшись несколько минут, я поехала в «Галери Лафайет». Куплю все сразу в одном месте, а от себя презентую зажигалку «Ронсон».

В «Галери» толпился народ. Пробежавшись по этажам и приобретя необходимое, я завернула в кафе. Там тоже было не протолкнуться. И, взяв стакан сока, я стала оглядываться в поисках места.

За одним из столиков, в самом углу сидела Каролина Роуэн. Судя по красным пятнам на ее лице, женщина нервничала.

«Интересно, что она здесь делает?» — подумала я и, опустив поля шляпки, тихонько подобралась поближе. В этот момент за столик к Каролине подсела молодая женщина и взволнованно заговорила. Меня еще больше разобрало любопытство, и я встала почти за спиной Каролины. Но в кафе было шумно, женщины говорили шепотом, и я смогла разобрать только несколько слов.

Внезапно молодая женщина встала и ушла, Каролина залпом выпила стакан воды, но с места не двигалась. Она нервно комкала носовой платок и даже не притронулась к пирожному. Через несколько минут мадам Роуэн наконец встала и двинулась к выходу, я незаметно пошла за ней.

Несколько кварталов Каролина прошла пешком, затем остановилась возле магазина сумок и стала рассматривать витрину. Видимо, заметила слежку. Но не меня. За мадам Роуэн наблюдала еще одна женщина — невысокого роста, в черных джинсах и черной же рубашке. Волосы ее скрывал серый платок, на носу сидели карикатурно большие очки.

Женщина остановилась у соседней витрины и принялась внимательно изучать канцелярские принадлежности. Она не двинулась с места, даже когда Каролина вошла в шляпный магазин. Я перешла на другую сторону, вошла в булочную и через окно продолжила наблюдение.

Десять минут, двадцать, полчаса, Господи, что можно так долго делать в магазинчике размером со спичечный коробок! Очевидно, подобная мысль пришла в голову и женщине в черном. Она решительно толкнула дверь шляпной лавки и шагнула внутрь. Но уже через минуту выскочила на улицу и стала растерянно оглядываться. Очевидно, у бутика есть второй выход на параллельную улицу, догадалась я.

Незадачливая сыщица сняла очки, и я увидела перед собой... Селину. Вот это новость! Зачем понадобилось дочери следить за матерью? Что, черт возьми, происходит у Роуэнов? Мучимая любопытством, я стала собирать свои кульки и пакеты, а, когда, наконец, вывалилась со всеми покупками на улицу, Селины и след простыл. Пришлось возвращаться к своей машине...

У Жоржа получился чудесный день рождения. Дети и Оксанка надели красные бумажные шапочки. Гостиную украсили флажками, гирляндами и китайскими фонариками. Снап и Банди щеголяли в бабочках, на Хучика напялили Наташкину золотую цепочку, сама Наташка, Оля и Аркадий нарядились поросятами.

Увидев весь этот кавардак, Жорж был в шоке. Окончательно добило его мое появление с мешком подарков и торжественный вид Луи с тортом в руках. За неимением свечек Денька воткнул в крем 100-ваттную электрическую лампочку.

— Ну, мне все-таки не 100 лет, — робко запротестовал комиссар.

— Это чтобы ты жил до ста лет, — нашлась Наташка.

Подарки развернули, торт съели. Жорж устроился в кресле с сигарой, на коленях лежал Хучик. Оля и Аркадий играли в триктрак, остальные мирно смотрели телевизор.

«До чего же хорошо дома», — пронеслось в голове, и в этот момент зазвонил телефон. Маня схватила трубку.

— Мамулечка, тебя.

— Алло.

— Даша?

— Я.

— Вы меня узнали, это Селина. Есть время поговорить?

— Да, конечно, приезжай, если хочешь.

— Нет, я не могу выйти из дома, лучше по телефону.

— Тогда подожди минутку, — и, взяв трубку, я двинулась в холл. — Ну вот, теперь можешь говорить.

— Только хотела предупредить вас, Даша, что если со мной что-то случится, то оставляю...

Селина внезапно умолкла. Я занервничала:

— Селина, продолжай, слушаю тебя.

— Позвоню поздней. — И девушка бросила трубку.

Я в задумчивости побрела в гостиную, почему Селина прервала разговор, что может с ней случиться? Проницательный Жорж прищурился:

— Посекретничала?

— Посекретничала!

Ничего ему не расскажу. Он не делится информацией, и я тоже не стану.

— А мы будем ужинать? — поинтересовалась Маня.

— Ну, ты обжора, Марихуана, — изумился Денис, — только что такой торт съели.

— Это сладкое, — заупрямилась Маруся, — а после сладкого всегда хочется соленого огурчика или маринованного помидорчика.

Внезапно побледневшая Оля подскочила на диване и бросилась вон из гостиной. Мы понимающе посмотрели ей вслед.

— Черт-те что, — хмыкнул Аркадий, — из нее вся еда выскакивает, бедные дети умрут от голода, не успев родиться. Да еще такая нервная стала. Вчера купил такого хорошенького розового мишку, а Олька хотела голубого и давай из-за такой глупости рыдать и упрекать меня в невнимательности.

— Ну, это наблюдается и у животных, — сообщил Денька, — вот самки обезьян...

— А когда ожидается прибавление? — оживился Жорж.

— К Новому году или в начале января, как получится, — ответил Аркадий.

— Подожди-ка, — внезапно изумилась я. — А почему ты сказал, что «бедные дети умрут от голода»? Их что, много?

— Двое, — радостно сообщил Аркадий, — сегодня делали ультразвук и узнали, что двойня. Вот только не могут сказать кто: мальчики или девочки. Лежат очень странно, друг на друге. Да нам и фотографию дали.

И он вытащил из кармана листок с черно-белыми пятнами.

— Где же здесь дети, — изумилась Маня, — какие-то лужи.

— Дай сюда, — потребовала Оксана. — Вот они, твои племянники, смотри. Две головки, ручки, ножки.

Маня в изумлении разинула рот:

— И я такая же была?

— Еще хуже, — хихикнул Дениска.

Оля вернулась в гостиную:

— Первое фото разглядываете? Правда, жуткий вид?

Я была с ней согласна, лучше уж увидеть своих внуков готовыми, а не в виде полуфабриката.

— Сразу двое, как здорово, — радовалась Наталья, — купим такую большую коляску с кружевным зонтиком и две одинаковые кроватки.

— А еще всякие там кофточки и юбочки! — заверещала Маня.

— Зачем им юбки, — возразил Денис, — младенцы лежат в пеленках.

— Тоже мне, специалист по младенцам, — хмыкнула Маруся. — Много ты грудничков видел?

— Я принимал роды у кошек и собак, — гордо заметил Дениска.

— Моя Олька не собака, — возмутилась девочка и треснула мальчишку по затылку.

Тот не остался в долгу.

Я удовлетворенно вздохнула. День рождения определенно удался. Да и двое внуков сразу — тоже хорошо. Может, родятся тихие скромные девочки, будут вышивать носовые платочки. Хотя, если посмотреть, как дерется их будущая тетя... В общем, чудесный день сегодня. Только непонятно, куда опять подевался Дима?

Глава 16

Прошло несколько безмятежных дней. Наша жизнь крутилась вокруг Оли. Луи самозабвенно давил соки.

— Все то, что продается в пакетах и бутылках — полная ерунда, — приговаривал он, натирая на терке морковь.

Наташка обложилась книгами «Вязание для ваших детей» и самозабвенно мастерила шапочки. Я поминутно шипела на Аркадия, призывая его поселиться временно в отдельной спальне. Деня подробно объяснял бедной будущей маме процесс родов у мартышки, а Маня поминутно прикладывала руки к совершенно плоскому Ольгиному животу и кричала:

— Когда же они будут активно шевелиться?

До сих пор не могу понять, как бедная невестка выдержала всю эту заботу и не рехнулась окончательно.

В пятницу я купила возле метро «Пари суар», развернула газету и обомлела. На второй странице кричал аршинный заголовок: «Новая трагедия в семье Роуэн». Расширившимися от ужаса глазами стала читать заметку: «Сегодня утром новое несчастье обрушилось на семью известного фабриканта зубной пасты Франциска Роуэна. В восемь утра Луиза Роуэн обнаружила свою младшую сестру Селину повесившейся в ванной комнате на трубе отопления. Девушка перерезала веревку, вызвала «Скорую помощь» и стала делать погибшей искусственное дыхание. Но ни ее усилия, ни старания прибывших медиков не вернули юной жизни. «Я потрясена случившимся и не могу понять, почему сестра это сделала», — сказала нашему корреспонденту Луиза.

Франциск Роуэн от комментариев отказался. Каролина Роуэн помещена в частную лечебницу, у бедной матери помутился рассудок. Следствие по делу ведет комиссар Перье».

Не помню, как добралась до дома и показала газету Оксане.

— Бедная девочка, — ужаснулась та, — какая страшная смерть! Может, поехать к Луизе, помочь чем-нибудь?

Я моментально вскочила в машину и порулила к Роуэнам. Возле особняка стояла тишина, ни полицейских, ни газетчиков. Позвонила в домофон. Ответила Луиза:

— Да?

— Луиза, это я, Даша, откройте.

Ворота отворились, и я влетела в сад. От двери по дорожке медленно брела похожая на тень девушка. Я с трудом узнала всегда аккуратно одетую Луизу. На этот раз на ней висел какой-то халат, косметика отсутствовала. Но странным образом Луиза похорошела:

— Спасибо за визит, — прошелестела она бесцветным голосом, — так непривычно одной в доме.

— А где отец?

— Вызвали в полицейское управление, а потом поедет к маме в клинику.

Несмотря на жару, Луиза зябко передернула плечами.

— Ты ела что-нибудь?

Луиза задумчиво проговорила:

— Вчера, кажется, пила чай.

— Но так же нельзя, — возмутилась я и потащила девушку на кухню, — сейчас велю приготовить ужин.

— Некому велеть, — произнесла Луиза, — отец рассчитал кухарку, мамину горничную, выгнал всех слуг.

— Кто же убирает особняк? — изумилась я.

— Я навела порядок в столовой и гостиной, но пылесосить все комнаты мне не под силу. А мама готовила обед, завтракали и ужинали тостами.

Я заглянула в холодильник: ни яиц, ни сыра, ни масла, ни колбасы. И чем здесь питаются? На полке скучал пакет обезжиренного молока. Так пусто не было у меня даже в былые годы перед зарплатой. В шкафчике нашелся пакет овсянки.

— Будешь геркулесовую кашу?

— Все равно, — ответила Луиза и тихо заплакала.

Матерясь про себя, я стала помешивать кашу.

— Все это ужасно, не могу понять, почему Селина решила покончить жизнь самоубийством.

— Она не делала этого, — невнятно произнесла Луиза, — кто-то убил мою сестру и хотел инсценировать самоубийство.

Я так и замерла над кастрюлькой.

— Откуда ты это взяла?

— Когда полиция осматривала тело, нас попросили выйти, но я была в туалете и слышала через отдушину, как медэксперт объяснял комиссару, что это явное убийство. У Селины на шее от веревки остался такой след, какие не бывают у самоубийц. Эксперт почти на девяносто пять процентов уверен в убийстве.

— А комиссар?

— Он выслушал коллегу и сказал, что в интересах дела надо поддерживать версию самоубийства. Нашей семье официально сообщили, что мы не имеем права хоронить тело, пока идет следствие.

В этот момент каша с громким шипением вылилась на конфорку, в кухне резко запахло горелым. Я уставилась на испорченный ужин.

— Луиза, будь умницей, подожди меня, я съезжу в магазин.

Девушка покорно закивала головой.

В супермаркете я пошвыряла в проволочную корзинку все, что попалось под руку: йогурты, замороженные овощи, пиццу, несколько упаковок готовой китайской еды, пару цыплят, брынзу. Луизу я нашла на кухне на том же стуле.

— Даша, останьтесь, мне страшно в доме одной, вдруг убийца вернется!

— Не вернется, скорей всего это был грабитель, решивший поживиться, — пробормотала я, не веря собственным словам.

Луиза печально улыбнулась:

— Я пока еще не в маразме. В доме ничего не пропало. Селина висела в своей одежде, рядом валялась отброшенная табуретка. Очевидно, она даже не сопротивлялась, а просто спокойно разрешила себя повесить. Почему сестра не кричала, не звала на помощь? И что это за странный вор, устраивающий спектакль с веревкой. Предположим, Селина внезапно помешала кому-то совершить ограбление. Да любой уголовник просто схватит первый попавшийся стул и опустит ей на голову, или пырнет ножом, или выстрелит... А тащить в ванну ночью, когда в доме еще есть люди! Поэтому и боюсь оставаться одна!

— А твой отец, он что, не вернется?

— Нет, он хотел переночевать у мамы в клинике, кажется, он сам боится...

— А где же твой муж?

Луиза печально посмотрела в сторону:

— Пьер выдвинул ультиматум: или он, или мои походы к маме. Но я не могу сейчас бросить маму одну, ей очень тяжело. А отец выставил свои условия: либо я живу дома, либо отправляюсь восвояси к мужу, но тогда нечего рассчитывать ни на какое наследство. А Пьер беден, у меня же очень мало собственных средств, и я надеюсь, что после смерти папы получу довольно крупную сумму денег...

Она замолчала, я не знала, что ей возразить:

— Конечно, останусь у тебя на ночь, не волнуйся.

Мы посидели еще примерно с час на кухне, потом у Луизы стали слипаться глаза.

— Если хотите, ложитесь в комнате Селины, — сонно произнесла девушка, когда я укрыла ее одеялом, — третья дверь по коридору, на ней нарисована буква С.

Я пошла искать свое пристанище. Вид комнаты Селины поразил меня. Можно подумать, что Роуэны живут на пособие по безработице.

Старомодная железная кровать с шариками, узенький диванчик, старенький письменный стол и обшарпанный шкаф. Кровать застелена потертым пледом. И нигде нет ни одной мелочи, которые так любят девочки: ни мягких игрушек, ни фотографий, ни плакатов. Комната была безлика, как гостиничный номер, и уныла, как тюремная камера. Около кровати не стояла тумбочка, а под потолком висела просто электрическая лампочка.

Мне не хотелось ложиться на кровать Селины, и я попыталась устроиться на неудобном диване. Но сон не шел, в воспаленном мозгу крутились дикие мысли. Бедная Селина, что она сказала, когда звонила в последний раз: «Если со мной что-нибудь случится, то оставлю...» Что и где она оставила? Я поднялась и открыла шкаф. На вешалке сиротливо висело несколько дешевых платьев и старенькие джинсы, на полках лежало жалкое бельишко.

В ящиках письменного стола тоже не обнаружилось ничего интересного — старые тетрадки, записная книжка. Я сама не знала, что ищу: письмо, фотографию, какой-нибудь другой предмет?

Разочаровавшись, снова попыталась устроиться на диване, но уснуть не могла. В тоске смотрела я на железную кровать. Надо же, у меня в детстве была точно такая же. Большие шишечки, венчающие спинки, отворачивались. Внутри они полые, и я прятала там конфеты, чтобы полакомиться ночью под одеялом. Бабушка все никак не могла понять, откуда появляются фантики.

Я подскочила на диване и бросилась отворачивать никелированные шары. Бомбошки легко поддавались, и в четвертой по счету обнаружился аккуратно сложенный листок бумаги. Дрожащими от возбуждения руками я развернула листок. На нем аккуратным, совсем детским почерком было написано:

«Анна Дюруа, отель «Зеленая хижина», N 7».

Глава 17

Судьба Селины не давала покоя. Бедная, бедная девочка, не имевшая даже подруг! Полиция продолжала упорно поддерживать версию самоубийства. Газеты постепенно теряли интерес к этой истории, а когда спустя неделю в пригороде был обнаружен труп известного телеведущего, средства массовой информации получили новую пищу для шума, и о Селине забыли напрочь. На мои робкие вопросы Жорж отвечал сердито:

— Отвяжись, Бога ради. Ты что, думаешь на моих плечах только одно дело? Да у бригады полно работы. Сейчас закончатся кое-какие экспертизы, и тело самоубийцы отдадут родственникам.

Я рассердилась и возмутилась одновременно. Что ж, если комиссар не хочет откровенничать, я тоже не расскажу о том, что знаю. А если он не хочет искать убийцу несчастного ребенка, то этим займусь я сама.

Начинать следовало с отеля «Зеленая хижина» и таинственной Анны Дюруа. Обзвонив несколько крупных туристических агентств, я с тоской узнала, что гостиница с подобным названием никому не известна. Помощь неожиданно пришла от Луизы:

— Я ужасно устала, — пожаловалась она как-то по телефону. — Мама все еще в больнице, Пьер со мной не разговаривает, отец выдает теперь на хозяйство не франки, а сантимы. Дом пришел в полное запустение, убрать успеваю только три комнаты и кухню. Все-таки раньше папина жадность имела пределы, и у нас работали кухарка и горничная. Теперь я должна делать все сама. Так хочется поехать куда-нибудь отдохнуть, но боюсь, что отец посчитает даже «Зеленую хижину» слишком дорогой!

— А что это за «Зеленая хижина», где она находится? — насторожилась я.

— Очень небольшая и дешевая гостиница, где отец традиционно проводит отпуск, — ответила Луиза и простодушно сообщила адрес.

На следующий день, рано утром, я двинулась в путь. Ехать пришлось два часа и еще некоторое время плутать по сельским дорогам. Где-то в одиннадцать часов показалось небольшое двухэтажное здание, выкрашенное розовой краской. «Зеленая хижина» — гласила вывеска.

Припарковав машину на небольшой площадке, я вошла в темноватый холл. За стойкой пожилой портье читал книжку. Увидев предполагаемого постояльца, он отложил детектив и поинтересовался:

— Могу чем-нибудь помочь?

— Хочу получить одноместный номер.

Служащий развел руками:

— Извините, мадам, но все занято.

— Странно, — протянула я, — а господин Роуэн, рекомендовавший ваш отель, сказал, что здесь всегда есть свободные комнаты.

— Вы знаете господина Роуэна? Он отдыхает у нас уже много лет подряд, — портье открыл большую книгу, — одноместные комнаты заняты, если хотите, можете получить седьмой номер, но предупреждаю, это президентские апартаменты люкс. Стоит дорого.

Согласившись на люкс, я получила ключик с большой деревянной грушей. Симпатичная молодая горничная, чем-то похожая на Олю, потащила сумку на второй этаж.

Люкс состоял из двух комнат: гостиной и спальни. В первой стоял большой полированный стол, четыре стула, небольшой диванчик, два кресла, крохотный холодильничек. На окнах висели зеленые ситцевые занавески.

В спальне была только огромная кровать под зеленым покрывалом и тумбочка с ночником. В комнатах царила стерильная чистота, пахло мастикой для мебели и какой-то парфюмерией.

— Ну что ж, очень мило, — проговорила я, протягивая горничной чаевые, — наверное, господин Роуэн всегда останавливается в этом номере.

Девушка захихикала:

— Ну уж нет. Он такой жадный, просто жуть! Говорят, отдыхает в гостинице 20 лет и всегда занимает один и тот же номер. Обед подадут в ресторане в час дня, — и девушка исчезла.

Я спустилась на первый этаж, портье продолжал читать книгу.

— Вы наша новая гостья? — раздался за спиной приятный басок.

Я повернулась и увидела высокого мужчину лет сорока, с приятной улыбкой, который тут же представился:

— Управляющий отелем месье Пуле, но постояльцы зовут меня просто Серж. А где удочки или хотите взять их напрокат?

— Какие удочки? — изумилась я.

— Как? — изумился, в свою очередь, Серж. — Вам неизвестно, чем славится наш отель? Сюда приезжают любители рыбной ловли. Чуть подальше, в стороне от дороги находятся пруды с карпами. Днем и утром вы их ловите, а вечером кушаете свой улов. Наш повар потрясающе, просто фантастически готовит рыбу!

— Надо же, а господин Роуэн ничего не говорил о рыбалке, сказал только, что у вас можно спокойно отдохнуть.

Тень набежала на приветливое лицо Сержа.

— Вы хорошо знакомы с господином Роуэном?

— Да нет, не очень, кажется, с ним трудно дружить, он такой специфический человек.

— Да уж, это точно.

— И, по-моему, он скуповат.

Управляющий засмеялся:

— Нехорошо обсуждать постояльцев. Строго-настрого запрещаю это сотрудникам хижины. Но можно пройтись до прудов и поболтать по дороге.

Мы двинулись в путь. К счастью, Серж любил поговорить и примерно с полчаса изливал на меня потоки информации.

Франциск Роуэн ездил в «Зеленую хижину» на протяжении двадцати лет и все годы останавливался только в одном номере на первом этаже, к тому же администрация делала ему скидку.

Окна комнаты выходили прямо на кухонный двор. С пяти утра там стоял шум — сначала приезжала машина с хлебом, потом с молоком, затем наступал черед мясника и зеленщика. А по вторникам добавлялась прачечная. Собственно говоря, данный номер редко удавалось сдать, но Франциск согласился сразу, как только узнал про скидку. Однако в этом году произошло нечто странное.

В один из дней Роуэн решил проехаться в соседний городок. Вернулся довольно поздно и совершенно другим человеком. Во-первых, заказал ужин в номер. Так, ничего особенного — бифштекс с жареной картошкой. Но на кухне это восприняли как революцию. И заказ понес сам шеф-повар. Вернулся он минут через десять в состоянии крайнего изумления. Франциск предложил ему стаканчик винца.

На следующее утро Роуэн пришел к Сержу и попросил другую комнату. Управляющий предупредил, что скидка распространяется только на третий номер.

— Ну и черт с ним, — улыбнулся Франциск, — не могу спать, когда так гремят под окном.

И вообще, за один день он буквально преобразился. Раньше прислуга его недолюбливала. Роуэн никогда не давал чаевых. Завтракал, правда, в отеле, но обедать и ужинать отправлялся в закусочную «У Макса» — там намного дешевле. Но на следующий после поездки день он плотно пообедал в ресторане. Жан, подававший еду, бежал почти до прудов с криком:

— Господин Роуэн, вы забыли сдачу!

Франциск любезно улыбнулся юноше и мило сказал:

— Не стоит беспокоиться, возьмите себе, дружок.

Жан обалдел окончательно, то ли оттого, что получил чаевые, то ли оттого, что Роуэн назвал его на «вы». Ведь Франциск знал Жана с детства и никогда не «выкал». Таким образом, весь отель, от хозяина до судомойки, был в изумлении.

...Я прожила в «Зеленой хижине» еще день, но так ничего больше и не узнала, только адрес Анны Дюруа, дамы, которая занимала в свое время люкс. Оказывается, она приехала за день до невероятного превращения Франциска. Провела в гостинице всего сутки и уехала. Свободных одноместных номеров не было, и Анна, не торгуясь, сняла люкс.

Никто из обслуги не мог ничего сказать об этой даме. Только горничная с завистью отметила, что Анна была не только красива, но и прекрасно одета. В особенности понравился девушке оригинальный кулон мадам Дюруа — две хрустальные туфельки на золотой цепочке.

Итак, я уезжала из «Зеленой хижины» с адресом

красивой, темноволосой, стройной и прекрасно одетой мадам Дюруа.

Анна жила в Париже, и, не заезжая домой, я поехала прямо к ней. Скромный, всего на десять квартир дом, стоял на улице Араго. Это небольшой проулок в дешевом районе под названием Пантен. В маленьких, чистеньких квартирках живут в основном пенсионеры и не слишком обеспеченные люди. На двери подъезда висел домофон, я нашла в списке квартир фамилию «Дюруа» и нажала кнопку. Входная дверь отворилась сразу.

«Ну и беспечная же эта Дюруа, — пронеслось в голове, когда я входила в маленький, как мыльница, лифт, — даже не спрашивает, кто идет в гости».

Двери квартиры распахнулись, на пороге возникла полноватая блондинка лет 45.

— Ну, наконец-то, — проговорила она с возмущением, — это называется прийти в 9 утра! Да сейчас уже почти полдень, входите живо.

И женщина исчезла внутри квартиры, пришлось последовать за ней в небольшую комнату.

— Вы мадам Дюруа?

— Да, и начинайте побыстрей чинить компьютер и так массу времени потеряли.

— Я не работаю в фирме по починке техники.

— Кто же вы? — изумленно спросила Анна.

— Я сотрудничаю с бригадой комиссара Перье, — вдохновенно начал врать мой язык. — Вы отдыхали в гостинице «Зеленая хижина» и похитили там, уезжая, электрообогреватель. Давайте вернем вещь по-хорошему, и администрация отеля не подаст в суд.

От возмущения бедная женщина даже задохнулась:

— Я? Я похитила электрообогреватель? Да я даже не знаю, где находится эта хижина и никогда там не была.

— Сотрудники отеля дали ваш адрес. К тому же вас хорошо там запомнили. Правда, описание не совпадает с вашей внешностью. Горничная говорит, что мадам Дюруа темноволосая, худощавая, а на шее у нее висело оригинальное украшение — две хрустальные туфельки.

Анна Дюруа всплеснула руками:

— Да это моя сводная сестра, Катрин, она мошенница, даже в тюрьме успела посидеть! Надо же, что придумала, красть вещи и давать мой адрес. Я этого так не оставлю, поеду прямо к ней и устрою грандиозный скандал.

Я испугалась:

— Наверное, вам не следует вмешиваться. Сообщите просто адрес, предоставьте действовать профессионалам. И потом, к вам должен прийти мастер!

Анна призадумалась:

— Адрес! Да если бы эта мерзавка имела постоянное местожительства. Так ведь скачет с места на место. В последний раз снимала комнату в семейном пансионе на улице..... Но это было год тому назад. Скорей всего ее там уже нет.

Анна как в воду глядела, пансион Катрин покинула примерно пять месяцев тому назад... Мне сказали, что она собиралась переехать в гостиницу на соседней улице. Там ждала удача. Катрин Дюруа до сих пор жила в 19-м номере. Я постучала. Дверь резко распахнулась, и на пороге возникло небесное создание: стройная белокурая дама в дорогом розовом костюме. Она вопросительно посмотрела на меня:

— Что предлагаете?

— Я ничего не продаю, ищу Катрин Дюруа.

— Это моя подруга, она уехала отдыхать, а вы кто?

— Видите ли, тут произошла такая смешная история. Отдыхала недавно в отеле «Зеленая хижина» и нашла под ковром колечко, очень оригинальное. В администрации сказали, что в люксе до меня жила Катрин Дюруа, и дали ее адрес. Вот, привезла пропажу.

И я стянула с пальца кольцо с аметистом. Ох и влетит же мне от Аркадия! Блондинка медленно взяла кольцо и примерила:

— Великовато, у меня слишком тонкие пальцы. Так говорите, в гостинице вам дали этот адрес? Спасибо за то, что решили вернуть пропажу. Катрин будет очень довольна. Не желаете кофе?

Я пожелала и вошла в комнату. Женщина любезно предложила устраиваться на неудобном диванчике:

— Так, говорите, отдыхали вместе с Катрин?

— Нет, нет, просто въехала после нее в освободившийся люкс.

— А все-таки, что вам надо от Катрин?

— Я же сказала, отдать кольцо.

Хозяйка тихо засмеялась:

— У Катрин нет колец с аметистом, она не любит этот камень. Зачем вы придумали эту историю?

Я поколебалась и решила рассказать правду:

— Одна моя знакомая, Селина Роуэн, знала вашу подругу. Во всяком случае, я нашла в ее комнате записку с именем Дюруа. Очень хочется узнать, что их связывало.

— А почему не спросить просто у своей знакомой?

— Она умерла, покончила с собой. И кажется, мадам Дюруа может пролить свет на эту историю.

Женщина подошла почти вплотную, я почувствовала приятный запах духов, увидела, как от быстрого движения руки распахнулся воротник блузки. На крепкой, загорелой шее засверкали на золотой цепочке две хрустальные туфельки. Мгновенное озарение вспыхнуло в мозгу, и тут же кто-то резко выключил свет.

Глава 18

Голова немилосердно болела, противная тошнота поднималась из желудка. Глаза никак не хотели открываться, когда же веки, наконец, разлепились, я обнаружила, что лежу в незнакомой комнате. Все здесь было отвратительно голубым: занавески, белье, халат, висящий на голубом же кресте, около кровати толпились подставки с бутылками, какой-то непонятный аппарат в изголовье противно попискивал через равные промежутки времени. Все походило на больницу. Я поискала глазами кнопку вызова медсестры, но не нашла. Интересно, здесь что, надо встать, выдернуть из себя все шланги и трубки, выйти в коридор и позвать врача?

В этот момент дверь беззвучно распахнулась, и появился симпатичный молодой мужчина в голубоватой пижаме:

— Ну как, пришли в себя, мадам Васильева?

Я кивнула головой:

— Откуда вы знаете мое имя?

Врач радостно заулыбался:

— У вас в сумочке лежат права.

— А как я вообще попала сюда?

— Вас привезла «Скорая помощь», да вот здесь представитель полиции, он сейчас все объяснит!

В палату вошел Жорж. Я в ужасе закрыла глаза, надеясь, что видение исчезнет. Но комиссар Перье удобно устроился в кресле и приказал:

— Открывай глаза, не прикидывайся умирающей.

Я осторожно взглянула в сторону приятеля:

— Как ты узнал, что я здесь?

— Если найдешь в Париже еще одну мадам Даша Васильева, то, пожалуйста, познакомь с ней. Рассказывай все по порядку. Что ты делала в номере Катрин Дюруа?

— Вот не знала, что ее так зовут. Случайно заблудилась и зашла в гостиницу спросить дорогу.

— И поднялась на второй этаж, постучалась в 19-ю комнату и сказала: «Простите, пожалуйста, как проехать на Берлин?»

Комиссар откровенно издевался. Легко смеяться над больным человеком; если бы не тошнота, придумала бы что-нибудь получше.

— А что со мной случилось, почему я оказалась в больнице?

Комиссар возмущенно зашипел:

— Такие люди, вот именно из-за таких людей...

Он просто задохнулся от ярости, потом, успокоившись, продолжил:

— Катрин Дюруа выехала из гостиницы. Объяснила портье, что внезапно умерла ее тетка. Администратор посочувствовал и вызвал такси. А дальше, горничная пошла убрать номер, но заболталась с кем-то из постояльцев и решила приняться за работу только через час после отъезда Катрин. Взяла ведро, тряпку, открыла дверь и обнаружила на полу тебя, моя радость. Рядом валялась довольно массивная бронзовая лампа. Ею-то милейшая Катрин и съездила по твоей глупой башке. И очень хочется узнать, почему.

— А Катрин поймали?

— Нет, мы сразу обнаружили такси, которое отвезло женщину на Северный вокзал. Сейчас она, скорее всего, уже далеко отсюда. Так, жду объяснений.

— Очень болит голова.

— Не мудрено, бронзовая лампа, как правило, вызывает именно такой эффект.

— Тошнит.

— Ничего удивительного, у тебя сотрясение мозга. Давай, рассказывай.

— А как насчет прав человека? Можно допрашивать умирающего?

— Закон даже разрешает находиться в реанимации, и если ты сейчас же не начнешь говорить, отшлепаю тебя вот этим предметом.

И Жорж показал на эмалированное судно. Я вздохнула и начала свой рассказ.

В больнице пришлось провести две недели, никакие просьбы и мольбы не помогли. Домашние стояли насмерть. Они категорически отказывались взять меня домой. Более того, отняли газеты, телевизор и радио.

— Мамуля, — бодро произносил Аркадий, — средства массовой информации тебя волнуют, заболит голова. Читай дамские романы, поедай конфеты.

И он протягивал очередную пачку чтива. От одних названий скулы сводило: «Экстаз в пустыне», «Любовь под пальмами», «Страсть в гареме»... Как только можно читать такое! И ни одного порядочного детектива! Велика была радость, когда утром, возвращаясь с УЗИ, я обнаружила на столе у окна кучу свежих газет. Боясь, что прессу отнимут, засунула всю пачку под халат и ринулась в палату. Сидя на кровати, разложила газеты под одеялом и принялась наслаждаться. В первых двух газетах, датированных вчерашним числом, ничего интересного, зато сегодняшнее «Фигаро» заставило подскочить на месте, остатки волос встали дыбом.

«Злой рок преследует семью Роуэн», — кричал гигантский заголовок на первой странице. «Все боги отвернулись от семьи фабриканта зубной пасты. Сначала нам сообщают о его смерти в Тунисе, но потом оказывается, что Франциск таинственным образом остался жив. Затем сводит счеты с жизнью младшая дочь — Селина Роуэн, а ее мать Каролина оказывается в психиатрической клинике. Сегодня, рано утром, погибает сам Франциск Роуэн, и на этот раз он не воскреснет. В 9 часов владелец концерна «Дентимал» погиб под поездом метро на станции «Северный вокзал». Движение на линии остановили примерно на полчаса. Приехавшим медикам осталось только собрать части тела несчастного, разбросанные по путям. Кто из оставшихся Роуэнов падет следующей жертвой неумолимого рока?»

Я свернула газету и решительно слезла с кровати. Хватит валяться, пора действовать.

Прежде всего следовало решить, как выбраться из клиники. В моем распоряжении были пижама, халат и тапочки. В таком виде не пройдешь мимо охраны на улице. Секьюрити остановит и отправит назад. А из больницы, как из тюрьмы, можно бежать всего раз. Иначе поставят штамп «склонен к побегам» и будут стеречь в три глаза. Нет, торопиться не стоило.

Пришлось дождаться обеда. После десерта медсестра задвинула шторы и пожелала хорошего отдыха. Я подождала еще минут пятнадцать и тихонько выглянула в коридор: никого.

В клинике свято блюли распорядок дня, в тихий час больным запрещалось ходить по коридорам, они должны были мирно спать в своих кроватках.

Врачи к этому времени уходили, оставался только дежурный. А сестры использовали тихий час для своего отдыха, пили чай, курили, в общем, делали то, что им запрещала старшая, но и она к этому времени убегала домой.

Я сняла тапочки и начала красться по коридору. За дверью с надписью «Медперсонал» слышался звон посуды и тихий мужской кашель. Ну, прекрасно, пьют чай, и дежурный врач с ними. Я двинулась дальше, у самой лестницы была каморка, где уборщица держала ведра и тряпки. Если повезет, найду там то, что нужно. Мне повезло. В небольшом шкафчике обнаружились коричневый халат, такой же колпачок и пара старых стоптанных темно-синих туфель. В этом одеянии уборщицы мыли здание.

Я быстренько влезла в халат, размотала бинты и нацепила на голову колпак. А вот с туфлями вышла осечка, размер 35, не больше. Может, у них работают китаянки? Кое-как запихав свои лапы 38 размера в эти Золушкины баретки и прихватив швабру с ведром, двинулась на первый этаж.

Охранник не обратил на меня никакого внимания, и уборщица-самозванка спокойно вышла из подъезда. Несколько минут я усердно терла сухой шваброй входную лестницу, потом тихо поставила ведро, положила щетку и понеслась по улице.

Туфли немилосердно жали, и, поймав такси, я тут же скинула их, Боже, какое счастье. Таксист поглядел в зеркальце и спросил:

— А деньги у тебя есть?

Я заверила его в своей кредитоспособности и велела ехать прямо к Роуэнам.

Луиза кинулась обниматься со слезами на глазах:

— Даша, ты откуда? В таком виде, босиком!

Я замахала руками:

— Заплати лучше за такси.

Луиза расплатилась с шофером, и тут мы сообразили, что стихийно перешли на «ты».

— Луиза, дай мне что-нибудь из своих вещей и какие-нибудь туфли.

Через некоторое время, в брюках и блузке, а главное, в лодочках, слава Богу, у Луизы оказался 38-й размер, я сидела в гостиной и слушала рассказ девушки.

Несколько недель, прошедшие после нашей последней встречи, были для нее кошмаром. Отец практически не давал денег, а муж перестал с ней разговаривать. Каролину привезли из психиатрической клиники домой, но она лежала в постели и требовала постоянного внимания. Бедная Луиза разрывалась между тремя эгоистичными родственниками, стараясь всем угодить. Но, очевидно, это плохо ей удавалось, так как сегодня утром отец ехидно сообщил, что едет к нотариусу изменить завещание. Но до конторы он так и не доехал, благополучно свалившись на рельсы метро.

— Это ужасно, — всхлипывала Луиза, — но мне его совершенно не жаль. Более того, страшно рада, что он не успел изменить завещание и я сумею получить деньги. Тело сейчас в полицейском морге, Пьер опознал то, что осталось. А когда полицейские сообщили маме, та хлопнулась в обморок, и доктор подозревает, что ее нервы не выдержат еще и этого испытания. И вообще, у нас тут полно всяких странностей.

Я навострила уши:

— А что такое?

— Кто-то регулярно обшаривает дом. Сначала перевернули письменный стол у отца, потом обыскали секретер и ничего не взяли. И вообще, этот

314 ЗА ВСЕМИ ЗАЙЦАМИ

любопытный — ужасный идиот. Представляешь, он высыпал всю овсянку и зачем-то вывалил джем из банки. Какие-то дурацкие действия. И ведь у нас практически никого не бывает из посторонних. Может, это мама окончательно сошла с ума и безобразничает?

Я вспомнила испорченное варенье, паштет и призадумалась. Нет, это не Каролина.

Глава 19

Домашние возмущались моим побегом из больницы. Разъярилась даже тихая Оля:

— Как ты могла так поступить, мне совершенно нельзя волноваться, и без того тошнит целый день! Ну зачем удрала, не долечившись?

— Во-первых, там на завтрак дают обезжиренный йогурт, а на обед суп из шпината, во-вторых, нет телевизора и вообще скучища.

Оля передернула плечами:

— Суп из шпината всегда напоминал мне суп из тряпки. Ох, и достанется же тебе от Жоржа!

Комиссар не заставил себя ждать:

— Больница может подать в суд за кражу.

— Бог мой, пошлю им чек за это рубище.

— Не забудь о ведре и швабре!

— Но я же оставила их на ступеньках.

Жорж развел руками:

— Ты оставила, а кто-то утащил.

И он долго читал лекцию о безобразном поведении. Тут, к несчастью, прибыла Оксана. Не прошло и пяти минут, как они нашли с комиссаром общий язык и запретили мне все: вставать, ходить, читать, говорить по телефону, смотреть телевизор, принимать гостей.

— Сотрясение мозга, — вещала подруга, — чревато серьезными осложнениями: головными болями и...

— Ну, это только в том случае, когда в голове есть мозг, — вздохнул Аркадий.

— А еще, — не сдавалась Оксанка, — очень важна диета. Что-нибудь легкое, не жирное и не острое.

— Суп из шпината, — предложила Оля.

— Да, — обрадовалась эскулапша, — чудесно! Шпинат чрезвычайно богат витаминами. Исключите шоколад, мороженое, алкоголь, сигареты.

На следующий день, после обеда, я лежала в кровати и читала любимую Агату Кристи. Дверь тихонько приоткрылась, и я быстро сунула детектив под одеяло. В комнату робко вошел питбуль.

— Бандюша, мальчишка, иди сюда.

Собака с готовностью вскочила на кровать и прижалась ко мне гладким боком. Я вытащила «Убийства Роджера Экройда» и продолжила чтение. Дверь снова скрипнула, не отрывая глаз от книги, я проговорила:

— Входи, Снап.

Но это была Маня.

— Ага, читаешь, а Оксана запретила. Но я никому не скажу, если поможешь мне!

Жертва посмотрела на шантажистку:

— Чего тебе надо?

— Мамулечка, у меня доклад о ретророманском языке.

— Ну ладно, пойдем к тебе, может, я еще не все забыла.

Мы отправились в Марусину комнату. Там царил жуткий беспорядок. В кресле валялись джинсы, кофты и блузки. На письменном столе громоздились горы книг и тетрадей. Вокруг кровати были разбросаны аудио- и видеокассеты, на ковре, там и сям, виднелись кучки хлама: расческа, флакон «Амбрэ Солэр», пульт от телевизора, клубок со спицами.

— Маня, — искренне возмутилась я, — ну и свинство!

— Мулечка, — затрещала девочка, — совершенно нет времени. Столько уроков задают, а еще мы с Денькой записались на курсы в ветеринарной академии, там так интересно! Подожди, сейчас покажу тебе схему пищеварительного тракта собаки.

И она понеслась к книжным полкам. Раздался противный чавкающий звук. Это мой слоненок не заметил на полу открытый флакон с «Амбрэ Солэр» и со всего размаху наступил на него. Жирная белая струя крема выплюнулась прямо на ковер. Маня всплеснула руками:

— Я нечаянно.

— За нечаянно бьют отчаянно.

Машка подобрала бутылочку, потрясла:

— Ну, все вылилось. А что там тарахтит?

Я взяла у нее флакон и тоже потрясла:

— Не знаю, наверное, такие шарики, которые кладут в лак для ногтей, чтобы не густел.

— Зачем, зачем кладут?

— Ну, взбалтываешь пузырек с лаком, шарики тоже болтаются и перемешивают лак, наверное, и в крем такие кладут.

— Никогда их не видела.

— Да ладно, надо здесь чуть-чуть прибрать, а то Софи будет недовольна.

И я попыталась собрать крем с пола.

— Нет, хочу посмотреть на эти шарики, — решительно заявила Маруся и принялась кромсать несчастный флакон ножницами.

Все-таки в Машке иногда просыпался пятилетний ребенок. Я вздохнула и стала вешать в шкаф вещи.

— Мамуля, — выдохнула девочка, — мамуля, ты глянь, какие шарики!

На письменном столе в остатках крема лежали потрясающей красоты камни. Конечно, бриллианты легче всего подделать. Но эти, даже испачканные, выглядели убийственно настоящими. Свет настольной лампы отражался в многочисленных гранях. Я медленно взяла один из диамантов, подошла к окну, помедлила секунду и чиркнула по стеклу. Появившаяся глубокая царапина свидетельствовала о том, что это подлинный алмаз.

Бог мой, сколько же их здесь, настоящее сокровище Али-Бабы. Так вот, что так упорно искал неизвестный, портя варенье и паштеты, вот что требовали у Оксаны, вот они — слезы. Оставалось только понять, кто положил это богатство в крем, кто искал камни и кому они принадлежат.

— Это что, бриллианты? — спросила Маня.

— Похоже.

И мы пошли в ванную комнату. Аккуратно вымыли найденное, вытерли, пересчитали. 18 штук довольно крупных и удивительно прозрачных камней. Страшно представить, сколько стоит этот клад!

В Маруськиных вещах отыскалась железная коробочка из-под ментоловых таблеток. Мы положили на дно вату, а сверху насыпали алмазы. Я взяла коробочку и обратилась к дочери:

— Манечка, умеешь хранить тайны?

— Обижаешь, — надулась девочка, — никому слова лишнего не скажу, если не надо.

Я вздохнула, это было правдой. Стоило только вспомнить дело об убийстве Жана Макмайера, Наташкиного мужа. Тогда отважный ребенок помог моей подруге и не выдал никому, даже мне, тайну. Да, на Маруську можно положиться.

— Извини, мой ангел, я вовсе не хотела тебя обидеть, просто так сказала. Так вот, об этих камнях нельзя никому рассказывать. Кто-то их давно ищет, и этот кто-то готов ради них на все.

— Из-за этого рылись в варенье?

— Думаю, да. Преступник решил, что мы спрятали алмазы в банку с заготовками. А Дениска из-за этого богатства попал в Бутырку. Видишь ли, я не хочу, чтобы ищущий догадался, что камни у нас. Пусть надеется, что мы ничего не знаем...

— Мамусечка, а кто это — ищущий?

Я тяжело вздохнула:

— Не знаю, детка. Во всяком случае, кто-то из близких. Дом методично обшаривают уже долгое время, скорее всего по ночам.

— Но ведь ты не подозреваешь тетю Оксану и Деньку?

— Нет, котик, они сами сильно пострадали во всей этой истории.

— Ну тогда кто? Тетя Наташа? Аркашка и Оля? Комиссар Жорж? А может, София, Луи или Ив? Дима?

Я призадумалась. Всех вышеназванных смешно подозревать. Наиболее вероятным казался Дима. Но ведь паштеты и варенья испортили в ту ночь, когда он пьянствовал в латинском квартале. Вдруг в дом регулярно забирается посторонний злоумышленник? Тихо пролезает и тихо вылезает, и так много дней подряд? Нет, это абсурд. Прежде всего необходимо выяснить, как эти камни попали в «Амбрэ Солэр», кто их ищет и кому они принадлежат.

Взяв с Маруськи самое честное благородное слово держать язык за зубами, я пошла в кабинет. Когда-то здесь оборудовали небольшой сейф. О его существовании знали только я и Наташка. Никто из гостей и детей не подозревал, что за томами «Древ-ние мыслители Востока» есть дверца. К тому же, чтобы добраться до сейфа, следовало знать, как ото-двинуть заднюю стенку полки, но, даже обнаружив дверцу, ее невозможно было открыть без ключа. Он лежал, можно сказать, на самом видном месте, но никто не догадывался, где именно. На письмен-ном столе стоял небольшой глобус. Если нажать на кнопку с внутренней стороны подставки, полуша-рия раскрывались, и в этой оригинальной коробке хранился ключ.

Я спрятала бриллианты под кучей старых писем и, отягощенная тяжелыми раздумьями, двинулась в гостиную. Там на диване в полном изнеможении лежала Оля.

— У меня нет больше сил, — простонала она.

— Что, так тошнит?

— Жуть. Дурно от всего: от цвета, запаха, звука... Вот уж не думала, что это возможно. Вчера Кешка поцеловал меня, и я сразу понеслась в туалет. Те-перь он обижается, говорит, что хорошую жену при виде любимого мужа не мутит!

Я засмеялась.

— А где любимый муж?

— Моет во дворе Снапа, а Денька держит Банди, чтобы не убежал.

— Так ведь собак только что мыли.

Оля замахала руками:

— Ну что ты, они так воняют собачиной.

Я тихонько усмехнулась, надо спросить у Ок-санки, сколько времени длится токсикоз беремен-ных. Невестка и правда плоховато выглядела. Блед-ная, под глазами круги, щеки ввалились.

— А Оксанка куда подевалась?

— Они с Натальей отправились покупать подарки Аркадию.

Боже мой! Что же я за мать такая! Ведь завтра 29 сентября, Кешкин день рождения. То-то Луи вытащил большую форму для торта. Все помнят о дне рождения ребенка, кроме родной матери. Вот уж точно не мать, а ехидна какая-то.

Оля с подозрением глянула на меня:

— Что притихла, небось забыла-то про день рождения!

— Вот и нет, — фальшиво возмутилась я.

— Забыла, забыла, — продолжала ехидничать проницательная Оля, — а помнишь, как ты меня 13 октября поздравила?

Да, был такой случай. Ну с кем не бывает, ну перепутала. 13 октября и 13 ноября, подумаешь, ведь не нарочно. Зато какой подарок красивый: хрустальный домик с музыкой и подсветкой!

Оля перестала хихикать и со стоном откинулась на подушки. Я оставила ее мучиться на диване и побрела в гараж. Надо купить подарок. Вот только что? Хотелось придумать что-то оригинальное. Часы, зажигалки, галстуки, запонки, брючные ремни, портсигары — что еще дарят мужчинам? И главное, все это у него есть.

Я села в машину и тихо поехала в сторону центра, авось что-нибудь попадется на глаза.

Глава 20

Я увидела их в «Макдоналдсе». Очень люблю все эти гамбургеры, чизбургеры, жареные картошки и ягодные пирожки. К сожалению, мою любовь к фаст-фуд разделяла только Маня. Все остальные с презрением отзывались об этих, как говорил Аркадий, рыгаловках. Поэтому о посещениях «Макдоналдса» я предпочитала не распространяться, но с радостью использовала каждую минуту, чтобы заглянуть туда.

Вот и на этот раз биг-мак быстро исчез с подноса, и я удовлетворенно огляделась по сторонам.

В самом дальнем углу возле стены оживленно разговаривали две женщины. Обе показались знакомыми, и я повнимательней пригляделась. Точно! Одна — Каролина Роуэн. Что, черт возьми, она делает? Ведь ей очень плохо, и врач не выпускает ее из дома, Луиза говорила, что мать даже не спускается в столовую и проводит целые дни в запертой изнутри спальне. Вот оно что! Запирает комнату, притворяется больной, а сама бегает в «Макдоналдс»! Просто невероятно.

Но все мысли разом вылетели из головы, когда я узнала вторую собеседницу. То была Катрин Дюруа. Что за тайна связывала этих женщин? Почему им потребовалось спрятаться в дешевой закусочной, чтобы поговорить? Навряд ли их объединяла любовь к гамбургерам. Как бы подобраться поближе и послушать, о чем они воркуют?

В этот момент Катрин резко встала и двинулась к выходу. Я прикрыла лицо стаканом с колой. Что делать? Пойду за ней!

По улице брели редкие прохожие, и я опасалась, как бы Катрин не увидела меня. Но та, казалось, не замечала слежки: разглядывала витрины, два раза заходила в магазины. Купила хлеб, ветчину, яйца. Наконец мне показалось, что она идет домой, и я, честно говоря, этому обрадовалась. Ноги устали от двухчасовой пешей прогулки, и я искренне надеялась, что визит Катрин в галантерейную лавку станет последним.

Я прождала ее несколько минут, потом заглянула в витрину. В магазинчике никого не было. Толкнула дверь и вошла внутрь, приветливая пожилая продавщица за прилавком улыбнулась:

— Что желаете?

— Сюда только что зашла моя подруга.

Продавщица пожала плечами:

— Покупательница воспользовалась вторым выходом на...

Не дослушав, я бросилась к другой двери, параллельная улица выглядела пустынной. У выхода валялся коричневый бумажный пакет с продуктами. Я замерла в растерянности и машинально подняла его: хлеб, ветчина, яйца превратились в яичницу. Значит, заметила слежку. Кто-то подергал меня за юбку:

— А это не ваши покупки, их потеряла мадам из 9-й квартиры.

Возле колен стоял маленький чумазый мальчик, настоящий Гаврош в потертых клетчатых брючках, грязноватой рубашечке и сбитых ботинках. Я присела и посмотрела ребенку в глаза.

— Видишь ли, эта мадам потеряла покупки, а ты знаешь, где она живет?

Мальчишка серьезно кивнул головой.

— Давай тогда отнесем ей потерю. Вдруг соберется поужинать, а нечем.

Ребенок ткнул измазанным пальцем в сторону рыбной лавки:

— Она живет во дворе этого дома, квартира 9. А зовут ее мадам Леклерк. Я-то точно знаю, потому что она посылала меня на почту и денег дала.

Прихватив испачканный пакет, я пошла искать нужный дом. На лестнице омерзительно пахло кошками, ступеньки выглядели заплеванными, а окна в подъезде не мылись, кажется, со дня взятия

Бастилии. Квартира 9 оказалась на первом этаже. Я позвонила.

— Кто там? — раздался за дверью голос.

Удостоверившись, что нет «глазка», я пропищала детским голоском:

— Это я, мадам Леклерк. Вы потеряли продукты, а я их принес.

Дверь распахнулась, на пороге показалась Катрин. Увидев меня, она попыталась захлопнуть створки, но я недаром зачитывалась детективами и моментально всунула внутрь ногу. Несколько минут мы молча боролись друг с другом. Наконец, победа оказалась на моей стороне, и я ввалилась в убогую, темную прихожую:

— Ну что, Катрин, решила, что я дура, да? Бросила пакет в надежде, что я подумаю, будто ты далеко убежала?

Женщина затравленно подняла глаза.

— Что надо? Чего бегаете за мной и пристаете с дурацкими вопросами?

— Ладно, ладно. — Я примирительно протянула к ней руки. — Мне ничего особенного не надо, я не служу в полиции, только кое-какая информация. Совсем ерунда. Во-первых, что вы делали в отеле «Зеленая хижина», а во-вторых, что за тайны у Каролины Роуэн, сколько она заплатила вам за молчание?

Наглый блеф и шантаж достигли цели. Катрин стала мертвенно-бледной, на посиневшем лице резко выделился заострившийся нос. Что же ее так испугало, может, упоминание о деньгах?

— Дам вдвое больше франков, чем Каролина, если расскажете все, — я двинулась ва-банк. — Дам много-много денег.

Катрин ухмыльнулась:

— А за что дадите?

— Я же сказала, за информацию.

Катрин продолжала ухмыляться:

— А чего я такого знаю? В «Зеленой хижине» отдыхала, а с этой, как ее там по имени, незнакома.

— Как незнакома? А с кем вы в «Макдоналдсе» секретничали?

— А-а, — протянула Катрин, — да она просто подсела и привязалась с дурацкими разговорами о погоде, право слово!

Она прищурила удивительно честные глаза, потом пробормотала:

— Вижу, не верите, дайте дверь запру.

Пришлось посторониться. Катрин подошла к двери, но вместо того, чтобы запереть, внезапно раскрыла ее и выскочила на улицу. Я понеслась за ней.

Катрин бежала по узкой улице, как большой заяц, какими-то неровными скачками. Редкие прохожие с удивлением смотрели ей вслед. Зрелище поистине интересное: две женщины опрометью бегут неизвестно куда.

В гонке явно побеждала более молодая и спортивная Катрин. К тому же на ней были удобные кроссовки, а на мне узкие туфли на каблуке. Содрав с ног лодочки, я продолжала погоню босиком, понимая, что безнадежно отстаю. Еще пару секунд, и женщина свернет на другую, большую и шумную улицу. От злости и обиды слезы выступили на глазах, кашель мешал бежать. Я была готова прекратить преследование.

В эту минуту раздался какой-то хлопок, и Катрин, споткнувшись, упала навзничь. В два прыжка я настигла ее и ухватила за щиколотку.

— Ага, попалась.

Но женщина молча лежала лицом вниз, только какими-то судорожными движениями пыталась вырвать свою ногу из моих рук. Конвульсии эти походили на судороги. Но я крепко вцепилась в свою жертву.

— Вставайте, Катрин.

Но та не отвечала, даже перестала дергаться. Просто лежала, как тряпичная кукла, в странной позе: на животе, с вывернутыми ладонями, вверх руками.

Я отпустила ногу и повернула Катрин на спину. К моему изумлению, она не сопротивлялась, тело тяжело шлепнулось на лопатки, и я почти лишилась разума от ужаса. У молодой женщины... не было шеи.

Сразу под подбородком виднелось что-то ужасное, почти черное. Из этого черного толчками выливалась бордовая жидкость, она текла и текла, пачкая футболку жертвы. Я присела, вернее свалилась на зад, возле бедной Катрин и закричала:

— Помогите кто-нибудь, врача, срочно!

На крик открылось одно из окон, высунулась всклокоченная мужская голова и непонимающе уставилась на мостовую.

— Месье, вызовите врача.

— Я уже позвонил в полицию.

Где-то вдалеке послышался вой сирены. Катрин лежала с открытыми глазами, кровь больше не фонтанировала. Мертва! Каким-то образом, упав, распорола себе горло. Теперь сюда мчатся полицейские и что же им рассказать? Я вскочила на ноги и побежала с места происшествия.

На улице уже стемнело, когда удалось, наконец, добраться до дома. Таксист не поверил мне на слово и, велев ждать в машине, сам позвонил в дверь. Открыла Оля. Через секунду она расплатилась, и я на подкашивающихся ногах вылезла из машины.

Невестка в изумлении уставилась на меня:

— Боже, ты где была?

— Ездила покупать Аркадию подарок.

— Ну и что? Побывала на бойне и приобрела в качестве презента сырую печень? Погляди в зеркало!

Пришлось поглядеть. Бесстрастное стекло отразило кошмарную фигуру. Волосы всклокочены, тушь и помада размазаны по лицу, на колготках зияют дыры. Светло-желтый костюм покрыт кровавыми пятнами, руки почернели от грязи.

— Нет, отвечай сейчас же, где была? — настаивала Оля.

Я беспомощно молчала, ну не пугать же беременную жуткой правдой. Положение спасли собаки. Они парочкой вбежали в холл, Снап тащил в зубах Хучика. Увидев меня, ротвейлер разинул пасть и завыл в голос. Меланхоличный Федор Иванович остался лежать на ковре, глядя на меня во все свои выпученные глазки. Питбуль тоже поглядел на меня как-то робко, потом боком приблизился, обнюхал юбку и, задрав ногу, пописал прямо на подол.

— Вот, — радостно сказала Оля, — теперь картина завершена полностью. Ты настолько чудесно выглядишь, что Банди решил: перед ним мусорный бачок.

Глава 21

Я проснулась от яркого света. В незанавешенное окно глядела беспросветная ночь. Не успела я сообразить, что происходит, как прямо на одеяло шлепнулась пара элегантных лодочек.

— Что это? — раздался голос неизвестно откуда взявшегося Жоржа.

— Мои туфли.

— А это?

Следом полетела сумочка.

— Да, черт побери, что происходит. Зачем будить человека посреди ночи! Это моя сумка.

— А теперь изволь ответить, каким образом эти так называемые аксессуары оказались без тебя на улице... возле трупа Катрин Дюруа?

Сказать было нечего. Жорж навис надо мной и неожиданно спокойно продолжил:

— Должен буду задержать тебя по обвинению в убийстве.

— Что ты несешь, какое убийство?

— Мать, прошу, расскажи правду, — сказал Аркадий.

И тут я увидела, что в спальне столпились домашние. Оксанка, Оля, Наталья, Маня, Дима — все с заспанными лицами, в халатах. Особенно рассмешил Денька, ни за что бы не поверила, что он спит в пижаме, украшенной картинками из мультика про Симпсонов. Итак, все здесь и, выстроившись свиньей, идут на меня войной.

— А что, разрешается проводить допрос в ночное время?

Жорж побагровел и стал удивительно похож на Хучика.

— Мать, кончай базар, — взорвался Аркадий.

— Тебя могут посадить в Сантэ, — встряла Наталья.

— За что это?

Жорж вытащил из кармана блокнот:

— Вот показания Андрэ Сила, 57 лет, француза, проживающего на улице... дом два, квартира семь.

И он начал читать:

— «Вечером услышал на улице крики. Выглянул в окно и увидел, как дерутся две женщины. Одна хватала другую за ногу. Несколько минут они боролись, потом та, что нападала, повернула жертву на спину и отрезала ей голову. Пока вызывал полицию, убийца убежала».

Я села на кровати:

— Но он же кретин, идиот. Как только такое могло прийти в голову? Катрин сама упала и чем-то распорола горло.

Жорж закивал головой:

— Согласен, согласен. Свидетеля немного занесло. Мы это поняли, когда увидели, что у Дюруа прострелена яремная вена.

— Прострелена?

Я вспомнила хлопок, предшествующий падению бедной женщины.

Комиссар сел в кресло, домашние столпились вокруг него.

— Теперь представляете мое изумление, когда полицейские сначала принесли туфли, а затем сумочку с документами Даши. Счастье, что бригада ее великолепно знает, и все поняли, что мадам опять изображает из себя Эркюля Пуаро.

— Расскажи быстренько все, — сказала Наташка.

Я вздохнула и стала каяться. Друзья и родственники слушали раскрыв рот. Комиссар неодобрительно покашливал. Наконец рассказ иссяк. Жорж трубно высморкался, сложил платок и торжественно произнес:

— Теперь всем понятно, что выпускать из дома эту Шерлоку Холмсицу просто нельзя. В этой истории и так уже куча трупов, и очень не хочется, чтобы следующим оказался Дашин.

Итак, меня посадили под домашний арест. В особенности возмущался Аркадий, когда узнал, что моя машина простояла всю ночь возле «Макдоналдса».

— Ну ты даешь, — кипел он, — пошла отдаваться своей пагубной страсти: поеданию жутких котлет. А потом занялась частным сыском и забыла все на свете.

— Да, — неожиданно подтявкнул Дима, — это ужасно безответственно.

Я в изумлении поглядела на нашего нахлебника. До сегодняшнего дня он не отваживался меня критиковать.

29 сентября потекло своим чередом. Справили день рождения Аркашки, он тактично промолчал, получив от меня в подарок лишь сладкий поцелуй. К вечернему чаю и торжественному выносу торта прибыл Жорж.

Луи испек что-то невероятное: трехэтажный кремовый торт, украшенный сахарной фигуркой с табличкой «Аркадий».

— Ой, какая красота! — завизжала Маня. — Можно, я съем его?

— Нет уж, — возразила Оля, — есть мужа обязанность жены. Впрочем, если хочешь, я только откушу голову, а тебе отдам остальное.

Раздался звонок в дверь. Дима пошел открывать, задел ногой за угол ковра и, споткнувшись, упал между диваном и столом. Обрадованный Хучик, решив, что это какая-то новая увлекательная игра, попытался влезть ему на спину. Жорж подхватил собачку. Дима, кряхтя, встал на ноги.

— Ну и упал же я, хорошо, ничего не разбил.

— Послушай, — влез с советом Дениска, — а может, тебе купить наколенники и шлем? Ну знаешь, в таких хоккеисты ездят!

Дима недобро взглянул на парнишку и собрался что-то ответить, но тут в гостиную вошла Луиза.

— Лу, — обрадовалась я, — хочешь кофе или чаю?

Тактичная девушка смутилась:

— У вас, кажется, семейный праздник...

— Ничего, ничего, — радушно сказал Аркашка, — торт большой, на всех хватит.

И мы сели за стол, выпили на французский манер вина, потом по русской привычке чай и съели почти весь гигантский торт. Действительно, хватило всем, даже собаки получили по куску.

— В конце концов, у меня только раз в году день рождения, — оправдывался виновник торжества, скармливая Хучику кремовую розу.

Дождавшись, пока все закурят, Луиза подошла ко мне:

— Наш дом опять обыскивали. Кто-то перевернул все вещи у мамы в гардеробной и оторвал каблуки у туфель.

Я знала, что ищет таинственный взломщик:

— Лу, а у вас есть фамильные украшения и где они хранятся?

Девушка улыбнулась:

— У мамы потрясающе красивое изумрудное колье, кольцо и браслет. Этот совершенно уникальный набор прадедушка подарил прабабушке. Оправа, конечно, старомодна, но камни потрясающие. Насколько я знаю, мама надевала их только раз, в день своей свадьбы. Еще кое-какие кольца, платиновые часы, жемчужное ожерелье, серьги... А лежит все у мамы в спальне, в туалетном столике.

— У кого-нибудь в семье есть бриллианты?

— Селине дедушка подарил на 14 лет кольцо и серьги с бриллиантами, а мне на 16-летие с алмазной россыпью. Еще у мамы лежит медальон, там в крышку вставлен довольно крупный камень чистой воды. Вообще бабушка с дедушкой, — а все драгоценности нам достались от них, — не любили бриллианты. Они считали семейным талисманом изумруд.

— Может, твой отец скупал бриллианты, не ювелирные изделия, а просто камни — так сказать, в чистом виде.

Луиза звонко рассмеялась:

— Папа! Да он признавал только деньги и говорил, что лучше всего хранить их в банке.

— В каком?

— В какой! Пол-литровой или трехлитровой. Это, конечно, шутка, но бриллианты он никогда не покупал, да и подарков никому не делал. Представляешь, на 15 лет принес шоколадку и сказал, что глупо праздновать день рождения, поскольку человек делает очередной шаг на пути к могиле. Я запомнила его слова потому, что это был единственный раз, когда он вообще вспомнил про день рождения. В детстве я даже не знала, что кто-то отмечает подобную дату. Так удивилась, когда в первом классе соседка по парте пригласила на день рождения. Вот где было здорово: подарки, танцы... До сих пор помню свой восторг, а потом жгучую зависть. Я пришла домой и расплакалась у мамы в спальне, и на мой день рождения мы с ней и Селиной тайком от папы отправились в ресторан, и мама подарила плюшевого мишку.

— Странный человек был твой отец. А может, ты не знаешь, вдруг он вкладывал деньги в камни и хранил их в банковской ячейке.

— Да нет, он никогда не абонировал сейф, это же дорого. Все ценности лежат дома, что-то в спальнях, что-то в кабинете, вообще все свободные средства он вкладывал в свой концерн, все время говорил: «Деньги должны работать больше, чем люди». Так что бриллианты не его хобби.

— О чем секретничаете? — спросил подошед-
ший Дима.

— О бриллиантах, — серьезно ответила Луиза.

— А у вас их много? — оживился парень.

— Ну да, целая коробка, 18 штук, и каждый с го-
лубиное яйцо, — пошутила Луиза.

— И где же хранятся эти сокровища?

— О, сначала надо попасть в кухню, из кухни в
прачечную, там стоит старая-престарая стиральная
машина. Надо отодрать заднюю панель и там под
изоляцией лежит шкатулка.

— Дима, — позвал Аркадий, — поди сюда.

Парень отошел, Луиза хихикнула:

— Какой смешной и доверчивый, по-моему, он
мне поверил.

— А нельзя ли получить кофе? — поинтересовалась Оксанка.

— Сейчас попрошу сварить, — радостно предложила Оля и пошла к двери, но вдруг остановилась.

— Что случилось? — забеспокоилась Наташка.

— Да какое-то непонятное ощущение в животе
и голове одновременно.

— Как это? — поинтересовалась Оксана.

— Ну в животе что-то так странно поджимается,
голова вроде кружится, а на уши как шапка натяги-
вается, слышу плохо.

— И давно с тобой такое?

— Она со вчерашнего вечера недомогает, — заметил Аркадий, — ночью плохо спала, весь ужин в
унитаз снесла.

— Да я уже несколько месяцев кормлю своего
фаянсового друга, — засмеялась невестка, — наверное, вчера магнитная буря пронеслась или давление
упало.

— Ох, не нравится мне это, — проговорила Оксана, — завтра прямо с утра едем к врачу.

Глава 22

В больницу мы приехали около одиннадцати утра. Доктор Виньон долго беседовал с Ольгой, потом вышел к нам:

— К сожалению, должен оставить будущую маму в больнице.

Аркадий побелел:

— Что, так плохо?

— Нет, нет, но мне не очень нравится тонус...

И акушер пустился в медицинские подробности. Мы с Аркадием не поняли ни слова, но Оксана слушала перевод с явным интересом и пояснила:

— Они ее кладут, как у нас говорят, на сохранение. Жаль, не прихватили все необходимое, надо поехать домой и привезти.

— Что привезти? — удивилась я.

— Как? Тапочки, пижаму, мыло, кипятильник... Ты в больнице лежала когда-нибудь? Еще чаю хорошо взять, у меня больные в отделении всегда чаи гоняют.

Я рассмеялась от души:

— Бедная ты моя, дитя совковой медицины. Пойдем посмотришь, как это бывает у нормальных людей.

Сначала мы двинулись в палату. Оксанка с удивлением рассматривала большую удобную кровать с тремя подушками и двумя пушистыми, мягкими одеялами. Потом не удержалась и пощупала простыню:

— Белье какое! И все продумано: тумбочка с настольной лампой, телевизор с пультом, кнопки вызова среднего медицинского персонала, шторы, а это что за дверь?

И она повернула ручку. В большой комнате оказались ванна и туалет. На крючке висело несколько полотенец разного размера. Возле ванны лежал пакет с одноразовыми тапочками. Унитаз украшала белая бумажная лента с надписью: «Стерилизовано».

Раздался вкрадчивый шорох. Молоденькая медсестра ввезла кресло на колесиках, в котором сидела одетая в халат заплаканная Оля.

— Ну, малыш, — засуетился Аркадий, — не расстраивайся, все будет хорошо.

— Да, — радостно подхватила медсестра, — у нас всегда бывает отлично, наши доктора успешно справляются с любыми болезнями. Лучше посмотрите меню и выберите вкусный обед, полдник и ужин. На завтрак вы, к сожалению, опоздали.

Проворковав ласковые слова, сестра вышла из палаты. Оксанка с интересом взяла большую кожаную папку и начала читать вслух:

— Завтрак. Подадут в 10 утра. Просим выбрать два горячих блюда.

1. Сок — апельсиновый, яблочный, грейпфрутовый, ананасовый
2. Кофе натуральный
3. Кофе растворимый
4. Какао
5. Молоко
6. Йогурты: натуральный, с фруктами
7. Каша овсяная
8. Яичница с беконом
9. Сотэ из курицы
10. Омлет с грибами
11. Рыбное суфле
12. Оладьи с вареньем
Сахар, соль, сливки

— У них что здесь, ресторан? — изумилась моя подруга.

— Не хочу тут оставаться, — зарыдала Оля, — хочу домой.

Аркадий беспомощно захлопотал около плачущей жены. Дверь в палату распахнулась, и в проеме появилась огромная женщина, настоящий бегемот с добродушным лицом.

— А кто у нас так горько плачет, — загудела она уютным басом, — кто огорчает своего ребеночка?

— Не хочу тут оставаться, — как заведенная, твердила Оля.

— А почему? — заинтересованно осведомился бегемот.

— Во-первых, не люблю спать одна, без мужа.

— Прекрасно, поставим двуспальную кровать, и муж будет здесь ночевать.

— Еще со мной спит Федор Иванович.

— Это собака, — быстро пояснил Аркадий.

— Ну и чудесненько, поставим ему в углу мисочку, днем можно будет погулять в саду. Надеюсь, Федор Иванович подружится с кошкой из 11-й комнаты. А сейчас давайте познакомимся: старшая медсестра мадмуазель Кристина Леви. Моя задача, так сказать, минимум — чтобы вы были всем довольны и не нервничали, задача максимум — чтобы вы ушли домой с двумя прелестными малютками. А сейчас скажите, мой ангел, прислать библиотекаря? Или вы сами съездите в библиотеку?

— Сама пойду, — взбодрилась Оля.

— Нет, нет, дружок, — возразила мадмуазель Леви. — Никаких самостоятельных передвижений. Как только захотите выехать из палаты, нажимайте эту кнопочку. — Она ткнула пальцем, похожим на сардельку, в белую пупочку на панели у изголовья кровати. Дверь палаты растворилась, и появилась молоденькая сестра.

— Это Анриетта, — сказала бегемотша, — она

будет за вами ухаживать, возить на процедуры, в библиотеку и сад. К сожалению, у нее очень большая нагрузка. Нашей Анриетте приходится заботиться сразу о трех дамах. Поэтому извините, если придется несколько минут подождать. А сейчас садитесь вот в этот экипаж, берите мужа, и поедем посмотрим, что тут у нас есть.

Забывшая о слезах Оля села в кресло. Мы с Оксанкой остались одни. Через несколько секунд подруга обрела дар речи:

— Нет, ты слышала, что сказала эта Леви. У медсестры страшная нагрузка, целых три женщины! Интересно, как ей понравится в 6 утра раздать 40 градусников, потом сделать 20 клизм и безумное количество уколов! И они правда разрешат держать здесь Хучика?

— Не знаю, но думаю, навряд ли. Просто мадемуазель Леви отличный психолог. Согласилась с Ольгиными капризами, и вот результат: все довольны и счастливы.

Прибежал запыхавшийся Аркашка:

— Не ждите меня, езжайте домой. Я тут с Зайцем побуду.

Дома было удивительно тихо. Дети уехали с Машкиным классом на экскурсию в Реймс. Вернуться они собирались только в понедельник. Словно тоскуя о «ветеринарах», собаки тесной кучкой спали в гостиной. Оксанка пошла в ванну, а я решила разобраться с платежами. Жуликоватый мясник третий раз присылал счет за печенку.

В кабинете я неожиданно наткнулась на Диму. Парень стоял спиной к двери и рылся на полках.

— Что ты там ищешь? — громко спросила я.

От неожиданности Дима уронил том Рабле.

— Господи, разве можно так пугать человека, подкрались, как вор, и заорали во все горло!

— Извини, пожалуйста. Просто тапочки такие легкие. Не хотела тебя напугать, а что ищешь?

— Да вот, надо кое-какой реферат подготовить, хочу Рабле процитировать.

И он поднял упавшую книгу. Что-то в этой ситуации мне не понравилось. Вспомнились рассуждения Жоржа о слишком честных голубых глазах. На всякий случай, подождав, пока он уйдет, проверила сейф. Коробочка стояла на месте. Волноваться не стоило.

После обеда позвонила Луиза:

— Что с Олей?

— Пришлось оставить в больнице.

— Ой, как жалко. Можно ее навестить? Завтра не смогу, а в понедельник с удовольствием.

— Конечно, приезжай, наш Зайчик очень обрадуется.

— Привезу ей конфет.

— Вот замечательно, Ольга жуткая сластена.

Без детей удивительная тишина заполнила дом. Никто не носился по комнатам, не выяснял отношений, не кричал ежеминутно «мама», не клянчил у Луи булочки... В общем, скука смертельная.

Аркашка вернулся около десяти.

— Ну там прямо концлагерь, — возмущался Кеша. — После обеда тихий час. Изволь лежать в кровати. Проверяют, чтобы съела всю еду. Олька не догрызла пончики, так прямо кошмар начался: все прибежали и давай приставать, а почему аппетит пропал? Плохо с желудком? Или не вкусно? А в 21.30 гасят свет, и все, баиньки. Телевизор смотреть нельзя. Читать тоже, извольте спать и растить ребеночка. Ей сегодня доктор Виньон сказал: «Вы, мадам, сейчас просто колба, где зарождается новая жизнь, и в первую очередь мы защищаем жизнь ребеночка. Так что придется забыть о своих желаниях и думать только о прелестных и здоровых детках».

Оксанка грустно вздохнула:

— Приеду домой, расскажу коллегам, никто не поверит. Больной еду не доел? Да и черт с ним, а на кухне — так просто рады, больше помоев для свинки и кусков для собаки. У нас одна санитарка, Зина, работает ради объедков, у нее немецкая овчарка и жрет ужас сколько!

Глава 23

В понедельник с утра пришлось отправиться на работу. Я тружусь в Доме наук о человеке преподавателем русского языка. До сих пор удивляюсь, зачем этим французам нужен русский. Ладно бы учились бизнесмены, связанные с Москвой! Так нет, группа состояла из пяти домохозяек-интересанток. Платили, честно говоря, гроши. Но заработок, как таковой, не волновал, денег у нас с Наташкой предостаточно. На работу бегала просто по привычке, да и совсем необременительно: два раза в неделю по полтора часа. Это вам не 42-часовая рабочая неделя.

Вот и сегодня, посражавшись немного с местоимениями, мои дамы, весьма довольные, отправились восвояси, а я с чувством гордости рабочего человека двинулась домой.

В холле, на самом видном месте громоздились два жутких коричневых фибровых чемодана, перехваченных ремнями. Я уставилась на этих уродцев, выходцев из пятидесятых годов, и похолодела: нет, только не это.

Увидев выражение моей, так сказать, морды лица, Кешка противно хихикнул и подтвердил:

— Элеонора прикатила, как всегда, без предупреждения.

Элеонора! Элеонора Яковлевна, бывшая свекровь. Вернее, моя первая бывшая свекровь. Вообще-то, я выходила замуж четыре раза. Не подумайте, что причиной такого количества замужеств служила уникальная красота невесты. Нет, просто многие женщины живут годами с любовниками, не оформляя отношений. Мне же бабушка с детства твердила: «Никогда не ложись с мужчиной в постель без штампа в паспорте. Получит, что хочет, и не женится». Бабушкина тактика приносила удивительные результаты. И, не случись поездка в Париж, я продолжала бы без конца расписываться, потому что, как сказала одна наша преподавательница: «Замуж всегда выходят одни и те же».

Беда состояла в том, что, получив мужа, я совершенно не знала, что с ним делать.

Получалось так, что каждый раз в доме заводилось что-то похожее на экзотическое животное, типа варана или страуса эму. Его нужно было регулярно кормить, мыть клетку, чистить перья, хвалить и подбадривать. Надоедало уже через месяц.

Но и это бы ничего, однако к каждому из них прилагалась мама. Для него мама, а для меня — свекровь. И если мужья все-таки чуть-чуть отличались друг от друга: Леня весил 120 кг, а Женя всего 60, — то мамы у всех уродились, как близнецы.

Уже через неделю на голову невестки начинали сыпаться справедливые упреки: супа нет, белье не выглажено, по углам пыль. «Зачем только мой сын женился на женщине, которая не уважает его мать!» Заканчивалось одинаково: я собирала чемоданы и уходила, правда, всегда с прибылью. В первом браке обрела Аркадия. Кешка вообще-то был сыном моего мужа от первого брака. Но после развода остался у меня. Второе замужество принесло собачку непонятной породы, третье — аллергию на одеколон «Арамис», четвертое подарило Машу.

Четырнадцатилетний Аркадий страшно злился:

— Если хочешь подбирать всех брошенных младенцев, то уж лучше выбирай мальчика, а не эту сопливую девчонку!

В строю мужей и свекровей Элеонора Яковлевна, безусловно, являлась генералом. И если до сих пор я не могу вспомнить, как звали маму Лени, то Элеонору забыть невозможно. Может, потому, что она первая, а может, из-за ее уникального характера.

«Змея в сиропе» — прозвал бабушку ласковый Аркадий. Проработав почти тридцать лет в школе учительницей французского языка и литературы, она делила весь мир на отличников и двоечников. Пятерка выставлялась только тем, кто слушал, не прерывая, ее занудные сентенции и в коротких паузах ухитрялся вставлять «как вы правы». Двойку получали все остальные.

После того, как мы расстались с Костиком, Элеонора Яковлевна ни разу не позвонила мне, родственные чувства проснулись после нашего с детьми отъезда в Париж. Раз в году Нора внезапно сваливалась на голову, как индонезийский тайфун «Мария».

Поглядывая на мое лицо, Аркадий продолжал прихихикивать:

— Смотри, что она нам с Машкой в подарок привезла.

И он показал прозрачный кулек с пятью помятыми и немного подгнившими яблоками.

— Эти плоды, — начал цитировать Кеша, — выросли на необозримых просторах великой страны России. Всегда помни о своей Родине и, любуясь прекрасными дарами, знай, что в первую очередь ты должен уважать и любить меня, женщину, которая родила великого человека — твоего отца.

Подарки Элеоноры всегда потрясающи. Однажды, пересилив собственную скаредность, свекровь презентовала нам с Костиком керамическую вазу. На следующий день ваза пропала. А на Новый год свекровь снова подарила ее, но второго января забрала обратно, ей показалось, что я недостаточно благодарна. Ваза появилась потом еще раз, на 8 Марта, и потом исчезла окончательно. Такая же участь постигла и байковое одеяло времен первой мировой войны. Я вздрогнула и пошла здороваться с несчастьем. Вечером мы все собрались за ужином. Софи торжественно внесла супницу.

— Сегодня специально для Элеоноры Яковлевны Луи сварил мясную солянку, — торжественно объявила Наташка.

— Не стоило беспокоиться, — мрачно произнесла гостья и поджала губы, — я не искушена в яствах, и мне достаточно на ужин половинки йогурта.

Рассерженная Наташка велела Софи:

— Принеси пол-йогурта.

Софи удалилась на кухню. Элеонорины губы превратились в нитку:

— Неуправляемое обжорство ведет к ужасным последствиям. Как только человек перестает думать о прекрасном...

— Вот тут вы не правы, — возразила Оксанка, — еда тоже может быть прекрасной. А Луи настоящий художник, попробуйте-ка салат.

Элеонора пошла багровыми пятнами от злобы. Мы все затаились в ожидании, но Оксанка, никогда не видевшая мою свекровь, опрометчиво продолжала:

— Или вот пирожки, просто потрясающие, я пополнела здесь на целых пять килограмм.

— Еще бы, — процедила сквозь зубы Нора, — на чужих-то харчах, ешь, сколько влезет, не жаль.

Дениска подскочил на стуле:

— Зачем вы моей маме грубите, сами уже вторую тарелку супа хомякаете!

Элеонора в сердцах стукнула ложкой:

— Дети должны молчать, а ты, — она обернулась к Аркадию, — почему равнодушно смотришь на то, как оскорбляют мать твоего отца?

Машка кинулась в бой:

— Денька вас не оскорблял, он прав. Хотели пол-йогурта, а уже вон сколько съели!

Элеонора встала из-за стола:

— До тех пор, пока дети находятся тут, покоя не будет. Уже девять, им пора в кровать. А вас, милочка, — обратилась она к Оксане, — лишний вес не украшает. Следует похудеть немного. Дайте мне чайную ложку соли, соды и стакан кипяченой воды.

— Вы будете есть соль с водой? — удивилась Маня.

Элеонора, как все школьные учителя, ненавидящая детей, с перекошенным от злости лицом пояснила:

— После еды необходимо полоскать рот раствором соли и соды. Остатки пищи разлагаются между зубами и ведут к образованию кариеса.

Меня замутило; кажется, Наташку тоже, потому что она вдруг выскочила из комнаты.

Поздно вечером, когда я уже лежала в постели, вошел Аркадий.

— Бабулек в своем репертуаре. Говорит, что у нее совершенно нет денег, и спрашивает, не дашь ли ты ей какую-нибудь старенькую кофточку и юбочку, чтобы срам прикрыть!

Я вздохнула. Муж Элеоноры — генерал, обласканный властями. Ей осталась от него пятикомнатная квартира, двухэтажная дача и полный кошелек. Покойный свекор явно обладал даром предвидения. Деньги копил в долларах, и теперь Нора ни в чем не нуждалась. Впрочем, это не мешало ей сдавать свои необозримые апартаменты какому-то дипломату. Сама она жила на даче и скорей всего еще не прикасалась к «золотому запасу».

— Скажи ей, что завтра поедем и купим все необходимое.

Глава 24

Вторник посвятили магазинам.

— В человеке все должно быть прекрасно, — трубно вещала Элеонора Яковлевна, пока Аркадий рулил в «Самаритэн». — Неаккуратно одетый, плохо причесанный человек своим видом оскорбляет окружающих. Но при этом одежда не должна бросаться в глаза.

В своих рассуждениях она была абсолютно права и обладала к тому же отменным вкусом. Во всяком случае, с полок и вешалок универмага снимались самые дорогие и модные вещи. Кешка только крякнул, поглядев на счет.

Покупочная оргия продолжалась до обеда. Потом Нора с внуком двинулись домой, я же, придумав себе какие-то неотложные дела, стала бездумно бродить по улицам, радуясь, что осталась наконец в одиночестве, съела любимый гамбургер, спокойно почитала газету, спокойно покурила на набережной... Но все имеет свой конец. Пришлось возвращаться домой.

В холле тихо тикали часы, безлюдно в столовой

и гостиной, в гараже отсутствовали машины и мотоцикл. Домашние трусливо бежали кто куда, оставив поле боя за Норой. Я села в гостиной и стала ждать их возвращения.

Элеонора Яковлевна, очевидно, принимала ванну, во всяком случае, она не показывалась на глаза, и, расслабившись, я мирно задремала на диване.

— Мадам, — кто-то потряс меня за плечо, — мадам, проснитесь.

Веки не хотели открываться, но, наконец, разомкнулись, и передо мной возникло озабоченное лицо Софи:

— Мадам, может, посмотреть, что с гостьей? В ванной уже четыре часа шумит душ, и она ни разу не вышла оттуда. Вдруг стало плохо с сердцем?

Я с трудом приняла сидячее положение:

— У этой дамы, Софи, нет сердца. А где все?

— Никого нет. Мадам Натали и мадам Оксана отправились в Опера, месье у жены в больнице, а у детей практические занятия в ветеринарной клинике. Маша сказала, что они должны убрать клетки с животными и приедут после десяти. Еще звонила мадам Луиза, сообщила, что подъедет к девяти и привезет какой-то сюрприз для Оксаны.

Я лениво встала с дивана. Софи права, надо посмотреть, что с Элеонорой, вдруг утонула? Дверь оказалась незапертой, постучавшись, я распахнула створку.

Нора сидела в кресле, спиной ко входу. Виднелась голова с аккуратной укладкой и безвольно повисшая рука. Надо же, спит! На столике около кресла стояла початая бутылка «Амаретто» и пустой бокал. Хороша ханжа, пьянствует потихоньку, лакомится ликером, а потом читает мораль о здоровом образе жизни. Ну, не упущу такую чудесную возможность, поставлю эту занудную нахалку в неудобное положение.

— Элеонора Яковлевна, ужин готов!

Я обошла кресло и увидела ее лицо. Выпученные глаза, изо рта вытекла струйка слюны, щеки и лоб какого-то непередаваемого синюшного оттенка — свекровь казалась бесповоротно и окончательно мертвой.

«Господи, — пронеслось в голове, — как повезло Лельке, пятой Костиной жене, избавилась от гарпии».

Но буквально через секунду другая мысль пронзила мозг — умерла! Умерла внезапно, не болея, у меня дома. Боже, что делать? Конечно же, звонить Жоржу!

К половине десятого дом заполнился народом. Приехали Жорж, эксперт Патрик и незнакомый полицейский врач. Патрик внимательно поглядел на тело, понюхал бокал и спросил:

— Кто-нибудь еще пил из этой бутылки?

— Вроде бы нет. Даже не знаю, где она ее взяла. В доме не держат «Амаретто», его никто не любит. Из ликеров у нас «Болс» и «Айриш крим». Впрочем, сейчас спрошу у Софи.

Пришедшая экономка сразу внесла ясность. Где-то около 12 дня посыльный принес красивую коробку с карточкой «Сюрприз для мадам Васильева». Подарок оставили в холле на столике.

— А почему она взяла этот подарок? — удивился Жорж.

— Видишь ли, фамилия Элеоноры тоже Васильева, она очень распространена в России, мы с первым мужем однофамильцы. Наверное, Нора решила, что это ее подарок. А ты думаешь, она выпила и сердце не выдержало?

Патрик хмыкнул:

— Бьюсь об заклад, в этой бутылке столько циа- нида, что хватит на всех твоих свекровей — бывших и будущих.

Я побелела:

— Как цианид? Ее что — отравили?

— Похоже.

— Господи, как же это ты можешь так сразу оп- ределить?

— Я ничего не определяю, — нахмурился Пат- рик, — я только предполагаю. Во-первых, характер- ный для отравления цианидами цвет лица, потом запах, чувствуешь аромат горького миндаля?

— «Амаретто» всегда пахнет миндалем.

Патрик согласно закивал головой:

— Вот именно, поэтому его, как правило, выби- рают для этой цели. Люди так примитивны — засо- вывают яд либо в миндальные пирожные, либо в «Амаретто», думают, что замаскируют запах отра- вы. И, надо признать, часто такая уловка срабаты- вает.

Твоя свекровь целый стакан почти выпила и ни- чего не заподозрила. Первый раз вижу, чтобы ликер пили стаканами. Она, наверное, его залпом опо- рожнила, никак не иначе. Яд уже через несколько секунд парализует глотательные мышцы, обычно рюмку допить не успевают.

— Хватит читать лекции по судебной медици- не, — вмешался Жорж, — займись телом, а я побе- седую с Дашей.

Мы спустились в гостиную.

— Ты понимаешь, что я должен оформить бесе- ду официально? — спросил Жорж, доставая разно- образные бланки. — У твоей бывшей свекрови бы- ли враги?

— Полно, ее ненавидела куча народа. Да и не удивительно, она ни о ком не сказала доброго слова. Вечно всех поучала, вещала как образовательная программа. Жадная, занудная, нахальная — да ее никто не любил, а родственники терпели по обязанности.

— Но ведь все знакомые остались в России?

— Да, во Франции она общалась только с нами.

— Ну а кто из вас мог желать ее смерти?

— В прошлые годы — я. Целых пять лет перед сном представляла кровавые сцены: давила Нору машиной, вешала на дереве, резала кинжалом... Потом развелась с Костиком, и она стала для меня ничем, нулем, пустотой. Я даже поняла, что среди остальных моих свекровей она еще не самая страшная. Марья Константиновна, с ее фальшивыми ласками, куда противней! Наташка познакомилась с Норой только в Париже, а Оксанка вообще вчера в первый раз ее увидела. Нет, здесь никто не хотел ее убить. Мы ее терпеть не могли и еле-еле выдерживали неделю, но отравить — это уж слишком!

Жорж нахмурился:

— Ты понимаешь, что это означает?

— Что мы ее не убивали!

— Что на самом деле хотели отравить тебя, моя радость!

— Ты шутишь!

— Ни в коем случае. По твоим словам, у Норы не было никого в Париже. Кто же прислал ей бутылку? Нет, мой котик, ликер предназначался тебе! Элеонора неожиданно явилась в гости?

— Ну да, она никогда не предупреждает о визитах.

— Вот видишь, никто и знать не знал, что она здесь. Нет, это твой подарок, а Нора воспользовалась презентом по ошибке. Ну а теперь подумай, кто же тебя так смертельно любит?

Я прикусила губу. Кто? Наташка, Оксанка, Аркашка, Оля, Маня, Деня — подозревать кого-нибудь из домашних смешно. Дима? Но он-то как раз знал, что я терпеть не могу «Амаретто» и не стану пробовать ликер. Софи, Луи, Ив, а может, молочник или булочник? Нет, вероятнее всего, мясник, я недавно ругалась с ним из-за счетов. Есть еще мои слушательницы из Дома наук о человеке, но они даже не знают, где я живу. Еще парочка знакомых в провинции, несколько сослуживцев Аркадия... Кому я могла насолить? Честно говоря, больше всего неприятностей причинила Жоржу. Может, комиссар решил от меня избавиться и теперь сам расследует неудавшееся покушение?

В холле послышались возбужденные голоса, и в гостиную ворвались ажиотированные дети.

— Что, — затараторили они, перебивая друг друга, — это правда? Нам дядя Патрик сказал! А ее отравили? А куда теперь труп денут? А хоронить мы где ее будем?

— Да, действительно, — проговорила вошедшая Наташка, — а что будет с похоронами?

Жорж вздохнул:

— Следует сообщить в консульство, а потом, если не хотите сопровождать гроб в Москву, позвоните родственникам.

Наташка повернулась ко мне:

— Вызывай Костю.

Время удивительно меняет человеческие лица, но менее властно над голосами.

«Алло», раздавшееся из трубки, заставило меня моментально вздрогнуть. Более двадцати лет не слышала этого чуть гнусавого восклицания.

— Костик? Это Даша Васильева, твоя бывшая жена.

— Ну и что? Чего надо?

— Костя, а ты знаешь, где сейчас Элеонора Яковлевна?

— Ну и дурацкие у тебя вопросы, как всегда. Она к тебе в Париж уехала. Сделай милость, придержи у себя дорогую маму, мы тут с Лелькой хоть отдохнем немного. Тебе-то хорошо, спихнула ее на меня и усвистела, а я всю жизнь теперь мучаюсь!

В этом весь Костик! Ну надо же, упрекать бывшую жену в том, что она, уходя из дома, не забрала с собой свекровь!

— Я уже сделала тебе милость. Приезжай и забирай тело Норы, она сегодня умерла!

— Как?!

— Не знаю, надеюсь, что спокойно. Ее отравили.

В трубке воцарилась звенящая тишина. Потом, сквозь города и страны прорвался Лелькин крик:

— Дашка, это правда?

— Абсолютная.

Трубку выхватил Костик:

— А как ехать, ну визы и все прочее, и денег на билеты нет, учти, мы не миллионеры, как ты, а бедные художники!

Знакомые слова, у Костика никогда нет денег.

— Консульство пришлет вам телеграмму. В этом случае визы не понадобятся. А деньги... Ну одолжи у кого-нибудь, я возмещу все расходы.

Глава 25

Лелька прилетела в пятницу рейсом «Эр Франс». Я встречала ее в аэропорту. Выглядела женщина прекрасно: стройная, рыжеволосая, в элегантном и, вероятно, очень дорогом дорожном костюме. Скромный макияж, аккуратная кожаная сумка в тон ей и туфли. Из драгоценностей только тоненькая золотая цепочка на гладкой, белой шее, обручальное кольцо и браслет с аметистами. Ничего лишнего, бросающегося в глаза, все просто и... дорого.

Следом за Лелькой брел незнакомый полный и абсолютно лысый мужик лет шестидесяти. Значит, Костик не смог приехать, укрылся, как всегда, за спиной жены.

Лелька подскочила ко мне и клюнула в щеку:

— Привет, прекрасно смотришься. Ну, поехали, мало времени, только три дня удалось в академии выдрать. Денег не платят, а присутствия на работе требуют, гады. Надеюсь, все документы готовы, а то еще хочется Париж посмотреть и купить кое-что! Ты пока чемодан получи, — приказала она лысому. Тот послушно затопал к кругу, где крутился багаж.

Я не выдержала и полюбопытствовала:

— А кто это с тобой приехал? Лицо какое-то знакомое. Где же я с ним встречалась?

Лелька уставилась на меня серыми глазами:

— Ну, ты даешь! В постели ты с ним встречалась! Это же твой бывший, а мой настоящий муж Костик!

Челюсть поехала у меня вбок, как каретка пишущей машинки. Этот лысый, толстый, старый боров — Костик! Как же так, мы же одногодки. А где же его роскошные кудрявые волосы?

Лелька понимающе вздохнула:

— Конечно, он немного изменился. Но, знаешь, в России сейчас такая ужасная жизнь! Все дорого, продукты почти недоступны. Поэтому приходится питаться картошкой с макаронами. Да еще Элеонора Яковлевна по каждому поводу скандал поднимает: яйца не покупай, яблоки не бери. Господи, как она мне надоела! Ой!

Лелька осеклась и вспомнила, наконец, причину своего приезда в Париж. Вернулся потный Костик с огромным чемоданом, и мы пошли к машине.

— Что-то авто простоватое, я думал, ты на «Ролс-Ройсе» разъезжаешь, — съязвил бывший муж, усаживаясь в «Пежо».

— Французы выскочек не любят. Предпочитают одежду поскромней, машины попроще. Тут не принято выставляться, — парировала я.

Дома были все, кроме Оли. Маня удивленно раскрыла глаза и прошептала:

— Мамулечка, и ты была замужем за этой свинкой? Правильно убежала от него. Представляешь, он сейчас жил бы с нами, интересно, как папуля Кешке понравится?

Аркашке Костик совершенно не понравился. Сначала отец попытался обнять его, но непочтительный сын выскользнул из объятий, и тому просто пришлось ограничиться рукопожатием. Однако Костик решил так просто не сдаваться:

— Мама просила передать тебе привет.

Кешка вздернул брови:

— Что-то я не понимаю, Константин Михайлович, о какой это маме вы толкуете? Моя всегда при мне.

И он обнял меня за плечи. Костику пришлось заткнуться.

Я проводила гостей в комнату, затем спустилась вниз:

— Аркашка, будь человеком, свози их по магазинам!

— И не подумаю, — возмутился тот, — не надейся, даже пальцем не пошевелю. За двадцать лет он ни разу про меня не вспомнил, даже на день рождения не звонил. А теперь, нате, я твой папочка... да пошел он!

— Правильно, Кешка, — заверещала Маня, — нужна тебе эта лысая свинка. Лучше пусть мама за Жоржа замуж выходит, и Хучик у нас останется!

Не успела Маруся закончить тираду, как со второго этажа послышался истошный вопль. Мы бросились наверх.

В просторной комнате для гостей на двуспальной кровати, поджав ноги, сидела Лелька.

— Что ты так орешь? — спросила Оксанка.

Лелька ткнула пальцем в сторону окна. В углу мирно сидел Снап с Хучиком в зубах.

— Ну и что? — изумилась я. — Это Снап, он просто решил с гостями познакомиться.

— Он ест кошку! — в ужасе прошептала Лелька.

— Это не кошка, — засмеялась Наташка, — это Федор Иванович, Снап его очень сильно любит и везде с собой носит. Эй, Снаповский, отпусти сейчас же Хучика!

Послушный ротвейлер выплюнул мопса. Меланхоличный Хуч тут же поковылял к Лельке.

— Господи, как я испугалась, — пробормотала та. — Только стала сумку распаковывать, слышу, кто-то сопит, оборачиваюсь и вижу: собака Баскервилей жрет несчастное живое существо.

— Это не собака Баскервилей, — возмутился Денька, — самый обычный ротвейлер, а у нас еще питбуль живет и две кошки.

— Ну, прямо зоопарк, — проговорила Лелька.

— Ладно, ладно, — успокоила ее Наташка, — распаковывайся и спускайся в гостиную, надо решить много вопросов. Кстати, где Костик?

— Не знаю, вышел из комнаты и исчез.

Бывший супруг обнаружился в кабинете. Стоял молча перед небольшой картиной Констебля. Увидев меня, вздохнул и агрессивно спросил:

— Ты хоть знаешь, сколько стоит это полотно?

— В общих чертах.

— «В общих чертах», — передразнил Костик, — да если его продать, я могу всю жизнь не работать в этом идиотском институте, не думать о хлебе для семьи. Я сумел бы написать свои картины, а так на творчество нет времени. Быт заедает.

Костик не менялся. В бытность моим мужем он регулярно увольнялся с работы и оседал дома, готовясь создать шедевр. Однако злая судьба все время ставила препоны.

Сначала приходилось покупать новый мольберт, старый выглядел обшарпанным. Потом начались регулярные головные боли, и он мог только лежать на диване и смотреть телевизор. Затем подводило давление — поднималось до 200, и приходилось опять лежать. Когда, наконец, здоровье приходило в порядок, наступали погожие осенние дни, бабье лето, самая пора для сбора грибов, а Костик страстный грибник. В середине октября уже моросил дождь, уходил нужный свет, пропадала натура... Шедевр оставался ненаписанным.

Я обозлилась:

— Ты помнишь, зачем приехал? Хватит глядеть по сторонам.

Мы вышли в коридор, и через несколько шагов Костик превратился в жену Лота.

— Что это? — ткнул он пальцем в небольшое полотно. — Что это?

— Ван Гог, сам не видишь?

— Почему он висит тут, его же никто не заметит.

— Жан очень не любил Ван Гога, говорил, что у него от этого, так сказать, творчества, открывается понос. Поэтому картину перевесили подальше от спальни, чтобы не раздражать.

— Твой муж-миллионер просто ненормальный,

продал бы лучше, а то запихнул в темный угол такое!

Я усмехнулась. Значит, Костик полагает, что это я вышла замуж за Жана, а не Наташка. Разубеждать его мне не хотелось:

— Видишь ли, Жан не очень разбирался в искусстве. Он просто вкладывал деньги. Коллекцию основал еще прадед, и Макмайеры никогда ничего не продавали.

Бывший муж посинел:

— Ты хочешь сказать, что все, здесь понавешанное, — подлинное?

— Да, копий нет.

— Ну ты и сволочь, — Костик окончательно перестал владеть собой. — Живешь в трехэтажном особняке с приживалами, купаешься в деньгах, а я медные копейки собираю, на кефире экономлю. Да как же не стыдно, бросила меня на произвол судьбы, без средств к существованию, не позвонила ни разу. Хоть сейчас помоги немного, я ведь теперь — сирота.

Я окинула 45-летнего сироту взглядом. Напомнить ему, что ушла прочь после того, как однажды застала сокровище в постели с натурщицей? Рассказать, как мы с Аркашкой покупали картошку не на килограммы, а поштучно? Спеть сагу о мокрых дырявых ботинках, о курточке из кожзаменителя, в которой трясешься декабрьским вечером. Об отключенном за неуплату телефоне, о бесконечных долгах, о Новом годе с одной селедкой? Нет уж, ни за что. Пусть завидует, и я сказала:

— Картины можешь посмотреть потом. В библиотеке, кстати, альбомы с гравюрами, а сейчас пойдем вниз, надо отдать документы.

Но Костик все не мог утешиться и бубнил:

— Как это ты так живешь? Дверь нараспашку,

полно людей, и сигнализации небось у полотен нет. А вдруг украдут?

— Коллекция застрахована. Картины слишком ценны, продать их вору будет трудно. Дома почти постоянно кто-то есть, и пока нас Бог миловал от разбойных нападений.

В гостиную мы вошли молча. Наташка взяла большую папку и передала Костику:

— Тут все необходимое. Разнообразные справки, свидетельства, разрешения, квитанция об уплате и два билета в Москву на понедельник.

Костик открыл папку и разочарованно пробормотал:

— Билеты-то «Аэрофлот», а не «Эр Франс».

— А что ты имеешь против российской авиакомпании?

— Сервис не тот, еда плохая, и вылетает очень рано.

— Зато дешевле.

Костик возмущенно фыркнул:

— Вам только копейки считать!

Наташа подняла холодный взгляд:

— В данной ситуации, Константин Михайлович, торг неуместен. Если желаете узнать подробности смерти вашей матери, у комиссара Перье свободное время от 14.00 до 14.30.

Вошедшая Лелька сразу вмешалась:

— А где комиссар находится? В центре? Очень хочется сделать покупки, а то у меня ничего нет к зиме.

Оксанка уставилась на Лельку, как на таракана. Та, не замечая, продолжала тарахтеть:

— Подскажите, шубу лучше приобретать в большом магазине или пойти в бутик, там, наверное, эксклюзивные вещи.

— Ты готова прямо сейчас ехать, — съехидничала я.

— Да, — радостно согласилась Лелька, — только кто нас отвезет?

— Конечно, Аркадий, — сообщил Костя, — должен же сын пообщаться с отцом.

Я развела руками:

— Увы, Кешка сегодня уехал в провинцию Коньяк. У него там процесс. Вернется только в понедельник. Просил передать привет.

— Какой такой процесс, — возмутился благородный отец, — он чем вообще занимается?

— Кеша изучает право, — слишком любезно проговорила Оксана, всегда кидавшаяся на защиту детей, своих и чужих, — у него сейчас практика в крупной адвокатской конторе, много командировок.

Лелька гнула свое:

— Ну, решай скорей, кто нас будет сопровождать, не забудь, мы не знаем языка!

Повисло тягостное молчание, которое нарушила отважная Маня:

— Я могу.

— Ты? — Костик с сомнением поглядел на девочку. — А что, у тебя есть права?

— У меня мотоцикл, — гордо оповестила Маня, — правда, последнее время у него плоховато с тормозами, останавливается не сразу.

— Бог мой, ни за что не поеду на мотоцикле, — возмутилась Лелька, — вы что, тут все сумасшедшие? Представляете картину: я еду на дурацкой тарахтелке!

Атмосфера начинала накаляться, и разрядил ее Денька:

— Надо вызвать такси, а мы с Машкой поедем

сопровождающими. Маня как переводчик, а я помогу таскать сумки!

Милый, вечно желающий всем помочь Дениска предлагал Соломоново решение. Машину вызвали, и Костик с Лелькой под конвоем детей двинулись потрошить магазины.

— Ну и фрукты, — выпалила Оксана, увидев, как сладкая парочка выметается из дому. — А откуда ты эту Лельку знаешь, если с бывшим двадцать лет не общалась?

— Ох, сложно объяснить. Костик после меня женился на Кате Ротман. Катин бывший муж, предшественник Костика, работал в милиции. А его первая жена вышла потом замуж за Лелькиного брата. Брата в свое время Катькин прежний задержал за вождение в пьяном виде.

Оксанка затрясла головой.

— Погоди, погоди, а ты-то тут при чем?

— Дай договорить. Лелькин брат работал у нас на факультете, и я ее сто лет знаю. Так вот, женившись на Светке, он познакомился с Катькой, а потом с Костиком, и в результате Лелька вышла за того замуж. Поняла?

— Ну, не очень.

— Да зачем тебе все это? Я Лельку много лет знаю.

— И она всегда такая?

— Ага, и Костик тоже, жуткие вурдалаки.

На Жоржа гости произвели ошеломляющее впечатление.

— Представляешь, — делился он, — первым делом сын убитой спросил, положена ли им денежная компенсация. Я даже сначала не понял, о чем речь. Потом, конечно, сказал, что полиция ничего не выплачивает родственникам, а следует обращаться в страховую компанию. Тогда он стал настаивать на опознании тела.

Представляешь, морока, вскрывать запаянный, готовый к транспортировке гроб! Убеждал, убеждал его. Нет, уперся рогами: хочу видеть тело. Договорились, что за два часа до отлета, прямо в аэропорту вскроем гроб и тут же опять запаяем. Извини, моя радость, но он согласился оплатить расходы и велел прислать счет Наташке. Где был твой разум в момент свадьбы с ним, а? Или его жизнь без тебя так доконала? Жуткий случай!

Надо отдать должное, сироты не докучали. Два с половиной дня они, задрав хвост, носились по городу.

— Лелька купила шубу, кучу платьев, белье кружевное, косметику, — сплетничала Маруська, — а он захотел часы. Угадай, куда они велели отвезти их за часами? К Картье. У Деньки при виде тамошних цен даже голос пропал.

Наконец, наступил долгожданный понедельник. Чемоданы и сумки еле влезли в «Пежо». В аэропорту нас встречал любезный представитель полиции. Он увел Костика куда-то в служебные помещения. Лелька, отказавшись сопровождать мужа, стала изучать ларьки. Время тянулось томительно. Часа через полтора появился вспотевший, утирающий лысину платком Костик:

— Такая долгая процедура! Такое занудство, куча бумаг, фу, устал.

— Так и незачем было все затевать.

Костик вздохнул и ничего не ответил. В конце концов, объявили посадку, полная радости, я приветливо прощалась с сиротами.

— И все-таки могла бы нам помочь, — сказал на прощание Костик, — пятьсот баксов в месяц — копейки, а мы голову из нищеты высунем. Подумай, а то непорядочно получается. Все-таки мы родственники и должны поддерживать друг друга в трудную минуту. Я о тебе всегда думал, а вот ты, видно, про нас забыла, только на два дня и пригласила, даже недели пожить не предложила.

Я лишилась дара речи. Так, молча, и смотрела им вслед.

Вечером приехала Луиза. Вошла, как всегда, застенчиво улыбаясь, в гостиную и проговорила:

— Целую неделю собиралась нанести визит, и все никак не получалось. Маме очень плохо, никак не оправится. Каждый день приходит доктор, а толку чуть. В холодильнике лекарств больше, чем продуктов, — витамины, успокаивающие, укрепляющие, бальзамы, настойки... Сейчас стали уколы делать. И все равно сил у нее совсем нет — лежит целыми днями лицом к стене. Последнее время стала запирать дверь. Я стучу, стучу, потом ухожу. А открывает только тогда, когда захочет. Может вообще целый день никого не впускать и сидеть голодной.

— Даже не знаю, что посоветовать.

— Не берите в голову, лучше посмотрите, какой сувенир я принесла для вашей подруги-хирурга.

И девушка протянула Оксанке большой пакет. Та развернула бумагу и зацокала языком от восторга. Перед ней лежал старинный хирургический атлас с роскошными картинками.

— Какая прелесть, — закричала подруга, — какая очаровательная книга! Нет, ты только посмотри на этот кишечник!

И в полном экстазе стала тыкать мне под нос изображение какого-то гигантского червя.

— Нет уж, не желаю смотреть на всякие гадости.

— Это не гадости, — оскорбилась Оксанка, —

это твое внутреннее устройство. И где только Лу раздобыла такую прелесть?

Выяснилось, что на прошлой неделе неизвестный вандал опять залез в дом Роуэнов. Проник в прачечную, разбросал там все, что мог, и отправился в библиотеку. Утром Луиза нашла на полу кучу книг, вываленную с полок. Среди них оказался атлас.

— Я даже не знала, что у нас есть такая редкость, — тихо рассказывала Луиза, — наверное, его когда-то приобрел дедушка, как и остальные книги, папа практически ничего не покупал. Мне эта анатомия ни к чему, а мадам Оксане интересно.

Не просто интересно, а очень интересно. Моя ненормальная подруга моментально исчезла из комнаты со словами:

— Пойду Деньке покажу.

Мы с Луизой уселись поудобней и принялись смаковать кофе с пирожными. Когда я доедала третий эклер, в гостиную вихрем ворвалась возбужденная Наталья.

— Послушай, поди сюда! — закричала она, не обращая внимания на гостью.

— Что случилось?

Не говоря ни слова, Наташка поволокла меня за руку на второй этаж и поставила перед пустой стеной в коридоре.

— Гляди!

— Куда, здесь же ничего нет.

— Вот именно, ничего, а где Ван Гог?

Изумительно чистая стена, а, правда, где Ван Гог? Неужели? Одна и та же мысль одновременно вонзилась в наши головы. Костик!

— Сироты, уезжая, ухитрились нас обокрасть. Но как им удалось протащить полотно через таможню?

— Подумаешь, труд, — возмутилась, вошедшая Оксанка, — свернули трубочкой и сунули в чемодан.

— Нет, это невозможно, — возразила Наталья, — весь багаж просвечивается, и картину сразу увидят. Скорей всего всучил кому-нибудь из консульских, а те провезут в дипломатической почте.

— Да, он в консульство ходил в пятницу, — вмешалась я, — а Ван Гог в воскресенье еще висел, значит, он снял его прямо перед отлетом. Вот сволочь.

— Гроб, — внезапно сообразила Оксанка, — вот почему лысый боров хотел вскрыть гроб, чтобы спрятать украденное. Ну, кому придет в голову проверять последний приют бедной российской туристки. В Москве тоже не станут досматривать. Бьюсь об заклад, он рыдал на таможне и хватался за сердце, рассказывая о кончине любимой мамы.

Она подала мне трубку:

— Позвони-ка ворюгам.

В квартире у Костика долго никто не подходил, потом раздалось гнусавое:

— Алло.

— Это я, Даша, как долетели?

— Ужасно. Горячего не дали, стюардессы — хамки, да еще полный самолет неуправляемых детей. Теперь голова раскалывается.

— А больше ничего не беспокоит?

— А что должно беспокоить?

— Совесть, хотя, скорее всего, у вас ее просто нет.

Трубку перехватила Лелька:

— Не смей кричать на моего мужа!

— Да твой он, твой, мне и даром не нужен, а вот Ван Гога хочу получить обратно.

Воцарилась тишина, потом Костик проговорил:

— Намекаешь, что я украл картину?

— Не намекаю, а утверждаю. Верни полотно по-хорошему, иначе пойду в полицию.

Бывший муж трубно засмеялся:

— Иди, иди, прямо сейчас. И в какую: французскую или российскую? То-то там обрадуются. Сигнализация у картин была? За руки кто меня ловил? Свидетели где? Может, сама Ван Гога продала, а на меня валишь. Знать не знаю, куда картина подевалась. Я ее через границу провозил? Будешь приставать — подам в суд за клевету.

И бросил трубку. Наташка смотрела на меня расстроенным взглядом. Она сразу поняла, что Ван Гог пропал безвозвратно, и понимала, как я переживаю.

— Послушай, — вдруг сказала она, — помнишь, как я потеряла кошелек с нашим стратегическим запасом?

Было такое дело. Как раз накануне Нового года. До этого мы пять месяцев откладывали из наших копеечных зарплат кой-какие денежки. Задумали грандиозные подарки для Аркадия и Мани и обильный стол к празднику.

То ли Наташка положила портмоне мимо сумки, то ли его просто украли, но из Детского мира она тогда пришла в слезах и без покупок. В долг мы принципиально не брали, опираясь на мудрость «берешь чужие ненадолго, а отдаешь свои и навсегда», поэтому 31 декабря на столе красовалась селедка с репчатым луком.

— Вот та пропажа была настоящей драмой, — продолжала Наталья, — а сейчас что, последнего лишились? Да и Ван Гог достался дедушке Макмайеру по дешевке. Его тогда в Европе никто всерьез не принимал, считали сумасшедшим, идиотом.

— Конечно, картину жаль, но хуже всего ощущение гадливости, чего-то грязного, куда ткнули носом, — вздохнула Оксанка.

И она оказалась права. Всю ночь и утро следующего дня меня мучила моральная изжога. Днем, по дороге в больницу, решила пока все-таки ничего не рассказывать Оле. Когда еще вернется домой. И потом, всегда можно соврать, что полотно отдали на реставрацию. С этими мыслями я поднялась к невестке. Та сидела в постели с грудой воздушных шариков.

— Что ты делаешь?

— Велели надуть десять шариков. Каждый день ерунду всякую придумывают. Зато знаю теперь, кто родится.

— Девочки!

— Нет.

— Мальчики...

— Нет.

— Не пугай меня, кто же?

— И девочка, и мальчик, королевская парочка.

Вот радостная новость. Девочку заберу себе, а мальчишку пусть сами воспитывают. Оля выглядела довольной и отдохнувшей.

— Тебя сегодня навестит Луиза, мы с ней вчера договорились: я днем, она вечером.

После обеда визит завершился. Медсестра занавесила окна, я поцеловала будущую маму и спустилась в просторный холл.

В больших кожаных креслах сидело множество женщин с разными сроками беременности. Кого-то выписывали, кто-то, наоборот, ложился в клинику. Несколько счастливиц держали в руках букеты, а новоиспеченные папы млели, заглядывая в кружевные кульки. Неожиданно меня тронули за локоть:

— Даша, как я рада вас видеть.

Около стены сидела улыбающаяся Каролина

Роуэн. Выглядела дама превосходно, правда, была несколько бледновата. Судя по рассказам Луизы, ее мать стояла одной ногой в могиле. Однако перед моим взором явилась элегантная, ухоженная женщина без возраста.

— Добрый день, Каролина, как вы оказались здесь?

— Ничего особенного, дежурный визит к гинекологу. А у меня предложение — выпьем вместе кофе, а то Лу все время у вас гостит, надо же нам тоже познакомиться поближе. Я знаю чудесное местечко и недалеко. А потом подвезу к вашей машине.

Отказать в такой милой просьбе невозможно, и Каролина стала плутать по улочкам. За разговором я не сразу поняла, что мы отъехали довольно далеко от центра и несемся по окраинным переулкам.

— А где же кафе?

— Да вот тут, рядом.

Я почувствовала укус комара, взмахнула рукой, и мир исчез.

Глава 26

Шел дождь, он падал крупными каплями на лицо, стекал за шиворот. Пахло сыростью, гнилыми тряпками, и было темно. Через секунду я поняла, что лежу с закрытыми глазами, и разлепила веки.

Перед взором предстал жуткий потолок с трещинами, из которых капала грязная вода. Увернуться от душа не представлялось возможным. Руки и ноги отказывались повиноваться, шея не поворачивалась. Несколько минут понадобилось, чтобы сообразить: кто-то спеленал меня, как младенца. Все тело, перехваченное, как свивальником, жесткой материей, немилосердно болело, жутко хотелось есть и пить. Заорать тоже представлялось проблематичным — во рту торчал отвратительно воняющий рыбой кляп. Единственным, что еще могло двигаться, — были глаза, и я попыталась обозреть помещение.

Больше всего комната напоминала заброшенный чердак. Низкий потолок, деревянные стропила. В углу — круглое, покрытое грязью окошко, возле стен кучи то ли тряпок, то ли сена. Тут и там валялись вещи — сломанный стул, несколько ботинок. Какие-то коробки и сундуки громоздились прямо возле лица. Воздух наполняли омерзительные запахи.

Я попыталась пошевелиться. Как бы не так — своеобразная смирительная рубашка даже дышать позволяла с трудом. Почему я оказалась связанной в незнакомой комнате? Навряд ли меня так одели любящие друзья, скорей всего кто-то желает со мной расправиться. Сейчас придет убийца и... От ужаса я с удвоенной силой принялась елозить по полу. Бесполезно, ничего не изменилось. Что делать! От отчаяния и злобы я чуть не лишилась рассудка и продолжала обшаривать глазами чердак.

И тут взор упал на дивную вещь, похожую на шинковку. Как раз такая гигантская терка была у бабушки в деревне. Осенью на ней нарезали горы вкусной белой капусты. Узкое длинное лезвие ловко рубило тугие кочаны. Хотелось надеяться, что и эта шинковка такая же острая. Но как к ней подобраться. Я в одном углу, она в противоположном, и ползти нет возможности. Зато можно перекатываться!

Собравшись с силами, я попробовала перевернуться на живот. С третьей попытки получилось. Потом опять на спину. Через какое-то время я вплотную подкатилась к терке и принялась тереться об нее боком.

Пот тек по лицу, тело, тоже вспотевшее под тряпками, немилосердно чесалось, от напряжения заболел живот, и безумно захотелось в туалет.

Но в какой-то момент вдруг почувствовала, что могу шевелить левой рукой, еще пара секунд, и руки вылезли из тряпичного кокона. С удвоенной силой я стала вытаскивать ноги.

И вот, наконец, стою свободная и покачиваюсь от слабости. Единственная дверь, ведущая на чердак, оказалась запертой. Но человек, обреченный на смерть, бывает на редкость сообразительным.

В мгновение ока к грязному окошку были подтащены ящики, стекло разбито, и вот уже моя голова высунулась наружу. К счастью, земля совсем близко — этаж второй, не выше.

Кряхтя, я пролезла в окошко, повисела немного на руках и кулем рухнула вниз. Жуткая боль разлилась от щиколотки до бедра. Встать на ноги оказалось невозможным. К тому же обвалилась прямо в кусты дикой ежевики, и теперь к боли в ноге прибавилась еще боль от большого количества царапин и ссадин.

Полежав пару минут, попробовала принять вертикальное положение. Оказалось, что могу даже медленно идти. Чувствуя себя русалочкой, я медленно поковыляла вдоль забора, увидела калитку и вывалилась на небольшую тихую улицу. Справа и слева стояли типовые одноэтажные дома, казавшиеся заброшенными. Итак, я в пригороде Парижа, пока, правда, непонятно где, сейчас найду название улицы.

Синяя табличка, висевшая на углу, не внесла ясности — «Oberstraße». Какое странное название, никогда не слышала такого. Мои руины ползли по непонятной улице, постанывая от боли. Господи, хоть бы кто-нибудь попался навстречу, или просто увидеть телефонную будку, в полицию можно позвонить бесплатно.

Кое-как добравшись до перекрестка, повернула налево и оказалась... на громадном проспекте, полном машин, магазинов и людей. От шума закружилась голова, я прислонилась к стене, с трудом сдерживая дрожь в коленях.

Мужчина в форме, напоминавшей полицейскую, обратился ко мне:

— Kann ich helfen? Was ist los?[1]

— Боже, что это, я не понимаю ни слова. Язык непонятен.

— Sind sie krank?[2] — продолжал настаивать мужчина. Внезапно все завертелось, на уши надвинулась шапка, звук пропал, а за ним погас и свет.

Затем появились тихие голоса:

— Nicht so schnell, bitte[3].

— Aha, sie hatdie Augen geffnet[4].

Молодой худощавый мужчина в белом халате, ласково улыбаясь, проговорил:

— So, wie heißen Sie?[5]

Я посмотрела на него:

— Где я?

— Sprechen sie deutsch?[6]

Deutsch, на это познаний хватило. Ну надо же, врач говорит по-немецки! Я замотала головой и, как идиотка, стала тыкать себе в грудь пальцем:

— Нет, нет, nicht franzusich![7]

Доктор удивленно вскинул брови, вышел из комнаты и через несколько секунд вернулся вместе

---

[1] Могу я помочь? Что случилось? *(нем.)*

[2] Вы больны? *(нем.)*

[3] Не так быстро, пожалуйста *(нем.)*.

[4] Ага, она открыла глаза *(нем.)*.

[5] Итак, как вас зовут? *(нем.)*

[6] Вы говорите по-немецки? *(нем.)*

[7] Нет, французский! *(нем.)*

с молоденькой сестрой. Та заговорил на ломаном французском:

— Вы иностранка?

— Где я?

— В больнице города Бремен.

— Где?

— В больнице города Бремен.

— А что, во Франции есть Бремен?

Медсестра с жалостью посмотрела в сторону врача.

— Нет, Бремен в Германии.

— Я что, в Германии?

— Ну да, — терпеливо продолжала медсестра, — в городе Бремен.

— А как я сюда попала?

— По «Скорой помощи». Привезли полицейские. У вас вывих правой ноги, множественные ушибы и ссадины. Сообщите, пожалуйста, имя, фамилию и дату рождения.

— Можно позвонить в Париж? Хочу вызвать родственников.

Сестра обратилась к врачу, и какое-то время они тарахтели и лаяли. В конце концов, в палату торжественно внесли радиотелефон. Плохо слушающимися пальцами я набрала номер, подошла Наталья. Услышав мой голос, она стала вопить что-то нечленораздельное, потом, наконец, догадалась позвать свободно владеющего немецким Аркадия.

Начались переговоры с доктором. Какой, однако, кошмар, когда не понимаешь ни слова. И до чего же ужасный язык: грубый, лающий, отрывистый, не то что мелодичный и ясный французский. С этими мыслями я отбыла в царство Морфея.

Домашние примчались на следующее утро. Еще не принесли завтрак, а они уже тут как тут: Наталья, Аркадий и Оксанка, хорошо хоть детей не взяли.

— Ты знаешь, что Жорж уже три дня ищет тебя

по всей Франции? — заорал с порога сын. — Полиция поднята на ноги, а я насмотрелся на разнообразные обезображенные трупы.

— Каждого утопленника, хоть чуть похожего на тебя, совали нам под нос, — подхватила Наталья, — ума можно решиться. Только Оксанка на них спокойно смотрела.

— Мне это тоже не нравилось, — подхватила эстафету Оксанка, — все время ожидала увидеть в прозекторской твою дурацкую морду.

— Могли бы спросить о моем самочувствии, — обиделась я.

— Нет, это ты нам скажи, где была, — опять начал орать Аркадий, — каким образом попала в Германию? Что за чертовщина, ну погоди, вот отвезем домой и отдадим Жоржу, узнаешь где раки зимуют!

В палате сразу похолодало... Встречаться с комиссаром не хотелось. Скорей всего он начнет страшно ругаться. На всякий случай, я откинулась на подушки и демонстративно застонала.

— Не прикидывайся, — улыбнулась Оксанка, — вывих — это не смертельно. К тому же колют обезболивающее, скорей всего у тебя ничего и не болит. Лучше расскажи, где была?

— Не знаю, на чердаке.

— Где?

— На чердаке какого-то дома, я и не подозревала, что столько времени прошло, то-то ноги тряслись, небось не кормили ничем.

Домашние переглянулись.

— Пойдем, Кешка, я хочу поговорить с врачом, — сказала Оксана, и они двинулись в коридор.

Наталья устало вздохнула:

— Опять влезла в историю, любительница приключений.

Глава 27

Через день я оказалась дома. Жорж приехал после обеда и попросил всех собраться в столовой. Заинтригованные Наталья и Оксана, меланхоличный Дима, взбудораженные дети, невозмутимый Аркадий и полная раскаяния ваша покорная слуга уселись в кресла. Под ногами путались собаки.

— Ну, любовь моя, — сладким голосом пропел комиссар, — расскажи теперь, что же произошло.

Я пожала плечами:

— Не знаю, ей-Богу, не знаю. Сначала Каролина Роуэн пригласила выпить кофе, а потом... бац, и я в Германии.

— Ах, Каролина, — протянул Жорж, — вот оно что. А ведь я просил, настаивал не вмешиваться, умолял не совать длинный нос во все дыры. Но нет, как же, разве Даша успокоится! И вот результат: полиция не может задержать убийцу, потому что наша милая мадам помогла ей скрыться.

— Как это помогла убийце скрыться? Даже не знаю, кто прикончил Франциска Роуэна. Ну, виновата, хотела поговорить с Катрин, ну ездила в «Зеленую хижину», ну обыскала комнату Селины, подумаешь!

Наталья остановила поток оправданий:

— Жорж, дорогой, расскажите все по порядку.

И комиссар начал повествование:

— История эта началась очень давно. Можно сказать, в тот момент, когда Сюзанна Роуэн, измученная нищетой, решилась отдать одного из сыновей на воспитание.

Несчастной мадам Роуэн доставались от пьяницы-мужа только синяки да шишки. Редкий день супруг не узюзикивался до беспамятства. Когда-то Леон Роуэн, классный специалист и отличный столяр, великолепно зарабатывал. Но постепенно терял квалификацию, а с ней и заработок. Семья жила на грани нищеты. К тому же Сюзанна регулярно беременела. Правда, все дети умирали в младенчестве, то ли от голода, то ли от болезней. Чудом уцелели только двое: Франциск и Анри.

Когда братьям исполнился год, стало ясно, что двух мальчиков Роуэнам не прокормить. Дети росли здоровыми и, к большой досаде отца, не собирались умирать. Тогда Леон велел жене оставить одного сына, а другого куда-нибудь деть.

Робкая, забитая мужем Сюзанна побоялась возражать. Анри получил новых маму и папу — Клер и Роже Леблан. Неизвестно, что случилось бы, если бы Франциск уехал к Лебланам, а Анри остался дома. Но это пустые гадания.

Жизнь потекла своим чередом. Для Франциска — нищая, полная невзгод, к счастью, когда он пошел в первый класс, Леон скончался, и мальчик остался с матерью.

На Сюзанну вдовство подействовало благотворно. Наконец-то она получила возможность хоть немного отдыхать по вечерам. Иногда женщина даже позволяла себе мелкие радости: покупку радио или новую кофту. Быт налаживался, больше не требовалось тратить деньги на иждивенца, и в доме стали появляться сыр, масло, сахар. Сюзанна не покладая рук убирала чужие квартиры, стирала, гладила.

Франциск рос спокойным, тихим ребенком. Больше всего на свете он любил читать и, когда другие дети с визгом гоняли мяч, сидел с книжкой в углу. Учился он хорошо, и мать не могла нарадоваться.

Уже в десять лет Франциск понял, что единственный для него путь выбраться из нищеты — это получить образование. Он засел за учебники, его письменные работы неизменно отмечались всеми учителями. Пять лет подряд мальчик переходил из класса в класс первым учеником. В результате получил стипендию и стал изучать химию в университете.

За пять студенческих лет юноша не позволил себе ни разу расслабиться. Лучшая курсовая, лучшая лабораторная работа, самый интересный доклад, самые подробные исследования — вот каков студент Роуэн. Даже любовь обошла его стороной. Франциск не участвовал в попойках, не имел друзей — он с остервенением грыз гранит наук и, наконец, догрыз. Получил диплом с отличием и престижное место работы в косметической фирме.

Судьба Анри складывалась по-другому. То ли он был испорчен с рождения, то ли богатые Лебланы избаловали мальчишку своей неуемной любовью, но подросток катился по наклонной плоскости; самозабвенно врал, воровал и с трудом закончил школу. Клер пролила реки слез, пытаясь вразумить приемного сына, но тот оказался невменяемым. К 23 годам он во второй раз попал в тюрьму. Измученная, доведенная до отчаяния, мадам Леблан явилась к Сюзанне Роуэн и рассказала всю правду об Анри.

Узнал о брате-близнеце и Франциск. Появление столь близкого родственника-уголовника не обрадовало юношу. Под угрозой оказывалась его работа. Увидев, что мать исправно бегает на свидания в тюрьму, Роуэн ушел из дома. Снял квартирку и стал вести одинокий образ жизни.

В фирме, куда Франциск поступил на работу, заведовал отделом Жюльен Кнур. Он внимательно приглядывался к старательному и аккуратному сотруднику. Раз в году, перед Рождеством, в фирме устраивали бал. Жюльен привел на праздник свою дочь.

Каролина Кнур слыла неудачницей. Интересная внешне, с покладистым характером и большим приданым — девушка никак не могла устроить свою жизнь. Все подруги давно выскочили замуж, а она к тридцати годам превращалась в старую деву. Хитрый Жюльен Кнур познакомил Каролину с Франциском. Походя начальник рассказал подчиненному о стеснительности дочери и... большом приданом.

Франциск недолго сомневался. Приятная внешность Каролины, ее молчаливость понравились Роуэну. Ухаживать он не умел, да и, честно говоря, не очень хотел тратить деньги на всякие конфеты и букеты. Через неделю жених явился к Кнуру и попросил руки дочери. Предложение приняли с радостью и сыграли пышную свадьбу.

Вот так Франциск из малообеспеченного служащего превратился в солидного буржуа. Своей привычке трудиться не покладая рук он не изменил и после женитьбы.

Бедная Каролина целыми днями просиживала одна. Постоянно занятый муж успешно продвигался вверх по финансовой лестнице, она же существовала, как в тумане. Дни тянулись бесконечно, до тошноты похожие друг на друга: парикмахер, косметичка, телевизор... К тому же после нескольких месяцев брака Франциск начал упрекать жену в мотовстве. Дальше — больше.

Через несколько лет супруги Роуэн стали абсолютно чужими друг другу. Немного сблизило их рождение дочерей, сначала Луизы, потом Селины. Но девочки быстро росли, умилительный период пухлого младенчества закончился. Каролине остались только мечты и дамские романы, которые женщина глотала пачками.

Когда сначала Луиза, а потом Селина пошли в школу, их мать неожиданно открыла для себя увлекательное хобби. Франциск, которому жена надоела до безумия, стал уезжать отдыхать в одиночестве.

Постепенно сложилась традиция: муж ехал в дешевую «Зеленую хижину», жена, после небольшого скандала и дежурных упреков, — в Германию или Швейцарию.

Однажды Каролина случайно попала в Монте-Карло. Вид казино ошеломил мадам Роуэн. Она рискнула купить несколько фишек и выиграла первые деньги. С тех пор Каролина превратилась в азартного игрока. Действовала женщина крайне осторожно и страсти отдавалась только на отдыхе. В целом она полностью оправдывала поговорку: «не везет в любви, везет в карты». Мадам Роуэн выигрывала довольно крупные суммы и тратила их потом только на свои прихоти: косметику, модную одежду, коробки шоколадных конфет.

Но в казино Каролину привлекали не только деньги. Ей нравилась атмосфера праздника, так непохожая на унылую жизнь в Париже.

Там, дома, полагалось выключать свет в десять, чтобы экономить электричество, колготки следовало снимать прямо в холле, дабы не порвать, ужин не подавался вовсе, и никогда не приходили гости.

Здесь, в Монте-Карло, всю ночь горели яркие люстры, работал и буфет и ресторан, шикарно одетые мужчины и женщины, сверкающие драгоценностями, тихо смеялись, разговаривали, всем было весело.

Каролине казалось, что даже состояния здесь проигрывают со смехом. Ради двух счастливых, блестящих недель в казино она терпела весь год скучного Франциска и тоскливое, полное ограничений существование в Париже.

Здесь, в Монте-Карло, она жила как голливудская кинозвезда: заказывала в два часа ночи шампанское и русскую икру, требовала украшать номер дорогими цветами, сорила чаевыми. Вот это была жизнь.

Но казино подарило Каролине не только деньги. В его стенах началось самое увлекательное приключение. Однажды, выиграв, как всегда, довольно крупную сумму, она сложила фишки в сумочку и бесцельно огляделась по сторонам. В противоположном углу, возле одного из столов стоял... Франциск.

У Каролины похолодела спина и загорелись уши. Ей и в голову не могло прийти, что муж окажется в казино. Спрятавшись за большой пальмой, женщина с изумлением стала наблюдать за супругом. Удивляться было чему. Во-первых, на нем был элегантный и, очевидно, безумно дорогой костюм. Галстук украшала красивая булавка, золотые часы на запястье сверкали камнями, похожими на бриллианты. Во-вторых, на нем буквально повисла очаровательная молодая брюнетка, чуть старше Селины. Ее черное платье, спереди глухо закрытое, сзади имело декольте чуть ли не до самых ягодиц. К тому же юная профурсетка, увешанная золотыми украшениями, походила на рождественскую елку.

Почти не дыша, Каролина наблюдала, как не везло Франциску. В конце концов, проигравшись в пух и прах, он снял часы и отнес их к окошку кассы. Больше всего Каролину поразило то, что муж при этом весело смеялся и похлопывал свою спутницу по заднице.

Остолбенев от изумления, она потеряла бдительность и вышла из укрытия. Как раз в этот момент Франциск решил покинуть казино, и Каролина столкнулась с супругом лицом к лицу.

Тот окинул ее холодным, оценивающим взглядом и вежливо посторонился. Мадам Роуэн замерла с открытым ртом. Муж ничего ей не сказал, более того, сделал вид, что они незнакомы. Это совершенно деморализовало Каролину.

Заплатив портье, она узнала, что Франциск живет в отеле под именем Анри Леблан, а женщина — дорогая проститутка. От негодования Каролина первый раз в жизни впала в ярость. Вот, значит, как. Дома заставляет близких считать сантимы, а сам здесь проигрывает безумные суммы, да еще балуется с девочками по вызову!

Не помня себя от злости, женщина понеслась прямо в номер к изменнику. Распахнула дверь и обнаружила, что супруг моется. Полная мстительного задора, Каролина вломилась в ванную, отдернула занавеску и замерла. Человек с лицом Франциска, стоящий под душем, обладал телом совершенно другого мужчины. На груди и лопатках у него красовались татуировки, а через живот шел длинный старый шрам.

В смущении Каролина села на унитаз. Сказать было нечего. Анри завернулся в полотенце и примостился на краю ванной. Так начался их безумный, сумасшедший роман.

К моменту встречи с мадам Роуэн Анри уже успел много раз побывать за решеткой. Пожалуй, он перепробовал все виды мошенничества: воровал в магазинах, притворялся страховым агентом, угонял автомобили, занимался шулерством.

К тому же он был многоженцем, в нескольких крупных городах жили женщины, считавшие, что их муж — коммивояжер, часто и надолго уезжающий по делам. Анри подобная жизнь не угнетала, он постоянно ввязывался в приключения и неприятности, получая от них гигантское удовольствие.

Настроение иногда портило безденежье. Леблан абсолютно не умел копить деньги и радостно тратил все, что удавалось получить.

При всем при этом Анри обладал добрым и ласковым нравом. Десятки брошенных женщин вспоминали о нем с нежностью. Он врывался в их жизнь, как фейерверк. Говорил изумительные комплименты, водил в рестораны, дарил подарки, а потом вдруг исчезал, частенько прихватив с собой что-нибудь ценное. Но сердиться на него было невозможно.

Узнав, что мадам перепутала его с братом, Анри понял, что в руки приплыл уникальный, единственный в своем роде шанс. И он начал ухаживать за женщиной. Целый год Каролина жила, как в удивительном фильме, как в одном из своих любимых романов.

На нее потоками выливались признания в любви, она бежала на свидания в маленькие гостиницы, бродила по улицам со своим Ромео. В чаду любовного угара бедная женщина как-то не замечала, что сама платила по всем счетам. Порой посыльный из цветочного магазина, протягивая букет, тут же вручал счет, но какое это имело значение, когда любимый и единственный был рядом.

К тому же он так походил на мужа, что Каролину совершенно не мучила совесть. Она изменяла Франциску с... Франциском, со вторым его «я». Анри даже познакомил ее со своей родной матерью Сюзанной. Чистенькая старушка простодушно рассказала Каролине про свою жизнь. Больше всего Сюзанну расстраивало то, что выращенный ею Франциск ни разу не позвонил за все годы, а отданный на воспитание Анри регулярно приезжал с продуктами и деньгами.

— Не того я в детстве выбрала, — сетовала Сюзанна, — ну и пусть уголовник, зато ласковый и заботливый. А что толку во Франциске? Как только стал на ноги, бросил меня.

Все это укрепляло любовь Каролины. И вот, наконец, настал момент, когда она поняла, что больше не может так жить. И Анри изложил ей план.

О том, что у Франциска есть брат-близнец,

практически никто не знал. Значит, можно сделать так, что один исчезнет, а другой займет его место. Денег, заработанных Роуэном, должно хватить на долгие годы счастливой семейной жизни. Некоторую путаницу в привычках легко списать на амнезию. Для руководства концерном они наймут управляющего. Все так легко, так просто. Абсолютно лишенная воли Каролина была согласна на все.

Оставалось разработать детали убийства. Анри познакомил Каролину с Катрин Дюруа. Когда-то они были любовниками, потом расстались. Катрин тоже пару раз побывала за решеткой и за деньги была готова совершить любое преступление.

Акцию решили провести во время ежегодного отдыха. Катрин, вооруженная шприцем, напросилась в машину к Франциску. Укол — и мужчина мгновенно потерял сознание. Катрин отогнала машину к условленному месту, где ждали Каролина и Анри.

Любовники быстро раздели Франциска и голым закопали в землю. Убить его все же не смогли, понадеялись, что месье Роуэн задохнется.

После этого Анри в одежде Франциска как ни в чем не бывало вернулся в «Зеленую хижину». Потом инсценировал автомобильную аварию, разбил машину и даже лег в больницу. Только это была косметическая лечебница, где Леблану удалили татуировки. План удался потому, что у Роуэна практически не существовало друзей. Никто не рвался к нему в больницу, никто не волновался о здоровье, кроме... Каролины.

Итак, все прошло удачно. Франциск исчез, а его место прочно занял Анри. Домашние только удивлялись происшедшим переменам в характере отца.

Жорж остановился и перевел дух. Мы слушали, раскрыв рты. Даже Дима и дети не произнесли ни слова. Комиссар залпом выпил стакан минеральной воды и продолжил:

— Все, что я рассказал, полиция может доказать. Мы проверили приходные книги отеля, где останавливались Анри и Каролина, служащие рассказали много интересного, да и Сюзанна Роуэн была более чем откровенна. Дальше начинаются догадки.

Каким-то образом Селина обнаружила, что место ее отца занял мошенник. Она принялась следить за Анри и в конце концов заявила матери, что живущий в их доме мужчина — самозванец.

Каролина, очевидно, каким-то образом успокоила дочь. Потом Анри таинственным образом погиб в Тунисе, мы до сих пор не знаем, что привело его туда и кто всадил ему пулю в лоб.

После смерти Анри жизнь потеряла для Каролины всякий смысл. Вы знаете, что она попала в клинику, потом долго лечилась уже дома. Но настоящий кошмар начался, когда вернулся Франциск. Муж все-таки не обвинял ее в своем убийстве, винил во всем только брата. К жене предъявлял другие претензии: как это она не разобралась в обмане.

В этот и без того напряженный момент опять появилась Катрин Дюруа. Она уже успела потратить полученные деньги и решила шантажировать мадам Роуэн. Будь Анри жив, шантажистка моментально получила бы по рукам. Но Каролина испугалась и отнесла вымогательнице крупную сумму.

Очевидно, момент передачи денег увидела следившая за ними Селина. Возмущенная девушка потребовала от матери объяснений, угрожая в противном случае рассказать о своих подозрениях воскресшему отцу. Испугавшись разоблачения, Каролина угостила дочь вином со снотворным, а затем инсценировала ее самоубийство.

Полиция сразу поняла, что это инсценировка, к

тому же плохая. Во-первых, по виду борозды на шее судмедэксперт почти со стопроцентной уверенностью может сказать, повесился ли несчастный сам или ему помогли. А во-вторых, наличие большого количества барбитуратов в крови сразу привлекло внимание уголовной полиции. Под подозрение попадали все домашние. И тут в дело активно вмешалась Даша.

Уж не знаю, как она нашла Катрин Дюруа. Но наш, так сказать, частный детектив начал расследование. Сначала за свое неуемное любопытство она получила лампой по голове. Но это не остудило ее горячую голову. Даша ухитрилась подглядеть очередную встречу Катрин и Каролины. Более того, нашла убежище шантажистки, где та проживала под чужой фамилией.

Даша решила докопаться до истины, а Катрин ни за что не хотела ее открывать. Она попыталась убежать от назойливой посетительницы, но на улице ее поджидала мадам Роуэн с пистолетом.

К этому моменту Каролина превратилась в законченную убийцу, жестокую и беспощадную. Первой, правда неудавшейся, жертвой стал Франциск, потом Селина, затем снова пришлось расправиться с Франциском. Да, да, именно с Франциском. Но он сам оказался виноват, торжественно предупредив жену о том, что едет вносить изменения в завещание. Сам Бог велел подстеречь жертву на переполненной станции метро и толкнуть под колеса. Происшедшее смахивало на несчастный случай.

Следующим объектом стала мадмуазель Дюруа. Скорей всего мадам Роуэн надоело платить шантажистке. В роковой для Катрин день Каролина расплатилась в последний раз и пошла за жертвой. Но тут карты спутала Даша.

Обнаружив, что не одна она следит за женщиной, убийца затаилась на чердаке, откуда открывался великолепный обзор. Ждать пришлось недолго, минут через пятнадцать Катрин выскочила из дома, Даша за ней. Момент оказался крайне подходящим, и пуля попала точно в цель.

Вроде все нужные люди были убиты, но теперь Каролину пугала Даша. Она не знала, что ей рассказала Катрин, к тому же эта пронырливая иностранка подружилась с Селиной, затем с Луизой, стала приходить в гости да еще присутствовала при смерти Анри в Тунисе. По разумению мадам Роуэн, которая становилась неуправляемой, Дашу следовало устранить.

Каролина понимала, что сделать это будет трудно. Очевидно, она перебирала разные возможности: автомобильная катастрофа, несчастье в лифте, отравление! Сказано — сделано. В бутылку «Амаретто» насыпается большая порция цианида и посылается жертве на дом. Но здесь случилась неудача. Каролина не знала, что Даша не выносит «Амаретто», и была не в курсе, что в доме живет еще одна мадам Васильева. В результате все-таки получился труп, но не тот. Ошибка вышла. И тут Каролина окончательно потеряла голову.

Конечно, Даше не следовало заниматься самодеятельностью, а сразу прийти в полицию, мадам Роуэн уже сейчас сидела бы в Сантэ. Но, к сожалению, лавры Эркюля Пуаро не давали сыщице спать спокойно. Увидев, что жертва по недоразумению оказалась жива, Каролина решила действовать по уже однажды опробованному сценарию.

Она заманила глупую женщину в машину, изловчилась и сделала ей тот же самый укол. Но только теперь рядом не было Анри, чтобы помочь закопать тело. Поэтому Каролине пришлось прибегнуть к помощи уголовников. Каким-то образом ей удалось договориться с Морисом Рикардом, руководителем одной из банд. Наверное, она познакомилась с ним в казино. Соблазнившись приличной наградой, а скорее всего просто желая оказать услугу приглянувшейся женщине (Морис известен как неуправляемый бабник), Рикард взялся за организацию похищения.

Когда Каролина привезла в условленное место глубоко спящую Дашу, наемный киллер перегрузил жертву в свою машину и вывез в Германию.

Там он поместил ее на чердак заброшенного дома, связал как следует и стал ждать приказа. Хитрый Рикард, конечно, пообещал Каролине расправиться с Дашей и взял у нее довольно крупную сумму. Но сам приказа об уничтожении не отдал, решил подождать, пока одурманенная жертва проснется.

Морис задумал сначала вытрясти из Даши информацию, а уже потом ее убрать. Его очень интересовало, чем же та помешала Каролине. Рикард собирался потом шантажировать вдову и выпотрошить как следует ее карманы.

Утром киллер наведался на чердак, но птичка мирно спала в клетке и не думала просыпаться. Крепко связанной женщине, казалось, было некуда деваться, и убийца особенно не волновался. Представляю, как у него изменилось лицо, когда он увидел, что клетка пуста.

Каролина сразу узнала, что Даша уцелела. Ничего не подозревавшая Луиза каждый день названивала Наташе, волнуясь о судьбе подруги. И конечно же, рассказала матери о неудаче Дашнеппинга.

Реакция Каролины была мгновенной: она собрала документы, деньги и бежала. Сейчас мы ищем ее, но пока безуспешно. Скорей всего убийца с поддельным паспортом находится в Америке, или Австралии, или Новой Зеландии.

Жорж замолк, потом посмотрел в мою сторону и произнес:

— Если бы ты, мой ангел, не влезла в это дело, полиция обязательно арестовала бы Каролину. Мы следили за ней и выжидали удобный момент. Так нет же! Появилась, влезла, все спутала, и вот результат — подозреваемая на свободе. Наш доктор считает, что у мадам Роуэн явные психические отклонения. Неизвестно, как поведет себя безумная убийца. Во всяком случае, рекомендую тебе быть очень осторожной и не выходить одной из дома.

— Что мне теперь, всю жизнь ходить с провожатым? — возмутилась я.

— По крайней мере какое-то время, пока полиция не убедится, что Каролины нет в Париже. И умерь активность, не мешай работать.

— Вот ты говорил, что Каролина выигрывала крупные суммы, интересно, куда она их девала, — не могла я успокоиться.

— Служащие казино хорошо знали мадам Роуэн и в один голос говорят о больших выигрышах. Но она и тратила много.

— Может, Каролина приобретала дорогостоящие вещи? Как насчет бриллиантов?

Жорж подозрительно посмотрел на меня:

— Почему тебя так интересуют бриллианты? Ты что-то знаешь? Каролина показывала камни?

— Нет, нет, просто интересно, куда девались выигрыши.

— Мать, — сказал Аркашка, — если ты что-то скрываешь, то лучше прямо сейчас расскажи. Какие бриллианты?

— Нет, нет, просто так спросила, ей-Богу.

Жорж вздохнул. Конечно, он не поверил.

Глава 28

Через несколько дней я в сопровождении Оксаны отправилась к Луизе. Девушка выглядела подавленной и несчастной. К тому же у нее начался сильный насморк, глаза слезились, нос приобрел багровый оттенок.

— Лучше всего в таком состоянии лечь в кровать и спокойно уснуть, — предписала Оксана.

Луиза помотала головой:

— Это невозможно. Жду агента по продаже квартир.

— Зачем?

— Решила продать дом. Здесь все были несчастливы. К тому же по ночам чудятся призраки. Вижу Селину в ванной, папу в кабинете. Господи, мама, наверное, сошла с ума и тебя тоже хотела убить.

— Где же ты поселишься?

— Куплю небольшую квартирку и попробую начать жизнь с нуля. Денег у меня достаточно.

— Скучно ничего не делать, — проговорила Оксанка, — переведи ей, что я советую пойти куда-нибудь учиться, и потом, куда подевался Пьер? Они что, развелись?

Луиза замялась.

— Нет, окончательно мы не расходились, и по документам все еще муж и жена. Но фактически уже давно чужие люди. Я неинтересна Пьеру, кажется, он завел другую. А учиться я и сама хотела пойти. Всю юность мечтала стать художницей, рисовать пейзажи, и неплохо получалось. Но папа протестовал: надо покупать кисти, краски, бумагу. А маме не нравился запах. Теперь смогу поступить в Академию художеств. Заплачу за обучение, и примут без экзаменов.

Беседу прервал звонок в дверь. Приятный молодой мужчина из риэлторской конторы был готов приступить к осмотру дома. Мы откланялись и уехали.

— Жалко ее, — пробормотала Оксанка, — ни родителей, ни родственников, ни работы. Даже подруг нет, кроме тебя. Вот несчастье.

Дома нас встретил настойчивый телефонный звонок. Я схватила трубку. В ухе зазвенел противный Лелькин голос:

— Ну ты и сволочь, как только такое могло прийти тебе в голову.

Кое-как успокоив истеричку, я услышала удивительную информацию. Вчера ночью в дом к Костику вломились спортивного вида молодые люди с бритыми затылками. Поигрывая бицепсами, качки потребовали у ошеломленных сирот то, что те привезли из Парижа.

Костик сначала сделал вид, что не понимает, но пара оплеух быстро вернула память. Лелька принесла Ван Гога. Но один из бандитов заявил, что «дурацкие картинки нам ни к чему», и велел отдать какие-то слезы.

Костик и Лелька пытались уверить нападавших, что никаких слез, кроме собственных, у них нет. Тогда их жестоко избили.

— Отдайте подобру-поздорову, — увещевали бандиты, нанося удары, — а то хуже будет.

Рыдая, Костик просил взять Ван Гога, рассказывая о его ценности. В конце концов, один из нападавших вытащил сотовый телефон и связался с начальством. В результате братки взяли, как они сказали, «мазню», наподдав последний раз хозяину по зубам, начали крушить квартиру.

Сирот заперли в туалете, предварительно обшарив сливной бачок. Два часа в комнатах бушевал ураган, потом все стихло. Еще через час Костя с Лелькой решили выглянуть из укрытия.

Представшая картина ужасала. В гостиной вспороты диван и кресла, разбит телевизор и выпотрошены стулья. Картины валялись на полу, разломанные рамы — рядом. В спальне летал пух из подушек, на трюмо кучками лежала вытряхнутая косметика и выдавленный из тюбиков крем.

Но больше всего пострадала кухня. Там перебили и испортили буквально все. Кофе, чай, сахар и крупы ровным ковром устилали пол. Вся техника: тостер, миксер, кофеварка и соковыжималка — разобранная на части, громоздилась в мойке. Продукты, вытащенные из холодильника, бросили в ванную. Довершала картину гигантская записка с орфографическими ошибками, приклеенная медом на новенькие обои в кабинете. «Верни все. А то хуже будит. Еще вирнемся». На следующий день Костика с инфарктом увезли в больницу, а Лелька кинулась звонить в Париж.

— Ну зачем ты наняла этих бандитов, — рыдала она в трубку. — И что еще пропало, какие слезы, что это?

— Значит, все-таки вы украли Ван Гога?

— Ну, не украли, а просто взяли. Подумаешь, он совсем вам не нужен, а нам жить не на что. И вообще, Костик — твой бывший муж, и ты должна его поддерживать. Обеднели, что ли? Паршивую картину мужу пожалела, ну и жадность! Да еще бандитов наняла. Ну, получила Ван Гога назад, подавись теперь им, но, скажи на милость, чего еще ты хочешь?

Объясняться с обезумевшей Лелькой не представлялось возможным, и я просто положила трубку.

— Что случилось? — поинтересовалась Оксанка.

— Кто-то разгромил квартиру ворюг и требует у них слезы.

— Вот ведь странно, — протянула Оксана, — у меня тоже хотели получить слезы. Интересно, что это такое, не знаешь?

Я знала, но отрицательно помотала головой.

Присутствующая при разговоре Маша вздохнула:

— Когда кто-то что-то ищет, надо это что-то получше прятать. Во всяком случае, сейф не подойдет. Следует искать оригинальные решения.

Я посмотрела на девочку с подозрением. Уж не задумала ли она перепрятать камни. Да нет, навряд ли. И притом ребенок не знает про несгораемый шкаф за книгами. И про сейф сказала просто так. Интересно, чьи камни, кто их ищет? Но кто бы он ни был, перед расходами не останавливается — сначала громит Оксанкину квартиру, потом запихивает Деньку в Бутырку. Потом обыскивает мой дом и особняк Луизы и, наконец, потрошит сирот.

Интересно, сколько могут стоить спрятанные в сейфе бриллианты? Надо оценить находку. Завтра возьму один алмаз и поеду к ювелиру.

Сказано — сделано. Наутро, около девяти, пока все спали, я тихонько выскользнула из дома. Побег заметил только заспанный Дима, мрачно пивший в одиночестве кофе.

— Вы куда собрались? — спросил он.

— В парикмахерскую, а ты почему вскочил?

— Да в этой дурацкой фирме теперь установили часы работы и требуют сидеть с 9 часов на месте. Вот жуть, так рано вставать приходится. Вы ведь в центр поедете, подвезите меня.

Я посадила Диму в машину, на бульваре Распай он вышел, а я покатила к ювелиру.

Месье Леру очень любезен, не могу сказать, что

я частая гостья в его салоне, но иногда заглядываю: покупала часы Кешке, браслет Наташке на день рождения, первые сережки для Мани.

— О, дорогая мадам, — разулыбался Огюст Леру, — рад вас видеть. У кого на этот раз праздник, кому будете покупать подарок?

— Невестка собирается рожать. Хочется презентовать что-нибудь особенное, даже уникальное. Покажите кольца с бриллиантами.

— Бриллианты, — месье Леру оживился, — чудесный выбор. Вечные камни; нет женщины, которая устоит перед их завораживающим блеском.

И он начал вынимать из сейфов бархатные коробочки. Я медленно перебирала украшения. Камни в оправах были разного размера — от микроскопических осколков до вполне приличных алмазов. Но все были намного меньше того, что лежал у меня в сумочке. Порывшись в коробочках, я вытащила кольцо в элегантной оправе с камнем размером с рисовое зерно.

— Это, пожалуй, подойдет. А какова цена?

Прочитав небольшую лекцию о подорожании алмазов на мировом рынке, Огюст назвал безумную сумму.

— А что, цена кольца зависит от размера камня?

Ювелир снова пустился в рассуждения, но в конце концов признал, что качество и объем бриллианта являются определяющими в стоимости кольца.

— Очень симпатичное украшение, — протянула я лениво, — вот только камень какой-то маленький и невразумительный, к тому же желтоватый. Нет, мне не нравится. А можно заказать кольцо? Дело в том, что от бабушки остались кое-какие камушки.

И я полезла в сумочку. Огюст взял специальную лупу-монокль и в ожидании посмотрел на меня.

Я раскрыла мешочек и выкатила корунд на стол. Лупа, звякнув упала рядом.

— Бог мой, — прошептал ювелир, — мадам, это стоит целое состояние! Такую вещь просто опасно вставлять в оправу, вы не сможете носить это украшение. Конечно, я сделаю кольцо, но потом поместите его в сейф, иначе спровоцируете бандитов на нападение. А лучше всего, чтобы никто не знал о существовании в семье подобного камня. Такую драгоценность следует хранить втайне и передавать из поколения в поколение. Поймите, это не украшение, а вклад денег. А вы принесли его в сумочке, одна, без сопровождения, Боже, какая неосторожность!

Месье Леру покраснел, на лбу заблестели капли пота.

— Мадам, — продолжал он, — прежде чем заказывать кольцо, следует подумать. Тем более если собираетесь подарить его невестке. А вдруг развод, и камень уходит из вашей семьи. Нет, это неразумно, простите, просто глупо. Выберите для невестки что-нибудь из ассортимента магазина. У нас есть и ожерелья, и браслеты, и кулоны. А свой камень унесите домой, а лучше всего прямо в банк. Жизнь так непредсказуема, вдруг под старость будете нуждаться и тогда горько пожалеете об этом алмазе.

— А сколько может стоить такой бриллиант?

Огюст Леру пошевелил губами.

— Камни такого класса уходят, как правило, через аукцион. Или сделка, наоборот, совершается в полной тайне. Разрешите, осмотрю бриллиант.

Через несколько минут ювелир назвал примерную стоимость. Я произвела в уме расчет. Значит, так, этот камень — самый маленький, всего их восемнадцать. Сумма после умножения получилась такой огромной, что я тоже вспотела. Да, за такие деньги можно и убить десяток-другой людишек.

Ни за что не понесу богатство в банк. За ним охотится кто-то могущественный. А у банковских служащих есть языки и финансовые проблемы. Нет уж, пусть лежат дома. В конце концов, о сейфе знаем только я, Софи и Наташка.

Я повернулась к Огюсту:

— Вы правы, месье. Куплю для Ольги кольцо и спокойно отправлюсь домой. А завтра помещу камень в банк. Надеюсь, вы никому не расскажете о моем визите.

Ювелир мягко улыбнулся:

— Дорогая мадам, наша семья вот уже двести лет занимается своим бизнесом. Мы умеем держать язык за зубами и дорожим клиентами.

После этой тирады он вытащил из другого сейфа еще коробочки, и мы начали выбирать подарок. Часа через полтора я оплатила в кассе покупку.

В торговом зале было многолюдно. В особенности много народа толпилось в отделе дешевых сувениров. В какой-то момент среди покупателей мелькнуло знакомое лицо. Дима! В ту же секунду подошла секретарь Огюста с молодым человеком.

— Месье Леру сказал, что вы очень плохо себя чувствуете. Вот Леон проводит вас до дома. Леон — профессиональный шофер и сам поведет машину.

Рассыпаясь в благодарностях, я краем глаза косила в сувенирный отдел. Но Дима исчез. Скорей всего это кто-то на него похожий. Ну что мог делать подкидыш в ювелирном магазине?

Услужливый Леон доставил меня до дома и даже ввел в холл, поддерживая под локоть. Разозленная Наташка кинулась с выговором:

— Опять не слушаешься. Тебе было велено одной не выходить, вдруг Каролина в Париже.

— Вот, смотри, что я купила для Ольги.

— Прекрасная вещь. Но можно подождать несколько дней, — вмешался Аркадий, — мы очень волновались.

От дальнейших нравоучений спас телефонный звонок. Наташка сняла трубку и побледнела.

— Как избили? Где она? Сейчас приедем.

Мы с Аркадием уставились на Наташку.

— Звонили из госпиталя святой Анны, — сообщила подруга, — к ним привезли жестоко избитую Луизу. В сумочке нашли Дашкину визитную карточку.

— А кто ее избил?

— Ничего не сказали.

Госпиталь, громадный, как город, находился на другом конце Парижа. И мы, попав во все пробки, добрались до места только через два часа.

Луиза лежала в реанимации. Голову, словно шлем, охватывала тугая повязка. Левый глаз, украшенный чудовищным синяком, заплыл. Все лицо и часть шеи покрывали кровоподтеки. То, что было скрыто под простыней, выглядело, очевидно, не лучше. Возле кровати читала дешевый романчик девушка-полицейский. Увидев нас, она отложила книгу и требовательно спросила.

— Вы кто?

— Близкие знакомые, нам позвонили из больницы. Кто это ее так избил?

— Вы не француженки, — уверенно заявила девушка.

Наташка обозлилась:

— Налогов, которые я плачу в год, хватит на зарплату для половины полицейских Франции. И потом, какое вам дело до нашей национальности!

Девица, грозный страж закона, вдруг приветливо заулыбалась:

— Не хотела вас обидеть. Просто потерпевшая в бреду все время повторяет иностранные имена, а я не могу понять, какие. Может разберете, если услышите.

— А что произошло?

— Пока ничего не знаем.

Оказалось, что «Скорую помощь» вызвал маклер по продаже квартир. Он пришел, чтобы подписать договор купли-продажи. Дверь дома оказалась незапертой, и он обнаружил Луизу в холле у подножия лестницы, всю в крови и без сознания.

Приехавшие врачи сразу определили черепно-мозговую травму и переломы ребер. Полицейские попытались восстановить картину происшедшего. Выходило, что ночью в дом проник вор. Он вел себя неосторожно, зашумел и разбудил хозяйку.

Луиза, накинув халат, вышла в коридор. Негодяй, притаившийся за занавеской, ударил ее по голове табуреткой и столкнул со второго этажа. Потеряв сознание, девушка скатилась по ступенькам, ломая ребра. Но бандит на этом не успокоился. Тоже спустился вниз и несколько раз с размаху ударил неподвижное тело ногой. Удары бандита пришлись по лицу и животу. Убивать почему-то не захотел, только изуродовал.

Полицейских поразило необыкновенное равнодушие бандита. Оставив жертву истекать кровью, он хладнокровно вскрыл все коробки и узлы, которые Лу собрала, готовясь к переезду. Взял ли домушник что-нибудь, полицейские не знали. Луиза лежала без сознания, и врачи сомневались в благополучном исходе.

Мы посидели немного возле несчастной, мучаясь собственной беспомощностью. На обратной дороге Наташка задумчиво произнесла:

— Интересно, что ищут. Не знаешь?

Я покраснела, помолчала минуту и выложила Наташке все.

— Боже, — проговорила узнавшая правду подруга, — ты хоть понимаешь, что наделала. Спрятала чужую собственность, а бандиты за ней гоняются. Надо вернуть все.

— Как? Дать объявление в «Пари Суар»? Найдены бриллианты безумной стоимости, кому надо — забирайте.

Наташка призадумалась:

— Надо узнать, чьи камни, и отдать. У тебя есть предположения?

Я помотала головой:

— Нет. Знаю только, что бандит — любитель карамелек «Гусиная лапка» фабрики «Красный Октябрь». Он потерял одну, когда шарил в моей спальне.

— Значит, русский. Эх, что же ты не положила коробочку с камнями на стол. Взял бы и отвязался.

— Да когда он обшаривал наш дом, портил паштеты и варенье, я еще не знала, что ему надо. А теперь он больше к нам не приходит, лазает по знакомым. Наверное, думает, что я отдала драгоценности кому-нибудь на сохранение. И у Костика с Лелькой побывал, и у Луизы, а до этого вломился к Оксанке.

— Послушай, давай расскажем Жоржу!

— Ни за что. Сами узнаем. Нечего сюда комиссара впутывать. Да и что он сделает?

Мы прикатили домой, решив никому ничего не рассказывать.

Глава 29

Ольга чувствовала себя совсем хорошо, и врач разрешил ей вернуться домой. Для будущей мамы оборудовали отдельную комнату на третьем этаже.

— Нечего жить с беременной женой в одной спальне, — постановила Оксанка. — Ей надо спокойно спать, родятся дети — не отдохнешь.

Аркашка вяло сопротивлялся, но в конце концов согласился. И когда привез Зайца домой, то сразу повел на третий этаж.

Возвращение Ольки обставили торжественно. На столе красовался гигантский букет роз — знак внимания любящего мужа. На кровати лежали новый халат и ночная рубашка — презент внимательной Маруси. Большая коробка шоколадных и, очевидно, вредных для беременной конфет аппетитно пахла на ночном столике — Наташка, сама ужасная сластена, решила обрадовать Зайку своей радостью. От меня были детективы и корзинка с розовой шерстью.

Когда невестка влезла, наконец, на третий этаж и устроилась на диване, в дверь постучал Луи. Хитро улыбаясь, он принес поднос с обожаемыми Ольгой свежеприготовленными мидиями в винном соусе.

Растроганная девушка зарыдала.

— Как вы все меня любите!

— Вот еще, — фыркнул Кешка, — очень надо тебя любить. Ты сейчас просто футляр для моих детей, вот и заботимся о его сохранности.

Мы оставили супругов вдвоем выяснять отношения и пошли в столовую.

— Надо было освободить комнату для гостей на первом этаже и устроить Зайца там, — проговорила Наташка, — тяжело на третий этаж по лестницам карабкаться.

— Ничего, ничего, — успокоила Оксанка, — полезно физкультурой заниматься. Тихонько поднимется, тихонько спустится. Зато там спокойно, никакого шума, и телефона нет.

Не успела она вспомнить про телефон, как тот тут же зазвенел. Медсестра из госпиталя сообщила, что Луиза пришла в сознание и просила меня приехать.

Лу выглядела ужасно. Маленькое бледное личико с черными подглазниками. Нос заострился и вытянулся, в ноздри подведены трубочки с кислородом. Какие-то шланги и бутылки громоздились вокруг кровати. У изголовья моргал зеленым огоньком непонятный прибор. Желтоватые, восковые руки бессильно лежали поверх одеяла.

Но все-таки она пришла в себя. И когда я появилась в палате, попыталась улыбнуться. Хотя улыбка больше походила на гримасу.

— Луизонька, — зашептала я со слезами на глазах, — ты обязательно поправишься, поступишь в Академию художеств, а мы потом будем за безумные деньги покупать твои пейзажи. Потерпи немного, все пройдет, здесь чудесные врачи, новейшие лекарства, великолепный уход.

Я говорила и говорила, не веря собственным словам. Уж очень плохо выглядела девушка, краше в гроб кладут. Найти бы негодяя, который так изуродовал бедняжку. Вдруг я поняла, что Луиза пытается что-то сказать. Ее щеки напряглись, губы беззвучно зашевелились. Я прижалась ухом к ее лицу, пытаясь уловить звук.

— Дима, Дима, — шептала Луиза.

— Ты хочешь, чтобы сюда пришел Дима? — изумилась я.

Глаза Луизы наполнились слезами, она опять пошевелила губами:

— Дима, Дима.

— Я сейчас привезу его.

Девушка через силу, отрицательно покачала головой.

— Дима, Дима бил.

Я оторопела от ужаса. Нет, наверное, что-то не так поняла. Или у несчастной от побоев помутился рассудок.

— Ты хочешь сказать, что это Дима так тебя изуродовал?

Луиза с неожиданной силой закивала головой:

— Дима, Дима.

— Луизонька, может, ты перепутала? Полиция говорит, что напали сзади. Ты не могла видеть разбойника, да и Диме незачем тебя избивать!

Слезы потекли по лицу девушки.

— Дима, Дима бил, видела Диму, он бил ногами.

Больная пришла в сильное возбуждение, стала метаться по кровати. Я вызвала сестру, и та моментально сделала укол. Через несколько минут Луиза заснула, держа меня за руку. Ее пальцы, холодные и влажные, никак не хотели разжиматься, когда я вытаскивала ладонь.

Врач, лечивший Луизу, молодой и чрезвычайно серьезный, сидел в ординаторской у компьютера.

— Мне хочется узнать о состоянии здоровья Луизы Роуэн.

Доктор повернулся на стуле.

— А вы кто?

— Близкая подруга. А что, после такой травмы может помутиться рассудок?

— Запросто. Черепно-мозговая травма — коварная вещь. Головные боли, тошнота, амнезия, носовое кровотечение, потеря слуха — вот далеко не полный перечень осложнений.

— А галлюцинации бывают? Может, ей сейчас казаться, что она вспомнила имя нападавшего?

— Конечно, но я всегда предостерегаю полицейских, советую быть очень осторожными, допрашивая подобных потерпевших. Тем более что они, как правило, находятся под воздействием сильнодействующих лекарств. Сейчас ей кажется, что она все отлично вспомнила, однако чаще всего подобные больные заговариваются. Нет, я не стал бы полагаться на такого свидетеля. А что, ваша подруга называет какие-то имена? Полицейские просили записывать все, что она говорит.

— Да нет, бормочет ерунду. А какой диагноз, сумеет Луиза выкарабкаться?

Ординатор развел руками:

— Я не Иисус Христос. Будем лечить, а там посмотрим. Сегодня в наших руках довольно мощные лекарства, хорошо еще, что не пришлось делать трепанацию черепа.

Расстроенная и уставшая, я вернулась домой вечером и застала домашних за ужином. На горячее подали кровяную колбасу с тушеными яблоками, и я внимательно следила, как Дима расправляется с сочной кожицей.

Пребывание в Париже явно пошло подкидышу на пользу. Его лицо приобрело спокойное, расслабленное выражение. Густые светлые волосы, подстриженные парикмахером, лежали красивой волной. Он больше не носил застиранную футболку и индийские джинсы. Этим довольно прохладным осенним вечером на нем была светло-бежевая рубашка от Гуччи, простые темно-синие «Левисы» и кожаные ботинки от Пазолини. Конечно, не самые дорогие вещи, но и не дешевые. К тому же от Димы одуряюще пахло духами Пако Рабана. Интересно, сколько ему платят в этой фирме? И где он берет деньги на всякие покупки?

Ни я, ни Наташка последнее время не давали ему ни копейки. Может, Аркадий спонсирует прижившегося оболтуса?

Дима оторвался от аппетитной колбасы и погля-дел на меня.

— Послушай, а как долго продлится твоя стажи-ровка? — спросила я, поймав его взгляд.

— Обещают еще полгода, а там посмотрим.

— И ты собираешься все это время жить у нас?

— А что, надоел?

— Да нет, просто подумала, вдруг тебе захочется снять жилье.

— Ну уж нет, — рассмеялся Дима, — я к вам привык, даже собак полюбил, да и денег мало пла-тят, я еще хотел маме подарков привезти. Вы не волнуйтесь, скоро уеду, через год — точно.

И он смачно захрустел тостом. Ольга отодвинула тарелку и медленно вылезла из-за стола.

— Боже, как мне надоел живот.

Аркашка обнял ее и повел наверх. Дима зевнул:

— Пойду лягу, устал.

Остались только я, Наташка и Оксанка.

— Видала, — рассмеялась Наташка, — он здесь еще год собирается жить.

— И мы с Денькой поселилась у вас неизвестно на сколько, — вздохнула Оксанка.

— Вы — другое дело, — отрезала Наталья, — а Дима просто бесцеремонный нахал.

Поздно вечером, около полуночи, мне безумно захотелось есть. Поборовшись немного с голодом, я тихонько пошла на кухню. Погода испортилась окончательно, мелкий дождь сеял по крыше. Сегод-ня Софи включила отопление, и приятное тепло растекалось по коридору, только из-под дверей Ди-миной комнаты несло могильным холодом. В ти-шине слышалось поскрипывание. Ветер дунул силь-ней, что-то резко стукнуло, раздался звон разбитого стекла.

Окно... Дима заснул с открытым окном, и вот теперь оно разбилось. Я постучала в дверь.

— Дима, проснись.

Нет ответа. Постучала сильней, опять безрезультатно. Что там случилось? Вдруг ему плохо. Дверь, запертая на ключ изнутри, не открывалась, подкидыш не отвечал. Встревоженная, я надела джинсы, свитер и вышла в сад. Сбоку стояла большая садовая лестница. Я пододвинула ее к окну. Влезу через разбитое стекло и посмотрю, что случилось.

Мокрые ступеньки скользили под ногами, пока я карабкалась вверх, противный дождь заливался за воротник, ветер задувал под свитер. Окончательно промокнув и замерзнув, я ввалилась в Димину спальню.

Кровать стояла пустой. В робком свете ночника комната казалась огромной, но Димы нигде не было. Ни в ванной, ни в туалете. А дверь оказалась запертой на задвижку. Значит, он, поужинав, поднялся наверх. До этого подставил к окну лестницу и, когда все заснули, спустился вниз. Отодвинул лестницу и отправился по своим таинственным делам.

Здорово придумано. Все уверены, что он спит. Интересно, часто он проделывает подобные шутки? И куда ходит по ночам, может, любовницу завел?

Я вылезла назад в окно, спустилась и поставила лестницу на место. Не стану никому рассказывать об открытии, лучше послежу за ним и выясню все сама.

Утром, около девяти, беглец как ни в чем не бывало, зевая, пил кофе с круассанами.

— Не выспался, — фальшиво посочувствовала я.

Дима кивнул с набитым ртом.

— Ну и жуткая погода. Заснул с открытым окном, а оно ночью разбилось. Наверное, ветер рамой хлопнул.

— Ну и крепко же ты спишь!

— Устаю очень на работе, да и поднимаюсь ни свет ни заря.

— Восемь утра, разве это рано.

— Ну, кому как, а я всю жизнь ходил на службу к одиннадцати.

Я внимательно поглядела на парня. Надо узнать, чем он занимается на работе и сколько получает в месяц.

Глава 30

Вытянуть из Димы название фирмы, пригласившей его на стажировку, оказалось невозможным. Он ловко уходил от расспросов. Два раза я предлагала подвезти его до места, но каждый раз подкидыш вылезал на бульваре Распай и исчезал в толпе, как привидение. Проследить за ним я тоже не могла, слишком велик риск быть обнаруженной.

Через несколько дней бесплодных попыток меня вдруг осенило, и, купив газету бесплатных объявлений, я тут же нашла адрес частного детективного агентства.

Симпатичная молодая брюнетка внимательно выслушала меня, мило улыбаясь. Потом деловым тоном сообщила, что ее зовут Мадлен, что проследить за Димой не составит труда и что надо оплатить не только каждый день слежки, но и непредвиденные расходы.

— Такси, на котором будут ехать мои люди, разнообразные взятки — за ваш счет, — втолковывала Мадлен.

Мы договорились пока на неделю. И ровно через семь дней я получила озадачивающий отчет.

Итак, в понедельник объект высадился в 9 утра

на бульваре Распай. Сначала бесцельно бродил по улице, в 11 выпил кофе с булочками. В 12 отправился в кино, где просидел до 15. Затем со вкусом пообедал в дорогом ресторане и отправился домой. Вторник, как две капли воды, походил на понедельник, в среду Дима вместо кино направился на выставку древних монет, а в четверг любовался аквариумными рыбками, в пятницу опять пошел в кино.

Выходило, что он вообще не работает, а дурит всем голову, регулярно уходя на «службу». Мадлен удалось узнать, что приглашение для въезда во Францию послал Диме Вацлав Новицкий, француз польского происхождения,

— Очень скользкий тип, — морщилась Мадлен, рассказывая подробности. — Вацлав приехал во Францию около 30 лет назад, как жертва репрессий. Рассказывал всем, будто протестовал против ввода советских войск в Чехословакию и оказался за решеткой.

Местная эмиграция приняла его довольно дружелюбно, Вацлаву помогли с работой, нашли дешевую квартиру. Но через несколько лет выяснилось, что поляк сидел в Варшавской тюрьме... за грабеж.

Вацлава перестали принимать во многих домах, но ему, очевидно, было наплевать. К тому времени он уже владел небольшим гаражом и автомастерской. Потом два работающих у Вацлава механика, русских по национальности, попались на продаже краденых автомобилей. Новицкий тогда сумел выйти сухим из воды.

С тех пор он несколько раз попадал в поле зрения полиции, но ему удавалось доказать свою невиновность. Вацлав, скорей всего, тесно связан с уголовным миром, только вот доказать эту связь представляется возможным.

Но и это было еще не самым странным. В ночь с субботы на воскресенье наш гость покинул свою спальню около часа ночи. Вылез по садовой лестнице, поймал такси и поехал... к Новицкому. Дверь на условный сигнал открыл сам Вацлав. Дима проскользнул внутрь. Домой вернулся к 5 утра.

Конечно, Дима — не самый приятный человек. Оксанке с трудом удалось отучить Дениску называть парня козлом, а Маня всякий раз кривила губы, когда подкидыш оказывался рядом. Но все-таки не верилось, что он связан с уголовным миром. Ведь он из очень приличной семьи: и отец, и мать — доктора наук, интеллигентные люди. Сам Дима закончил университет, защитил кандидатскую диссертацию, блестяще знал французский язык. Что же связывает его с приблатненным Вацлавом Новицким и почему встречались они только по ночам? Зачем он врал нам про работу в мифической фирме? И откуда, в конце концов, у него деньги? Кто и за что платит недотепе?

Все эти вопросы крутились в голове колесом, пока я добиралась из агентства домой.

Дома царил переполох. Приехал ветеринар делать прививки собакам. Месье Гастон Жув любил животных и великолепно разбирался в разнообразных кошачьих и собачьих недугах. Но вот только пациенты не испытывали к нему никакой благодарности и малодушно прятались при появлении улыбчивого доктора.

Вот и сегодня, не успел Гастон войти в холл, как все животные моментально испарились. Не помогли ни ласковые слова, ни сдобное печенье. Маня и Денька отчаянно шуршали обертками от конфет, но всегда прибегавшие на этот звук Банди, Снап и Федор Иванович затаились.

Наташка и Оксанка искали их по всему дому;

Гастон, посмеиваясь, пил в гостиной кофе. Я пошла к себе, полная раздумий.

В спальне слабо пахло воском. Очевидно, приходящая прислуга натирала сегодня мебель. Я открыла окно и вдохнула холодный, сырой воздух, терпко пахнущий прелыми листьями. Вдруг за спиной раздалось тихое сопение. От неожиданности и ужаса я чуть не вывалилась наружу. Но, быстро обернувшись, увидела, что в комнате пусто. Сопение неслось из-под кровати. Преодолевая страх, я опустилась на колени и увидела черные глаза и мокрый нос Снапа.

— Ах вот ты где, ну-ка вылезай, трусишка. Такой большой ротвейлер, а боишься простого укола.

Сконфуженный пес выполз на середину комнаты, за ним выбрался верный Хуч. Я открыла дверь и закричала:

— Наташка, Оксанка, дружки здесь!

Подруги прибежали и защелкнули на Снапе поводок. Стащить упирающуюся четырьмя лапами шестидесятикилограммовую тушку по лестнице не представлялось возможным, и Гастон поднялся наверх. Через секунду привитый Снап радостно пожирал печенье, а повизгивающий Хучик путался у нас под ногами.

Оставалось найти Банди. Мы облазили весь дом, кроме Диминой комнаты.

— Неудобно как-то, — сказала Оксана, — может, не надо, когда его нет, заходить?

— Глупости все это, — рассмеялась Наташка, — Банди определенно здесь.

И она распахнула дверь. В комнате царил армейский порядок. Кровать застелена идеально, на покрывале ни морщинки, подушка — точно посередине. Домашние тапочки, как на картинке, пятка к пятке. На столе, стульях, креслах и диване нет никаких вещей. Комната выглядела изумительно безликой, было не похоже, что Дима живет в ней вот уже несколько месяцев.

— Пожалуй, самый храбрый питбуль под кроватью, — проговорила Наташка и громовым голосом приказала: — Банди, сию минуту иди сюда!

Покрывало задергалось, и пит появился на свет. Наташка ухватила его за длинный тонкий хвост и закричала:

— Оксанка, быстрей надевай ошейник!

Пока они стреножили Банди, я подошла к окну и отодвинула занавеску. На подоконнике, в самом углу валялся фантик. Я машинально взяла бумажку и разгладила ее — карамель «Гусиная лапка» фабрики «Красный Октябрь»!

— Ну, что ты там мечтаешь, — воззвала Оксанка, — помоги скорей, вывертывается негодник.

Ноги машинально понесли меня на зов, но голова отказывалась соображать. Значит, это Дима ищет камни! А может, неизвестный злоумышленник обыскивал его комнату и забыл фантик. Нет, не похоже. Здесь какой-то идеальный порядок, аккуратный хозяин скорей всего выбросил бы бумажку, да и горничная приходит мыть комнаты через день. Я вспомнила запах воска в своей спальне. Значит, убирали сегодня утром и, конечно, вытирали подоконники.

— Наташка, а Дима обедал?

— Волнуешься о его желудке? Обедал, к тому же с большим аппетитом, а потом опять уехал. Его фирма куда-то отправила по делам.

Мы потащили Банди в коридор, где со шприцем на изготовку караулил ветеринар.

— Мадам, — раздался тихий голос Софи, — звонила медсестра из больницы. Что-то случилось с

Луизой, я толком не поняла. Вроде бы там перепутали лекарства и что-то не то ей укололи.

В Луизиной палате царил беспорядок. Кровать пуста, скомканные простыни и подушка с одеялом лежат в кресле. Одышливая, полная женщина мыла пол остро пахнущей жидкостью.

— Что случилось?

— Не знаю, я уборщица, мне приказали приготовить палату для другой больной.

Я побежала искать врача, в ординаторской дежурил незнакомый доктор.

— Куда увезли Луизу Роуэн?

Врач замялся, потом начал мямлить:

— Мы вынуждены перевести больную в палату реанимации.

— Почему? Ей стало хуже?

— К сожалению, у мадам Роуэн начались нарушения сердечного ритма, требуется постоянное наблюдение за самочувствием.

— Но нам звонила медсестра и говорила о каком-то неправильно сделанном уколе.

Врач начал судорожно кашлять, потом спросил:

— А кто вам звонил?

— Не знаю, просто сестра из клиники.

— Скорей всего, вы не так поняли. Наверное, наша сотрудница сообщила, что Луизе следует делать уколы.

— Могу я увидеть подругу?

— К сожалению, в реанимацию не пускают посетителей и не принимают цветы. Подождите несколько дней.

Я покинула не расколовшегося доктора и пошла искать сестру. Здесь повезло больше. Молоденькая гасконка тряслась от страха, не успел мой рот вымолвить вопрос, как девушка затарахтела:

— Ей-Богу, не виновата. Вашей подруге регу-

лярно делали уколы, но внутривенные не назнача-
лись. А когда я пришла ей ставить градусник, то обнаружила развязанный жгут. Я сразу поняла, что
приходил кто-то посторонний.

— Почему?

— Наши жгуты синего цвета, а около постели
валялся красный. Мадам очень плохо выглядела, я
тут же вызвала доктора, а тот послал за заведую-
щим. Не знаю, что они подумали, но допросили
всех сестер. Ни одна не делала укола — значит, пришел посторонний. А уж что он там ввел в вену, кто
знает. Но я не виновата, сразу же сообщила вам, и
меня уже за это отругали.

— В полицию сообщали?

Девушка пожала плечами:

— Спрашивайте начальство, я только выполняю
приказы.

— В каком состоянии Луиза?

— В ужасном, почти на том свете, только не говорите никому, что я сказала. Заведующий страшно
боится, что после ее смерти родственники подадут в
суд на больницу. И правильно сделают. Представляете, что произойдет, если каждый сможет ходить
беспрепятственно по этажам и делать уколы? Мрак.

— Охрана не заметила постороннего?

— Да здесь проходной двор, восемь этажей, а
пост только у главного входа. Постоянно ходят люди, их даже ни о чем не спрашивают. Кроме того,
полно входов, которые никто не охраняет: для мед-
персонала, для подвоза продуктов, для машины из
прачечной, для трупов.

Я поежилась, представляя, как толпы трупов
пробираются к выходу, отталкивая корзинки с продуктами и тюки с бельем.

— У моей подруги есть шанс выжить?

— Шанс есть всегда. Сейчас в реанимации все

вокруг нее прыгают, как сумасшедшие, боятся родственников и судебного процесса.

Я поблагодарила словоохотливую девицу и поехала в удрученном настроении домой.

Дома, как всегда, кипели страсти. Луи решил испечь к чаю безе и, готовя тесто, включил духовку. Через минуту из плиты послышался истошный вой. Перепуганный насмерть повар открыл дверцу, и прямо ему в лицо вывалилась кошка Клеопатра с подпаленной шкурой.

— И когда только она успела залезть в духовку, — сокрушался Луи, пока Софи собиралась идти с ним к врачу обрабатывать кошачьи царапины.

— Кошки любят тепло и закрытые пространства, — пояснил Денька, — вот Клепа и нашла подходящий домик

— А хорошо, что Луи не вышел из кухни, — заметила, вернувшись в столовую, Маня.

— Да уж, — захихикал Дима, — вот казус: пришел назад, открыл духовку, а там кошка в собственном соку.

— Ну ты козел, — возмутилась Маня.

Оксана удовлетворенно вздохнула, наконец кто-то другой, а не Денька обозвал Диму козлом.

Дима возмущенно отодвинулся от стола:

— Мала еще обзываться, за собой последи, красавица. Врешь матери на каждом шагу, обезьяна вонючая.

От негодования Маня побледнела, только уши загорелись красным цветом:

— Я вру?! Да я никогда не говорю неправду.

— Фу-ты ну-ты, — не успокаивался Дима, — а почему во вторник в 11.30 ела в кондитерской пирожное? Небось уроки прогуливала?

— А ты как оказался в той кондитерской? — ледяным голосом осведомился Аркадий.

— Хватит, перестаньте, — попыталась утихомирить всех Оксанка.

— Ничего не прогуливала, отменили хореографию, учитель заболел, — оправдывалась Маня.

— Маруська никогда не врет, — авторитетно заявил Денька, — всегда только правду говорит.

— Помалкивай, жених, — разошелся окончательно подкидыш, — она что, маме правду рассказывает о том, чем вы по вечерам занимаетесь? Хаха, в ветеринарную академию они ходят! Небось по углам обжимаетесь.

Денька мгновенно выплеснул Диме в лицо стакан минеральной воды. Парень начал утираться салфеткой, и неожиданно в столовой повисла грозовая тишина. Тут я не выдержала напряжения:

— А Дима сам все время врет и поэтому других во лжи обвиняет.

— Когда это я вру, — пошел в атаку парень.

— Постоянно. Например, сказал нам, что работаешь в фирме, а сам просто каждый день гуляешь по улицам. Например, недавно был в кино, на выставке, в ресторане, где угодно, только не на работе.

— Чушь какая.

— Вовсе нет. Еще ты сказал, что фирма вызвала тебя на стажировку, и опять солгал. Приглашение прислал Вацлав Новицкий.

— Кто это?

— Откуда ты знаешь? — в один голос изумленно спросили Оля и Наташка.

— Вацлав Новицкий, поляк с уголовным прошлым, темная личность. Вы еще всего самого интересного не знаете. Наш гость по ночам тайком уходит из дома. Спускается по садовой лестнице и ездит по каким-то делам. Вот ночь с субботы на воскресенье провел дома у Новицкого. А я знаю все из донесений частного детектива.

— Так, — протянул Дима, — «хвост» подцепили и мусору небось своему рассказали.

— Не хами, — обозлилась я, — пользуешься нашим гостеприимством и нас же в какие-то темные дела втягиваешь. В одну из ночей, когда тебя не было, кто-то жестоко избил Луизу. Так вот, она пришла в себя и рассказала, что бил ее ты, причем ногами. И спасибо за совет рассказать все Жоржу, прямо сейчас и позвоню комиссару. И потом, где ты провел сегодняшний день, когда Луизу пытались убить?

Вздох изумления пронесся по столовой.

— Как убить? — переспросила Оля.

— Элементарно. Сделали внутривенный укол, вызвавший нарушение сердечного ритма. По счастью, медсестра сразу заметила, что Лу плохо. Сейчас она в реанимации, жива, скоро сумеет говорить, и, надеюсь, узнаем много интересного.

Дима медленно встал и подошел ко мне.

— Да что вы, ей-Богу, монстра из меня делаете, наемного убийцу, прямо Дона Корлеоне. А что, и комиссару эти глупости натрепали?

— Нет, — заболтал мой глупый язык, — пока не рассказала, но обязательно позвоню Жоржу, прямо сейчас...

Договорить не удалось. Что-то сдавило горло, перекрыв доступ кислорода. В висок уперся холодный, противно пахнущий железом предмет. Ничего не понимая, я почувствовала, как какая-то неведомая сила вытаскивает меня из-за стола и толкает к дивану.

— Всем сидеть! — заорал Дима. — Абдаста настоящая, аллюр три креста от меня, не сметь бал устраивать, а то сейчас банановая бикса, ваша маменька, деревянный бушлат наденет. Поняли, ваньки долбанутые, валеты придурочные? А ты, — он грубо дернул меня за шею, — не вертайся, гнида позорная.

Даже не знаю, отчего домашние обалдели больше: от вида пистолета, приставленного к моему виску, или от непонятных слов.

— Что, — захихикал Дима, увидев вокруг раскрытые рты, — что заменжевались, мяфы! На гол попали! Ладно, ладно, так и быть, поговорим на вашем языке, не умеете по-свойски кумекать, по фене ботать в университетах не выучились, пуховые!

Мы по-прежнему плохо понимали происходящее.

— Значит, так, — постановил Дима, — всем молчать. А ты, лох, — ткнул он пальцем в Дениску, — снимай с занавесок шнуры и вяжи родственничков-приятелей.

Денька даже не пошевелился. Дима взвел курок. Услышав характерный щелчок, я завопила, как ненормальная:

— Деничка, родненький, делай, что он говорит!

— Правильно, — одобрил Дима, — слушай фраершу, плохого не посоветует.

Мальчишка медленно встал.

— Смотри, — предостерег его бандит, — чтоб без глупостей, а то тетка-то покойница.

Дениска начал выдергивать шнуры с кистями, поддерживающие занавески.

— Так, — удовлетворенно кивнул Дима, когда мальчишка закончил, — а теперь все сели на стулья, вяжи им мослы и грабли, то есть ноги с руками. Да как следует, без дураков.

Все молча расселись, и Денька старательно примотал конечности к стульям.

— Иди сюда, — позвал негодяй мальчишку.

Денька нехотя подошел.

— Спасибо тебе, — проговорил Дима и со всей

силы ударил его по лицу. Подросток упал, заливаясь кровью. Оксана закричала от ужаса. Оля судорожно задышала. Дима, не отпуская меня, одной рукой проверил у всех узлы, потом связал меня и лежащего без сознания Деню.

— Беременную отпусти, — процедил Аркадий.

— Ничего, не барыня. Заткнулись все и слушайте. На помощь не придет никто, повар и Софи уехали царапки кошачьи лечить. Одни мы тут, самое время побеседовать.

Дверь тихонечко заскрипела, и в щель влез радостный Хучик. Он весело подбежал к Диме и принялся ласкаться. Парень со всего размаху ударил песика ногой. Федор Иванович странно всхлипнул и повалился безжизненной тушкой на бок. Никто из нас не издал ни звука.

— Молодцы, — одобрил негодяй, — быстро молчать научились. Говори теперь, халява, где слезы прятала?

Я попыталась хранить гордое молчание, но, когда в висок опять уперся железный палец, моментально обрела дар речи:

— Камни здесь, в доме.

— Лады.

Дима подошел к Марусе и щелкнул ее по носу.

— Вот что, мелкая, сейчас маманька скажет, куда идти и что принести. Пойдешь быстренько, времени у тебя пять минут: туда и назад, не успеешь, прощайся с мамашкой, пристрелю. Задержишься еще на пять минут — кошку эту беременную прикончу. Убежишь за полицией, всех перебью. А чтоб соблазна не было, так сделаем, — и он перерезал телефонный провод. — Ну, мамулек, пой, что делать девчонке.

— Манечка, — завела я дрожащим голосом, — бриллианты в сейфе, это...

— Знаю, — оборвала дочь, — за книгами, а ключ в глобусе.

И она понеслась на второй этаж.

— Ишь ты, — изумился Дима, — сколько ни искал, а сейфа не нашел, снимаю шляпу, здорово спрятали, икряные. Значит, пригрели камушки, ай-ай, нехорошо воровать, грех брать чужое, придется вернуть. А ты, — он посмотрел на очнувшегося Деньку, — жаль времени нет дать ума тебе, гымза. Спасибо скажи, шмарагон, что шкатулку музыкальную тебе не устроил. А лепила, — он поглядел на Оксанку, — можешь назад возвращаться. Никому больше не нужна, отчаливай домой, больные небось слезы льют, куда доктор подевался.

Раздался слоновый топот, и в комнату ворвалась вспотевшая Маня, сжимая в руке коробочку.

— Молоток, ловко сгоняла, — ухмыльнулся Дима, — иди, послушная, садись на стул.

Маня покорно плюхнулась на место. Бандит старательно связал девочку и, приподняв железную крышку, аккуратно пересчитал камни и удовлетворенно хмыкнул:

— Все на месте. Что ж, разрешите мне испросить разрешения откланяться. Ваше гостеприимство воистину было бескрайним. — Негодяй снова заговорил языком интеллигентного человека, но это выглядело еще противней. — Никогда не сумею забыть приятных дней, проведенных в этом милом доме.

Бандит вытянул руку с пистолетом и ловко выстрелил несколько раз. Мы в изумлении смотрели на люстру. Плафоны, все как один, лопнули. Дима стрелял, как Тиль Уленшпигель. Увидав наши пораженные лица, негодяй захохотал, цыкнул зубом и выскочил за дверь. Через секунду мы услышали рев мотора.

— Мотоцикл угнал, — констатировала Маня, — я его сегодня прямо у двери оставила.

Следующий час мы провели, пытаясь освободиться. Как ни странно, первой избавилась от веревок Оля. Невестка тотчас же бросилась к беспомощно лежащему Хучику. Песик был жив и вяло пробовал помахать хвостом, но, как только Зайчик захотела взять его на руки, судорожно завизжал.

— Отвяжи меня скорей, — потребовал Денька.

Олька, ломая ногти, принялась за узлы. Минут через десять будущий ветеринар освободился и приступил к осмотру пострадавшего. Зайка стала распутывать Аркашку, потом вдвоем они вынули Оксанку и Наталью. Мы с Марусей покорно ждали. Наконец, освободились все.

— Мать, — свирепым голосом прорычал Кешка, — рассказывай немедленно об этих камнях.

— Да, — влезла Оксанка, — сейчас же рассказывай, ужас как интересно.

— Погодите, — вмешалась разумная Зайка, — надо быстро сообщить комиссару о происшедшем и принести кусок сырого мяса.

— Ты хочешь поесть сырого мяса, — изумилась Маруся.

— Да ты погляди на Деньку, — сообщила Ольга.

Левый глаз мальчика угрожающе распухал, приобретая красный оттенок.

— Ой, боюсь, сырое мясо не поможет, — вздохнула Оксана, — надо свинцовую примочку.

— Да ну, — отмахнулся Дениска, — у Федора Ивановича, похоже, перелом ребер. Надо рентген делать.

— Позвоню Жоржу, — сообщила Наталья и пошла на улицу в автомат.

Я налила себе большую порцию водки и храбро опрокинула рюмку.

— Налей и мне, — попросили хором Оксанка и Аркадий.

— И мне, — подал голос Денька.

Я наполнила три стопки, и они выпили, не закусывая. Вернулась Наташка.

— Комиссар сейчас приедет.

Через полчаса дом кишел полицейскими. Жорж привез всю свою бригаду: экспертов, врача и трех инспекторов. От такого количества здоровых, сильных мужчин с оружием на душе сразу стало спокойней. Врач обработал Денькин глаз и наложил Хучику тугую повязку. Походя раздал всем успокаивающие таблетки. Меня почему-то все время била дрожь, я никак не могла согреться. Наташка безостановочно зевала, а Оксанка, наоборот, постоянно хихикала.

Жорж мрачно посмотрел в мою сторону, потом сказал:

— Надеюсь, что сейчас расскажешь правду.

Я упала в кресло, вытянула ноги и рассказала все. На этот раз на самом деле все.

Эпилог

Следующие дни прошли на нервах. Были, правда, и приятные новости. Из госпиталя сообщили, что Луизу перевели в терапевтическую палату, и она ждет нас. Я поехала немедленно.

Девушка, исхудавшая и какая-то желто-зеленая, радостно заулыбалась:

— Даша, как здорово видеть тебя.

— Лу, милая, скоро поправишься.

— Я должна рассказать о Диме. В ту ужасную ночь я услышала странных шорох в столовой. Пошла туда, было уже два часа ночи, и обнаружила, что ваш гость роется в сумке с бельем. Я возмутилась и потребовала объяснений. Он заулыбался и сообщил, что пришел не один, что ты ждешь на первом этаже в холле, я пошла к лестнице и потом плохо помню. Чувствовала только, что лечу вниз, затем, как в тумане, возник Дима и принялся бить меня ногами...

Луиза вздрогнула и заплакала. Я обняла девушку за плечи.

— Не бойся, Дима больше никогда тебя не обидит.

— Его арестовали?

...Парень исчез. Полицейские методично, но тщетно вели поиски. Они установили, что Дима не вылетал самолетом и не выезжал поездом за пределы Франции, не было его и среди пассажиров парома, отправляющегося через Ла-Манш. Тщательно проверялись подозрительные автомобили, но все впустую.

В пятницу вечером в гости на уик-энд прибыл Жорж.

— Нет, — покачал он головой на наш невысказанный вопрос, — пока нет. Или негодяй прячется где-то в Париже, или... Ну, не может полиция проверить каждый автобус и каждую машину, а еще есть линии метро, переходящие в пригородные электрички. Не говоря уж о том, что он мог просто снять номер в гостинице по поддельному паспорту или навязаться в гости к какой-нибудь любвеобильной даме.

Обед прошел в молчании, так же безмолвно приступили к сырам и кофе.

— И откуда только эти бриллианты? — неожиданно громко спросил Аркадий. — Чьи они?

Жорж со вкусом раскурил кубинскую сигару, собаки отчаянно закашляли.

— Если хотите, — сообщил комиссар, — расскажу то, что знаю. Раз уж вы все были в центре этой истории, придется поделиться информацией.

И он начал обстоятельный рассказ.

Всю кашу заварил Анри Роуэн. Заняв место своего брата Франциска и получив, наконец, долгожданное богатство, он никак не мог бросить старых привычек.

И среди прочего по-прежнему регулярно играл в казино. Там и познакомился с одним из авторитетов российского уголовного мира.

Приятного вида мужчина средних лет с интеллигентным лицом и мягким голосом совершенно не походил на хладнокровного убийцу и мошенника. Они сидели рядом, оба одновременно проиграли крупные суммы, и оба совершенно не расстроились.

Свой свояка видит издалека. И Анри с авторитетом быстро нашли общий язык. Сначала выпили — оба любили хороший коньяк, потом закурили и стали обсуждать достоинства местных дам. Разговор плавно перетек в сферу бизнеса. Анри сказал, что является владельцем концерна, производящего зубную пасту. Его сообщник представился бизнесменом, владеющим сетью магазинов. Поговорили о производстве зубной пасты. Анри только недавно сам узнал, что это за хлопотное дело, и с энтузиазмом неофита начал выкладывать детали собеседнику.

— Мы очень следим за качеством, — напыщенно вещал он, — кое-какие ингредиенты приходится ввозить из ЮАР.

Услышав о ЮАР, авторитет предложил погулять. Сделка совершилась под открытым небом. Анри обязался провозить в сырье для зубной пасты контрабандные алмазы. Авторитет обещал за эту услугу астрономическую плату. К общему удовольствию, канал заработал. Первые партии бриллиантов были мелкими, и камни не представляли особой ценности. Но потом поставки стали увеличиваться, а камни дорожать. И вот настал момент, когда в жадные лапы Анри попали 18 камней особо чистой воды. И тут в голове этого неисправимого мошенника и авантюриста созрел план.

Анри сообщил компаньону, что самолет, нанятый для перевозки грузов, упал в океан. Потом он договорился с одним сказочно богатым арабом о продаже партии алмазов. Для этого поехал в Тунис, припрятав камни во флакон «Амбрэ Солэр».

Наивный Анри не знал, с кем имеет дело. Русский моментально выяснил, что никакой авиакатастрофы не было, через два дня ему сообщили о предполагаемой сделке с арабом. Авторитет немедленно послал к тунисцу одного из своих советников и предостерег шейха от общения с Анри. Не собирался он прощать и лже-Роуэна. Для этого в Париж отправили Диму.

Российская полиция любезно поделилась с французскими коллегами информацией о молодом человеке. Дима был правой рукой авторитета, даже больше, его любимым помощником, молодым, но подающим надежды.

Сын двух профессоров, сам кандидат наук, свободно владеющий тремя языками, он прекрасно чувствовал себя в любом окружении. Свой среди своих и свой среди чужих. К тому же стрелял, как олимпийский чемпион, и великолепно владел несколькими видами боевых искусств.

— Значит, вся его недотепистость и неловкость всего лишь притворство, — изумилась Наталья.

— Да, — кивнул головой Жорж, — гениальная маска неаккуратного, жадного, бедного и глуповатого парня. Думаю, что над образом потрудился талантливый режиссер-психолог. Стоит только вспомнить, каким он приехал в Париж — индийские джинсы, застиранная футболочка и вещи в кульке. Трудно поверить, что в России он один из богатейших людей. Еще его характеризуют как энциклопедически образованного человека и при этом отмечают редкую жестокость и хладнокровие. Вашему гостю убить человека — что муху прихлопнуть.

— То-то на пляже в Тунисе Оксанка удивилась, увидев его в плавках, — вспомнила я, — даже утверждала, что парень занимался карате, или дзюдо, или самбо.

Диму вводили в игру только по серьезному поводу. 18 крупных украденных бриллиантов следовало вернуть.

— Или я совсем тупой,— вмешался Аркашка, — но вот совершенно не понимаю, за каким чертом Дима приехал к нам и зачем поволок всех в Тунис. Вроде в деньгах не стеснен, мог просто тур купить.

— Ага — хмыкнул Жорж, — не забывайте, что вся акция была тщательно спланирована. Авторитет предполагал, что Роуэн привезет камни из Парижа в Тунис для передачи арабу. Но, зная пронырливость Анри, все-таки не исключал возможности обмана. Опасался, что мошенник может привезти в Тунис подделки, а камни спрятать в Париже. Поэтому решил предусмотреть все варианты. Если камни остаются в Париже, их следует отыскать. Вдруг Дима не сумеет сразу обнаружить тайник, а срок визы ограничен одним месяцем. Вот если он живет у кого-то в гостях, а не приезжает, как турист, тогда может находиться во Франции до года. Вполне хватит времени, чтобы обыскать добрую часть республики. Ну а если камни все-таки в Тунисе, их же надо вывезти оттуда.

— Ну и при чем тут мать? — хмыкнул Кешка.

— У уголовников есть такое понятие — слепой курьер. Это когда человек перевозит что-то, не подозревая об этом. Ну, к примеру, тебе дают пудреницу и просят передать приятелям. Но там не пудра, а героин. Везешь себе посылочку, и если на таможне начинаются неприятности, то происходят они с тобой, а не с настоящим владельцем вещей. Авторитет и Дима решили использовать Дашу в качестве такого слепого курьера. В Тунисе добывают драгоценные камни. Вывоз алмазов из этой страны карается крайне строго — чаще всего нарушившему закон с восточной простотой отрубают голову. Тунисские таможенники особо строго обыскивают молодых, одиноких мужчин и никогда не берут взяток. Даша, туристка средних лет, да еще с подругой и двумя крикливыми детьми не должна была вызвать у полицейских каких-либо отрицательных эмоций. Скорей всего, Дима попросил бы ее положить к себе в чемодан какой-нибудь сувенир. Да хоть игрушечного верблюда, их все везут. Ну не влез в его сумку этот верблюд, и все тут. Неужели бы Даша отказала. Конечно, нет, повезла как миленькая. Ну а в Париже отдала бы его Диме назад.

— А если бы у мамы нашли камни? — поинтересовалась Маня.

— Плохо дело, — вздохнул комиссар. — Скорей всего, Дима наотрез отказался бы признавать игрушку своей и Дашу отправили бы за решетку, а Маню в приют. Тунисские власти крайне строго относятся к контрабандистам, и им все равно, гражданином какой страны тот является.

— Ну не сволочь ли Дима! — заорала Маня.

— Погодите, погодите, — перебила Наташка, — а зачем били Костика с женой? Ну не глупо ли предполагать, что Дашка отправила бриллианты с ними в Москву. Все, наоборот, на Запад драгоценности тащат.

— Дорогая, — откликнулся Жорж, — вы рассуждаете со своей позиции. Бандиты мыслили иначе, и им нельзя отказать в логике. Даша недавно живет во Франции, знакомых у нее тут по пальцам пересчитать. Ну куда она пойдет с такими бриллиантами! На Елисейские поля? В магазин? Да любой ювелир сразу поймет, что камни краденые, и не захочет с ними связываться. Значит, ей понадобится искать канал сбыта камней. И как Даша станет делать это в чужой стране? Другое дело дома. Там у нее полно связей, глядишь, и отыщется сбытчик. И потом, простите, конечно, но сегодня паленые камни легче продать в России, там у вас сейчас не слишком придерживаются законов. Конечно, авторитет совсем не был уверен в том, что алмазы в кармане у Костика, но, согласитесь, он не мог исключить такую возможность. И перестаньте меня без конца перебивать, иначе никогда не договорю до конца.

Мы закивали головами и стали слушать.

Прибыв в Париж, парень ловко подбил вас отправиться в Тунис, именно в тот отель, где Анри ждал встречи с арабом. Пока вы, дорогие дамы, купались в бассейне, парень подсел к Анри и начал выяснять отношения.

К сожалению, мелкий мошенник и воришка, бедняга Леблан никогда не встречался с преступниками верховной, так сказать, касты. Вообще, Анри был не очень умен, просто ему везло. На пути попадались либо влюбленные, как Каролина, женщины, либо простые обыватели, надуть которых — одно удовольствие.

Дима представлял совершенно другой тип: с милой улыбкой он велел Анри отдать камни. Дальнейшее нам неизвестно. Думаю, что Леблан все-таки испугался и сказал киллеру, что бриллианты у него в номере. Но, повторяю, он плохо знал главарей российского уголовного мира. Как только Диме стало известно, где алмазы, он моментально убил обманщика, прикрыл его лицо шляпой и пошел за краденым. Но здесь его ждало горькое разочарование — Леблан его обманул. Перерыв все в номере, парень вернулся на пляж, а там уже вы квохтали, как мокрые куры.

Парень сообразил, что камни каким-то непостижимым образом попали в ваши руки, и начал методичные поиски, правда, безрезультатно. Перерыл вещи Оксаны и Деньки, разгромил номер Даши и Маруси.

— А в это время флакон валялся в пляжной сумке, — проговорила я, — мы случайно прихватили его, когда собирали вещи на пляже. Все эти пузырьки с «Амбрэ Солэр» одинаковые.

— Ну да, сумка была единственной вещью, до которой он не добрался, а может, не догадался, что камни спрятаны в креме от загара.

Потом все вернулись в Париж. Потом Оксана с сыном уехала в Москву. Отправился домой и Дима, ему нужно было посоветоваться с паханом.

В Москве события приняли драматический оборот. Авторитет почему-то решил, что камни нашла Оксана. Говорят, мы подозреваем людей только в том, что способны совершить сами. Авторитет поставил себя на место Оксаны. Ну, что бы он сделал, найдя безумное сокровище? Ясное дело, не говоря никому ни слова, увез потихоньку камушки в Москву и там стал бы искать канал сбыта. Дружба дружбой, а табачок врозь! По мнению пахана, Оксана никогда не рассказала бы о находке подруге. Вообще, они сделали принципиальную ошибку: искренне считали, что их сокровище кто-то нашел и перепрятал. Итак, уголовники принялись за Оксану. Действовали по стандартной схеме — сначала обыскали квартиру. Затем посадили Дениску. Превратить парнишку в подследственного оказалось до смешного просто. За небольшую сумму денег малолетняя проститутка заявила об изнасиловании, еще десяток-другой хрустящих бумажек — следователь заводит дело и пугает до полусмерти Оксанку.

Тут роль богини судьбы начинает играть Даша. В ее безумную голову приходит не менее безумный план побега. В результате Дениска и Оксанка оказываются сначала на Кипре, а потом в Париже.

Наверное, авторитет пожалел, что незнаком с Дашей. Думаю, что предложил бы ей хорошо оплачиваемую должность в своей банде. Надо же, так ловко организовала побег.

Но камни все еще в чужих руках, и Дима снова едет в Париж. На этот раз ему следует обыскать ваш дом и особняк Роуэнов: а вдруг Анри не брал бриллианты в Тунис? Но, с другой стороны, подделок в его вещах никаких не нашли.

У бедного авторитета просто голова пошла кругом. Он хочет найти хоть что-нибудь, чтобы возникла ясность. Если у Даши обнаруживаются подделки, значит, камни у Роуэна. Если у Роуэна пусто — бриллианты у Даши. В конце концов, бандиты пришли к выводу, что у Оксаны камней нет. При ее патологической любви к сыну она бы, конечно, вернула богатство. Значит, искать следует по двум адресам. Пахан ругает растерявшегося Диму и приказывает заняться поисками.

Итак, Вацлав Новицкий посылает Диме приглашение, и тот прибывает вновь на берега Сены. Всем знакомым он сообщает, что приехал на стажировку.

По ночам, когда наивные хозяева мирно спят,

бандит методично обыскивает оба дома. И тут начинают происходить невероятные события: появляется живой Франциск, погибает Селина, умирает настоящий Роуэн... Все это ужасно мешает Диме, он не понимает, что происходит, и делает ошибку за ошибкой.

— Теряет карамельку «Гусиная лапка»?

— И это тоже. Но основной промах — избиение Луизы. Вообще, Диме можно только посочувствовать. Вся эта путаница с настоящим и фальшивым Франциском хоть кого выбьет из колеи. Он не мог ни на минуту расслабиться, постоянно изображал из себя недотепу. Да еще приходилось не спать по ночам. Вот он и не выдержал и, когда Луиза застала его на месте преступления, напал на нее. Ударил по голове, сбросил с лестницы и сделал еще один промах. Не убил свидетельницу, а жестоко избил. Скорее всего, у него просто сдали нервы, ведь даже крокодилы иногда плачут. Поэтому, с наслаждением уродуя Луизу, он таким образом расслаблялся.

Но уже через несколько дней Дима спохватился и, прихватив сильнодействующий препарат, отправился в больницу, чтобы доделать работу.

Ну а дальнейшее всем известно. За столом разгорелся скандал, и в результате бандит бежал, прихватив найденные камни.

— Только вряд ли они ему понравятся, — захихикала Маруся.

— Что ты хочешь сказать? — поинтересовался комиссар.

— Ну то, что он увез, стоит копейки. Я подсунула ему в коробке красивые стекляшки. Помнишь, мамуля, они украшали рождественский костюм сказочной феи.

Еще бы не помнить! Те стразы удивительно походили на подлинные бриллианты.

— Дима ведь никогда не видел настоящих камней, он их просто искал и знал, что алмазов 18. Вот я и подложила свинью.

— Манечка, а куда же подевались бриллианты?

— Видишь ли, мамуля, когда мы их нашли, я очень нервничала. Мне казалось, что ты плохо их спрятала, сейф такой допотопный!

— Ты знаешь про сейф?

— Тоже секрет, — отмахнулась Маруся, — все знают про сейф и про ключ. И Дима через некоторое время узнал бы обязательно. Мы решили, что лучше подложить в коробку стразы, а настоящие камни перепрятать.

— Кто это — мы?

— Ну я и Денька. Мамочка, не ругайся, пришлось ему рассказать, а он придумал, как спрятать бриллианты.

— И где же они?

— Да здесь.

Мы начали оглядываться по сторонам.

— Марья, — строго сказала Ольга, — немедленно покажи тайник.

Дети радостно рассмеялись.

— Вы на него смотрите, — и Маня ткнула пальцем в аквариум.

Этот стеклянный куб с водой появился совсем недавно. Маня с Деней притащили его из зоомагазина, объясняя покупку необходимостью изучения психологии рыб. На дне аквариума громоздились художественные развалины, чистая вода прозрачно посверкивала, разноцветные рыбки красиво переливались в свете торшера. Идиллическая картина, но никаких камней в аквариуме не было.

— Ну и где же сокровище? — ехидно осведомился Жорж.

— Я читал как-то детектив. Там главный герой

прячет алмазы на дне графина. Камни сливаются с водой, и их совершенно не видно. — С этими словами Денька запустил руку в аквариум, пошарил по дну и вытащил... пригоршню мокрых бриллиантов. С видом фокусника мальчишка начал сжимать и разжимать кулак.

— Боже! — вырвалось из моей груди. — Что же теперь делать с этими гадкими камнями? Они нам не нужны!

— Ну не отдавать же их бандитам! — возмутилась Маня.

— Предлагаешь забрать себе ворованное? — вскипел Денька. — Нас с мамой такой подарок не радует!

— Спокойно, спокойно, — поднял руки Жорж, — спорить тут не о чем. Сокровище сначала будет фигурировать в деле как вещественное доказательство. Потом, если никто не предъявит на него законных прав, а, думаю, в этой ситуации такое невозможно, камни конфискуют в казну Французской Республики.

— Господи, — прошептал в полной тишине Аркадий, — вы хоть понимаете, что натворили? Ведь убийца сразу разобрался, что у него в руках фальшивки, и скоро явится, чтобы расправиться с нами. Да он всех просто убьет из-за вашей дурацкой шутки.

— А вот и нет, — сообщила Маня, — не сумеет всех убить.

— Даже если пристрелит половину, тоже обидно, — съязвила Оля, — нам могут дать охрану?

— Да не придет он никогда, — настаивала Маня.

— Почему ты в этом так уверена? — поинтересовался комиссар.

— Когда едешь от нашего дома в центр, то метров через триста дорога делает такой коварный поворот вправо, там еще знак стоит. А слева довольно глубокий заброшенный пруд.

— Ну, — поторопила Наталья, — короче.

— Не могу короче. Если повернешь направо, поедешь в Париж, а если не сумеешь повернуть, то...

— Окажешься в пруду, — докончил Денька. — И вот там полиции следует поискать Диму, он на дне, это точно.

— Откуда вы это знаете? — испугалась я.

— Мамуля, — снисходительно протянула девочка, — ну включи логическое мышление. Дима украл мой мотоцикл, так?

— Так.

— А ты когда-нибудь видела, чтобы я не завела его в гараж, а бросила у входа?

Нет, такого никогда не случалось. Страшно неаккуратная Маня превращалась в образцовую зануду, когда речь шла об обожаемом мотоцикле. Даже заболев краснухой и прибыв из колледжа с температурой 40°С, она вымыла своего любимого коня и загнала в стойло.

— Почему я бросила его у входа? — вопрошала Маня. — Да очень просто. Должен был приехать механик.

— Ну и что? — не понял Жорж.

— Ничего, — вздохнула Маша, — просто я притащила мотоцикл из города на грузовике. Он не мог ездить, был неисправен.

— Так ведь чудесно завелся, когда Дима его угнял, — отметила Оля.

— Разве я сказала, что он не заводился, — усмехнулась Маня, — просто он не мог остановиться, полностью отказали тормоза...

СОДЕРЖАНИЕ

Литературно-художественное издание

Донцова Дарья Аркадьевна
ИГРА В ЖМУРИКИ

Ответственный редактор *О. Рубис*
Редакторы *Л. Серебрякова, С. Хохлова*
Художественный редактор *В. Щербаков*
Технический редактор *Н. Носова*
Компьютерная верстка *Г. Дегтяренко*
Корректор *Г. Титова*

Налоговая льгота — общероссийский классификатор
продукции ОК-005-93, том 2; 953000 — книги, брошюры

Подписано в печать с готовых диапозитивов 12.10.2000.
Формат 84х108 $^1/_{32}$. Гарнитура «Таймс».
Печать офсетная. Усл. печ. л. 22,68. Уч.-изд. л. 17,3.
Тираж 35 000 экз. Заказ № 1998.

ЗАО «Издательство «ЭКСМО-Пресс»
Изд. лиц. № 065377 от 22.08.97.

125190, Москва, Ленинградский проспект, д. 80, корп. 16, подъезд 3.
Интернет/Home page — www.eksmo.ru
Электронная почта (E-mail) — info@ eksmo.ru

Книга — почтой:
Книжный клуб «ЭКСМО»
101000, Москва, а/я 333. E-mail: bookclub@eksmo.ru

Оптовая торговля:
109472, Москва, ул. Академика Скрябина, д. 21, этаж 2
Тел./факс: (095) 378-84-74, 378-82-61, 745-89-16
E-mail: reception@eksmo-sale.ru

Мелкооптовая торговля:
Магазин «Академкнига»
117192, Москва, Мичуринский пр-т, д. 12/1
Тел./факс: (095) 932-74-71

ООО «Унитрон индастри». Книжная ярмарка в СК «Олимпийский».
г. Москва, Олимпийский проспект, д. 16, метро «Проспект Мира».
Тел.: 785-10-30. E-mail: bookclub@cityline.ru

Дистрибьютор в США и Канаде — Дом книги «Санкт-Петербург»
Тел.: (718) 368-41-28. **Internet:www.st-p.com**

Всегда в ассортименте новинки издательства «ЭКСМО-Пресс»:
ТД «Библио-Глобус», ТД «Москва», ТД «Молодая гвардия»,
«Московский дом книги», «Дом книги на ВДНХ»

ТОО «Дом книги в Медведково». Тел.: 476-16-90
Москва, Заревый пр-т, д. 12 (рядом с м. «Медведково»)

ООО «Фирма «Книинком». Тел.: 177-19-86
Москва, Волгоградский пр-т, д. 78/1 (рядом с м. «Кузьминки»)

ГУП ОЦ МДК «Дом книги в Коптево». Тел.: 450-08-84
Москва, ул. Зои и Александра Космодемьянских, д. 31/1

Тверской ордена Трудового Красного Знамени полиграфкомбинат
детской литературы им. 50-летия СССР Министерства Российской
Федерации по делам печати, телерадиовещания и средств массовых
коммуникаций. 170040, г. Тверь, проспект 50-летия Октября, 46.